Een tijdloze liefde

Santa Montefiore bij Boekerij:

Onder de ombu-boom
Het vlinderkistje
De Vergeet mij niet-sonate
De zwaluw en de kolibrie
Valentina's laatste reis
De zigeunermadonna
Het geheim van Montague
De Franse tuinman
In de schaduw van het palazzo
De affaire
Villa Magdalena
Fairfield Park
De vuurtoren van Connemara
De dochter van de imker
De witte duif
Onder de Italiaanse zon
Een handvol geluk (voorheen *Het gouden licht*)
Naar de overkant
Bij het licht van de maan
Een tijdloze liefde

De vrouwen van kasteel Deverill
Als de rododendron bloeit
De laatste roos van de zomer
De vergeten Deverill
De verre horizon

boekerij.nl
santamontefiore.co.uk

SANTA MONTEFIORE

Een tijdloze liefde

Als Evelina haar grote liefde verliest, lijkt het leven zijn glans verloren. Maar wat als wonderen bestaan?

ISBN 978-90-225-8375-3
ISBN 978-94-023-1863-0 (e-book)
ISBN 978-90-528-6466-2 (audio)
NUR 302

Oorspronkelijke titel: *An Italian Girl in Brooklyn*
Vertaling: Erica Feberwee
Omslagontwerp: Johannes Wiebel | Punchdesign
Omslagbeeld: © Shutterstock
Zetwerk: Mat-Zet bv, Huizen

Voor James, mijn broer

DEEL EEN

Greenwich, New York, 1979

Evelina deed een stap naar achteren om haar tafel te bewonderen. Hij zag er prachtig uit. Ze had kleine pompoentjes uitgehold tot kandelaars, en die stonden rond de drie vazen met zonnebloemen, anjers en rozen, verdeeld over de lengte van de tafel. Er was gedekt voor tien personen. Naast de borden lagen servetringen van gele plataanbladeren en takjes rode bessen. De naamkaartjes waren in een dennenappel gestoken. Het resultaat was betoverend, maar er ontbrak nog één belangrijk detail.

Ze liep de tuin in. De zon was al bijna onder, de hemel een bleek, waterig blauw, doorschoten met vurige rode en gouden strepen. Dikbuikige wolken schoven traag voorbij. Ze deden haar denken aan donkere scheepsrompen, gezien vanaf de zeebodem, met daaromheen de kleinere wolken als dolfijnen, walvissen en kwallen. Hoe langer ze keek, hoe meer ze zag; behalve scheepsrompen ook golven die braken in een branding van roze schuim, en verre, hoge bergketens, gehuld in tinten paars. De eerste ster verscheen; een eenzame twinkeling doorboorde het blauw dat geleidelijk aan donkerder kleurde, en verdreef behalve het feestelijke palet van kleuren ook de schepen en schepselen van de zee. Een voor een voegden zich steeds meer sterren bij die allereerste, glinsterend in het duister als de lantaarns van kleine vissersboten.

Uiteindelijk maakte Evelina zich van het schouwspel los en liep ze naar de kruidentuin om wat rozemarijn te plukken. Ze wreef de takjes tussen haar vingers en rook eraan. De geur van weleer, van hoe het vroeger thuis rook, maakte een stroom van herinneringen wakker. Licht in het hoofd van pure nostalgie sloot ze even genietend haar ogen, zich scherp bewust van zowel de vreugde als het verdriet waarmee die herinneringen waren verbonden. Met een zucht van berusting riep ze zichzelf tot de orde. Het was zinloos zich te laten meeslepen door het verleden wanneer het heden zo veel redenen bood om dankbaar te zijn.

Ze liep weer naar binnen en verdeelde de takjes rozemarijn over de tafel. Want ze mocht dan al meer dan dertig jaar in Amerika wonen, in haar hart bleef ze Italiaanse. Dus op een dag als deze, bij de viering van Thanksgiving, was het niet meer dan gepast om althans in haar tafelversiering haar land van herkomst te gedenken.

Ze stak net de kaarsen aan toen haar man thuiskwam. Hij liet al vanuit de hal weten dat hij er was. 'Dag lieverd, ik ben thuis!' Hij trok zijn loden jas uit, nam zijn gleufhoed af en zette zijn tas neer. Franklin van der Velden was zesenzeventig en weliswaar met pensioen, maar nog altijd nauw betrokken bij het reilen en zeilen van Skidmore College waar hij tot voor kort klassieke talen had gedoceerd. Een rijzige verschijning met dik grijs haar, een aristocratische neus en intelligente blauwe ogen; de ogen van een man die altijd nieuwsgierig was, een man die altijd vragen stelde en eindeloos veel geduld had met wie minder begaafd was dan hij. Met het klimmen der jaren was hij zijn atletische gestalte kwijtgeraakt. Zijn schouders waren licht gebogen, zijn tred traag en moeizaam.

Evelina blies de lucifer uit en hing de schort die ze voor haar groene jurk had gebonden, over een stoel. Ze was veertien jaar jonger dan haar man en een zorgzame, plichtsgetrouwe echtgenote; het respect voor haar geleerde wederhelft was na al die jaren nog net zo groot als in het begin van hun huwelijk. Glimlachend verscheen ze in de hal. Ze was geen opvallende schoonheid, maar bezat een heel eigen charme, mede dankzij de innemende blik in haar groenbruine ogen die een en al warmte uitstraalden. Het was een blik met diepgang, voortgekomen uit duistere geheimen en diep weggestopt verdriet. De oprechte compassie die in haar ogen te lezen stond, was iets wat anderen onbewust registreerden, waardoor ze het gevoel hadden dat ook hún verdriet, ook hún geheimen bij haar veilig zouden zijn. Haar lange, donkere haar droeg ze nonchalant opgestoken, met hier en daar een losse pluk. Ze was klein en sierlijk, met een huid die haar mediterrane oorsprong verried en die voor altijd gebruind leek door de Italiaanse zon, alsof ze de olijf- en wijngaarden van haar jeugd nooit vaarwel had gezegd. Ze deed geen moeite haar accent te verbloemen, want diep in haar hart was ze nooit echt een Amerikaanse geworden en haar vaderland altijd trouw gebleven.

Terwijl ze de jas van haar man aannam, drukte hij een kus op haar slaap; zijn doorgroefde gezicht lichtte op toen hij haar glimlach beantwoordde. Want na tweeëndertig jaar huwelijk was hij nog altijd blij om haar te zien en prees hij zich gelukkig dat ze haar leven met hem wilde delen. Hij besefte maar al te goed dat hij zonder haar nooit zo veel had kunnen bereiken en niet de man zou zijn geworden die hij nu was. Zijn vrouw was als het anker van zijn schip; ze vormde de onverbrekelijke band met zijn thuis, met zijn gezin, en ze gaf hem de rust die hij nodig had om te kunnen werken.

'Ze kunnen er elk moment zijn,' zei ze, terwijl ze zijn jas in de garderobekast hing en zijn hoed aan de haak naast de deur.

'Kan ik nog even in bad?'

'Als je snel bent.'

Franklin knikte, ook al wisten ze allebei dat 'snel' te veel gevraagd was. Langzaam liep hij de trap op, waarbij hij zijn licht trillende handen stevig om de leuning klemde en halverwege even moest pauzeren om op adem te komen. Evelina ging terug naar de keuken om de laatste hand te leggen aan het diner. De kalkoen stond al bijna de hele middag in de oven, en aan de traditionele bijgerechten hoefde ze niets meer te doen: aardappelpuree, cranberrycompote, sperziebonen en pompoentaart. Toen ze trouwde had ze amper kunnen koken; daar was ze destijds ook niet echt in geïnteresseerd geweest. Maar terugkijkend op haar jeugd in Italië, op dat hoofdstuk van haar leven dat ze lang geleden had afgesloten en dat lag begraven onder de hoofdstukken die daarna waren gekomen, besefte ze steeds weer dat het aroma van pruttelende tomaten, van focaccia, vers uit de oven, haar herinneringen domineerden en omgaven met een aura van smaken en geuren dat al het andere naar de achtergrond drong. Misschien had de natuur dat bewust zo geregeld, om haar af te schermen voor de verdrietige en de pijnlijke herinneringen.

Ze roerde in de compote, gehypnotiseerd door de draaikolk die ze maakte met haar pollepel. Thanksgiving was iets wat ze elk jaar vierden met vrienden en familie, dus gezien haar verleden lag het voor de hand dat een dag als deze pijnlijke herinneringen naar boven haalde, oud verdriet dat stamde uit een tijd toen ze nog jong en ontvankelijk was. En wie zou het haar kwalijk nemen dat ze treurde om dierbaren die ze had achtergelaten of verloren. De herfst was een tijd van weemoed, van melancholie; het doodsgereutel van de zomer, het grauwe voorspel van de winter. Dus het was niet zo vreemd dat ze behalve dankbaarheid voor wat ze had mogen ontvangen, ook spijt voelde over wat ze had opgegeven.

De eerste gasten die arriveerden, waren haar zoons, Aldo en Dan, gevolgd door Lisa, Aldo's vrouw, en Jennifer, de vriendin van Dan. Ze hadden bloemen en bonbons bij zich voor de gastvrouw. Aldo was lang en knap, net als zijn vader, met het donkere haar, de mediterrane huid en de groenbruine ogen van zijn moeder. Zonder zijn Hollandse achternaam zou hij moeiteloos voor een Italiaan hebben kunnen doorgaan. Dan, zijn jongere broer, was kleiner en breder gebouwd, met de blauwe ogen en het dikke haar van zijn vader. Maar zijn droge, nietsontziende gevoel voor humor had hij helemaal van zichzelf. Anders dan zijn broer die, zoals zo veel oudste kinderen, was behept met een sterk verantwoordelijkheidsgevoel, koesterde Dan een aangeboren aversie tegen regels en voorschriften en weigerde hij, als dat maar enigszins kon, zich aan te passen.

Bij het zien van haar zoons verdrong Evelina haar herinneringen. Ze omhelsde hen en terwijl ze een kus op hun koude wangen drukte, vergat ze even dat ze al eenendertig en negenentwintig waren. Voor haar zouden ze altijd jongens blijven. 'Je ziet er moe uit, Aldo.' Ze legde haar handen langs zijn gezicht. 'Je krijgt te weinig slaap, en volgens mij werk je te hard. Klopt dat, Lisa? Werkt hij inderdaad te hard?'

'Niks aan de hand, mam. Ik voel me prima,' stelde Aldo haar gerust terwijl hij langs haar heen liep om zijn vader te begroeten.

'En jij, Dan? Jij ziet er ook moe uit, maar dat komt vast niet van het harde werken.' Evelina trok sceptisch haar wenkbrauwen op.

Haar jongste schoot in de lach. 'Het is een slecht dorp waar het nooit kermis is, mam.' Hij trok zijn leren jack uit en snoof. 'Het ruikt hier heerlijk.'

'Het is nog een verrassing wat we eten.' Evelina grijnsde. Het grapje had inmiddels een ellenlange baard, maar ze kon het niet laten.

‘O ja? Wat staat er op het menu? Geit in plaats van kalkoen?’ vroeg Dan, zogenaamd vol afschuw.

‘Ja, het leek me tijd voor iets anders. Voor een lekkere, taaie geit met Thanksgiving.’

Evelina begroette Lisa, haar schoondochter, en Jennifer, van wie ze nu al wist dat die nooit haar schoondochter zou worden. Haar jongste was niet het type om te settelen. Het mocht een wonder heten als hij ooit trouwde, dacht ze met een blik op Dan, die nog altijd een en al bravoure was. Misschien liep er ergens een meisje rond dat hem zou weten te temmen, maar als dat zo was, dan had hij haar nog niet ontmoet. Want Jennifer was het zeker niet. Die was veel te toegeeflijk.

Even later zwaaide de voordeur opnieuw open, en met een vlaag koude lucht in haar kielzog stapte Ava-Maria de hal binnen, zuchtend onder het gewicht van haar koffer. ‘Hallo allemaal!’ riep ze zo uitbundig dat iedereen zich naar haar omdraaide, en dat was ook precies de bedoeling. ‘Happy Thanksgiving! Wat heerlijk om elkaar weer te zien!’ Evelina’s jongste omhelsde haar ouders en begroette de anderen met dezelfde warmte en hartelijkheid, inclusief Jennifer, ook al wist ze dat de verkering van haar broer bij de volgende familiebijeenkomst allang weer uit zou zijn. Ava-Maria was een donkerharige schoonheid die in elk gezelschap alle aandacht opeiste. Haar ouders hadden haar schandalig verwend, en tot dusverre had alles haar altijd meegezeten, met als gevolg dat ze het leven onbekommerd en vol vertrouwen tegemoet trad.

Voorafgegaan door de gastvrouw begaf iedereen zich naar de zitkamer en installeerde zich rond de open haard. Begin jaren zestig hadden Evelina en Franklin hun appartement in Manhattan verruild voor een huis met een tuin, omdat ze genoeg hadden van de drukte en het lawaai van de grote stad. De gezellige inrichting verried de hand van Evelina. Warm en smaakvol, zonder pretentie. Bij de aanschaf van de meubels, de schilderijen, de lampen en tapijten had ze alleen gekeken naar wat ze mooi vond, zonder een kleurenschema te hanteren en zonder uit te gaan van een ontwerp. Het resultaat was een eclectisch, maar verrassend harmonieus geheel. En dat gold bij uitstek voor de zitkamer; met zijn informele sfeer, warme kleuren, comfortabele banken en fauteuils was het een kamer waaruit je nooit meer weg wilde.

Evelina keek net op haar horloge toen ze de voordeur opnieuw hoorde opengaan. Ze schoot overeind en haastte zich naar de hal. Haar tante was gearriveerd. Met haar drieënnegentig jaar was Madolina Forte nog altijd een indrukwekkende verschijning: klein en gedrongen, onverwoestbaar als een tank. Ze werd uit haar jas geholpen door een huisvriend die door iedereen oom Topino werd genoemd, ook al was hij geen familie en leek hij in niets op een kleine muis, zoals de vertaling van zijn naam luidde. Oom Topino was een dierbare oude vriend die door de Van der Veldens was geadopteerd toen de kinderen nog klein waren. Hij hoorde erbij; dat was zo vanzelfsprekend dat niemand ooit naar het hoe en waarom had gevraagd.

'Welkom!' Evelina nam de jas van haar tante van Topino over en gaf de oude dame een kus.

'Ik voel het vocht tot in mijn gewrichten,' mopperde Madolina. Anders dan haar nicht had Madolina geweigerd vast te houden aan het verleden. Alleen een vluchtig Italiaans accent verried nog waar ze vandaan kwam. 'Maar hier is het gelukkig heerlijk warm. Ik ga meteen naar binnen, naar de kachel.' Zwaar leunend op haar stok zette ze vastberaden koers naar de zitkamer.

Evelina keerde zich naar Topino. Met een warme glimlach liet ze haar blik over zijn witte haren gaan, over zijn hoge voorhoofd, zijn grote neus en gevoelige mond. Zijn sprekende grijze ogen twinkelden achter zijn ronde brillenglazen. 'Je ziet er goed uit,

Eva,' zei hij in het Italiaans. Hij legde zijn handen op haar heupen en plantte een kus op haar wang.

'Jij ook, oude vriend.'

'Alweer een jaar voorbij,' zei hij hoofdschuddend. 'Hoe is het mogelijk?' Hij slaakte een diepe zucht.

'Alles gaat voorbij. Niets is voor de eeuwigheid. Dat heb jij me geleerd.'

'Precies. Het goed, maar ook het kwaad. Het leven is een reeks van cycli, en wij zijn als muizen in een looprad. En deze cyclus bevalt me het best. Vertrouwd en van alle tijden. Hoe is de kalkoen dit jaar?'

'Vet en mals.' Ze hielp hem lachend uit zijn jas. Het was nog dezelfde jas als toen ze hem voor het eerst voor Thanksgiving hadden uitgenodigd, inmiddels zeventien jaar geleden. Topino gaf bij voorkeur geen geld uit als het niet nodig was.

'En de pompoentaart?'

'Precies zoals je hem lekker vindt.'

Hij knikte, de hoeken van zijn volle lippen krulden in een glimlach, wat zijn gezicht een soort komische charme verleende. 'Elk jaar vertrek ik hier met mijn buik vol pompoentaart, en dan droom ik tweeënvijftig weken lang van de volgende portie. Vanavond vier ik het leven én jouw pompoentaart.'

Evelina liep met hem mee naar de zitkamer, waar hij enthousiast werd verwelkomd. Ava-Maria schoot overeind, omhelsde hem uitbundig en zoende hem op zijn stoppelige wangen; haar twee broers sloegen hem krachtig op de schouder. Franklin schudde hem de hand en stelde hem voor aan Jennifer, die verlegen glimlachte, want zelfs zij had de verhalen over oom Topino gehoord. Lisa begroette hem met een kus en moest lachen toen hij haar een standje gaf omdat Aldo er zo mager en vermoeid uitzag. 'Zorg je wel goed voor die jongen? Wat krijgt hij te eten? Groentebouillon?'

Aldo schoot zijn vrouw te hulp. 'Ik heb niets over het eten te klagen.'

'Hm. Dat is je niet aan te zien. Vanavond vieren we het leven. En dat niet alleen, we zeggen ook dank voor het heerlijke eten dat we dag in dag uit mogen ontvangen. Vooral dat laatste.' Hij haalde zijn schouders op. 'Het leven viert zichzelf.'

Madolina gebaarde vanaf het hekje rond de haard, waar ze zich warmde aan het vuur. De ringen aan haar vingers glinsterden in het licht van de vlammen. 'Laat die man eens met rust. Jullie knuffelen hem nog halfdood,' zei ze streng. Iedereen ging braaf weer zitten. Niemand durfde tante Madolina tegen te spreken.

Niemand, behalve Topino. 'Ik laat me anders met plezier halfdood knuffelen. Des te dankbaarder ben ik dat ik nog leef.'

'Kom hier zitten.' Madolina gebaarde naar de plek naast haar. 'Mijn gewrichten doen pijn van het ontdooien.'

Topino liet zich kreunend naast haar op het hekje zakken. Hij was pas vijfenzestig, maar voelde zich soms een jichtige oude man.

Franklin reikte hem een glas rode wijn aan. 'Ben je klaar voor onze jaarlijkse partij schaak?'

Topino grijnsde. 'Je kent me. Ik zou voor geen goud de kans willen missen om klop te krijgen.'

Franklin schoot in de lach, want Topino was een meester op het schaakbord. 'Mooi zo. Dan kunnen we elkaar een hand geven.'

Topino grijnsde om de humor van de situatie: twee spelers die allebei streden voor hun verlies. Hij keerde zich naar Madolina. 'Hoe gaat het?' En hij luisterde aandachtig naar haar gedetailleerde verslag over haar heup, waaraan ze vanwege haar hoge leeftijd niet meer geopereerd kon worden.

'Wanneer je zo oud bent als ik heeft opereren geen zin. Tenzij je het niet erg vindt om in de narcose te blijven.'

'Tja, het blijft een gok.' Topino haalde zijn schouders op. 'Maar volgens mij heb je het gestel van een schildpad. En word je net zo oud. Dus over tien jaar heb je het nog steeds over die heup.'

Madolina kon er wel om lachen. 'En jij, Topino? Hoe is het met jou?'

'Ik heb het gestel van een kakkerlak. Onverwoestbaar.' Hij nam een slok wijn, zijn ogen twinkelden. 'Wanneer de Heer me eindelijk tot Zich roept, dan is dat omdat ik er zelf om heb gevraagd. Om niet te zeggen, gesmeekt.'

'Hebben jullie het over de dood?' vroeg Ava-Maria verontwaardigd vanaf de bank. 'Op Thanksgiving?'

'Vertel jij ons dan eens iets vrolijkers.' Topino boog zich naar voren. Met zijn ellebogen op zijn knieën keek hij haar vol verwachting aan. 'Ik heb je al zo lang niet gezien. Wat heb je uitgevoerd? Hoe gaat het met je studie? En met je medestudenten? Ik wil wedden dat je de mannen het hoofd op hol jaagt.' Waarop Topino deed waar hij goed in was: hij luisterde. Terwijl Ava-Maria deed waar zíj goed in was: ze vertelde over zichzelf. Madolina warmde genietend haar rug aan het vuur en keek naar Evelina, die ze als een dochter beschouwde. Haar nicht was op haar achtentwintigste naar Amerika geëmigreerd en bij hen in Brooklyn komen wonen. En Madolina was trots op de vrouw die Evelina was geworden.

Toen Evelina aankondigde dat het eten op tafel stond, kwam Topino enigszins moeizaam overeind en bood Madolina zijn arm om het gezelschap voor te gaan naar de eetkamer. Madolina hield haar adem in bij het zien van de bloemen en de kaarsen in hun fraaie kandelaars. 'Schitterend! Werkelijk schitterend! Ze heeft smaak, onze Evelina! Altijd al gehad. Een unieke eigen stijl. Echt heel bijzonder.'

Topino trok de stoel aan het hoofdeinde voor haar naar achteren. Ze ging dankbaar zitten en gaf hem haar wandelstok. 'Haar moeder is net zo. Die heeft ook smaak. En een unieke eigen stijl. Artemisia heeft een schitterend huis, ondanks het achterstallige onderhoud. Want Tani had een hekel aan geld uitgeven,' vertelde ze over haar broer, Gaetano. 'En aan mensen. Hij sloot zich het liefst in huis op. En nogmaals, het moet gezegd, Villa L'Ambrosiana is betoverend. Evelina heeft het van geen vreemde. Haar smaak, haar gevoel voor stijl dankt ze aan haar moeder. En aan Villa L'Ambrosiana.'

Topino zat aan de lange kant van de tafel, precies in het midden, want iedereen wilde met hem praten. Franklin zat aan het hoofd, Evelina links van haar tante. Peppino, Madolina's man die zes jaar eerder was overleden, had altijd naast Evelina gezeten. Het ontging haar niet dat de blik van haar tante naar de stoel naast haar ging. En de schaduw die over Madolina's gezicht trok, verried dat ze aan hem dacht. Thanksgiving was het feest van de dankbaarheid. Helaas kwam dankbaarheid zelden alleen, maar ging die bijna altijd vergezeld van haar trouwe metgezel: verlies. Sinds haar man was overleden, had tante Madolina nog uitsluitend zwart gedragen. Want hoe dankbaar ze ook was voor Peppino's leven, ze rouwde nog altijd om zijn heengaan.

Er werd luidruchtig getafeld. Ava-Maria had het hoogste woord en vertelde de ene grappige anekdote na de andere. Topino plaagde haar, diende haar droog, maar liefdevol van repliek en kreeg op zijn beurt op geestige wijze lik op stuk. Het zorgde voor een levendige conversatie waar de hele tafel van meegenoot. Ook Dan droeg zijn steentje bij. Hij werkte bij een reclamebureau en dat leverde heel wat vermakelijke anekdotes op, die hij enthousiast opdiste, bijna net zo luidruchtig als zijn zus. Ondertussen spraken Aldo en Franklin op gedempte toon over boeken, want Aldo werkte bij een uitgeverij. Madolina klaagde dat ze de gesprekken niet kon volgen en gebaarde de anderen wat zachter te praten. 'Dit huis zou een knop voor hard en zacht moeten hebben!' Evelina keek geamuseerd de tafel langs. Zo ging het elk jaar. En het was elk jaar weer heerlijk.

Ten slotte kwam de pompoentaart op tafel. Evelina had hem al in punten gesneden. 'Lekker langzaam van genieten,' zei ze toen ze een stuk op Topino's bord schoof.

'Kon ik dat maar. Dan deed ik er het hele jaar over.' Hij pakte zijn bord. 'Maar daar ben ik veel te gulzig voor.'

Het werd muisstil terwijl iedereen van de taart genoot. Het was uiteindelijk Ava-Maria die het zwijgen verbrak. 'Als het plotseling stil wordt aan tafel, dan zeggen ze dat er een engel komt overvliegen,' zei ze met een blik omhoog.

'Hoe kan dat nou? Een engel die komt overvliegen, als er al een tegenover me zit?'

'Ach, Topino! Wat lief!' zei Ava-Maria gevleid.

'Engelen praten niet zo hard,' merkte tante Madolina op.

'Deze engel wel,' reageerde Ava-Maria zonder haar stem te dempen.

'Is er nog meer taart?' vroeg Dan.

'Heb je het nu al op?' Evelina was verrast.

'Het is zo lekker!' Hij likte aan zijn vork.

'Er is nog meer. Ik ken jullie onderhand. Een zwerm sprinkhanen is er niets bij.' Evelina schoof lachend haar stoel naar achteren. Ze vond het fijn dat ze genoten van haar kookkunsten. Iets waarvan ze nooit had gedacht dat ze dat nog eens zou zeggen.

Topino leunde naar achteren en klopte op zijn beginnende buikje. 'Niemand maakt zulke lekkere pompoentaart als je *mamma*,' zei hij tegen Dan, en ondertussen schonk hij Evelina een glimlach.

'Wil jíj nog een stuk?' vroeg ze.

'Moet je me dat nog vragen?'

‘Ik vraag het puur uit beleefdheid. Want ik weet het antwoord al.’

‘Dan zeg ik daar, ook puur uit beleefdheid, geen nee op. Heel graag, *signora*.’

Toen er geen kruimeltje taart meer op de borden lag, tikte Franklin met zijn mes tegen zijn glas en stond op. Tot opluchting van Madolina werd het weer stil rond de tafel. Topino veegde met zijn servet over zijn mond en nam een slok wijn. Evelina keek trots naar haar man, met haar handen gevouwen in haar schoot. ‘Thanksgiving is een bijzondere avond, voor alle Amerikanen, waar ook ter wereld. Maar het is ook een bijzondere avond voor diegenen van ons die hun vaderland hebben verlaten en van Amerika hun nieuwe thuis hebben gemaakt. We vieren deze avond samen, als één volk, een kleurrijke verzameling immigranten, in een land dat is gebaseerd op respect voor de ander en wederzijdse acceptatie. Zoals jullie weten, zijn mijn voorouders in de achttiende eeuw vanuit Holland naar Amerika gekomen. Tante Madolina en oom Peppino – God hebbe zijn ziel – kwamen rond de eeuwwisseling, meteen na hun trouwen vanuit Italië hierheen. Evelina stapte kort na het einde van de oorlog op de boot, en oom Topino vestigde zich hier in de jaren vijftig.’

Evelina’s blik kruiste die van Topino, en ze schonk hem een warme glimlach. Uit zijn ogen sprak dezelfde warmte. Maar er stond ook weemoed in te lezen, iets wat hij doorgaans verborgen hield. Franklin vervolgde met het uitspreken van zijn dankbaarheid voor vrienden en familie, voor welvaart en voorspoed. ‘Het geluk heeft ons toegelachen, en dat is iets om dankbaar voor te zijn. Dus daar hef ik het glas op. En op jullie, want ik prijs me gelukkig dat ik jullie mijn vrienden en mijn familie mag noemen.’ De anderen stonden nu ook op en hieven hun glas. ‘Happy Thanksgiving!’ zeiden ze in koor.

Na het eten gingen Franklin en Topino aan de kaarttafel zitten voor hun traditionele partij schaak. Beide mannen waren ervaren spelers en ze zaten nog steeds over het bord gebogen toen de rest allang naar huis was. Aldo en Lisa hadden aangeboden Madolina thuis te brengen. Ava-Maria hielp haar moeder met opruimen en ging toen naar bed. Evelina deed de takjes rozemarijn in een vaasje en zette dat op het aanrecht. Toen liep ze terug naar de zitkamer.

'Blijkbaar zijn jullie toch niet echt tuk op verliezen,' zei ze plagend, met haar hand op Franklins schouder. 'Volgens mij kunnen jullie beter stoppen.'

'Dat denk ik ook.' Franklin rechtte zuchtend zijn rug. 'We kunnen de stukken laten staan en morgen verder spelen.'

'Meen je dat nou?' vroeg Topino. 'Heb je onderhand geen genoeg van me?'

Evelina schoot in de lach. 'Kom lunchen. Ava-Maria blijft nog een paar dagen, en ik weet zeker dat ze het leuk vindt om je wat langer te zien. Trouwens, dat geldt ook voor ons.'

'Tja, de verleiding om morgen weer van je kookkunst te mogen genieten is groot. En van jullie gezelschap, niet te vergeten.'

'Mooi. Dat is dan geregeld.' Evelina liep naar de keuken en kwam terug met een pakketje in bruin papier, dichtgebonden met een touwtje. 'Ik laat je even uit.'

Topino nam afscheid van Franklin en volgde Evelina naar de hal. Hij oogde een beetje vermoeid, slaperig van de wijn. Zijn ogen verrieden dat hij geëmotioneerd was. Evelina hield zijn jas omhoog.

'Je bent een goede gastvrouw, Eva.' Hij stak zijn armen in de mouwen en verviel opnieuw in het Italiaans, zoals altijd wanneer ze samen waren.

Ze glimlachte vertederd en hield hem het pakketje voor.

'Wat is dat?'

‘Een pompoentaart.’ Haar glimlach werd breder. ‘Ik had er twee gemaakt. Een extra, voor jou.’

Zijn ogen glansden. ‘Je denkt ook aan alles.’ Hij bukte zich en kuste haar op de wang. ‘Tot morgen.’

Ze knikte.

Daarop verdween hij de donkere avond in.

Evelina liep terug naar de keuken om het licht uit te doen. Haar blik viel op het vaasje met rozemarijn. Met een hart vol dankbaarheid voor al het goede, maar ook voor al het verdriet dat het leven haar had gebracht, stond ze bij de gootsteen. Ze wreef een takje tussen haar vingers, rook eraan en sloot haar ogen.

1

Noord-Italië, juli 1934

Evelina snoof genietend de geur van rozemarijn op. De struiken met hun altijd groene naalden en paarse bloemetjes groeiden overal rond de villa. Het landgoed was een waar bloemenparadijs. Er stonden reusachtige terracotta potten met bougainville, tijm woekerde welig, er groeide oleander in alle denkbare kleuren, en de jasmijn die de kalkstenen muren bedekte, parfumeerde de kamers met zijn verrukkelijke aroma. Maar de geur die het landgoed karakteriseerde, was die van rozemarijn. Houtachtig, rijk en zwoel, prikkelend. Voor de zeventienjarige Evelina was het de geur van thuis.

Met het takje nog tussen haar vingers haastte ze zich de tuin door naar de zestiende-eeuwse villa. Het huis bood een majestueuze aanblik, maar het oogde ook vermoeid door het vele achterstallige onderhoud. Onderhoud waarvoor Evelina's vader niet het geld had. Of waarvan hij de noodzaak weigerde in te zien. Gaetano Pierangelini, die door iedereen Tani werd genoemd, was schrijver en leidde een kluizenaarsbestaan; hij was meer geïnteresseerd in het geschreven woord dan in de zorg voor zijn huis. Tani sleet het merendeel van zijn dagen in zijn studeerkamer. In driedelig pak en met een onafscheidelijke sigaret tussen zijn lippen werkte hij aan zijn literaire romans. Boeken waarvan het schrijven hem jaren kostte, maar die nauwelijks geld in het laatje brachten. Zelf hechtte hij meer waarde aan de prijzen die hij ermee won en aan het respect dat zijn werk hem opleverde, dan aan materiële zaken.

Artemisia daarentegen, zijn twaalf jaar jongere vrouw, omringde zich met kunst en andere mooie spullen die ze verzamelde met de gretigheid van een ekster. Als beeldschone bohemienne kon ze het niet laten ook haar wereld te vullen met schoonheid, alsof de villa een verlengstuk was van haarzelf. Daarbij liet ze zich niet ontmoedigen door de sjofele staat waarin het huis verkeerde. Integendeel, daarin zag ze een uitdaging, ervan overtuigd dat niemand die met zo veel flair en creativiteit het hoofd zou weten te bieden als zij dat kon. Scheuren in de muren bedekte ze met wandkleden, de kaal gesleten tegelvloer verborg ze onder Perzische tapijten, en alle andere onvolkomenheden camoufleerde ze met weelderige boeketten, met grote planten in fraaie potten en met de talloze schilderijen en marmeren bustes die ze in de loop der jaren had verzameld. Ze had er niet alleen kijk op, ze had bovendien een neus voor koopjes en kwaliteit. Stukken die ze voor een spotprijs op de kop had weten te tikken, bleken soms werken van grote meesters te zijn. Of in elk geval van kunstenaars van naam en faam. Het was aan die aankopen te danken dat Villa L'Ambrosiana en haar bewoners zich staande wisten te houden en dat Tani zich aan zijn grote liefde kon wijden zonder zich zorgen te hoeven maken over geld.

Artemisia mocht zich gelukkig prijzen met de betoverende, zestiende-eeuwse grandeur die de villa nog altijd uitstraalde. Daaraan kon zelfs het achterstallige onderhoud geen afbreuk doen. De fresco's met allegorische en landelijke taferelen waren weliswaar door vocht aangetast en zouden dringend gerestaureerd moeten worden, maar ze hadden hun delicate schoonheid behouden. De vertrekken met hun hoge plafonds en grote ramen waren harmonieus van afmetingen, met elkaar verbonden door dubbele deuren omlijst door roze marmer en trompe-l'oeils. De villa bezat een lome charme, een stille waakzaamheid, alsof bewoners en bezoekers er slechts te gast waren maar er niet echt deel van uitmaakten; alsof ze vluchtige passanten waren wier kleine drama's, die voor hén wereldschokkend leken, uiteindelijk als onbeduidend in de vergetelheid zouden raken. Generaties kwamen en gingen, maar de muren getuigden onveranderlijk van de kortstondigheid en de broosheid van het leven, zonder de zin van dat leven te doorgronden, want wat wisten muren van wat het hart bewoog? Wat wisten muren van de liefde die van alle tijden is?

Evelina danste de treden op naar het brede terras aan de achterkant van de villa. Tussen reusachtige potten met citroenbomen liep ze via de openslaande deuren het huis binnen. Daar was het aangenaam koel. Uit de muziekkamer drongen pianoklanken tot haar door. Benedetta, haar oudere zus, zat te spelen. Vanboven klonk gegil. Dat was Bruno, haar kleine broertje. Blijkbaar was hij op zijn kamer met de hond aan het stoeien. Op de overloop werd gezongen. Het was Bruno's kindermeisje, Romina, die de was opvouwde. In het koele hart van de villa deden Nonna Pierangelini, Evelina's grootmoeder, en Costanza, Nonna's vrijgezelle zus, hun middagdutje. Na een uitgebreide lunch hadden ze zich teruggetrokken, loom van de hitte en moe van het kaarten, waarbij ze zoals altijd de ene sigaret met de andere hadden aangestoken.

Evelina liep van kamer naar kamer naar de voorkant van de villa, waar ze op de treden ging staan en vol verwachting de oprijlaan af tuurde. De vijver glinsterde in de zon. De fontein in het midden, in de vorm van een Venusfiguur, deed het al jaren niet meer en was bedekt met mos en aanslag. Aan weerskanten van de oprijlaan stond een sokkel met daarop een naakte man in contrapost, uitgevoerd in marmer, omringd door potten met paarse bougainville en slordig gesnoeide taxusbollen.

Na lang wachten ontdekte Evelina aan het eind van de cipressenlaan een paard-en-wagen. Het tweewielige rijtuigje met daarin signora Ferraro kwam in de schaduwen van de bomen langzaam dichterbij. Opgewonden wiebelde Evelina van de ene voet op de andere, totdat ze het gezicht van haar schilderlerares kon onderscheiden. Ze stak haar hand op en zwaaide uitbundig. Fioruccia Ferraro zwaaide lachend terug; de linten van haar hoed dansten in de wind. De schilderlessen waren voor Evelina het hoogtepunt van de week. Want ze hield van schilderen, en ze hield van signora Ferraro. De jonge lerares was grappig en straalde een en al warmte en hartelijkheid uit. Iets wat Evelina miste bij haar narcistische moeder, die nauwelijks oog voor haar had. Vandaar dat ze genoot van de uren met signora Ferraro.

De tuinen van Villa L'Ambrosiana boden volop inspiratie om te tekenen en te schilderen. Behalve de planten, de bomen, de struiken en de bloemen, waren er bustes en beelden, stenen bogen, met mos begroeide grotten, fonteinen en zuilengangen, en natuurlijk de fraaie kas waarin Nonna Pierangelini haar tomaten kweekte. Bovendien stond er, verborgen tussen de pijnbomen, een neogotische kapel waar de bewoners in vroeger tijden hun geloof hadden beleden, maar waar nu de elementen vrij spel hadden, en niet te vergeten Bruno en zijn vriendjes. Het was een heerlijke plek om verstoppertje te spelen en geheime bijeenkomsten te houden.

Evelina en haar lerares zetten hun kruk bij een beeld van een mollige harpspelende cherubijn en gingen aan het werk. Het was stil in deze verre uithoek van het landgoed, tussen eeuwenoude bomen en marmeren beelden van reeds lang vergeten voorouders. De hitte drong zelfs tot in de schaduwen door. Signora Ferraro had haar hoed afgezet, haar lange donkere krullen vielen tot over haar schouders. Ze droeg een witte jurk met een enigszins verbleekte roze ceintuur. Haar sjaal, met roze en gele bloemetjes en versierd met kwastjes, had ze afgedaan. Ze had scherp afgetekende jukbeenderen, een volle, gevoelige mond en donkere, amandelvormige ogen, omlijst door lange wimpers. Haar huid had de kleur van koffie met een flinke scheut melk. Behalve haar ingetogen schoonheid bezat ze een groot artistiek talent. Niemand was voor Evelina zo'n bron van inspiratie als signora Ferraro, en ze droomde ervan later net zo te worden als zij.

Ze praatten wat tijdens het tekenen, en af en toe wierp signora Ferraro een blik op Evelina's schetsblok en gaf ze haar aanwijzingen. Altijd lovend en positief, want ze wist uit ervaring hoe gevoelig kunstenaars waren voor kritiek op hun werk.

Evelina nam de adviezen van signora Ferraro gretig ter harte. 'Mamma heeft een man gevonden voor Benedetta,' vertelde ze.

'O? Hoe oud is Benedetta nu?' Signora Ferraro stopte even met schetsen en dacht aan Evelina's oudere zus, die zelfs als kind al een klein vrouwtje was geweest.

'Twintig.'

'En wat is het voor iemand, die man?' Signora Ferraro glimlachte geïnteresseerd. 'Vindt Benedetta hem leuk?'

'Ze heeft hem nog niet ontmoet.' Evelina zei het alsof het de normaalste zaak van de wereld was.

Signora Ferraro fronste. 'Ze heeft hem nog niet ontmoet?' herhaalde ze niet-begrijpend.

'Hij komt morgen voor de lunch, samen met zijn moeder. Ik geloof dat zijn vader bij een bank werkt. In Milaan.'

'O.' Het klonk afkeurender dan signora Ferraro had bedoeld.

Evelina wierp haar een onderzoekende blik toe. 'Houdt u niet van bankiers?'

'Hij is vast en zeker aardig.'

'Hij is in elk geval rijk,' verklaarde Evelina nadrukkelijk. 'Papa kent zijn vader. Ze hebben samen in Parijs gestudeerd. Het is een deftige, oude familie, volgens mamma. Vooral dat "oud" is blijkbaar erg belangrijk. Tenminste, voor papa. Mamma vindt het belangrijker dat ze rijk zijn.'

'Komen ze uit Milaan hierheen?'

'Ja.'

'En hoe vindt Benedetta dat? Is ze zenuwachtig?'

'Volgens mij wel. Ze heeft de hele dag achter de piano gezeten. Als ze zenuwachtig is speelt ze Tsjaikovski.'

'En als ze hem niet leuk vindt?'

Evelina haalde haar schouders op. 'Ze móét hem leuk vinden. Papa wil dat ze met hem trouwt.'

'Dat is wel erg ouderwets.'

'Dat is hij ook. Verder bemoeit hij zich amper met ons. Hij leeft voor zijn werk. Mamma en wij hangen er maar zo'n beetje bij. Volgens mij zou hij zonder ons ook volmaakt tevreden zijn.'

'Daar geloof ik niks van.'

'Toch is het zo.' Evelina tikte met haar vrije hand een vlieg weg. 'Benedetta en ik worden klaargestoomd voor het huwelijk, en Bruno moet ooit het landgoed bestieren. Ondertussen schrijft papa het ene meesterwerk na het andere. En raakt de villa steeds meer in verval. Papa krijgt prijzen en onderscheidingen voor zijn boeken, en mamma wordt oud tussen haar planten en haar schilderijen, want dat is het enige waar zij echt om geeft.'

'En jij, Evelina?'

'Ik ga niet trouwen.'

Signora Ferraro glimlachte. 'Trouwen is anders best leuk. Als je trouwt met de man van wie je houdt.'

'Houdt u van signor Ferraro?'

'Meer dan van wie ook in de wereld.'

'En als u kinderen krijgt, houdt u daar dan meer van?'

'Dat weet ik niet. Ik denk dat ik net zo veel van Matteo zal houden als van onze kinderen.'

Tevreden met dat antwoord wijdde Evelina zich weer aan haar tekening. 'Blijft u nog wel schilderles geven als u eenmaal kinderen hebt?'

'Natuurlijk, gekkie.' Signora Ferraro grinnikte. 'Je bent mijn beste leerling. Dat weet je best.'

De oudste van signora Ferraro's vier broers had een stoffenwinkel in Vercellino, met daarachter een atelier waar zijn vrouw werkte als kleermaakster, met Artemisia Pierangelini als een van haar beste klanten. Nu Benedetta twintig was en daarmee de huwbare leeftijd had bereikt, werd het ook voor haar tijd om zich een garderobe te laten aanmeten. Iets waarvan Evelina alleen nog maar kon dromen. Zij moest het doen met de afdankers van haar zus, die er in haar ogen sjofel en weinig elegant uitzagen. Toen de lunch van de volgende dag opnieuw ter sprake kwam, vroeg signora Ferraro wat Evelina zou aantrekken. 'Het zal wel weer een oude jurk van mijn zus worden,' antwoordde die somber. 'Nou ja, het maakt niet uit. Het gaat niet om mij. Ik hoef tenslotte niet bij het bezoek in de smaak te vallen.'

'Wil je een jurk van mij lenen?' vroeg signora Ferraro. 'Mijn schoonzus maakt ze voor niets. En van mijn broer krijg ik lappen stof die hij niet meer kan verkopen. Volgens mij heb ik precies de goede jurk voor je. Als je nou straks met me meegaat, dan kun je hem passen. We drinken wat en ik laat je mijn werk zien.'

Evelina sprong overeind. 'Ja! Waarom gaan we niet meteen? Ik heb genoeg van die cherubijn. En ik wil heel graag een jurk lenen en uw schilderijen zien. Ze zijn vast prachtig.'

'Welja, waarom ook niet. Hij is mooi geworden, je cherubijn. En volgens mij vindt hij het ook wel welletjes. Hij staat al de hele middag te poseren.'

Evelina schoot in de lach, ze pakten hun spullen en liepen door de tuin naar het rijtuigje. De kastanjebruine merrie stond in de schaduw van een eucalyptus; een van de werkmannen van het landgoed had hem een emmer water gebracht. Signora Ferraro maakte het dier los en klopte het liefdevol op de hals. Evelina klom zonder aarzelen op de bok. Signora Ferraro kwam naast haar zitten, zette haar tas met schilderspullen op de grond, en daar gingen ze, in draf de oprijlaan af, over de langgerekte schaduwen van de cipressen.

De rit naar Vercellino duurde twintig minuten. De hemel was kobaltblauw, de uitgestrekte, ondergelopen rijstvelden bijna fosforescerend groen, en in de verte glinsterden besneeuwde bergtoppen in de mist boven de horizon, als spierwitte, laaghangende wolken. Evelina werd blij van zo veel schoonheid. Van de kleine vogels die in de struiken dartelden; van de geur van pijnbomen en wilde kruiden; van de bries die liefkozend langs haar wangen streek; van de zon op haar gezicht; van het geklepper van de paardenhoeven en het geratel van de wielen terwijl ze over de onverharde weg naar het stadje reden, waarvan de kerktorens en de rode daken geleidelijk aan zichtbaar werden. Het gebeurde niet vaak dat Evelina in Vercellino kwam, meestal alleen op zondag, voor de mis, en af en toe samen met haar moeder, op dagen dat ze geen thuisonderwijs kreeg. Ze vond het dan ook reuze opwindend.

Het middeleeuwse stadje lag in de Povlakte, tussen Milaan en Turijn. Het was een van de oudste menselijke nederzettingen in Noord-Italië en dateerde volgens archeologen en historici uit de zesde eeuw voor Christus. Het stadje was trots op zijn overblijfselen uit de Romeinse tijd – een amfitheater en een hippodroom – en op de Basilica di Santa Maria del Fiore die was gebouwd in de twaalfde eeuw, een van de best bewaarde romaanse bouwwerken in Italië.

Evelina was meer geïnteresseerd in de mensen, de pleinen, de winkels. De villa lag zo ver van de bewoonde wereld, dat ze ernaar snakte om door de straten te zwerven, om etalages te kijken, om iets lekkers te kopen bij de kramen op de markt, om taart te eten in een van de cafés en om tussen de duiven over het plein te slenteren. Hier speelde het echte leven zich af. Het vrije leven. En ze hunkerde naar vrijheid.

Er heerste grote bedrijvigheid in het stadje, in de straten was het een drukte van belang. Mannen duwden zwaarbeladen handkarren, vrouwen liepen met manden vol fruit en groenten, spelende kinderen renden tussen alles en iedereen door, en zwerfhonden schooierden om eten. Soms kwam er zelfs een auto voorbij, en politiemannen die een oogje in het zeil moesten houden, slenterden op hun gemak in het zonnetje. Vanaf haar hoge zitplaats keek Evelina opgewonden om zich heen.

Signora Ferraro hield het paard in voor de winkel van haar broer: Ercole Zanotti. 'Ga je mee? Ik moet even een lap stof ophalen.'

Evelina sprong van de bok. Ze was met haar moeder wel eens bij Ercole Zanotti geweest en had haar ogen uitgekeken naar de kleurige rollen zijde en linnen, de linten en de knopen, het kant en de talloze passementen, de kwastjes, de biezen, de franje en de flonkerende pailletten die het licht weerkaatsten. In de ogen van Evelina was de winkel een grot van Aladdin.

Ze volgde haar lerares de winkel in. Boven de deur rinkelde een belletje. 'Fioruccia!' riep signor Zanotti vanachter de toonbank, en hij spreidde zijn armen om zijn zus te verwelkomen. Hij had dik, grijzend haar, een wollige baard en dito snor, en onder zijn borstelige, beweeglijke wenkbrauwen prijkte een ronde bril op zijn grote neus. Hij zag er keurig uit in zijn driedelige pak, met op zijn buik een gouden zakhorloge en om zijn linkerpink een gouden zegelring. Aan zijn ringvinger prijkte een eenvoudige gouden trouwring. 'En als ik me niet vergis, dan bent u signorina Pierangelini.' Hij glimlachte Evelina stralend toe, want signor Zanotti hield van mensen. 'De laatste keer dat ik u zag was u nog maar een klein meisje.' Hij hield zijn hand een eindje boven de grond, om aan te geven hoe klein. 'Maar u bent opgebloeid tot een mooie jonge vrouw.'

Evelina schoot in de lach, blij en trots omdat hij haar een jonge vrouw had genoemd, en vurig wensend dat haar moeder het had kunnen horen.

'Ezra!' riep signor Zanotti. 'Kun jij de stof voor tante Fioruccia even pakken? Die ligt op mijn bureau. En dan moet ik me helaas verontschuldigen.' Hij liep naar een paar oudere dames met zo'n overdaad aan veren op hun hoed dat Evelina onwillekeurig aan een stel exotische kippen moest denken.

Ze streek met haar hand over een rol stralend roze lint, in de kleur van pioenrozen, en stelde zich voor hoe het op haar hoed zou staan, of in haar haar. Op dat moment kwam er een jongeman de winkel binnen vanuit de ruimte daarachter. Hij had een pakje bij zich, gewikkeld in bruin papier. Dat moest Ezra zijn. Hun blikken kruisten elkaar, en Evelina had het gevoel alsof een vuist zich om haar maag sloot. Haar wangen begonnen te gloeien door een vurige blos. Haastig keerde ze zich weer naar het lint, zo geschrokken dat ze het amper meer zag. En ze merkte ook niet dat haar vingers beefden terwijl ze over het glanzende satijn streek. Ondertussen was ze zich scherp bewust van de jongeman met zijn bruine krullen en zachte grijze ogen. Terwijl hij het pakje aan signora Ferraro gaf, wierp hij een steelse blik opzij.

'Dank je wel, Ezra. Trouwens, dit is signorina Pierangelini. Of kennen jullie elkaar al?'

'Nee, ik heb nog niet het genoegen gehad kennis te maken.'

Onder de blik van zijn grijze ogen begon ze nog vuriger te blozen. Ze rechtte haar schouders, glimlachte beleefd en deed haar uiterste best een nonchalante, ongeïnteresseerde indruk te maken, maar dat viel niet mee.

'Dit is mijn neef Ezra,' stelde signora Ferraro hem voor. 'Hij werkt bij zijn vader in de zaak.'

'Aangenaam kennis te maken.' Ezra boog vluchtig, met een verlegen glimlach.

Evelina had het gevoel dat de vuist om haar maag nog harder begon te knijpen. 'Insgelijks,' stamelde ze en ze sloeg haar ogen neer. Terwijl ze doorgaans niet op haar mondje gevallen was, wist ze nu niets te zeggen. Ze haalde diep adem, slecht op haar gemak vanwege haar gloeiende wangen.

'Signorina Pierangelini is een leerling van me,' vertelde signora Ferraro. 'Ik geef haar schilderles.'

'O. Wat leuk,' mompelde Ezra.

'En volgens mij heeft ze het in zich om een groot kunstenaar te worden,' vervolgde signora Ferraro in een poging een gesprek op gang te brengen.

Evelina wist dat ze iets moest zeggen als ze niet onnozel of onvolwassen wilde lijken. Niet voor het eerst verwenste ze haar moeder, die haar in zulke kinderachtige, afgedragen jurken liet lopen. 'Ik geniet erg van onze lessen.' Haar stem klonk vreemd, alsof hij van heel ver weg kwam.

'Ik ook,' viel signora Ferraro haar bij. 'Onze lessen zijn voor mij de hoogtepunten van de week.'

Ezra en Evelina keken alle kanten uit, behalve naar elkaar. Signora Ferraro barstte in lachen uit. 'We moesten maar weer eens gaan. Dank je wel voor de stof, Ezra. Ik ga er iets moois van maken.'

Evelina haastte zich de winkel uit. Buiten ademde ze gulzig de frisse lucht in. Haar knieën knikten, en ze klom enigszins moeizaam in het rijtuigje. Ze was dankbaar voor de koele bries die langs haar gloeiende wangen streek. Terwijl ze met haar vingers over haar lippen streek, voelde ze haar borst zwellen, alsof hij was gevuld met bruisende belletjes. Signora Ferraro klom naast haar op de bok. Ze liet de teugels knallen, het paard sprong aan in draf, en zo reden ze de straat uit.

'Wat is hij leuk, hè?' zei signora Ferraro nonchalant, alsof ze de blos op Evelina's wangen niet had gezien. 'Van al mijn neven en nichten – en ik heb er een heleboel – vind ik hem de leukste. Het is een gevoelige jongen. En een goed mens. Net als mijn broer. Knappe mannen vinden vaak dat ze het erg met zichzelf hebben getroffen, maar zo is Ezra helemaal niet. Hij is heel zorgzaam en attent. En hij speelt prachtig piano. En viool. Trouwens, volgens mij zou hij elk instrument kunnen bespelen als hij dat wilde. Hij heeft zo veel talent. Hij schrijft nota bene zijn eigen muziek! Ik kan geen noten lezen. Maar hij leest bladmuziek met hetzelfde gemak als een boek.'

'Dan zou hij het vast goed met Benedetta kunnen vinden,' zei Evelina luchtig, in de vurige hoop dat haar lerares niet had gemerkt hoe diep ze van Ezra onder de indruk was. 'Hoe oud is hij eigenlijk?' vroeg ze nonchalant.

'Twintig.'

Evelina verzonk in een nadenkend stilzwijgen, totdat ze de Via Montebello insloegen. Door een brede poort reden ze een binnenplaats op. Er stonden grote potten met bougainville, en in bloembakken voor de ramen bloeiden geraniums.

De bovenwoning van de Ferraro's was niet groot, maar gezellig en intiem, met een balkon aan de kant van de binnenplaats en met ramen die uitkeken op de Via Montebello. Signora Ferraro ging Evelina voor naar haar atelier. Haar schildersezel stond op de plek met het meeste daglicht. Doeken leunden tegen de muren, met daarboven planken gevuld met potten met verf, pigmenten en penselen. Evelina liet vol verrukking haar blik in het rond gaan. Nieuwsgierig bekeek ze het werk van haar lerares:

houtskoolschetsen van handen en gezichten, schilderijen van landschappen en bloemen, en er zaten ook wat modernere doeken bij. 'Dit doet denken aan Picasso,' zei ze geboeid terwijl ze een schilderij omhooghield.

'Dat klopt. Ik probeer te leren van mijn grote voorbeelden.' Signora Ferraro glimlachte. 'Dat vind ik belangrijk.'

Na een glaasje limonade met wat lekkers erbij liep signora Ferraro naar de slaapkamer en kwam terug met een ivoorwitte jurk, bedrukt met kleine gele bloemetjes. Modieus en elegant, maar niet te volwassen. Evelina popelde van ongeduld om hem aan te trekken. 'Je kunt je in mijn slaapkamer verkleden,' zei signora Ferraro.

Evelina verdween achter het kamerscherm, en even later stond ze voor de lange spiegel om zichzelf te bewonderen. De schuingesneden jurk zat haar als gegoten; de wijd uitwaaierende rok viel tot halverwege de kuit. Ze was er weg van. Want ze voelde zich voor het eerst een vrouw. Niet langer een kind, het kleine zusje, de *bambina*. Kon ze de klok maar terugzetten! Kon ze die eerste ontmoeting met Ezra Zanotti maar overdoen! Niet in een afdankertje van haar zus, maar in deze prachtige witte jurk met gele bloemetjes! Ze draaide in het rond om zichzelf van achteren te bekijken en zag hoe de jurk zich sierlijk voegde naar het kuiltje in haar rug. Tot op dat moment had ze zich nooit afgevraagd of ze mooi was. Benedetta was altijd de knappe dochter geweest. Maar Evelina besefte nu dat zij er ook mocht zijn. Ze was verrast door de aantrekkelijke jonge vrouw die haar aankeek vanuit de spiegel.

Ze liep naar de zitkamer om de jurk aan signora Ferraro te laten zien. 'Hij is prachtig!' Ze draaide in het rond. 'Wat vindt u? Staat hij me goed?' vroeg ze, ook al wist ze het antwoord al.

Signora Ferraro hield haar adem in van verrukking. 'Hij staat je beeldig!' Ze streek de rok glad, trok de mouwtjes recht en tikte een pluisje van de schouder. 'Alsof hij voor je gemaakt is! Wat zul je mooi zijn, morgen bij de lunch.'

'En niet alleen morgen. Ik trek hem nooit meer uit.'

Signora Ferraro schoot in de lach. 'Ik neem niet aan dat je hem in bed aanhoudt.'

'Wie weet.' Evelina draaide opnieuw in het rond.

'Ik hoop niet dat je mooier bent dan je zus. Je moeder zal het me niet in dank afnemen als de bankier besluit dat hij liever met jou wil trouwen.'

'Dat gebeurt niet. Benedetta was altijd de mooiste thuis. Bovendien zou ik hem niet eens willen. Ik trouw niet met een bankier.'

Signora Ferraro grijnsde en trok veelbetekenend haar wenkbrauwen op. 'Ik dacht dat je helemaal niet wilde trouwen.'

Evelina begon prompt te blozen, want ze dacht aan Ezra Zanotti. Ze draaide zich haastig om en liep terug naar de slaapkamer. 'Ik ben nog veel te jong om al aan trouwen te denken,' zei ze terwijl ze achter het scherm de jurk losknoopte. 'Bovendien heb ik nog geen man ontmoet met wie ik het zelfs maar zou willen overwegen.' Maar dat was niet waar. Dat wist ze maar al te goed. En signora Ferraro wist het ook.

Die avond stond ze voor het raam van haar kamer en keek uit over de tuin, die door de volle maan in een zilveren gloed werd gedompeld. Er stond geen zuchtje wind, het was bladstil, en de geur van jasmijn zweefde door het open raam naar binnen, want in de Piëmontese zomer wist de hitte ook na zonsondergang van geen wijken. Sterren flonkerden aan de inktzwarte hemel, en Evelina was zich bewust van een verlangen dat ze nooit eerder had gevoeld; van een hunkering diep vanbinnen die haar vreemd was en die haar in verwarring bracht. De tuinen zagen er prachtig uit, de hemel oogde mysterieus, de maan sprookjesachtig en romantisch. Het was overweldigend en stemde haar melancholiek, vanuit de onbewuste behoefte om al dat moois te delen met iemand die haar dierbaar was. Ze had nog geen ervaring met de liefde, maar haar hart herkende die als een oude vriend, als iets wat er altijd al was geweest.

Met een hand op het gordijn boog ze naar voren en legde ze haar voorhoofd ertegenaan. Wanneer zou ze Ezra weerzien?

2

De volgende ochtend werd ze gewekt door luide pianoklanken. Haar zus speelde Tsjaikovski. Benedetta was blijkbaar doodzenuwachtig, dacht Evelina, terwijl ze haar daagse kleren aantrok. Toen ze beneden kwam, hield haar moeder in de hal toezicht op een stel werkmannen van het landgoed die een klassiek landschap van de muur haalden en er een moderner schilderij voor terughingen dat ze op een veiling in Milaan had gekocht. Evelina was eraan gewend dat de schilderijen voortdurend werden gewisseld, om plaats te maken voor een recente aankoop of omdat haar moeder er anders op uitgekeken raakte. Het had iets dwangmatigs, maar het was ook liefhebberij. Vandaag was de aanleiding van de schilderijenwissel het bezoek van Francesco Rossi en zijn moeder, Emilia, die kwamen kennismaken met Benedetta. Artemisia was er alles aan gelegen dat de villa niet alleen van haar adellijke afkomstig getuigde maar ook van haar goede smaak. Dat zou gunstig afstralen op haar dochter.

Terwijl Artemisia orders uitdeelde, werkten de twee jonge mannen zich in het zweet. Ze stond onder aan de trap, zoals altijd bohemienachtig gekleed; ogenschijnlijk nonchalant, want daar was wel degelijk over nagedacht. Over een lange boerse jurk droeg ze een wijdvallende zijden kamerjas, versierd met zwarte kwastjes. De bijpassende zijden sjaal die ze om haar hoofd had gebonden, was aan de zijkant vastgeknoopt, waardoor de twee uiteinden zwierig over haar schouders vielen. Meerdere lange parelsnoeren completeerden het geheel. Artemisia had lak aan conventies. Ze kleedde zich in een stijl die haar unieke en flamboyante persoonlijkheid recht deed, en het was aan die unieke en flamboyante persoonlijkheid te danken dat ze zich haar lak aan conventies kon veroorloven. Ze was begin veertig en nog altijd een knappe vrouw. Terwijl de jaren haar vriendinnen genadeloos hadden getekend, hadden ze haar zo goed als ongemoeid gelaten. Met haar korte, donkere haar dat haar gezicht licht golvend omlijstte, haar scherpe adelaarsneus, haar levendige groenbruine ogen en haar wilskrachtige kin was ze een indrukwekkende verschijning. Artemisia deinsde er niet voor terug om haar mening te geven, ook als die mening ronduit radicaal was. Ze hield ervan om te choqueren. Maar ze hield vooral van aandacht. Vandaag draaide alles om Benedetta, maar dankzij de extravagante boeketten, het verplaatsen van meubels en schilderijen, en dankzij de verrukkelijke geuren die uit de keuken kwamen, waar Angelina brood bakte en gnocchi maakte voor de lunch, zou je bijna denken dat de hoofdrol voor Artemisia was weggelegd.

Evelina wist dat ze haar moeder maar beter niet voor de voeten kon lopen. Want Artemisia wás geen moeder. Ze was niet echt in haar kinderen geïnteresseerd. Althans, niet in haar dochters. Wél in haar zoon. Bruno was de erfgenaam op wie zij en haar man hadden gehoopt. Na twee meisjes waren Tani en zij dolgelukkig geweest toen ze eindelijk werden gezegend met de geboorte van een jongen. Bruno werd dan ook schandalig door hen verwend. Tani Pierangelini had geen fortuin dat hij zijn zoon kon nalaten, wel een oude naam en een oud, zij het nogal vervallen landgoed, en dat had ook een zekere mate van cachet.

Artemisia had het te druk om aandacht aan haar dochter te

besteden, dus Evelina besloot naar haar zus te gaan, die zo uitzinnig op de piano zat te beuken dat het hele huis trilde op zijn grondvesten. Bij de muziekkamer gekomen bleef Evelina in de deuropening staan, met haar handen tegen haar oren gedrukt. Benedetta keek op en nam met tegenzin haar handen van de toetsen. De stilte die volgde, had iets wolligs, als een zachte, geruisloze omhelzing. Evelina liet haar handen zakken. 'Ga je mee ontbijten? Als je zo blijft doorspelen stort het hele huis in. Dan hebben we niks meer om indruk te maken op je aanstaande, en dan ben ik stokdoof.'

Zuchtend sloot Benedetta de klep van de piano. Maar zelfs een pruillip kon geen afbreuk doen aan haar charmes. Integendeel, dankzij een sombere frons leken haar porseleinblauwe ogen nóg stralender. Met haar fijngetekende trekken, haar golvende, stroblonde haar, haar volle lippen en hoge jukbeenderen was ze een opvallende schoonheid. 'Ik wou dat ze niet kwamen,' zei ze mokkend, terwijl ze haar kruk naar achteren schoof en haar zusje volgde naar het terras. Daar was de tafel onder de parasol al voor vier gedekt. Nonna en Costanza moesten nog komen. De twee zusjes gingen zitten, en Maria, het hulpje van Angelina, serveerde het ontbijt. 'Stel je voor dat hij lelijk is.' Benedetta vouwde haar servet open en legde hem op haar schoot.

'Volgens mamma is hij knap.' Evelina was blij dat zíj niet hoefde op te draven om haar toekomstige echtgenoot te ontmoeten.

'Dat zegt ze misschien alleen maar.'

'Mamma is altijd eerlijk. Op het akelige af. Het kan natuurlijk zijn dat ze niet dezelfde smaak heeft als jij. Een man die zij knap vindt, vind jij misschien wel onaantrekkelijk. Maar ze zou er niet om liegen. En ze zou niet willen dat je met een onaantrekkelijke man trouwde. Bovendien, je kunt toch nee zeggen?'

'En dan? Ik wil trouwen. Ik moet er niet aan denken dat ik overblijf.'

'Waarom zou je overblijven? Meer mannen dan kerken.'

'Dat is zo. Kerken genoeg, maar Francesco is een kathedraal,' zei ze voldaan.

Evelina nam een slok sinaasappelsap. 'Volgens mamma heeft een vrouw het recht om haar eigen weg te kiezen, om haar eigen keuzes te maken en er een eigen mening op na te houden. Ik begrijp niet dat ze het met papa eens is, met zijn ideeën over een gearrangeerd huwelijk. Ik had gedacht dat ze dat ouderwets zou vinden.'

'Het is ook ouderwets. Maar wat mamma zegt klopt lang niet altijd met wat ze doet. Met wat ze zegt probeert ze alleen maar indruk te maken. Eén blik van papa, en ze schiet als een hond terug in haar mand. Het is allemaal zo vreselijk hypocriet. Dat weet je toch?' Benedetta pakte zuchtend een stuk brood met kaas en stopte het in haar mond. 'Bovendien is het volgens haar helemaal geen gearrangeerd huwelijk. Het is gewoon een kennismaking. Hoe moet ik anders ooit aan een man komen? We zien hier nooit iemand. We mochten niet eens naar school! Papa en mamma vonden thuisonderwijs beter.'

'Volgens mij vooral omdat ze geen zin hadden in de sociale verplichtingen die horen bij een school. Ze leven in hun eigen wereld en ze hebben het veel te druk met zichzelf. Met als gevolg dat wij nergens heen mogen.'

'Nou, ik kan niet wachten om hier weg te gaan. Ik vind het benauwend, ik voel me opgesloten.'

Evelina kreeg een idee. Haar ogen begonnen te stralen. 'Waarom gaan we niet gewoon samen de stad in?'

'Dat vindt mamma niet goed.'

'Dat weten we niet, want we hebben het haar nooit gevraagd. Als ze vindt dat vrouwen onafhankelijk moeten kunnen zijn, dan zal ze ons toch een zekere vrijheid moeten toestaan. En als jij eenmaal met Francesco verloofd bent, vindt ze het vast en zeker goed.'

Benedetta aarzelde. 'We zullen zien,' zei ze ten slotte nadenkend. 'We kunnen het in elk geval vragen. Wat zou het leuk zijn om op een doordeweekse dag naar de stad te gaan! In plaats van op zondag, voor de mis.'

Op dat moment kwam Bruno huppelend het terras op, gevolgd door Romina, zijn kinderjuf, en zijn hondje Dante. De zusjes waren dol op hun jongere broer. Benedetta trok de achtjarige Bruno op schoot en bedekte zijn gezicht met kussen. Terwijl hij ze met zijn mouw wegveegde, pakte hij met zijn andere hand een druif. Romina kwam er ook bij zitten. Ze wuifde zich koelte toe met een waaier, die ze vervolgens weer achter de ceintuur van haar uniform stak. 'Wat is het afschuwelijk heet,' mopperde ze. 'Ik voel me net een ijsje dat ligt te smelten in de zon.'

Bruno giechelde. 'Als je een ijsje was, Romi, wat voor smaak zou je dan zijn?'

'Vanille!'

Evelina schoot in de lach. 'Vanille is saai. Waarom geen perzik, of citroen? Of pepermunt? Iets exotisch?'

'Ik ben vanille,' hield Romina grijnzend vol. 'Simpel maar degelijk en vertrouwd. Daar voel ik me prettig bij.'

'En jij, Bruno?' vroeg Benedetta. 'Wat voor smaak ben jij?'

'Chocola,' antwoordde die prompt. 'Dat vind ik het allerlekkerst.'

'Nou, je haar heeft al de goede kleur,' zei Evelina. 'En je huid is een soort melkchocola. Maar gelukkig bén je niet van chocolade. Want dan hadden we je allang opgegeten.'

'En jij, Eva? Wat voor smaak ben jij?' vroeg Benedetta. 'Ik aardbeien.'

'Daar is iedereen dol op!' riep Romina stralend. En het was ook zo. Iedereen was dol op Benedetta.

Evelina vernauwde haar ogen tot spleetjes. 'Ik ben pistache,' zei ze toen uitdagend. 'Ik vind het niet erg als niet iedereen dol op me is. Ik ben graag een beetje anders dan anders.'

Benedetta rolde met haar ogen. 'Typisch een voorbeeld van het kleinezusjessyndroom.'

'Helemaal niet,' protesteerde Evelina. 'Iedereen is uniek. Dus dat geldt ook voor mij. Ik ben niet zoals mamma. Die doet het erom. Die wil alleen maar anders zijn dan de rest. Ik wil gewoon mezelf zijn.'

'En dat ben je, Evelina,' zei Romina diplomatiek. 'Ik weet zeker dat je later je eigen weg zult kiezen.'

Bruno trok een lelijk gezicht. 'Ik hou niet van pistache-ijs.'

'Maar wel van mij?'

Hij knikte. 'Natuurlijk. Je bent toch niet echt een ijsje?'

Nonna en Costanza kwamen uit de koelte van het donkere huis naar buiten. Zoals altijd steunend en kreunend. Het was óf te heet, óf te vochtig, óf... Nou ja, er was altijd wel wat. Nonna droeg uitsluitend zwart, want ze was in de rouw om haar overleden echtgenoot en om twee van haar kinderen die al heel jong waren gestorven. Costanza daarentegen, die nooit getrouwd was geweest, was dol op kleur en op sieraden. Bijna alsof ze er prat op ging dat ze had weten te ontsnappen aan trouwen, kinderen krijgen, en aan alle beproevingen die daarmee gepaard gingen. Bij het zien van Bruno klaarde hun gezicht op en was al het gemopper op slag vergeten. Nonna kneep hem in zijn wang en overlaadde hem met complimenten, terwijl haar zus met haar benige, beringde vingers door zijn haar woelde. Hij werd met de dag knapper, zei ze. Toen wreef ze haastig in haar vingers en maakte spuuggeluidjes met getuite lippen om het noodlot af te weren, dat anders misschien in de verleiding zou komen om zo'n rijk gezegend kind te treffen met het kwaad.

Zodra de twee zussen waren gaan zitten, kwam Maria naar buiten met fruit, verse koffie en luxebroodjes. Nonna Pierangelini tastte naar hartenlust toe, maar Costanza nipte slechts van haar koffie en at niets. Ze was zo rank als een kraanvogel, en dat dankte ze aan een grote terughoudendheid als het om lekkere dingen ging. Tegelijkertijd kon ze ervan genieten om haar zus te zien eten. Want hoe meer Ilaria at, des te trotser was Costanza op zichzelf en haar ijzeren discipline. Nonna had zich nooit om haar figuur bekommerd, en dat deed ze dus ook niet op haar vierenzeventigste. Ze smeerde royaal boter op een brioche en nam een grote hap.

Bruno rende de tuin in, met Dante en Romina achter zich aan. Nonna nam Benedetta onderzoekend op. 'Het is een belangrijke dag vandaag. Denk erom dat je glimlacht. Dat vinden mannen leuk.'

'Ik zal eraan denken, Nonna,' zei Benedetta, die had geleerd dat je oudere mensen maar beter gelijk kon geven.

'En doe je haar los. Mannen houden van een vrouw met mooi haar,' vervolgde haar grootmoeder.

'Ik vind je altijd mooi,' zei Costanza. 'Schoonheid is iets... dat heb je of je hebt het niet. En jij hebt het. Of je je haar nou los draagt of opsteekt. Maar Ilaria heeft gelijk als ze zegt dat je moet glimlachen. Een glimlach is dé manier om een man te verleiden.' Over haar koffiekop heen keek ze Benedetta aan, en haar grijns was zowel ondeugend als weemoedig. 'Ik heb er tenminste heel wat verleid met mijn glimlach.'

'Heilige Madonna!' riep Nonna Pierangelini misprijzend. 'Zulke dingen willen we niet horen. En al helemaal niet aan het ontbijt. Ik heb het bovendien over een heel ander soort glimlach.'

Evelina proestte het uit. 'Hoe glimlachte u dan?' vroeg ze aan haar oudtante, in de hoop op smeuïge onthullingen. 'Doet u het eens voor.'

Nonna schonk haar kleindochter een vernietigende blik. 'En jíj mag het al helemaal niet horen!' verklaarde ze op ferme toon.

'Waarom niet?' protesteerde Evelina giechelend.

'Omdat je toch al een ondeugende twinkeling in je ogen hebt.'

'Dat heb je van mij,' zei Costanza.

'En daar hoef je niet blij mee te zijn,' mopperde Nonna.

'Waar hoeft ze niet blij mee te zijn?' Tani kwam het terras op lopen, met zijn duimen over de zakken van zijn linnen vest gehaakt.

De vrouwen moesten lachen. 'Laat maar, lieverd,' zei Nonna; haar blik werd zachter terwijl ze naar haar zoon keek. 'We verheugen ons op de kennismaking met de jongeman die vandaag komt lunchen.'

'Ik houd me erbuiten.' Vanachter zijn brillenglazen keek Tani naar zijn oudste dochter. 'Ik weet zeker dat je bij hem in de smaak valt. De vraag is alleen of dat andersom ook zo is.'

'Doet dat ertoe?' vroeg Benedetta, en ze klonk plotseling hulpeloos. 'Maakt het ook maar iets uit of ik hem leuk vind?'

'Hij komt alleen maar kennismaken. Meer niet. En deze twee wijze vrouwen zullen je bij de hand nemen. Zij weten beter dan jij wat goed voor je is. En ze zullen hun mening niet onder stoelen of banken steken. Daar twijfel ik niet aan.'

Evelina keek van haar grootmoeder naar haar oudtante en toen naar haar zus, die er wat bleekjes bij zat. Toen dwaalde haar blik naar de tuin, naar de zon die steeds hoger klom naarmate het middaguur naderde, en ze had met Benedetta te doen.

Om twaalf uur ging Evelina naar haar kamer om zich te verkleden. Even later liep ze opgewonden naar de kamer van haar zus om de jurk te laten zien die ze van signora Ferraro had geleend. Benedetta stond nog in haar ondergoed en deed net haar oorbellen in. Toen haar zusje binnenkwam viel haar mond open van verbazing. Met haar haar opgestoken zag Evelina er ineens erg volwassen en vrouwelijk uit. 'Hoe kom je aan die jurk?'

'Die heb ik geleend. Van signora Ferraro.'

'Hij staat je prachtig.' Benedetta voelde aan de stof. 'Is dat niet de zus van Ercole Zanotti?'

'Ja. Hij geeft haar lappen stof die hij niet meer kan verkopen.'

'Nou, volgens mij had hij deze stof nog prima kunnen verkopen. Het is puur goeiigheid dat hij dat doet. Jammer dat je hem weer terug moet geven.'

'Ik voel me net Assepoester.' Evelina liet zich met een zucht op het bed vallen. 'Vanavond lijkt het allemaal een droom en loop ik weer in lompen.'

Benedetta schoot in de lach. 'Doe toch niet altijd zo dramatisch, Eva.'

'Jij hebt makkelijk praten. Jij krijgt allemaal nieuwe kleren. Denk je eens in hoe dat voor mij is. Ik loop altijd in jouw afdankers. Ik krijg nooit iets nieuws.'

'Je moet nog even geduld hebben. Dan mag jij ook naar Ercole Zanotti om stof en patronen uit te zoeken.'

'Dat duurt nog een jaar!' Evelina wierp zich in gespeelde wanhoop achterover. 'Dat is een eeuwigheid!'

Benedetta trok een smaakvolle blauwe jurk aan met brede schouders, een ronde kraag en een dunne ceintuur die haar slanke taille accentueerde. 'En? Wat vind je? Hoe zie ik eruit?' vroeg ze, en ze keerde zich naar haar zus.

Evelina ging rechtop zitten en nam haar taxerend op. 'Als de verloofde van een rijke bankier,' antwoordde ze. 'Het is nog maar de vraag of jij hem leuk vindt, maar ik weet zeker dat hij helemaal weg van je is.'

Benedetta glimlachte gevleid. Ze streek haar jurk glad en draaide in het rond om zichzelf van achteren te bewonderen. 'Ik hoop zo dat hij knap is, Eva. Het lijkt me heerlijk om in Milaan te wonen. Om mijn eigen huis te hebben. Om getrouwd te zijn en kinderen te krijgen.'

Evelina trok een lelijk gezicht. 'Ik zal je missen. Want ik zit hier straks in mijn eentje. Met mamma en papa en de twee heksen.'

'Vergeet Bruno niet.'

'Nee, natuurlijk niet. Maar met Bruno kan ik niet echt praten.'

'Je kunt me komen opzoeken.'

'Reken maar! Zodra je een beetje gewend bent sta ik op de stoep. En misschien blijf ik wel maanden logeren!'

Benedetta moest lachen. Ze kwam naast Evelina zitten en pakte haar hand. 'Je kan blijven zo lang als je wilt. En dan zoeken we voor jou ook een leuke man. Een Milanees. Dat is gezellig. Dan blijven we bij elkaar in de buurt.'

Evelina glimlachte, maar ze wilde geen man uit Milaan.

Artemisia was aangenaam verrast toen haar dochters beneden kwamen. Ze bekeek de jurk van Evelina aandachtig. 'Heb je die jurk soms van signora Ferraro geleend?' Ze trok een geëpileerde wenkbrauw op. 'Hij is beeldig. Trouwens, jullie zien er allebei beeldig uit.'

Evelina volgde haar moeder en haar zus naar het terras. Nonna en Costanza zaten te kaarten aan de tafel in de hoek, in de schaduw van een grote potpalm. Costanza hield zoals altijd een sigaret tussen haar vergeelde vingers. Artemisia streek Evelina's jurk glad. 'Als je er per se volwassen en vrouwelijk uit wilt zien, dan moeten we voor jou ook maar op zoek naar een man,' zei ze glimlachend. Maar Evelina wist dat ze zich op haar zeventiende nog geen zorgen hoefde te maken. Voorlopig was ze veilig.

Nonna keek op van haar kaarten. Ze zei iets tegen haar zus, die vervolgens ook opkeek. Samen staarden ze Evelina verbaasd aan. Die wachtte hun commentaar niet af en liep haastig achter haar moeder aan naar de tafel die voor de lunch was gedekt. Artemisia controleerde of alles in orde was, legde een mes recht en schoof de vaas met bleekroze rozen iets verder naar het midden. Nonna riep Benedetta bij zich, en er volgde een vertrouwelijk gesprek, zo zachtjes dat verder niemand het kon horen. Evelina keek naar haar zus. Benedetta zag wit van de zenuwen. Hun grootmoeder gaf haar ongetwijfeld nog een paar nuttige adviezen.

Om één uur stopte er een blauwe auto voor de villa en blokkeerde het zicht op de fontein en de oprijlaan. Artemisia liep naar buiten om hun gasten welkom te heten. Benedetta en Evelina hadden instructies gekregen om te wachten op het terras. Nonna en Costanza legden hun kaarten neer, maakten hun sigaret uit en voegden zich bij de meisjes.

'Zien jullie hem al?' Benedetta wrong nerveus haar handen. 'Ik durf niet te kijken. Is hij lelijk? Eerlijk zeggen!'

Evelina keek door het huis heen naar de voordeur, waar haar moeder stond te praten met Benedetta's potentiële schoonmoeder. Maar Francesco zag ze niet. 'Ik zie alleen zijn moeder. Ze ziet er erg voornaam uit.'

'Kijk nog eens goed.'

'O ja, nu zie ik hem!' Evelina vertrok haar gezicht van afschuw. 'Oei, het is net een waterspuwer! Of nee, een kikker. Een vette pad. Kort en dik en heel erg lelijk. Lieve hemel! Daar kan je toch niet mee trouwen? Alstublieft, Heer! Heb genade met mijn arme zus!'

Benedetta werd vuurrood. Costanza schoot in de lach. 'Niks aan te doen. Gewoon gaan liggen en aan Italië denken.'

Nonna wierp haar een misprijzende blik toe.

Evelina proestte het uit. 'Ik maakte maar een grapje, malle. Volgens mij kan hij er wel mee door.'

Al het bloed trok weg uit Benedetta's gezicht. 'Wat ben jij gemeen!' Er blonken tranen in haar ogen.

'Stil maar. Het spijt me. O, daar komt hij. Rustig blijven. Maak je geen zorgen. Het is geen kikker. Het is een prins!'

Francesco Rossi was inderdaad een knappe verschijning. Met zijn rijzige postuur, zijn blonde haar en zijn zorgvuldig onderhouden snor leek hij eerder een Oostenrijker dan een Italiaan. Hij had een rechte neus, koele, blauwe ogen, een hoekige kaak en een kuiltje in zijn kin. Dat laatste maakte een man volgens Costanza heel bijzonder. Hij liep enigszins houterig, als een militair, met zijn schouders naar achteren en zijn kin naar voren. Toen hij aan Benedetta werd voorgesteld, pakte hij haar hand en maakte een buiging. Zijn blik ging van haar blauwe jurk naar haar gezicht, en er verscheen een tevreden glimlach om zijn mond.

'Het is me een genoegen kennis met u te maken.' Hij had een diepe, krachtige stem. De stem van een man die respect afdwong.

Benedetta bloosde, maar nu van geluk. Francesco overtrof haar stoutste verwachtingen, en Evelina wist dat het niet lang zou duren of ze raakte haar zusje kwijt.

Francesco's moeder, Emilia, bood een voorname aanblik in een zachtlila mantelpak met bijpassende hoed en witte lakschoenen. Een vrouw die conventies hoog in het vaandel droeg, besefte Evelina, en die nooit iets zou zeggen wat tot opgetrokken wenkbrauwen zou leiden. Ze was klein en mollig, met een rond gezicht en een vriendelijke, aarzelende glimlach. Evelina hoopte dat haar moeder zich inhield, want anders zou Emilia de flamboyante Artemisia maar al te gemakkelijk als intimiderend kunnen ervaren.

Francesco begroette Evelina hoffelijk, maar zonder een zweem van interesse, ondanks de jurk van signora Ferraro. Hij had duidelijk alleen maar oog voor Benedetta. Zijn moeder besteedde wat meer aandacht aan Evelina, misschien om haar zoon en zijn potentiële bruid de gelegenheid te geven elkaar te leren kennen zonder bemoeienis van anderen. Costanza bloosde bijna toen Francesco haar hand kuste. Als ze dertig jaar jonger was geweest, zou ze hem op haar verleidelijke glimlach hebben onthaald. Nonna was daarentegen verrassend zwijgzaam. Vanaf het eind van de tafel nam ze de beoogde bruidegom wantrouwend op, met de doordringende blik van een argwanende kat.

De lunch was verrukkelijk. De aanvankelijke gereserveerdheid verdween al snel dankzij de culinaire hoogstandjes van Angelina en door de uitstekende wijn die Tani uit de kelder had gehaald. Zelf liet hij zich niet zien en bleef hij in zijn studeerkamer. Door zijn aanwezigheid zou de informele ontmoeting een te officieel karakter hebben gekregen.

Vanwege zijn enthousiaste lofzang op de gnocchi concludeerde Evelina dat lekker eten voor Francesco van groot belang was. Benedetta zou er goed aan doen te leren koken, want het was duidelijk dat hij de lat hoog legde. Het ontging haar echter niet dat hij na een paar glazen wijn wat minder houterig werd, dat hij zelfs gevoel voor humor bleek te bezitten. Niet dat hij grapjes maakte – dat was te veel gevraagd van een prins uit de dromen van ieder meisje – maar hij glimlachte af en toe en grinnikte wanneer Benedetta iets zei wat hij grappig vond. Artemisia, die het gesprek doorgaans domineerde met haar onorthodoxe opvattingen, leek Evelina's gedachten te hebben geraden. Want ze hield zich in en deed haar best om Emilia niet te overschaduwen. Terwijl Francesco op gedempte toon met Benedetta praatte, sprak Artemisia met Emilia over het leven in Milaan en vroeg Evelina haar oudtante naar haar jeugd, die telkens weer een bron van vermakelijke anekdotes was gebleken. Ze deed ook haar best om haar grootmoeder bij het gesprek te betrekken, maar Nonna Pierangelini hulde zich nog altijd in stilzwijgen en straalde een sombere waakzaamheid uit.

Na de lunch wandelden Francesco en Benedetta de tuin in. Nonna en Costanza trokken zich terug voor hun middagslaapje, en Evelina liet de twee moeders, in geanimeerd gesprek gewikkeld, aan tafel achter. Gewapend met een boek installeerde ze zich onder een plataan, waar de schaduw werd doorspikkeld met zonnevlekken. Ondanks de verhalen van Costanza had ze de lunch maar saai gevonden. Dat gold niet voor haar zus, besefte ze. Voor Benedetta had de kennismaking niet beter kunnen verlopen. Francesco en zij hadden honderduit gepraat en hun ogen niet van elkaar af kunnen houden. Het was nog slechts een kwestie van tijd of Benedetta ging het huis uit, en zij bleef achter met haar kleine broertje en de hond als enige gezelschap, dacht Evelina somber. Met een zucht sloeg ze de bladzijde om. Wanneer zou het echte leven voor haar eindelijk beginnen?

Verdiept als ze was in haar boek, merkte ze niet dat de uren verstreken. Het liep al tegen het eind van de middag toen ze overeind kwam. Stijf van het lange zitten rekte ze zich uit. Bij terugkeer op het terras ontdekte ze dat Emilia en Francesco inmiddels waren vertrokken. In hun plaats zaten haar ouders met Benedetta aan de koffie. 'Je mag je zus feliciteren.' Artemisia tikte haar sigaret af boven de asbak en stak het ebbenhouten pijpje weer tussen haar vuurrode lippen. 'Francesco heeft je vader om Benedetta's hand gevraagd, en Tani heeft hem zijn zegen gegeven.'

'Dat is snel gegaan,' zei Evelina verrast. Ze trok een stoel bij.

'Als je weet dat het goed zit, waarom zou je dan nog wachten?' verklaarde Benedetta stralend.

Evelina voelde ondanks zichzelf een steek van jaloezie. Want wat zou ze graag, net als Benedetta, het ouderlijk huis verruilen voor de wereld buiten de villa!

Haar vader bekeek haar aandachtig, met opgetrokken wenkbrauwen. Hij had zijn jongste dochter nog nooit zo volwassen gezien. Maar hij was er de man niet naar om zich met de kledingkeuze van zijn kinderen te bemoeien, dus hij weerhield zich van commentaar. Bovendien was hij meer geïnteresseerd in de huwelijkse voorwaarden die waren overeengekomen. 'De Rossi's zijn, net als wij, een oud en adellijk geslacht.' Hij knikte waarderend. 'Een alom gerespecteerde familie. Ik ben blij dat jullie elkaar aardig vonden, Benedetta. Want dat is natuurlijk niet onbelangrijk. Je moet elkaar op zijn minst kunnen verdragen.' Er verscheen een vluchtige glimlach om zijn smalle lippen.

'Hij is knap, hè?' Artemisia lachte hees. 'Echt een mooie man. Aanvankelijk wat stijfjes en een beetje te Duits naar mijn smaak. Maar geleidelijk aan ontdooide hij.'

Benedetta keek haar geschokt aan. 'De familie is niet Duits, mamma.'

'Nou ja, Oostenrijks dan. Francesco ziet eruit alsof zijn wortels in het noorden liggen.'

'De Rossi's hebben inderdaad Oostenrijks bloed. Dat lijdt geen twijfel,' zei Tani. 'Maar dat lijkt me niet bezwaarlijk. De Italiaanse kant van de familie is heel oud, verwant aan het geslacht Pallavicini. De stamboom gaat terug tot de middeleeuwen, tot Oberto Pallavicini, Heer van Milaan.'

'En wij zijn nouveau riche. Dat lijdt ook geen twijfel.' Artemisia keek haar man grijnzend aan. 'Ons geslacht gaat niet verder terug dan de veertiende eeuw. Maar we hebben wel een paus in onze voorouders. Daarmee stijgen we toch minstens twee treden op de maatschappelijke ladder.'

'Wat doet het ertoe hoe rijk zijn familie is en hoe ver hun stamboom teruggaat? Als hij maar aardig is en goed voor Benedetta,' zei Evelina. 'Daar gaat het toch om?'

'Hij is aardig,' verklaarde Benedetta vol overtuiging.

'Heeft hij je officieel ten huwelijk gevraagd? Op één knie, zoals het hoort?'

Artemisia klakte misprijzend met haar tong. 'Evelina! Het is geen sprookje. Zo gaat het niet in het echt. Hij heeft haar niet gevraagd, want hij wist al dat ze met hem wilde trouwen.'

Benedetta glimlachte bij de herinnering, nog altijd in de wolken en gretig om verslag te doen van wat er die middag was gebeurd. 'Hij vertelde over ons leven in Milaan. Tot we een eigen huis hebben, gaan we bij zijn ouders inwonen. Zijn moeder is erg aardig, en volgens Francesco kan zijn vader behoorlijk intimiderend zijn. Maar hij weet zeker dat hij me aardig vindt.' Ze sloeg verlegen haar ogen neer. 'Hij zei ook dat ik mooi ben. En dat hij me leuk vindt.'

'Natuurlijk vindt hij je leuk. En je bént ook mooi,' zei Evelina. Toen keerde ze zich naar haar moeder. 'Nu Benedetta verloofd is, kunnen we samen de stad in. Ze heeft nieuwe kleren nodig voor haar uitzet. Dus dan kunnen we vast een kijkje gaan nemen bij Ercole Zanotti.'

Artemisia blies een rookwolk uit haar mondhoek, maar ze zei niets. Dat liet ze aan haar man over. 'Waarom niet?' zei die, en hij nam een slok van zijn koffie. 'Vogels horen tenslotte niet in een kooi.'

'En zeker niet zulke mooie vogels!' Evelina kon wel juichen. Ze dacht aan Ezra Zanotti, en haar glimlach werd nog stralender. 'Wanneer zullen we gaan?'

'Morgenochtend,' zei Benedetta.

'Dan zal ik signora Zanotti bellen om te zeggen dat jullie bij haar langskomen,' zei Artemisia. 'Trouwens, je moet die jurk wel aan signora Ferraro teruggeven.'

Evelina slaakte een zucht. 'Assepoester zal zich opnieuw in lompen moeten hullen.' Toen grijnsde ze ondeugend, en haar hele gezicht straalde. 'Maar ze mag wel de stad in.'

3

De volgende dag reden Evelina en Benedetta in alle vroegte naar het stadje, met Benedetta aan de teugels. Evelina had van pure opwinding amper een oog dichtgedaan. Vandaag zou ze Ezra weerzien! Ze had gedaan wat haar moeder zei en de jurk van signora Ferraro netjes opgevouwen in een zak gestopt. Maar ze was niet van plan hem al terug te geven. Halverwege de rit naar Vercellino vroeg ze haar zus om stil te houden. Ze klom van de bok, verdween achter een struik en kwam even later weer tevoorschijn in de jurk, erg met zichzelf in haar nopjes.

'Eva!' riep Benedetta ademloos, geschokt door haar ongehoorzaamheid.

'Je denkt toch niet dat ik in kinderkleren de stad in ga?' Evelina klauterde kordaat weer op de bok. 'Bovendien heeft signora Ferraro niet gezegd wanneer ik hem terug moest geven.'

'Ik hoop niet dat mamma erachter komt.'

'Mamma heeft het veel te druk met haar vriendinnen. En met haar schilderijen. Met kopen en verkopen, en met wisselen van de ene kamer naar de andere... Volgens mij weet ze amper wat we uitvoeren. En ik geloof ook niet dat het haar veel kan schelen.'

'Ik hoop dat je gelijk hebt. Ik merkte wel dat papa er niet gelukkig mee was om je in zo'n volwassen jurk te zien.'

'Daar moet hij dan maar aan wennen. Kleine meisjes worden groot.'

'Ja, maar ik denk dat hij niet had verwacht dat het zo snel zou gaan.'

'Ik ben zeventien! Het zal tijd worden. Ik ben een vrouw, geen kind meer. En ik ben klaar voor de liefde.'

Benedetta schoot in de lach. 'Dan zul je toch verder om je heen moeten kijken. Want ik ben bang dat je hier geen man gaat vinden.'

Evelina hield haar hoofd schuin en grijnsde. 'Ach, je weet maar nooit.'

Het was opwindend om de rust van het landgoed achter zich te laten en te verruilen voor de drukte van het stadje. Zowel Benedetta als Evelina genoot ervan zich in een wereld te begeven waarvan ze doorgaans waren buitengesloten. En ze genoten ook van de bewonderende blikken die ze oogstten. Sommige jongemannen namen hun hoed af wanneer de meisjes voorbijreden, andere glimlachten goedkeurend, en er was zelfs een groepje jongens dat achter het rijtuigje aan rende, als een troep apen die probeerden elkaar te snel af te zijn. Uiteindelijk stuurde Benedetta de merrie een hoek om en stopte voor de winkel van Ercole Zanotti. De meisjes klommen van de bok, en Benedetta bond het paard vast. Na een paar keer diep zuchten volgde Evelina haar zus naar binnen.

Ercole hielp een voornaam ogende moeder en dochter, haalde rollen stof van de planken, legde ze op de kniptafel en berekende hoeveel ze nodig hadden. Ezra stond bij een verzameling garneersels, passementen, kwastjes, kant en galon, een en al aandacht voor een oude dame die hem vertelde over haar kleinzoon. Toen Benedetta en Evelina binnenkwamen keek hij naar de deur, gewaarschuwd door het belletje. Zijn blik kruiste die van Evelina. Ze glimlachte en wendde zich toen af, tevreden dat hij haar had gezien. Dankbaar voor de geleende jurk liep ze achter Benedetta aan de winkel door. In het besef dat Ezra haar volgde met zijn blik, streek ze zogenaamd geïnteresseerd over rollen zijde en katoen en liet ze haar vingers over spoelen lint en kant glijden. Benedetta wist precies wat ze wilde. Evelina deed alsof ze luisterde, maar ondertussen spitste ze haar oren om het gesprek tussen Ezra en de oude dame te volgen. Ze hoopte dat het niet lang meer zou duren, zodat hij hen kon helpen.

Eindelijk was het zover. De oude dame vertrok met de stof die ze had uitgezocht in papier gewikkeld, en Ezra kwam naar hen toe lopen. '*Signorine*.' Hij knikte beleefd. Zijn grijze ogen begonnen te glanzen toen hij Evelina aankeek. 'Kan ik u helpen?'

'Ja, dat kun je,' verklaarde Benedetta zelfverzekerd. Ze voelde zich al helemaal een signora. 'Ik wil wat jurken laten maken voor mijn uitzet.'

Ezra trok zijn wenkbrauwen op. 'Dus u gaat trouwen? Mijn hartelijke gelukwensen,' zei hij glimlachend.

'Dank u wel. Ik kom stof uitzoeken, en er is met signora Zanotti afgesproken dat zij de jurken voor me maakt.'

'Dan lijkt het me beter dat zij u bij uw keuze adviseert. Ik zal haar even roepen.' Hij liep naar de deur achter in de winkel. Terwijl ze hem nakeek voelde Evelina dat haar hart sneller begon te slaan. Het liefst zou ze haar zus in vertrouwen nemen, maar er was iets wat haar daarvan weerhield. Een stemmetje in haar hoofd dat haar waarschuwde op haar hoede te zijn. Waarom, dat wist ze niet.

Even later kwam signora Zanotti naar hen toe. Ze was een tengere verschijning met dezelfde zachte ogen als haar zoon; haar donkere haar had ze in een lage knot bij elkaar gebonden. Ze informeerde hoffelijk naar signora Pierangelini en feliciteerde Benedetta met haar verloving. In het besef dat ze haar niet nodig hadden, slenterde Evelina naar de andere kant van de winkel, vurig hopend dat Ezra naar haar toe zou komen. Ze hoefde niet lang te wachten. 'Kan ik u misschien helpen, signorina?'

Ze keerde zich naar hem toe, blij met de warme glimlach die hij haar schonk. 'Ik zou de hele winkel wel willen kopen.' Ze grijnsde. 'Maar ik ga niet trouwen. Dus ik heb niks nodig.'

'De jurk van mijn tante staat u goed.' Hij liet zijn blik waarderend over haar figuurtje gaan, en Evelina koesterde zich in zijn bewondering.

'Ik ben erg blij met signora Ferraro. Ze is een bron van inspiratie. Kent u haar werk?'

'Ja, ze maakt prachtige dingen.'

'Dat vind ik ook. Het is een droom van me om ooit net zo goed te worden als zij. Maar ik ben bang dat het wel altijd een droom zal blijven.'

'U hebt talent. Dat heeft ze zelf gezegd.'

Evelina moest lachen. 'Daar wordt ze voor betaald, om dat te zeggen. Zelfs al bracht ik er niks van terecht, dan nog zou ze beweren dat ik talent had.' Ze keek hem aan, genietend van de oprechte belangstelling in zijn blik. 'Ze vertelde dat u viool speelt.'

Hij haalde zijn schouders op. 'Ik zou niet willen beweren dat ik er goed in ben, maar ik vind het heerlijk om me te verliezen in de muziek.'

'Kunt u niet iemand betalen om te zeggen dat uw spel briljant is?'

Hij schoot in de lach, en bij het zien van de aantrekkelijke lijntjes rond zijn mond en zijn ooghoeken maakte Evelina's hart een sprongetje. Zijn vrolijkheid was aanstekelijk en ze schoot ook in de lach.

'Helaas niet. Maar mijn tante moedigt me aan om ermee door te gaan. Dat doet ze helemaal voor niets.'

'En dat is veel meer waard.'

'Welnee. Volgens mij doet ze het gewoon om aardig te zijn. Ik heb geen talent, ik ben gewoon enthousiast.'

'Mijn zus speelt piano.'

'En u?'

'Ik speel ook, maar ik kan niet zeggen dat ik enthousiast ben.'

'Hoe komt dat?'

'Ach, ik weet het niet. Misschien omdat mijn zus zo goed is. Vergeleken bij haar stelt wat ik doe niks voor.'

'Daar zou ik me niet door laten ontmoedigen. U moet er gewoon van genieten. U verliezen in de melodie. Het maakt niet uit hoe goed u bent. Het gaat erom dat de muziek u raakt en u meevoert naar andere oorden.'

Evelina glimlachte weemoedig. 'Het lijkt me heerlijk om me te laten meevoeren. Maar hoe doe ik dat?'

Hij begon enthousiast te vertellen, zijn grijze ogen glinsterden geanimeerd. 'Stelt u zich voor dat u een vogel bent. En dat u uw vleugels uitslaat. Al spelend laat u zich door de muziek meevoeren op de wind. Waar u maar naartoe wilt.' Hij glimlachte verlegen. 'Het klinkt misschien raar, maar ik vlieg naar exotische eilanden, naar tropische oerwouden, naar hoge bergketens in Zuid-Amerika of naar de regenwouden van Brazilië. Allemaal plekken die ik in het echt nooit zal zien, maar dankzij mijn verbeelding kan ik er toch naartoe.'

'Waar gaat u nog meer heen?'

'Naar de diepzee. Daar zwem ik met dolfijnen en walvissen en scholen veelkleurige vissen. De zon werpt pijlen van licht door het water; er komen allerlei zeedieren op af, die er net als ik dwars doorheen zwemmen. En soms ben ik zelf ook een vis.' Hij begon te lachen. 'In je verbeelding kun je alles zijn wat je wilt.'

'En dat doet u allemaal terwijl u viool speelt?'

'Muziek is de sleutel die de deur opent naar je diepste fantasieën.'

'Het klinkt heerlijk.'

'En het is helemaal niet moeilijk. Dat zult u zien.'

'Ik ga het proberen. Ik ga me verbeelden dat ik een vogel ben. Want ik wil dolgraag weten hoe het voelt om te kunnen vliegen.' Ze had hem meteen leuk gevonden, maar inmiddels was ze hard op weg om verliefd op hem te worden. Ze had nog nooit iemand ontmoet zoals Ezra. Iemand die droomde zoals hij.

'Ezra!' klonk op dat moment de stem van zijn vader. 'Kun jij signora De Luca helpen?'

Ezra schonk Evelina een verontschuldigende glimlach. Ze zag aan zijn gezicht dat hij het jammer vond dat ze niet verder konden praten. Op haar gemak slenterde ze de winkel door. Ze vond het niet erg dat Benedetta alle tijd nam om stoffen uit te zoeken en de patronen te bekijken die signora Zanotti haar liet zien. Integendeel, ze genoot ervan om in dezelfde ruimte te zijn als Ezra, om dezelfde lucht in te ademen als hij. Af en toe keek ze zijn kant uit, en een paar keer kruisten hun blikken elkaar en glimlachten ze steels, onopvallend.

Toen Benedetta klaar was bedankte ze signora Zanotti en haar man hoffelijk, op de formele toon die ze zich als aanstaande bruid inmiddels had aangewend. Bij het verlaten van de winkel bleef Evelina nog even in de deuropening staan en draaide zich om naar Ezra. Hij keek op van zijn werk. 'Dank je wel,' zei ze zacht, in de hoop dat hij wist wat ze bedoelde; dat hij begreep dat ze hem dankbaar was voor de sleutel van de deur die toegang gaf tot haar diepste fantasieën.

Gearmd en uitgelaten van plezier wandelden de zusjes vervolgens door het stadje. Het was heerlijk om samen te zijn, zonder chaperonne; om te kunnen gaan en staan waar ze wilden. Ze keken etalages, ze dronken koffie aan een tafeltje in de zon, en ze installeerden zich op een bankje op het plein om de wereld aan zich voorbij te laten trekken alsof ze op de eerste rij in het theater zaten.

Het liep al tegen het eind van de middag toen ze de terugreis aanvaardden. Terwijl het paardje gewillig voortstapte, zaten ze zingend op de bok, dronken van vreugde. En Evelina dronken van verliefdheid. Ze had met Ezra gepraat, met hem alleen, zonder dat iemand had gezegd dat het geen pas gaf. Het was hún moment geweest. Een verrukkelijk geheim dat ze zou koesteren. Ze wilde niet horen dat ze te jong was voor de liefde, of dat Ezra niet de juiste man voor haar was. Ze wilde niet dat iemand het zou bederven, dit gevoel alsof ze zweefde. Alsof ze werd opgetild, alsof de wortels die haar met de aarde verbonden, werden losgewoeld. Ze voelde zich vrij, en het was opnieuw alsof haar borst zich vulde met duizenden bruisende belletjes.

Maar ze was niet zo dronken en verdwaasd dat ze vergat de jurk weer uit te trekken. Net als op de heenweg liet Benedetta het rijtuigje stoppen. Evelina verdween achter een struik en kwam even later weer tevoorschijn in haar oude jurk. En Benedetta leverde deze keer geen commentaar op het rebelse gedrag van haar zus. Wat kon het haar schelen? Ze was gelukkig! Ze ging met Francesco Rossi trouwen! Nog even, dan verhuisde ze naar Milaan.

Bij thuiskomst liep Evelina meteen door naar de muziekkamer en ging achter de piano zitten. Ze nam niet de moeite een muziekboek open te slaan. In plaats daarvan sloot ze met een diepe zucht haar ogen, zette haar vingers op de toetsen en dacht aan Ezra. Het maakte niet uit hoe ze speelde, had hij gezegd. Het gaf niet dat ze struikelde over de noten, het ging erom dat ze zich liet meevoeren door de muziek. Met dat in gedachten begon ze uit haar hoofd een melodie te spelen die ze altijd mooi had gevonden. Een melodie in mineur, een simpel maar gevoelig muziekstuk dat haar ontroerde. En al spelend merkte ze hoe zich in haar hoofd beelden vormden. Ze was een vogel, zwevend op haar vleugels, met diep beneden zich de wereld. Ze zag palmbomen, rivieren, varens en wilde orchideeën. Ze zag apen, olifanten, tijgers, krokodillen, een vissersboot, zonlicht dat danste op het water, libellen in hun snelle vlucht. Geleidelijk aan begon ze langzamer te spelen, en de beelden vertraagden, verstilden, zodat ze erin kon wegzinken. Ineens liep ze door een bos, voelde ze de zachte grond onder haar voeten, de bloemen waar ze naar reikte. Ze kreeg tranen in haar ogen, een geluksgevoel vulde haar hart, maar ook een pijnlijk smachten, een vurig verlangen dat hoorde bij een eerste liefde.

Die avond trof Evelina haar moeder op het terras, aan de campari met haar drie beste vriendinnen. Ze speelden *buraco*. Al sinds ze een klein meisje was, vergeleek Evelina de vier vrouwen met vogels, want ze klokten en tokten, en ze zetten hun veren op zoals vogels dat deden. Haar moeder, onbetwist de mooiste van de vier, was natuurlijk een zwarte zwaan. De mollige, vrijpostige Giulia Benotti met haar snaterende lach en haar moederlijke ruimhartigheid was een gans. In Eleonora Maggi zag Evelina een adelaar; sierlijk en gestroomlijnd, met een hoekig gezicht, scherpe ogen en een grote, gekromde neus. En ten slotte Ottavia Sanfelice. Die kon met haar lange benen, arrogante gezicht en hautaine uitstraling niets anders zijn dan een reiger.

Evelina begroette hen en nestelde zich een eindje verderop in een rieten stoel. Terwijl ze deed alsof ze was verdiept in haar boek, luisterde ze met gespitste oren naar de gesprekken die aan de grote tafel werden gevoerd. Haar moeder en haar vriendinnen hadden het over Hitler met zijn omstreden rassentheorie. Evelina had haar ouders er tijdens het ontbijt ook al over horen praten, want het stond in alle kranten. Voor zover ze het begreep, geloofde Hitler in een superieur ras van blonde Ariërs met blauwe ogen. Met name de Joden waren volgens Hitler een inferieur ras en konden dus geen aanspraak maken op dezelfde rechten. Sinds zijn benoeming tot rijkskanselier van Duitsland, in 1933, was hij begonnen de Joden allerlei beperkingen op te leggen, zowel privé als in het openbare leven. Omdat Evelina geen Joden kende, luisterde ze maar met een half oor.

'Dat soort barbaarsheid is hier ondenkbaar,' zei Ottavia. 'Il Duce is een vriend van de Joden. Ze zijn in de eerste plaats Italiaan. Dat moeten we goed voor ogen houden. Tenslotte hebben ze in de Grote Oorlog voor het vaderland gevochten.'

'De Joden wonen hier al sinds de tijd van de Romeinen,' zei Eleonora. 'Het zijn Italianen, net als wij. Zo simpel is het. Nationale trots heeft geen behoefte aan rassenwaan. Dat heeft Mussolini zelf gezegd. En zo is het maar net. Het gaat niet om ras, maar om nationale trots.'

'Er is een groot verschil tussen wat hij zegt en wat hij denkt,' beweerde Artemisia. 'Die man is zo glad als een aal. Denk eens aan die arme Slavische volkeren. Of aan de zwarte mensen. Die beschouwt hij wel degelijk als inferieur aan de blanken. Mussolini is niet te vertrouwen. Zoals de wind waait, waait zijn jas. En op dit moment waait de wind vanuit Duitsland.'

'Dat kun je nu wel zeggen, Artemisia, maar Il Duce is bepaald geen vriend van Hitler,' protesteerde Giulia. 'Mussolini beschouwt de Joden als een geweldig volk.'

'Nogmaals, hij is niet te vertrouwen. Als de vos de passie preekt, boer pas op je ganzen,' verklaarde Artemisia, en Evelina wist dat ze het alleen maar zei om tegendraads te zijn. Haar moeder weigerde het met anderen eens te zijn. Ze moest en zou een afwijkende mening verkondigen.

'O, Artemisia!' snaterde Giulia. 'Mussolini gelooft in de grote tradities van onze Italiaanse cultuur: familie, religie, het recht om te zijn wie je wilt. Het gaat bij het fascisme om vaderlandsliefde, niet om wie dan ook te onderdrukken. Ik ben een vurig aanhanger van Mussolini. Hij is zo'n krachtige leider. Een leider die gelooft in de potentiële grootsheid van ons land.'

'Il Duce gelooft in een tweede Romeinse Rijk,' merkte Ottavia op. 'Hij gaat Italië weer groot maken.'

'Door oorlog te voeren,' zei Artemisia. 'En daar moet ik niets van hebben. Ik wil niet dat onze jongemannen sterven in een zinloze oorlog, alleen om Mussolini's ego te strelen.'

'Als het niet anders kan, als oorlog onvermijdelijk is, dan moet het er maar van komen.' Ottavia knikte langzaam, om duidelijk te maken dat zij een oorlog onvermijdelijk achtte. 'Het is de plicht van iedere Italiaan om zijn leven te offeren als zijn land dat van hem vraagt.'

'Ik heb geen behoefte aan een groots Italië,' verklaarde Artemisia. 'En ook niet aan het tweede Romeinse Rijk. Mussolini wil alleen maar groter en beter zijn dan Engeland en Frankrijk. En dan Duitsland, natuurlijk.'

'Hitler en Mussolini zijn allebei fascisten, maar hun opvattingen lopen sterk uiteen,' zei Eleonora. 'En gelukkig maar. Ik zou in een tijd als deze geen Duitser willen zijn.'

Daar was Artemisia het van harte mee eens. 'Die rassenkwestie is belachelijk. Net als de geloofskwestie. Joods, katholiek, protestant, hindoe, boeddhist, het zijn allemaal mensen, en ze zouden elkaars overtuiging moeten accepteren. We zijn tenslotte allemaal anders.'

'Dat zijn we inderdaad. Wij Italianen zijn heel anders dan de Duitsers. Goddank. Wij hebben geen problemen met de Joden,' verklaarde Giulia.

'Dan zijn we het daarover eens,' viel Artemisia haar bij. 'Mijn hart breekt als ik hoor hoe ze in Duitsland worden behandeld. En dan denk ik meteen aan de Zanotti's, om maar een voorbeeld te noemen. Hoe zij onder een dergelijke onverdraagzaamheid te lijden zouden hebben.'

Bij de naam Zanotti spitste Evelina haar oren.

'De Zanotti's zijn eerlijke, hardwerkende mensen. Ik ben erg op Olga gesteld.'

Ottavia knikte. 'Ercole heeft gevochten in de oorlog, net als zijn vader, en hij is uit volle overtuiging lid van de Nationale Fascistische Partij. Hij is in alle opzichten een Italiaan, en toevallig ook Joods.'

De rest hoorde Evelina niet meer. In de kranten werd al geruime tijd geschreven over het verschil tussen Italiaanse Joden en zionisten, maar dat de Zanotti's Joods waren, dat had ze nooit geweten. De mogelijkheid was zelfs nooit bij haar opgekomen. Maar nu kregen al die krantenartikelen, al die discussies ineens betekenis voor haar. Niet dat ze zich zorgen maakte. Wat er in Duitsland gebeurde, was in Italië ondenkbaar. Giulia had immers gezegd dat Il Duce de Joden als een geweldig volk beschouwde? Nee, de Joden in Italië hoefden niet bang te zijn. Evelina vond het gewoon interessant dat Ezra Zanotti Joods bleek te zijn.

Bij de eerstvolgende schilderles vroeg ze signora Ferraro ernaar. 'Maakt u zich zorgen over wat er in Duitsland gebeurt?'

Haar lerares haalde haar schouders op. 'Natuurlijk. De Jodenvervolging baart ons zorgen. Als Jood heb ik altijd een koffer gepakt staan. We zijn altijd op onze hoede. Het is nog niet zo lang geleden dat we in getto's werden ondergebracht. Maar ik vertrouw erop dat we niet bang hoeven te zijn dat hier hetzelfde zal gebeuren als in Duitsland. We leven in een verdraagzaam land met een verdraagzame overheid. Maar het maakt me wel ongemakkelijk, en het is natuurlijk verschrikkelijk voor alle Joden die onder het *Dritte Reich* te lijden hebben. Ik hoop vurig dat het niet lang gaat duren. Dat er snel een andere regering komt waardoor de omstandigheden voor de Joden weer verbeteren.'

Evelina voelde zich gerustgesteld. De Joden in Italië hadden niets te vrezen.

In de daaropvolgende weken begon Artemisia met de voorbereidingen van Benedetta's bruiloft. Het huwelijk zou in mei worden gesloten. En zoals te verwachten viel, trok Artemisia alles naar zich toe om haar stempel op de feestelijkheden te zetten en met haar extravagante ideeën indruk te maken op de Rossi's en hun vrienden en familie. Ze zou er alles aan doen om zowel zichzelf als de villa zo fraai mogelijk te presenteren. Francesco gaf Benedetta een ring met smaragden; een schitterend sieraad zowel door de grootte van de edelstenen als door het eigentijdse ontwerp. Benedetta was er dolgelukkig mee. Het aanstaande bruidspaar ontmoette elkaar in Milaan, in het huis van de Rossi's, en in Villa L'Ambrosiana. Tani was nog van de oude stempel; hij vond het niet goed dat zijn dochter al voor haar huwelijk met Francesco alleen afsprak. En dus stond hij erop dat Artemisia met haar meeging naar Milaan. Soms vergezelde hij zijn vrouw, want hij was gesteld op het gezelschap van Francesco's vader, zijn oude studievriend.

Wanneer haar ouders met Benedetta naar Milaan gingen, bleef Evelina alleen achter in de villa, met Bruno en Romina, haar grootmoeder en haar oudtante, en natuurlijk de bedienden, die onopvallend hun werk deden en zich niet met haar bemoeiden. Ze speelde piano, ze schilderde, ze las en ze wandelde in de tuin, en soms legde ze een kaartje met Nonna en Costanza. Haar grootmoeder mocht Francesco niet. 'Hij is me te netjes,' zei ze op een middag toen ze gedrieën op het terras zaten met een kan kersensap, cake en amandelkoekjes. 'Ik wantrouw mannen die te netjes zijn.'

'Ik vind hem knap.' Vanachter een wolk van sigarettenrook grijnsde Costanza ondeugend naar Evelina.

'Hij is inderdaad knap, dat ben ik met je eens. Maar hij is ook heerszuchtig en star.' Nonna nam gretig een hap van haar cake. 'Zijn snor verraadt hem.'

Evelina keek haar ongelovig aan. 'Kunt u dat allemaal afleiden uit zijn snor?'

Nonna trok een wenkbrauw op. 'Het zou je verbazen hoeveel je uit een simpel bosje haar op de bovenlip van een man kunt afleiden. Dat miezerige plukje van Hitler – want dat is het, een miezerig plukje – wijst op starheid en genadeloosheid. Daar is geen twijfel over mogelijk.'

'De snor van Hitler is inderdaad verre van aantrekkelijk.' Costanza trok een lelijk gezicht. 'En hij prikt. Dat weet ik zeker.'

'En ik weet zeker dat het niet goed afloopt.'

'Met Hitler? Of met Francesco?' vroeg Costanza.

'Met allebei,' verklaarde Nonna stellig.

'Dat zou ik maar niet tegen Benedetta zeggen,' waarschuwde Evelina. 'Ze is helemaal verrukt van hem.'

Nonna haalde haar schouders op. 'De jeugd is nu eenmaal ziende blind. Om snorren te kunnen lezen heb je meer levenswijsheid nodig.'

'Maar denkt u dat hij niet goed voor haar zal zijn?' vroeg Evelina, plotseling bezorgd.

'Precies. Dat denk ik. O, niet meteen. In het begin draagt hij haar op handen en is het een en al rozengeur en maneschijn. Maar zodra de huwelijksreis voorbij is – en aan alles komt een eind, dus ook aan een huwelijksreis – trekt hij de teugels strakker aan. Dat doen mannen zoals Francesco. Mannen met keurige snorren. Ze willen volledige controle over hun omgeving en tolereren geen enkele vrijheid. Hij bepaalt hoe Benedetta zich kleedt, wat ze wel en niet mag zeggen, waar ze wel en niet naartoe mag.

Vooral dat laatste. Nee, ik vind hem allesbehalve sympathiek. Maar ik zeg niks. Mensen moeten er zelf achter komen. Wijsheid valt niet te onderwijzen. Die moet je zelf opdoen. Een kwestie van ervaring. En doordat haar ouders haar altijd hebben afgeschermd, weet Benedetta amper wat er in de wereld te koop is.'

'Volgens mij vergis je je,' zei Costanza.

'Dat zeg je altijd.'

'Ik mag Francesco wel.'

'Jij hoeft niet met hem te trouwen.'

'Ik denk dat hij goed voor Benedetta zal zijn.'

'We zullen zien.' Nonna slaakte een diepe zucht. 'Ik hoop dat ik het bij het verkeerde eind heb.'

Op een zaterdag, toen haar ouders en Benedetta in Milaan zaten, op anderhalf uur rijden van de villa, spande Evelina de merrie in en reed ze naar Vercellino, in de jurk van signora Ferraro. Ze verveelde zich, er viel thuis niets te beleven, dus ze had besloten afleiding in de stad te zoeken. Ze hoefde niet bang te zijn dat ze werd betrapt; haar ouders zouden pas 's avonds thuiskomen, en Romina zou haar niet verraden. Over Nonna en Costanza hoefde ze zich ook geen zorgen te maken. Die hadden het te druk met hun kaarten en siësta's om zich af te vragen waar zij uithing.

Bij aankomst in het stadje ontdekte ze dat er een fascistische parade werd gehouden op de Piazza Roma, waar geestdriftige Jonge Fascisten in hun zwart-witte uniform zelfverzekerd langs marcheerden, zwaaiend met zwarte vlaggen. Ze maakten muziek en zongen fascistische liederen, enthousiast gadegeslagen door de plaatselijke bevolking, met daaronder hun trotse ouders. Evelina had het eerder gezien. Anders dan Benedetta en zij ging Bruno wel naar school, en hij genoot van de fascistische exercities, de uniformen en de liederen die hij bij thuiskomst door de villa liet schallen. 'Wij zijn de gouden dageraad! We reiken naar het licht, naar de vrijheid! Wij zijn Italiës jeugd!'

Evelina beschouwde zichzelf niet als een fascist, noch als een antifascist. Ze deed wat haar werd gezegd, ze las de krant en ze luisterde naar de radio met een bijna afstandelijke onverschilligheid, alsof wat er buiten de muren van Villa L'Ambrosiana gebeurde, weinig met haar in haar afgeschermde wereldje te maken had. Haar vader vond het ongepast voor vrouwen om er een eigen mening op na te houden. Dat tolereerde hij alleen van zijn eigen vrouw, ook omdat hij wist dat wat ze verkondigde, vooral was bedoeld om reacties uit te lokken; dat het ventileren van haar mening een spel voor haar was. De politiek was in zijn ogen het domein van mannen; vrouwen dienden zich bezig te houden met hun gezin, hun huishouden en de schone kunsten. Benedetta en Evelina waren daar volmaakt tevreden mee. Tani was een overtuigd antifascist, hoewel hij dat niet aan de grote klok hing. Het was onverstandig om zich uit te spreken tegen het landsbestuur. Hij moest toegeven dat Mussolini orde in de chaos had geschapen. Maar voor het overige was hij niet geïnteresseerd in wat hij beschouwde als een tiranniek, fascistisch regime. Zolang hij maar ongestoord zijn boeken kon schrijven, in een vleugel van de villa waar de kinderen niet mochten komen.

Evelina keek naar de parade met dezelfde afstandelijke onverschilligheid als waarmee ze de krant las. Ze vond het bijna amusant, dat vurige vertoon van patriottisme in een onbeduidend provinciestadje. Te oordelen naar de ernstige gezichten van de jonge mannen en vrouwen, waren ze er heilig van overtuigd dat ze onderdeel waren van iets groots. Deze Jonge Fascisten droomden net als Mussolini van het tweede Romeinse Rijk. Dit waren de zonen van het volk op wie Ottavia Sanfelice had gedoeld toen ze zei dat iedere Italiaan bereid moest zijn z'n leven te geven voor het vaderland. Evelina kon zich niet voorstellen dat ook maar iemand in de langs paraderende stoet dat zou weigeren.

Tot haar verrukking ontdekte ze signora Ferraro onder de toeschouwers. Ze stond op de treden van de fontein van Diana, in het midden van het plein, omringd door familie. Het was haar aan te zien dat ze van het schouwspel genoot. Evelina baande zich een weg door de menigte.

'Evelina!' riep haar lerares blij verrast. 'Kom bij ons staan!' Ze stak haar hand uit, en Evelina beklom de treden. 'Wat fijn dat je zo blij bent met mijn jurk.' Signora Ferraro keek glimlachend op haar neer.

'Het is mijn lievelingsjurk,' zei Evelina, in de hoop dat signora Ferraro zou zeggen dat ze hem mocht houden.

'Ik hoor dat Benedetta zich heeft verloofd. Dus blijkbaar vond ze hem leuk.'

'Ja, dat klopt. En hij vindt haar ook leuk. Erg leuk. Hij overtreft haar stoutste dromen, zegt Benedetta. En hij is erg knap.'

'Is ze ook in de stad?'

'Nee, ze is in Milaan. Met mamma en papa –'

'Dus dáárom ben je hier.' Signora Ferraro nam haar onderzoekend op. 'Ben je alleen?'

Evelina trok een gezicht om duidelijk te maken dat ze de regels aan haar laars lapte. 'Ja, maar nu niet meer. Nu ben ik bij u.'

Signora Ferraro schoot in de lach. 'Er lopen ook neven en nichten van me mee.' Ze wees naar de parade. 'Wat zien ze er mooi uit, hè. Ze zijn zo trots op hun uniform. Sommigen dragen het altijd, ook thuis.'

Evelina klapte voor de jonge mensen die langs marcheerden. Toen hoorde ze een bekende stem.

'Dag signorina.' Het was Ezra. Hij stond aan de voet van de treden.

'Ezra!' Ze was zo verrast dat ze alle formaliteit overboord zette. Haastig sprong ze de treden af. 'Lopen er ook broers of zusjes van je mee?'

'Ja, drie. Enrico, Giovanni en Damiana.' Hij wees hen aan.

'Zo te zien hebben ze de dag van hun leven.'

'Nou en of. Ze zijn erg trots op hun uniform.'

'Dat zei signora Ferraro ook al. Het staat ze prachtig.'

Hij keek haar geamuseerd aan. 'Zullen we iets gaan drinken? Ik heb het nu wel gezien. Ik ga liever ergens zitten om met jou te praten.'

Evelina voelde zich gevleid. 'Ik heb het ook wel gezien,' viel ze hem bij, ook al was ze er amper een half uurtje. Ze keek achterom naar signora Ferraro, maar die ging nog altijd volledig op in het schouwspel en had niet in de gaten dat haar leerling ertussenuit kneep met haar neef.

Ze baanden zich een weg door de menigte, lieten het plein achter zich en sloegen een smal straatje in, belegd met keien. De gele en roze gevels aan weerskanten waren door de zon verbleekt. In het felle licht glinsterden winkeletalages onder hun geschulpte luifels. Aan de gevels hingen smeedijzeren lantaarns met daaronder potten met fruitbomen. Geleidelijk aan gingen ze langzamer lopen en kwam er een gesprek op gang. Ezra nam Evelina mee naar zijn stamcafé aan de Piazza Cavour, een fraai plein omringd door een zuilengang en gedomineerd door de Basilica di Santa Croce. Ze kozen een tafeltje op de stoep, onder een latwerk begroeid met wijnranken.

'Ik heb gedaan wat je zei,' vertelde Evelina. 'Ik ben achter de piano gaan zitten en ik heb me laten meevoeren door de muziek.'

Hij glimlachte en keek haar aan alsof hij voor niemand anders oog had, alleen voor haar. 'Waar ben je naartoe gegaan?'

'Naar een tropisch oerwoud. Eerst vloog ik erboven, en uiteindelijk liep ik op een pad tussen de bomen. Het was heerlijk. Veel fijner dan dat geploeter om van blad te spelen.'

Ezra tikte tegen zijn slaap. 'Het zit allemaal hier. In je hoofd. In je verbeelding. Door je te concentreren op dingen waar je blij van wordt, kun je jezelf gelukkig denken.'

Evelina knikte, maar het liefst zou ze zeggen dat ze vooral gelukkig werd door aan hem te denken.

4

Tegen het eind van de zomer ging Tani naar Parijs om research te doen voor het boek waaraan hij op dat moment werkte. Benedetta was nog steeds vaak bij Francesco, en daarnaast had ze het, samen met haar moeder, druk met de voorbereidingen van de bruiloft. Bruno begon aan een nieuw schooljaar, en voor Evelina begon het thuisonderwijs weer, gegeven door leraren van de school in Vercellino, die maar al te graag wat bijverdienden. Een van hen, signor Stavola, was een knappe verschijning met diepliggende groene ogen en lichtbruin haar dat hij uit zijn voorhoofd kamde en bewerkte met pommade, waardoor het glom als een spiegel. Artemisia was verrukt van zijn spuuglok en vond dat hij op een Amerikaanse filmster leek. Hij onderwees literatuur, geschiedenis en Frans, Evelina's lievelingsvakken. Zíjn lievelingsvak bleek haar moeder te zijn, die wanneer ze hem opendeed altijd een praatje met hem maakte. Dan lonkte en giechelde ze als een jong meisje, terwijl hij op zijn beurt streng en gebiedend op haar neerkeek, alsof ze een van zijn leerlingen was. Signor Scivoloso, noemde Evelina hem, want ze vond hem zo glad als een aal.

Signora Ferraro kwam weer langs voor de schilderlessen, en het kwam regelmatig voor dat ze een briefje bij zich had van haar neef. Een tekening of een gedicht, soms ook een persoonlijke boodschap: *Vannacht vloog ik over Machu Picchu.* Of: *De oude signora Bevedere kwam vanmorgen in de winkel met een takje peterselie achter het lint van haar hoed. Ze is zo bijziend dat ze dacht dat het lavendel was.* Evelina beantwoordde gretig al zijn briefjes. Het was niets voor haar om koket en terughoudend te doen. Doordat ze pas zeventien was en min of meer opgesloten zat in Villa L'Ambrosiana, was ze al zo goed als onbereikbaar. Dus ze hoefde het hem niet nóg moeilijker te maken. Haar briefjes waren meestal langer dan de zijne. Ze schreef wat ze beleefde tijdens het pianospelen, en dat ze niets van wiskunde begreep, met als gevolg dat ze haar arme leraar tot wanhoop dreef. Het duurde niet lang of Ezra adresseerde zijn briefjes aan Evelina, in plaats van aan signorina Pierangelini. En Evelina bewaarde al zijn briefjes in een doos onder haar bed, versierd met bloemen die ze had gedroogd in haar bloemenpers.

Soms reed ze met Benedetta mee wanneer die naar de stad ging om te passen; niet alleen de jurken voor haar uitzet, maar ook haar trouwjurk. Ze werden allemaal door signora Zanotti gemaakt. Evelina moest zo min mogelijk de aandacht trekken wanneer Ezra en zij zachtjes stonden te praten, terwijl Benedetta bij signora Zanotti in het atelier was. Dan deed ze alsof ze geïnteresseerd was in de stoffen en vroeg ze Ezra om de rollen van de plank te halen, omdat ze eraan wilde voelen. Ze vroeg hem zelfs om met een rol stof met haar mee naar buiten te lopen, zodat ze de kleur bij daglicht kon zien. Dat gaf hun de kans om even vrijuit te praten, weg van de nieuwsgierige blikken van zijn vader. Evelina vermoedde dat signor Zanotti wel wist wat ze in haar schild voerde. Er was maar weinig dat aan zijn scherpe blik ontging, en misschien ging ze niet zo onopvallend te werk als ze hoopte. Maar omdat ze nog erg jong was, vertrouwde ze erop dat hij niet dacht dat zijn zoon serieuze bedoelingen met haar had.

Evelina wist wel beter. En zij was ook verliefd op hem. Ze geloofde zelfs dat ze van hem hield. Hij mocht dan drie jaar ouder zijn, dankzij hun gesprekken en dankzij de briefjes die hij aan zijn tante meegaf, twijfelde ze er niet aan of hij zou wachten tot ze oud genoeg was. Oud genoeg voor serieuze bedoelingen.

Evelina had geen ervaring in de liefde. Er was nog nooit een jongen geweest die haar leuk vond, laat staan dat ze ooit was gekust. Ze had er natuurlijk wel over gelezen, en ze had Costanza altijd van harte aangemoedigd om over haar kleurrijke verleden te vertellen. Maar ze had geen idee wat er in de wereld van de volwassenen te koop was. En ook al was ze nieuwsgierig naar de liefdesdaad, ze kon zich er niets bij voorstellen en dat zou ongetwijfeld nog jaren zo blijven. Francesco had Benedetta gekust, maar haar zus wilde er niets over zeggen. 'Als ik het je vertel is het niet bijzonder meer,' zei ze enigszins huichelachtig.

Evelina begreep er niets van, maar ze drong niet verder aan. Uiteindelijk zou ook voor haar dat bijzondere moment aanbreken, troostte ze zichzelf. Tot het zover was, stelde ze zich tevreden met haar verbeelding en bedacht ze hoe het zou zijn om door Ezra te worden gekust.

Het werd herfst, en het gebeurde steeds vaker dat Artemisia met de auto naar de stad moest. Twee tot drie keer per week reed ze 's middags naar Vercellino voor het voeren van overleg, onder andere met de pastoor. Het organiseren van Benedetta's bruiloft was een enorme onderneming, zei ze, en er viel van alles te regelen. Wanneer Tani met Benedetta meeging naar Milaan namen ze de trein, die dankzij Mussolini voor het eerst sinds jaren weer op tijd reed. Benedetta bracht de dag door met Francesco, en Tani ging naar de achttiende-eeuwse Biblioteca Nazionale Braidense, de plek waar hij, na Villa L'Ambrosiana, op de hele wereld het liefste was. Op haar beurt zat Evelina hoe langer hoe meer alleen thuis met Bruno en Romina, met haar grootmoeder en haar oudtante, met haar boeken, haar muziek, haar schilderwerk en haar verlangen.

Na een lange middag thuisonderwijs liet ze signor Scivoloso met haar moeder achter in de hal en liep ze naar de muziekkamer. Wanneer ze pianospeelde had ze het gevoel dat Ezra bij haar was. Dan hoorde ze zijn stem die zei dat ze zich moest verbeelden dat ze een vogel was, of een dolfijn, of een leeuwin. Dat ze moest dromen dat ze vloog, met de zon op haar gezicht en de wind onder haar vleugels, en met diep beneden zich bergen, boomtoppen en rivieren. Ze was ook begonnen met componeren; aanvankelijk slechts simpele akkoorden, die ze geleidelijk aan uitbreidde tot volwaardige, lieflijke melodieën.

Dankzij de pianolessen die ze had gevolgd, bezat ze de technische vaardigheden om haar composities vorm te geven, maar het was haar verbeelding die haar in staat stelde ze te laten opbloeien. In de melodieën die ze creëerde gaf ze uiting aan haar liefde.

Het was bijna donker toen ze de tuin in liep. De avond viel al vroeg in november. Het was koud en vochtig, in de tuin hing de zoetige geur van afgevallen appels en rottende bladeren. In de struiken klonk het geritsel van kleine dieren, hoog in de bomen de roep van uilen. Ze hield van de avond, van de flonkerende sterren en de mysterieuze maan die verstoppertje speelde met de wolken. Van de stilte van de avond, van het gevoel van betovering dat bij de avond hoorde. Toen ze zich omdraaide naar de villa zag ze dat er licht brandde in de studeerkamer. Haar vader was nog in Milaan en zou de volgende dag thuiskomen. Blijkbaar had hij het licht onbedoeld aan gelaten. Evelina dacht er niet verder over na.

Pas toen ze weer naar binnen ging, besloot ze dat ze het licht beter uit kon doen. Haar vader was erg zuinig met elektriciteit. Dus ze liep haastig het huis door, van de ene ijskoude kamer naar de andere, bijgelicht door de maan. Bovendien kende ze het huis als haar broekzak en zou ze ook in het pikkedonker haar weg moeiteloos hebben kunnen vinden. Bij de studeerkamer gekomen reikte ze naar de deurknop. Net op dat moment klonk er vanbinnen geschater. Haar hand bleef boven de deurknop hangen. Ze had de lach van haar moeder herkend. Maar er was nog iemand die lachte. En iets zei haar dat degene met wie haar moeder zo'n plezier had, niet haar vader was. Haar ouders waren nooit samen in de studeerkamer. Bovendien wist Evelina niet beter of haar vader zat nog in Milaan. De studeerkamer was verboden terrein. Daar liet haar vader geen enkel misverstand over bestaan. Verboden terrein voor iedereen, zelfs voor zijn vrouw.

Dus wat deed haar moeder daar, vroeg Evelina zich af. Liet ze signor Scivoloso de studeerkamer zien? Om te pronken met de zeldzame boeken die daar op de planken stonden en met de literaire prijzen in de vitrinekast? Evelina kon zich niet voorstellen dat haar moeder signor Scivoloso dáárvoor helemaal naar de verste uithoek van de villa had meegetroond.

Ze drukte haar oor tegen de deur. Opnieuw hoorde ze gelach, gevolgd door een zacht gemompel en een gesmoord gegiechel. Het klonk alsof haar moeder werd gekieteld. Evelina was verbijsterd, maar ook razend nieuwsgierig. Ze draaide zich op haar hakken om, rende het huis door, naar buiten, de tuin in. In de haast nam ze niet de moeite een jas aan te trekken, maar ze voelde geen kou. Ze haastte zich over het gras naar het raam van de studeerkamer. Er viel nog altijd licht door naar buiten. Ze ging op haar tenen staan, klemde haar vingers om de vensterbank en maakte zich voorzichtig nog iets langer, zodat ze naar binnen kon kijken.

Ze schrok van wat ze zag. Haar moeder lag op de bank, met signor Scivoloso! En ze zoenden! Het was afschuwelijk, maar tegelijkertijd zo fascinerend dat ze zich niet van de aanblik kon losmaken. En ze hoefde niet bang te zijn dat ze werd betrapt. Die twee daarbinnen hadden het veel te druk met elkaar om haar bleke gezicht achter het raam te zien. Maar ze moest hier toch weg. Want als ze nog langer bleef kijken, dan kon ze niet langer voor zichzelf instaan.

Uiteindelijk liet ze zich zakken en deed ze een stap bij de muur vandaan. Ze had kramp in haar kuiten omdat ze zo lang op haar tenen had gestaan. Bovendien rilde ze van de kou. Terwijl ze terugrende, door de tuin en het huis, vroeg ze zich af waarvan ze zojuist getuige was geweest.

Waarom zoende haar moeder met signor Stavola? En nog wel in de studeerkamer van haar man? Wat bezielde haar? Evelina besloot bij de voordeur te gaan zitten en daar te wachten tot haar moeder en signor Stavola weer tevoorschijn kwamen.

Ze wachtte, en ze wachtte, en door de tocht die onder de deur naar binnen kwam, kreeg ze het steeds kouder. Nog even, dan kwamen Bruno en Romina naar beneden voor het avondeten, en Nonna en Costanza. Zou haar moeder het eten mislopen? Wat zou haar vader zeggen als hij erachter kwam dat ze in zijn studeerkamer was geweest? Met signor Stavola? En wat zou haar moeder zeggen als Evelina haar vertelde wat ze had gezien? Moest ze Benedetta in vertrouwen nemen? Evelina wist niet goed wat ze ermee aan moest.

Eindelijk, na lang wachten hoorde ze stemmen. Eerst nog ver weg, maar geleidelijk aan dichterbij. Haar moeder lachte; het klonk vreemd, bijna meisjesachtig. Signor Scivoloso zei iets wat Evelina niet kon verstaan. Ten slotte kwamen ze de hal in. Toen ze Evelina bij de voordeur zagen zitten, met een nijdige frons op haar gezicht, schrokken ze. Signor Stavola glimlachte om zijn gêne te maskeren en zei dat Evelina beter aan haar huiswerk kon gaan dan in de hal rond te hangen. Ondertussen loodste haar moeder hem naar de deur en nam gehaast afscheid.

Zodra ze de grendel weer voor de deur had geschoven, keerde ze zich naar haar dochter. 'Waarom kijk je me zo aan?' snauwde ze. 'Heb je soms honger? Het is bijna etenstijd. Ga Bruno maar roepen. En waar zijn Nonna en Costi?'

'Wat deed u in papa's studeerkamer? Met signor Stavola?' vroeg Evelina op haar beurt. Haar hart bonsde; het kon niet anders of haar moeder moest het kunnen horen.

'Ik wilde hem je vaders boeken laten zien. Trouwens, het gaat je niks aan. Heb je je handen al gewassen?'

'Nee, nog niet.' Haar moeder had een blos op haar wangen, zag ze. En haar haar zag eruit alsof ze net uit bed kwam.

'Wat doe je hier dan nog? Vooruit! Ga je handen wassen!'

Evelina begreep dat ze niets wijzer zou worden. Bovendien had haar moeder gelijk. Het ging haar niets aan. Maar de ervaring had haar wel weer een beetje wijzer gemaakt. Precies zoals haar grootmoeder had gezegd. Ze wist nu dat haar moeders ritjes naar Vercellino niets met Benedetta's bruiloft te maken hadden.

Sinds Evelina wist dat de Zanotti's Joods waren, was haar interesse voor het onderwerp gewekt. Ze besteedde meer aandacht aan de krant, en wanneer de radio aanstond hield ze haar oren gespitst voor een verwijzing naar de Joodse gemeenschap. Bovendien speelde ze luistervink bij de gesprekken van haar moeder met haar vriendinnen en ging ze bij haar vader te rade; zo onopvallend mogelijk, want ze wist dat hij liever niet zag dat ze zich met politiek bezighield. Maar ze wilde alles weten over de geschiedenis van het Joodse volk, en ze was geschokt door de manier waarop de Joden in de loop der eeuwen waren behandeld.

De enige met wie ze openlijk over het onderwerp kon praten, was signora Ferraro. Als haar schilderlerares al een vermoeden had waar die plotselinge belangstelling vandaan kwam, dan liet ze dat niet merken. Geduldig als altijd beantwoordde ze alle vragen die Evelina haar stelde. Ze vertelde Evelina over de geschiedenis van het Joodse volk, over de feesten, tradities en rituelen die bepaalde dagen van het jaar markeerden, en ze sprak ook over het rassenvraagstuk dat ineens zo actueel was en waarover in de pers eindeloos werd gedebatteerd. Het leek onwaarschijnlijk dat Mussolini en Hitler het over die kwestie eens zouden worden, en voor zover het signora Ferraro betrof lag het daarom ook niet in de rede dat ze ooit een politieke verbintenis zouden sluiten. Want het onderwerp was voor Hitler duidelijk een principekwestie en van cruciaal belang. Bovendien had het niet veel gescheeld of Mussolini had Duitsland die zomer de oorlog verklaard toen de nationaalsocialisten een poging deden om in Oostenrijk de macht te grijpen. In de ogen van Il Duce vormde Hitler zijn grootste bedreiging.

Benedetta trouwde in de Chiesa della Madonna del Rosario, op een volmaakte lentedag in mei, 1935. Tani bracht zijn dochter naar het altaar; Bruno was als bruidsjonker trots op zijn smoking en gaf Francesco het satijnen kussentje aan met de ringen. Evelina was bruidsmeisje, samen met vijf nichtjes. De jurk die Olga Zanotti voor hen had gemaakt, overtrof Evelina's stoutste verwachtingen. Met haar boeket van rozen en lelies, en met op haar hoofd een bloemenkroon voelde ze zich op-en-top een vrouw, eindelijk volwassen en klaar om afscheid te nemen van haar jeugd. En van de tijd dat ze de afdankertjes van haar zus had moeten dragen. Ze vond het heel erg dat Benedetta naar Milaan verhuisde, maar daar stond tegenover dat zij nu de enige dochter was die nog thuis woonde. Dus misschien zou haar moeder daardoor inzien dat ze geen kind meer was en zou ze Olga Zanotti vragen om ook voor haar een nieuwe, volwassen garderobe te maken.

Nonna Pierangelini weigerde iets anders dan zwart te dragen. Een huwelijk mocht dan een vrolijke aangelegenheid zijn, ze bleef koppig in de rouw. Met een overleden man en twee jonggestorven zoons had ze daar ook alle reden toe, zei ze. Maar Evelina had sterk het vermoeden dat haar zwarte uitmonstering ook een stilzwijgend protest was tegen Benedetta's keuze van echtgenoot. 'En als Francesco zijn snor had afgeschoren?' vroeg ze terwijl ze haar grootmoeder naar de auto begeleidde.

'Daar is het nu te laat voor. Ik heb hem gezien zoals hij werkelijk is,' antwoordde Nonna somber. 'Trouwens, mannen zoals Francesco scheren hun snor niet af. Die dragen ze als een ereteken.'

Evelina schoot in de lach. 'Ik weet zeker dat ze heel gelukkig worden.'

Nonna haalde haar schouders op. 'Misschien. Maar dan alleen de eerste maanden.'

Op dat moment kwam Costanza naar buiten in een fuchsiaroze jurk met bijpassende hoed. Met haar lange, dunne benen en haar kromme neus deed ze denken aan een broodmagere flamingo. 'Wat een dag! En als de dag voorbij is, dan is het tijd voor de eerste huwelijksnacht! O, ik vind het allemaal zo opwindend!' jubelde ze stralend. 'Die heb ik nooit mogen beleven. Mijn eerste huwelijksnacht.'

'Dat heb je anders ruimschoots gecompenseerd. Met heel veel andere eerste keren,' merkte Nonna droogjes op. Toen stapte ze stijfjes in de wachtende auto.

De bruiloft werd gevierd in de tuin van Villa L'Ambrosiana, waar onder een baldakijn van witte rozen was gedekt voor vierhonderd gasten. Artemisia kon tevreden zijn, alles was precies zoals zij het had bedoeld. Ook al was Tani behoorlijk bleek om de neus geworden toen hij hoorde wat het allemaal ging kosten. Terwijl de avond viel en de hemel diep indigoblauw kleurde, straalden de lichten van de villa als van een imposant schip op een zee van flakkerende kaarsen. De tuin geurde naar bloemen en kruiden, vuurvliegjes dansten tussen de bomen, alsof Artemisia ze dat had opgedragen, en de sterren die een voor een tevoorschijn kwamen, flonkerden als diamanten. Het effect was betoverend. De Pierangelini's waren weliswaar niet zo rijk als de Rossi's, dacht Artemisia voldaan, ze hadden wel klasse, en smaak, en een huis als uit een sprookje.

Tani's drie broers waren met hun gezin uit Toscane en Umbrië gekomen, en zelfs zijn zus was er, de geduchte Madolina, samen met haar man Peppino, met wie ze kort na hun huwelijk naar Amerika was geëmigreerd. En van Artemisia's kant waren haar ouders gekomen, en haar twee jongere zussen, Rosa en Lidia, die gretig gehoor hadden gegeven aan Mussolini's oproep om twee keer zo veel kinderen te krijgen als ze eigenlijk zouden willen, in het belang van een krachtig en machtig Italië. Rosa had er zes, Lidia acht.

Ercole en Olga Zanotti waren ook van de partij, samen met hun zoon Ezra, net als signora Ferraro met Matteo, haar bruisende echtgenoot, en natuurlijk signor Stavola, die nog vrijgezel was en alleen was gekomen. Evelina wist maar al te goed waarom haar moeder hen had uitgenodigd; het groepje zat aan de tafels van het personeel dat in de villa en op het landgoed werkte. Het ging haar moeder om signor Stavola. Evelina twijfelde er niet aan of haar moeder tijdens haar uitstapjes naar het stadje – ze ging wel drie keer in de week naar Vercellino – signor Stavola bezocht en dingen deed die ze als getrouwde vrouw niet zou moeten doen. Dat wist Evelina omdat haar moeder na die uitstapjes altijd stralend thuiskwam, en vooral omdat haar opgewektheid bij het zien van haar jongste dochter onmiddellijk omsloeg in chagrijn. Haar moeder vermeed oogcontact en probeerde zo veel mogelijk bij Evelina uit de buurt te blijven, alsof ze zich schaamde en schuldig voelde door de verwijtende blikken van haar dochter. Alles wees erop dat ze een verhouding had met signor Stavola.

Maar die avond dacht Evelina niet aan haar moeder en signor Scivoloso. Ze had alleen maar oog voor Ezra. De tafel waaraan hij zat, stond helemaal aan de andere kant van de tuin. Toch kon ze hem tussen de gasten door duidelijk zien. Maar hoe vurig ze dat ook hoopte, hij keek geen moment haar kant uit. In plaats daarvan zat hij – zo te zien heel gezellig – te praten met Romina, Bruno's kindermeisje.

Het diner was voortreffelijk en bestond uit het beste wat Toscane te bieden had, dankzij Tani's broer, die daar een wijngaard bezat. Bij de sprekers die zich tot het bruidspaar richtten, leek het wel alsof geen van de mannelijke Rossi's de kans wilde laten passeren om in de schijnwerpers te staan. Misschien zouden ze wat korter van stof zijn geweest als ze hadden geweten hoe saai hun optreden was. Maar Benedetta straalde. Kalm en sereen luisterde ze naar alle toespraken, zichtbaar genietend van haar bijzondere dag en zonder de gewichtig orerende familieleden van haar man hun podium te misgunnen.

Toen het strijkje begon te spelen leidde Francesco zijn vrouw naar de dansvloer. Tani en Artemisia volgden al snel, en het duurde niet lang of ook anderen voegden zich bij hen. Costanza was een van de eersten. Zichtbaar aangeschoten sleepte ze een achterneef mee naar de dansvloer, waar ze haar wang tegen de zijne legde. Evelina, die tussen twee neven had gezeten, danste met het ene na het andere familielid. Ondertussen keek ze zoekend om zich heen, maar Ezra was nergens te bekennen. Blijkbaar zat hij nog met Romina te praten. Bij de gedachte alleen al voelde ze zich ellendig.

Uiteindelijk verontschuldigde ze zich om naar hem op zoek te gaan. Ze werd echter onmiddellijk staande gehouden door tante Madolina. 'Kindje, wat ben jij gegroeid!' zei ze met een goedkeurende blik. 'Je bent opgebloeid tot een prachtige jonge vrouw. Eerlijk gezegd had ik altijd een beetje met je te doen omdat je zo'n knappe zus had. Maar inmiddels zijn de rollen omgedraaid. Je bent werkelijk beeldschoon!'

'Dank u wel, tante Madolina,' zei Evelina beleefd, terwijl ze zich afvroeg hoe ze haar tante zo snel mogelijk zou kunnen afschudden.

Tante Madolina was een robuuste verschijning; kordaat en wilskrachtig als ze was, kon ze geen geduld opbrengen voor domheid. Als oudste kind wist ze niet beter of er werd naar haar geluisterd wanneer ze haar mening gaf. Bovendien was ze niet opgegroeid met een vader die het ongepast vond als een vrouw zich voor politiek interesseerde. Integendeel, Beto Pierangelini had zijn kinderen altijd aangemoedigd om zich een eigen mening te vormen; hij had het zelfs toegejuicht wanneer die mening verschilde van de zijne. Hij fokte geen papegaaien, luidde een van zijn geliefde uitspraken. En dus had hij zijn kinderen grootgebracht tot onafhankelijke mensen, wat regelmatig tot verhitte discussies had geleid met zijn zoon Tani, die aanzienlijk traditioneler was ingesteld. Als Beto nog had geleefd, zou hij Benedetta en Evelina hebben gestimuleerd om de opvattingen van hun vader ter discussie te stellen en zich een eigen mening te vormen. Dus Tani mocht van geluk spreken dat zijn vader was gestorven voordat die zijn dochters had kunnen beïnvloeden.

'Hoe oud ben je nu?' vroeg tante Madolina.

'Zeventien,' antwoordde Evelina.

'Denk erom dat je je door je vader niet naar het altaar laat slepen. Waarom kom je niet naar Amerika? Er is bij mij in huis altijd een plekje voor je.'

Evelina kon zich nauwelijks iets verschrikkelijkers voorstellen. 'O, dat lijkt me heerlijk!' jokte ze, in de hoop er daarmee van af te zijn.

'Je bent veel te onafhankelijk om hier te blijven. Het is alsof de tijd hier heeft stilgestaan. Kijk nou naar mijn broer. Die is niet meer van deze tijd. Hij had honderd jaar eerder geboren moeten zijn. Bovendien, heel Europa is op dit moment een soort hogedrukketel. Als ik jou was, zou ik niet wachten tot het deksel eraf vliegt. Kom naar New York. Amerika heeft een vrouw zoals jij oneindig veel meer te bieden dan Italië. Ik zal wel eens met je vader praten.'

Evelina vroeg zich af hoe tante Madolina wist dat ze zo onafhankelijk was. 'Gelukkig ben ik nog te jong voor het altaar,' zei ze. 'En nu Benedetta getrouwd is, hoop ik dat papa mij over het hoofd ziet. Dat hij zijn aandacht op Bruno richt. Die wordt ook al zo groot.'

'Bruno is om op te vreten. Die wangen! Ik kan mijn handen er niet van afhouden. Maar het is nog een kind. Reken er maar niet op dat je vader jou over het hoofd ziet, kindje. Hij weet drommels goed hoe bijdehand je bent. En daar houdt hij niet van. Hij vindt vrouwen die bijdehand zijn levensgevaarlijk.' Ze schoot in de lach. 'Je doet me aan mezelf denken, toen ik zo oud was als jij. Er is iets in je blik...'

'Als hij vrouwen die bijdehand zijn levensgevaarlijk vindt, waarom is hij dan met mamma getrouwd?'

'Omdat het bij je moeder zo'n vaart niet loopt. Ze is beeldschoon, maar ze roept vaak maar wat. Gewoon om tegendraads te zijn. Als het erop aankomt, heeft ze diep ontzag voor haar man en doet ze precies wat hij zegt. Ze is bij lange na niet zo onafhankelijk als ze zich voordoet. Je moeder is een echte Italiaanse moeder en echtgenote. Ze is alleen mooier dan de meeste. Veel mooier. In dat opzicht is Artemisia uniek.'

Evelina dacht aan signor Stavola. *Mamma is onafhankelijker dan u denkt.*

Uiteindelijk vond ze Ezra. Hij was met twee lege glazen op weg naar de tafel met drankjes. Toen hij Evelina zag verzachtte de uitdrukking op zijn gezicht en nam hij haar bewonderend op. 'Wat ben je mooi. Die jurk staat je prachtig.' Hij wist dat zijn moeder hem had gemaakt.

'Dank je wel,' zei ze stralend. 'Eindelijk een jurk van mezelf!'

'Heb je al gedanst?'

'Ja, maar toen werd ik staande gehouden door een van mijn tantes. De geduchte tante Madolina. Ze is helemaal uit Amerika overgekomen voor de bruiloft.'

'Elke familie heeft zo'n tante.' Hij rolde met zijn ogen.

'De jouwe ook, neem ik aan?' Ze moest lachen toen hij haar vertelde over zijn praatzieke tante Mia. Behalve om te eten deed haar man nauwelijks nog zijn mond open, want ze luisterde toch niet naar hem. Maar ze was wel een erg goede kok. Vandaar dat hij bij haar bleef. 'Ze kan koken en praten tegelijk.'

'Dans jij?' vroeg Evelina, in de hoop dat hij haar zou vragen.

Hij hield de glazen omhoog. 'Ik breng Romina haar wijn, dan kom ik je halen.'

'Beloof je dat?'

'Op mijn erewoord.'

'Goed. Dan wacht ik op je.'

Ze werd opnieuw de dansvloer op getrokken door de twee neven die tijdens het eten naast haar hadden gezeten, en daarna danste ze met al haar andere neven en ooms. Ook haar oom Peppino moedigde haar aan om naar Amerika te komen. 'Je kunt zo lang als je wilt bij ons terecht,' zei hij terwijl ze in het rond zwierden. 'In Amerika is alles beter. Zelfs de pizza.'

Om drie uur 's nachts trokken de bruid en de bruidegom zich onder luid applaus terug in de villa. En geleidelijk aan begonnen ook gasten te vertrekken. Terwijl de achterlichten van hun auto's tussen de cipressen langs de oprijlaan uit het zicht verdwenen, ging Evelina op zoek naar Ezra. Hij had beloofd dat hij met haar zou dansen, en het zou niet lang meer duren of ook de muziek hield ermee op. Ze slenterde de tuin in.

De pijnbomen en de rozemarijnstruiken geurden, daartussen glinsterden vuurvliegjes en klonk het getjirp van krekels. De maan stond hoog aan de hemel, bleekroze als een reusachtige grapefruit, de sterren twinkelden ongewoon helder. Een romantischer avond was nauwelijks denkbaar, maar Evelina had er geen oog voor. Ze was diep teleurgesteld, want de kans om met Ezra te dansen werd steeds kleiner. Misschien was hij al naar huis. Omdat ze weigerde te geloven dat hij zich niet aan zijn belofte had gehouden, zocht ze de schuld bij zichzelf. Ze had tenslotte voortdurend met anderen gedanst, dus misschien was hij haar wel komen halen, maar had hij uiteindelijk de moed opgegeven. Waarom had ze niet gewoon nee gezegd tegen al die anderen? Waarom had ze niet gewoon op Ezra gewacht? Dat had ze tenslotte beloofd.

Plotseling zag ze een stelletje zitten, op het bankje onder de pagode, helemaal achter in de tuin. En hoewel ze slechts schimmige contouren kon ontwaren, wist ze meteen dat het Ezra en Romina waren. Op haar tenen sloop ze verder, tot ze dicht genoeg bij was. Ze verstopte zich achter een boom. Voorzichtig, om zichzelf niet te verraden, gluurde ze om de stam heen. Ze zaten zachtjes te praten, met hun hoofd dicht naar elkaar toe. Haar keel werd dichtgesnoerd door de intimiteit van het tafereel. Ze meende zelfs te zien dat ze hand in hand zaten.

Verlamd door ontzetting, en door nieuwsgierigheid, bleef ze hen nog geruime tijd gadeslaan. En terwijl ze daar stond vulde haar hart zich met spijt, verdriet en teleurstelling, die zich samenbalden tot een verstikkende, troebele laag slijk.

Toen kusten ze elkaar. Evelina zag het, vervuld van wanhoop, want het was een langdurige, tedere kus. De tranen stroomden over haar wangen, langs haar kin, op haar jurk. Ze zou het willen uitschreeuwen, hen aan het schrikken willen maken, om te zorgen dat ze elkaar loslieten. Tegelijkertijd zou ze haar aanwezigheid voor geen prijs willen verraden. Dus ze deed niets. Behalve zichzelf kwellen door te blijven toekijken.

Ten slotte droogde ze haar tranen, ze draaide zich om en rende terug naar de villa. Daar glipte ze via de achterdeur naar binnen, de trap op naar haar kamer.

Ezra had zijn belofte verbroken. En dat betekende dat ze hem niet kon geloven. Dat ze hem nooit meer zou kunnen vertrouwen.

5

Aan het ontbijt, de volgende ochtend op het terras, kon Evelina het niet laten om tegenover Romina over Ezra te beginnen. De rest van de familie was nog niet op, en Bruno werd volledig in beslag genomen door zijn croissant met jam. 'Je had geluk met de tafelschikking. Ik zag dat je naast Ezra zat,' zei ze luchtig.

'Ja, zeg dat wel. Ezra is leuk.' Romina glimlachte geheimzinnig, en dat ze bloosde kwam vast en zeker niet door de hitte.

'En knap,' viel Evelina haar bij. 'Ik neem aan dat jullie elkaar kenden?'

'Ja, natuurlijk. We kennen elkaar van de synagoge.'

Daar keek Evelina van op. 'Ben jij ook Joods?' vroeg ze verbaasd.

'Ja.' Romina was op haar beurt verbaasd dat Evelina dat niet wist. 'Mijn ouders zouden het niet leuk vinden als ik met een niet-Joodse man thuiskwam.'

'Zijn Ezra en jij dan verloofd?'

'Nee, nog niet. Maar dat duurt vast niet lang meer.' Romina begon nog vuriger te blozen. 'Ik vind hem echt heel erg leuk.'

Evelina had het gevoel dat er een mes in haar hart werd gestoken. Het lag voor de hand dat Ezra trouwde met een Joods meisje. Waarom had ze daar nooit aan gedacht? Ze stond van tafel op, zonder dat ze iets had gegeten, stormde de trap op en wierp zich snikkend op haar bed.

In de weken daarop deed Evelina haar uiterste best om positief te blijven. Maar dat viel niet mee. Benedetta was het huis uit, Ezra ging met Romina trouwen, en zij zat opgescheept met Bruno. En ook al was ze dol op haar broertje, ze had in hem geen kameraad, geen vertrouweling zoals haar zusje dat was geweest. Ze was gestopt met pianospelen, en het joodse geloof, de Joodse cultuur konden haar niet langer boeien. Signora Ferraro had nog altijd briefjes bij zich van Ezra, maar Evelina las ze niet meer, laat staan dat ze terugschreef. Ze stopte ze in de doos onder haar bed, en tegen de tijd dat die vol was, liep ze ermee naar de salon en gooide ze de inhoud in de haard. Van de briefjes bleef niets over, maar dat gold niet voor haar liefde. Integendeel. Dat vuur laaide des te hoger op, juist doordat Ezra onbereikbaar was geworden, en in haar verlangen naar hem werd ze verteerd door melancholie.

Eind juni vierde Evelina haar achttiende verjaardag met een etentje in Villa L'Ambrosiana. In de jurk die ze ook op Benedetta's bruiloft had gedragen, deed ze haar best er een vrolijke avond van te maken met de veertig jongelui die waren uitgenodigd om met haar het glas te heffen op haar meerderjarigheid. Artemisia had alle jongemannen die ze voor haar dochter geschikt achtte op de gastenlijst gezet. Maar voor Evelina kon geen van hen zelfs maar in Ezra's schaduw staan. Als ze hem niet kon krijgen dan hoefde ze niemand.

Na het feest stelde haar moeder voor om samen naar Ercole Zanotti te gaan. Ze was nu tenslotte ook officieel geen kind meer, maar een jonge vrouw. Evelina reageerde niet enthousiast. Na zijn verraad wilde ze Ezra nooit meer zien. Maar het vooruitzicht om zich een nieuwe garderobe te laten aanmeten was te verleidelijk. Vastbesloten om Ezra niet te laten merken hoe diep hij haar had gekwetst, liep ze uiterlijk onbewogen en met opgeheven hoofd de winkel binnen. Ze groette signor Zanotti, glimlachte beleefd naar zijn zoon en liep naar de ruimte achter de winkel, waar Olga Zanotti al klaarzat om haar de maat te nemen. Het ontging haar niet dat Ezra althans het fatsoen had om beschaamd te kijken.

Ook al was haar belangstelling voor het joodse geloof en de geschiedenis van de Joden verflauwd, ze werd in de krant bijna dagelijks geconfronteerd met artikelen waarin verslag werd gedaan van Hitlers toespraken, gericht tegen de Joden. Ze vond het verbijsterend dat de leider van een land zo schaamteloos een hele bevolkingsgroep kon discrimineren en daarbij nauwelijks op verzet stuitte. Ieder mens had er recht op in vrede te leven, ongeacht zijn ras of geloof. Gelukkig had Mussolini zich in niet mis te verstane bewoordingen over de Joden uitgelaten. 'Er is in Italië geen Joods probleem,' had hij verklaard. En daar had hij gelijk in. Er wás in Italië geen Joods probleem.

Op 2 oktober 1935 verklaarde Mussolini de oorlog aan Abessinië. Via luidsprekers die op alle pleinen door het hele land waren opgezet, richtte hij zich tot zijn volk. Tani en Artemisia protesteerden tegen zijn oorlogsverklaring door thuis te blijven en de toespraak via de radio te beluisteren. 'We staan voor een keerpunt in de geschiedenis van ons land,' aldus Mussolini. 'Op ditzelfde moment staan twintig miljoen Italianen paraat. Twintig miljoen Italianen, verbonden door wat leeft in hun hart! Twintig miljoen Italianen, verenigd door wilskracht en onverzettelijkheid. In een tijdsbestek van vele maanden heeft het rad van de voorzienigheid dit grootse doel naderbij gebracht, aangedreven door onze kalme vastberadenheid.' En dat doel was natuurlijk het tweede Romeinse Rijk.

Mussolini riep alle vrouwen op om hun trouwring af te staan zodat het goud kon worden omgesmolten voor de financiering van de oorlogsinspanningen. Diepbedroefd gaf Benedetta gehoor aan de oproep. Artemisia daarentegen weigerde en bleef haar trouwring dragen, trots en uitdagend. Haar zoon was nog niet oud genoeg voor het leger, maar Francesco werd onder de wapenen geroepen, net als Ezra.

Toen Evelina voorstelde dat ze bij haar zus in Milaan introk, om haar troost en steun te bieden, gingen haar ouders akkoord. Eindelijk kon ze Villa L'Ambrosiana achter zich laten. Eindelijk voelde ze zich vrij, als een vogel die uit zijn kooi was ontsnapt.

En ook al zou ze hem het liefst willen vergeten, door de dagelijkse gebeden van Benedetta voor de behouden terugkeer van haar man, was het onvermijdelijk dat Evelina's gedachten naar Ezra gingen.

De kranten stonden vol met berichten over de fascistische troepen die overwinning op overwinning stapelden in een triomfantelijk vertoon van militaire overmacht. Maar volgens vrienden van Benedetta's schoonouders, die contacten hadden in het leger, zag de werkelijkheid er heel anders uit: de troepen waren slecht uitgerust en ongedisciplineerd, en de opmars verliep allesbehalve triomfantelijk.

Benedetta sleepte Evelina elke dag mee naar de kerk om een kaarsje op te steken voor Francesco. Evelina stak er twee op, ook al verwenste ze zichzelf vanwege haar gevoelens voor een man die duidelijk had laten blijken dat hij die gevoelens niet beantwoordde. Maar het hart liet zich niet dwingen, verzet was zinloos. Ezra was de enige man van wie ze ooit zou kunnen houden. Dus ze prees zich gelukkig dat ze in Milaan zat, en niet thuis in Villa L'Ambrosiana, waar ze dagelijks zou worden geconfronteerd met de tranen van Romina.

Het werd december, en op kerstochtend werd Bruno wakker met koorts. Artemisia wuifde de bezorgdheid van de anderen weg.

Het kwam door alle opwinding, zei ze. Het was geen wonder dat het kind uit zijn doen was. De kerstboom in de hal was schitterend versierd, en daaronder lagen de cadeautjes in glimmend rood papier. Maar anders dan haar moeder was Evelina er niet gerust op. Het huis was gevuld met familie. Benedetta was met Evelina mee naar huis gekomen, en twee van Tani's broers waren met hun gezin de hele kerstweek te gast. 'Je moet de dokter laten komen,' zei Nonna met diepe zorgrimpels in haar voorhoofd. Maar Artemisia weigerde de festiviteiten in de war te laten sturen door een klein jongetje dat door alle drukte van de kook was. De dokter kwam niet, Bruno werd in bed gestopt, en de feestelijkheden gingen gewoon door.

Romina vierde geen Kerstmis en bood aan om bij Bruno te blijven. Ze zong liedjes voor hem en bette zijn voorhoofd met doekjes gedrenkt in koud water met azijn. Evelina deed haar best om van het kerstfeest te genieten, maar ze moest steeds aan haar kleine broertje denken dat met hoge koorts in bed lag. Later op de avond, toen het hele gezelschap in diepe rust was, beneveld door de drank, sloop ze naar boven. Romina zat nog altijd naast Bruno's bed. Ze was in slaap gevallen, want het was inmiddels ver na middernacht. Bruno sliep ook, maar zelfs zonder aan zijn voorhoofd te voelen, wist Evelina dat hij nog altijd hoge koorts had. Ze schudde Romina zachtjes wakker. Het kindermeisje schrok, bang dat Evelina haar had gewekt omdat het kind dood was. 'Ik blijf bij hem. Ga jij maar slapen,' zei Evelina. Romina aarzelde, maar uiteindelijk vertrok ze met tegenzin naar haar eigen kamer.

Evelina dompelde een doekje in azijnwater en bette het bezwete gezicht van haar broertje. Met een serene uitdrukking op zijn gezicht leek Bruno wel een engeltje. Evelina's hart stroomde over van liefde. Maar zijn ademhaling ging zo traag dat ze zich die nacht een paar keer over hem heen boog om te controleren óf hij nog wel ademde. Ze viel niet in slaap, maar bleef klaarwakker, alsof ze hem door haar waakzaamheid en haar wilskracht in leven kon houden. Als liefde hem weer beter kon maken, dan kwam het goed. Want ze hield zielsveel van hem.

Bij het aanbreken van de nieuwe dag gluurde het eerste ochtendlicht grijs en mat door de kieren tussen de gordijnen. Evelina kwam overeind. Verstijfd rekte ze zich uit. Ze had het koud gekregen. Het vuur was zo goed als uit, in de haard gloeiden alleen nog wat sintels. Bruno sliep. Ze zette het raam op een kier om wat frisse lucht binnen te laten, toen ging ze naar de wc. Bij terugkomst had hij zijn ogen geopend. Haar hart maakte een sprongetje. Dat kon niet anders betekenen dan dat het ergste achter de rug was, dat hij weer beter werd.

'Gabriele is er,' zei hij. Zijn stem klonk ijl en zwak.

Evelina ging weer naast het bed zitten en pakte zijn hand. Die was nog altijd erg warm. 'Wie is Gabriele?' vroeg ze, opnieuw ongerust.

'Gabriele wil dat ik met hem meega. Het is tijd, zegt hij.'

'Er is hier geen Gabriele, Bruno,' zei ze kordaat. 'Ik ben bij je. En je wordt weer helemaal beter. Maar voorlopig ga je nergens heen.'

Bruno glimlachte vluchtig. 'Ik wil met Gabriele spelen,' fluisterde hij. 'Ik wil...'

'Als je straks beter bent kun je weer met al je vriendjes spelen.'

Hij keek haar aan met koortsige ogen. 'Ik heb het zo warm.'

'Dat weet ik, lieverd.' Haastig liet ze zijn hand los. Ze dompelde opnieuw een doekje in het azijnwater en legde het op zijn voorhoofd. 'Mamma gaat vragen of de dokter langskomt. Die maakt je weer beter.'

Hij kneep zijn ogen half dicht. 'Wat is het hier licht.'

'Vind je dat?' Evelina keek naar de gordijnen, waar slechts een smal streepje grauw daglicht door naar binnen viel.

Bruno sloot zijn ogen. Evelina nam zijn hand weer in de hare, haar ogen werden vochtig. 'Ga maar lekker slapen, lieverd. Dat is goed voor je. Daar wordt je lichaam sterk van. Dan kan het vechten tegen de koorts. Nog even, dan ben je weer beter.' Ze bracht zijn slappe hand naar haar lippen en drukte er een kus op.

Zijn ademhaling vertraagde opnieuw.

Evelina zat nog altijd met zijn hand in de hare en met haar blik strak op haar broertje gericht toen haar moeder binnenkwam, met Benedetta in haar kielzog. Zodra Artemisia haar zoon zag, besloot ze dat ze toch beter de dokter kon laten komen. Waarom nu pas, vroeg Evelina zich af. Waarom had ze dat al niet veel eerder gedaan? Benedetta stelde voor om bij Bruno te blijven, dan kon Evelina zich opfrissen en iets eten. Maar ze durfde niet bij haar broertje weg te gaan. 'Het komt goed,' stelde Benedetta haar gerust. 'Hij heeft gewoon koorts. Dat hebben we allemaal wel eens gehad, en we hebben het allemaal overleefd. Ga nou maar. Ik blijf hier.'

Evelina gehoorzaamde. De angst had haar de hele nacht wakker gehouden, maar nu ze eraan kon toegeven, duizelde het haar van vermoeidheid. Aan het ontbijt hield Artemisia vol dat er geen reden was tot ongerustheid. Bruno had gewoon koorts. Nog even, en hij was weer voldoende opgeknapt om zijn cadeautjes open te maken. Maar toen de dokter kwam en uiteindelijk weer met een somber gezicht vertrok, werd het iedereen duidelijk dat er wel degelijk reden was voor ongerustheid. Bruno's toestand was kritiek, had de dokter gezegd. De koorts móést naar beneden. De komende vierentwintig uur was het erop of eronder.

Benedetta en Evelina gingen samen met Nonna en Costanza naar de kerk in Vercellino en staken kaarsjes op voor Bruno en voor hun dierbaren aan het front. Het kerstfeest werd overschaduwd door zorg, ook al deden Tani en Artemisia alsof ze er niet aan twijfelden of alles kwam goed. Romina probeerde Bruno af en toe wakker te maken om hem wat water te laten drinken, maar hij reageerde niet. Hij lag zo stil dat het leek alsof hij al met één voet de grens naar een andere wereld was overgestapt.

Die nacht waakte Evelina opnieuw aan zijn bed, maar dat deed ze niet alleen. Benedetta, Artemisia en Tani waren er ook. De gezichten stonden ernstig, en allemaal baden ze dat Bruno weer beter mocht worden. Maar de koorts was nog verder gestegen, en Bruno mompelde onrustig, onsamenhangend, alsof hij een nachtmerrie had. Artemisia aaide hem over zijn voorhoofd, kuste hem op zijn slaap en bette zijn gloeiende gezichtje met vochtige doeken, maar niets kon hem nog terughalen naar de wereld van de levenden. Met elke zwakke, oppervlakkige ademhaling leek hij verder weg te glijden.

Toen de dageraad de hemel in het oosten deed oplichten, kwam er ten langen leste een einde aan de nachtmerrie. Bruno slaakte een diepe zucht, zijn gelaatstrekken ontspanden en er verscheen een vredige uitdrukking op zijn gezicht. Zijn wimpers trilden, om zijn lippen speelde nog heel even een vluchtige glimlach, toen was hij weg. Alsof hij zijn hand had uitgestoken en zich door een onzichtbaar, hemels wezen had laten meevoeren.

Artemisia trok hem snikkend in haar armen, wiegde hem alsof hij weer een baby was. Tani wachtte tot zijn dochters hun broer een kus hadden gegeven, toen loodste hij hen naar de deur. Hun moeder had tijd nodig om met haar zoon alleen te zijn, zei hij, en die tijd moesten ze haar geven.

Ook Evelina had tijd nodig om alleen te zijn. Benedetta stelde voor dat ze naar de kerk gingen, maar Evelina wist dat ze daar geen troost uit zou putten. De enige plek waar ze althans iets van vrede en rust zou vinden, was de tuin; tussen de bomen en de struiken die haar zo dierbaar waren en die ook Bruno dierbaar waren geweest, want hij had altijd urenlang in de tuin kunnen spelen. Ze trok haar jas en haar laarzen aan en liep naar buiten. Het was een sombere ochtend. De vogels die niet naar het zuiden waren getrokken, maar de winter in Piëmont trotseerden, zongen het hoogste lied, maar ze hoorde het niet. Net zomin als ze de zoete geur van rotting en vergankelijkheid rook, waarmee de natuur de weg vrijmaakte voor nieuw leven in de lente. Ze hoorde niets, ze voelde niets, ze was zich van niets anders bewust dan van de pijn in haar hart.

Evelina had nog nooit gerouwd. Ze had nog nooit iemand verloren van wie ze hield. Maar door dit eerste verlies ontstond er ruimte in haar ziel; een nieuwe diepgang die haar verbond met de verborgen kern van haar wezen. Door dit grote verdriet zou ze nooit meer dezelfde zijn en met meer wijsheid in het leven komen te staan.

Bij de kapel gekomen waar Bruno en zijn vriendjes zo vaak hadden gespeeld, duwde ze de zware houten deur open. Binnen was het koud. Het rook er verschaald; de fresco's op de muren waren door vocht aangetast. De stenen vloer lag bezaaid met knisperende bruine bladeren en dode insecten; er lagen zelfs een paar vogels die naar binnen waren gevlogen en niet meer weg hadden gekund. Alles oogde triest, verwaarloosd. Maar voor Evelina was het de perfecte plek om zich over te geven aan haar verdriet.

Ze ging op een van de houten stoelen zitten die nog altijd in keurige rijen stonden opgesteld; een overblijfsel uit de tijd dat de familie hier nog kerkte. Met haar armen om haar middel geslagen slaakte ze een kreet. Het geluid had niets menselijks; het kwam van heel ver, van een plek die tot op dat moment onberoerd was gebleven. Een plek die zo diep verborgen lag dat haar hele lichaam schokte door de ongekende, rauwe wanhoop die eruit opsteeg. Toch kon ze niet stoppen. Toen ze zich ervoor had opengesteld was het niet meer te stuiten. Ze had het gevoel dat ze haar maag eruit zou huilen, zo hevig waren de krampen, zo krachtig het gevoel van uitdrijving. Ze kon niets anders doen dan het laten gebeuren.

Uiteindelijk gingen de kreten en het gehuil over in een zacht snikken. Haar lichaam verslapte, uitgeput, verslagen. Haar hoofd deed pijn, maar dat was niets vergeleken bij de pijn in haar hart. Hoe kon een mens ooit over zo'n groot verlies, zo'n diep verdriet heen komen? De dood was iets wat ze niet kon bevatten. Hoe ze het ook probeerde, ze kón niet geloven wat er was gebeurd. Maar haar hart sprak een andere taal en vertelde haar de waarheid: Bruno was er niet meer.

Zijn lichaam werd bijgezet in de familiecrypte op de begraafplaats van Vercellino. Terwijl de kleine kist naast die van zijn grootvader, Beto Pierangelini, werd gezet, en naast die van zijn twee jonggestorven ooms, besefte Evelina dat niets ooit meer hetzelfde zou zijn. Hun hart was gebroken, en niet alleen dat, de ziel was uit hun gezin gerukt. Wat achterbleef was een gapende leegte. In Villa L'Ambrosiana zou voorgoed de echo klinken van Bruno's schaterlach, de villa en de tuin zouden voor altijd gevuld zijn met herinneringen aan zijn ondeugende glimlach, zijn nieuwsgierigheid, zijn liefde voor hen. Waar je ook keek, Bruno was overal, en dat zou altijd zo blijven. Er viel niet aan te ontsnappen, en allemaal zouden ze zich telkens opnieuw afvragen of ze meer hadden kunnen doen.

Op de avond na de begrafenis ging Evelina naar haar moeder. Artemisia lag in bed. De dokter had haar iets kalmerends gegeven. Vanuit de kussens staarde ze dof voor zich uit in het donker. 'Mag ik binnenkomen?' vroeg Evelina zacht.

Hoewel ze geen antwoord kreeg ging Evelina op de rand van het bed zitten en pakte haar moeders hand. Artemisia's ogen lagen diep in hun kassen, tranen glinsterden op haar wangen. 'Wie is Gabriele?' vroeg Evelina.

Artemisia sloeg verrast haar ogen op. 'Hoezo?'

'Toen Bruno een delier had, had hij het over Gabriele die hem kwam halen. Het was tijd, zei Gabriele.'

'Waarvoor?'

'Ik weet het niet. Hij wilde dat Bruno met hem meeging.'

Artemisia hield verbijsterd haar adem in. Ze was plotseling klaarwakker. 'Zei Bruno dat?'

'Ja. Hij zei dat hij met Gabriele wilde spelen. Ik vroeg me af of het soms een vriendje van school is...'

Artemisia schudde haar hoofd. 'Gabriele was zijn tweelingbroer. Hij is bij de geboorte gestorven.'

Evelina keek haar moeder verbijsterd aan. Ze had nooit geweten dat Bruno een tweelingbroertje had gehad.

'Denk je dat de ziel van Gabriele zijn broer kwam halen? Om hem mee te nemen naar die andere wereld?' vroeg Artemisia fluisterend, met een blik van verlangen in haar ogen. 'Denk je dat ze nu samen zijn? Ergens waar het mooi en heerlijk is?'

Evelina wilde niets liever dan dat ze dat kon geloven. Ze drukte haar moeders hand. 'Ja,' zei ze. 'Ja, dat denk ik. Ik denk dat Gabriele zijn hand uitstak, en dat Bruno die heeft gepakt. Ik denk dat ze ergens zijn waar ze samen kunnen spelen.'

Artemisia begon weer te huilen. 'Dank je wel, Evelina. Dat is zo'n troostrijke gedachte.'

In het begin van het nieuwe jaar ging Evelina met Benedetta terug naar Milaan. De zusjes ontvluchtten het ouderlijk huis, waarover sinds de dood van hun broer een lijkwade leek te zijn neergedaald. Artemisia's moeder kwam een tijdje logeren, en ook haar twee zussen ontfermden zich beurtelings over haar. Ze had haar dochters niet nodig. Om niet te zeggen dat ze hen liever zag gaan dan komen. Ze werd volledig beheerst door haar verdriet om Bruno. En het leek alsof met hem ook het hart van zijn moeder was gestorven.

Nonna en Costanza deden wat ze konden om Artemisia en Tani te troosten, die ieder hun eigen manier hadden om hun verlies te verwerken. Artemisia liet haar tranen de vrije loop, terwijl Tani zich begroef in zijn werk. Nonna richtte in een van de kamers een schrijn op; een altaar met een foto van Bruno en een kaars die dag en nacht brandde. Ze legde er een rozenkrans bij, een beeldje van de Heilige Maagd, iconen uit haar kamer, en ze plukte bloemen uit de kas. Samen met haar zus zegde ze haar gebeden bij dat zelfgemaakte huisaltaar. Ze baden altijd al voor hun overleden dierbaren, maar met de dood van Bruno was de lijst opnieuw langer geworden. En verdrietiger. Ze hadden veel van Bruno gehouden, en omdat ze heilig geloofden in de volkswijsheid dat wie door een groot verdriet werd getroffen, daardoor jaren korter leefde, waren ze ervan overtuigd dat ook hun eigen dood aanzienlijk dichterbij was gekomen.

Benedetta ontving met enige regelmaat post van Francesco. In zijn brieven drukte hij haar op het hart moedig te zijn en geduld te hebben. De oorlog zou spoedig voorbij zijn, en wanneer hij weer thuis was, zouden ze aan kinderen beginnen. Dan kon niets de toekomst waarvan ze hadden gedroomd, nog in de weg staan. Evelina hoorde niets van Ezra. Omdat ze vermoedde dat Romina wel post van hem kreeg, raakte ze verbitterd. Haar mooie herinneringen aan hem verbleekten, en naarmate de tijd vorderde, raakte ze er steeds meer van overtuigd dat ze niets meer om hem gaf. En wat maakte het nog uit? Bruno was dood. Niets deed er meer toe.

Het werd voorjaar, en Evelina en Benedetta besloten de hitte in de stad te ontvluchten. In Villa L'Ambrosiana bleek veel te zijn veranderd. Hun ouders leidden meer dan ooit ieder hun eigen leven, het huis oogde sjofeler dan ooit. Het kwam zorg en liefde tekort, en hetzelfde gold voor Tani en Artemisia, die niet alleen het huis maar ook zichzelf en elkaar verwaarloosden. De fresco's waren nog verder door vocht aangetast, de tapijten tot op de draad versleten, de schilderijen waren al maanden niet meer verhangen. Er stonden nergens bloemen, en de enige plant was een halfdode varen in de muziekkamer. De piano zweeg, somber en stil als een doodskist. Het voelde alsof de tijd stil was blijven staan op het moment dat Bruno voorgoed zijn ogen sloot. Artemisia bewoog zich als een schim door het huis; van haar flamboyante charisma was niets meer over. In plaats van te hunkeren naar bewondering, had ze aan niemand behoefte en leek ze het liefst in het niets op te gaan. Evelina dacht niet dat signor Scivoloso nog op bezoek kwam. Tani sloot zich op in zijn studeerkamer en liet zich alleen zien bij de maaltijden. Af en toe ging hij naar Milaan, naar zijn geliefde bibliotheek. Of misschien zocht hij wel troost in de armen van een andere vrouw. En wie zou het hem kwalijk nemen nu hij bij zijn eigen vrouw geen warmte vond?

Nonna en Costanza waren ook veranderd. Ze leken plotseling stokoud, relieken uit een vervlogen tijd die hardnekkig vasthielden aan hun ingesleten gewoontes; hun potjes kaarten en hun glaasje wijn op het terras, ook al leken ze het nauwelijks meer te kunnen opbrengen om ervan te genieten. Ze waren dolgelukkig om Benedetta en Evelina te zien en omhelsden hen hartstochtelijk. Misschien hoopten ze wel dat met de terugkeer van de meisjes het leven in Villa L'Ambrosiana weer als vanouds zou worden.

Evelina kreeg geen schilderles meer, maar ze had nog wel contact met Fioruccia Ferraro. Sterker nog, ze waren vriendinnen geworden, nu de rollen van leerling en lerares waren weggevallen. Matteo, Fioruccia's man, zat ook aan het front, net als een groot deel van de jongere generatie mannen. Omdat haar broer het zonder Ezra moest stellen, schoot Fioruccia hem te hulp, in de uren dat ze niet voor de klas stond. Evelina en zij spraken regelmatig bij de winkel af, en dan gingen ze vandaar de stad in voor een kop koffie.

Ercole Zanotti was trots op Ezra. In zijn ogen had Italië, net als Frankrijk en Groot-Brittannië, recht op een koloniaal imperium, en zijn dappere zoon vocht voor de roem en de glorie van zijn land, schouder aan schouder met zijn Italiaanse broeders. Fioruccia vertelde Evelina dat, in de ogen van Ercole, de deelname van zijn zoon aan de oorlog bewees dat zijn familie loyaal was aan Mussolini en het fascisme. De Zanotti's waren in de eerste plaats Italiaan en pas in de tweede plaats Jood. In Duitsland nam de Jodenvervolging steeds gruwelijker vormen aan, en in de Italiaanse pers kregen de antisemitische sentimenten hoe langer hoe meer aandacht. Dus het was van het grootste belang dat de Zanotti's hun onvoorwaardelijke trouw aan Il Duce betuigden.

'Ben je bang dat hier hetzelfde zou kunnen gebeuren als in Duitsland?' vroeg Evelina.

'Ja,' antwoordde Fioruccia.

'Dat was je vroeger niet. Hoe komt het dat je er nu anders over denkt?'

'Tja, ik weet het niet. Het is een gevoel... Alsof er iets in de lucht hangt.' Ze hief haar hand en lachte grimmig. 'Ik heb mijn trouwring afgestaan voor de oorlogsinspanningen. Mijn man vecht aan het front. En toch kan ik het gevoel niet van me afzetten dat uiteindelijk zal blijken dat het allemaal voor niets is geweest.'

'Volgens papa wordt Italië in de armen van Duitsland gedreven door het conflict met Frankrijk en Groot-Brittannië vanwege Abessinië. Ik hoop dat hij het mis heeft.'

'Ik ook. Maar Ercole heeft nog altijd niets dan lof voor onze leiders. Hij kan zich niet voorstellen dat er hier iets gebeurt waardoor wij als Joden gevaar lopen. Volgens hem is de regering er meer op uit om de antifascisten uit te roeien dan om de Joden te onderdrukken.'

'Dus hij ziet de toekomst met vertrouwen tegemoet.'

'Ja, en hij is niet de enige. Het lijkt wel alsof ik de enige ben die zich zorgen maakt.'

'In dat geval is er niets om bang voor te zijn,' zei Evelina, maar diep in haar hart was ze eerder geneigd haar vader gelijk te geven dan Ercole.

Dat voorjaar kwam er een einde aan de Italiaans-Abessinische Oorlog, en in het begin van de zomer kwam Francesco naar huis. Niet als een held die triomfantelijk terugkeerde van het front, maar als een dodelijk vermoeide strijder, getraumatiseerd door wat hij had meegemaakt. Bovendien was hij zo vermagerd dat Benedetta hem niet meteen herkende toen hij voor de deur stond. Het had niet veel gescheeld of ze had het op een gillen gezet. De arme man liet zich uitgeput in bed vallen en sliep twee dagen lang. Hij werd alleen even wakker wanneer zijn vrouw hem iets te eten bracht.

Evelina wilde niet aan Ezra denken, maar wat ze ook probeerde, het lukte haar niet hem uit haar hoofd te zetten. Ezra had voor Romina gekozen, hield ze zichzelf voor. Hij had geen enkele behoefte haar nog te zien. Ze was een verzetje voor hem geweest. Hij had zich een tijdje met haar geamuseerd, meer niet. Door Bruno's dood was de pijn, het verdriet omdat hij haar had gekwetst, naar de achtergrond gedrongen. Maar nu Ezra terug was in Vercellino, kwamen die gevoelens in volle hevigheid terug.

Toen ze bij Fioruccia langsging, vertelde die dat zowel Ezra als Matteo ongedeerd was gebleven, maar dat het dagen had geduurd voordat ze weer enigszins de oude waren. Olga en zij hadden hun lievelingskostjes gemaakt om te zorgen dat ze weer wat spek op de botten kregen, maar het was vooral de uitputting die de zwaarste wissel op hen had getrokken; en het besef dat ze hadden gevochten in een oorlog die zinloos was gebleken.

'Ezra zal nu wel snel met Romina gaan trouwen. Denk je ook niet?' vroeg Evelina. Enerzijds was ze bang voor het antwoord, anderzijds wilde ze duidelijkheid. Dan kon ze het achter zich laten.

'Ja, dat denk ik wel. En jij?' vroeg Fioruccia zacht.

'Ik denk dat ik naar Amerika ga, naar mijn oom en tante in New York.' Het was voor het eerst dat ze het serieus overwoog. Maar als ze Ezra toch niet kon krijgen, was het zinloos om te blijven, verbitterd en met een gebroken hart. 'Ja, ik ga naar Amerika,' zei ze plotseling heel stellig, want het idee sprak haar hoe langer hoe meer aan. 'Volgens mijn oom is alles beter in Amerika. Zelfs de pizza.'

6

Tani was bepaald niet enthousiast bij het vooruitzicht dat zijn dochter bij zijn zus in New York ging wonen. Amerika was wel erg ver weg, en bovendien was hij er niet gerust op dat zijn zus een goede invloed op Evelina zou hebben. Artemisia daarentegen vond het een uitstekend idee. Ze kon het niet opbrengen op zoek te gaan naar een man voor haar jongste dochter. Na het verlies van haar zoon had ze zich volledig in zichzelf teruggetrokken en leefde ze alleen nog maar om te rouwen. Evelina zou misschien nog hebben geaarzeld als haar moeder troost bij haar had gezocht, maar Artemisia's ongeïnteresseerdheid liet aan duidelijkheid niets te wensen over: ze liet niemand toe in haar verdriet, ook haar dochter niet.

Uiteindelijk ging Tani met tegenzin akkoord en werden de raderen in werking gezet voor Evelina's vertrek. Het deed Nonna verdriet dat haar kleindochter had besloten zo ver weg te gaan, maar ze begreep Evelina's verlangen om haar horizon te verruimen. Net zoals ze dat van haar dochter had begrepen toen die na haar huwelijk met Peppino op de boot naar de Nieuwe Wereld stapte. Op haar beurt verklaarde Costanza dat ze dolgraag mee zou gaan. 'Volgens mij zou mijn leven in Amerika veel opwindender zijn geweest,' zei ze tegen Evelina, niet gehinderd door enige kennis, maar meegesleept door haar verbeelding.

Evelina vond het opwindend om ver weg van Ezra met een schone lei te beginnen. Ze had er alle vertrouwen in dat Amerika haar gebroken hart zou kunnen genezen en dat ze daar een nieuwe bestemming zou vinden, misschien zelfs een nieuwe liefde. Haar leven in Italië was op een dood punt aangeland. Ze moest op zoek naar nieuwe inspiratie, naar een nieuwe ambitie, naar iets wat haar leven zin gaf.

Haar verrassing had dan ook niet groter kunnen zijn toen Ezra op een dag voor de deur stond. Ze zat in de tuin te schilderen, waar het dienstmeisje haar kwam waarschuwen. 'Er is bezoek voor u. Signor Zanotti.' Ercole kon het niet zijn, dacht Evelina verbijsterd. Ze legde haar penseel neer en trok haar schildersjas uit. Terwijl ze naar de villa liep, werd haar opwinding verdrongen door het vermoeden waaróm Ezra haar wilde spreken. Ongetwijfeld om haar te vertellen dat hij Romina ten huwelijk had gevraagd. En misschien om zich te verontschuldigen voor de kwetsende manier waarop hij haar had behandeld. Bij die gedachte kwam het slijk in haar hart weer naar boven en vertroebelde de innerlijke wateren.

Ze rondde de hoek van het huis, en daar stond Ezra naast zijn fiets, in een net jasje en met een pet op. Ze zag meteen hoe mager hij was geworden, en hoezeer de uitdrukking op zijn gezicht was veranderd. De onbekommerdheid was verdwenen en had plaatsgemaakt voor een sombere ernst; de ervaringen aan het front hadden diepe groeven in zijn huid geëtst.

Een aarzelende glimlach deed zijn gezicht oplichten toen hij haar zag. 'Evelina.' In zijn grijze ogen stond bewondering te lezen. 'Je ziet er goed uit.'

'Dank je wel.' Ze bleef ernstig, want ze weigerde het hem gemakkelijk te maken. Waarom zou ze? Hij had haar gekwetst. Ze wilde dat hij besefte hoeveel pijn hij haar had gedaan.

Onzeker door haar koele afstandelijkheid sloeg hij even zijn ogen neer. Toen keek hij haar recht aan. 'Ik hoor dat je naar Amerika gaat.'

'Dat klopt.'

Hij knikte. 'Ik kan het je niet kwalijk nemen. Italië verandert. En bepaald niet ten goede.'

Ze fronste. 'Als je de militarisering bedoelt dan ben ik het met je eens. De parades, de geobsedeerdheid met het fascisme, met uniformen en wapengekletter. In de kranten gaat het nergens anders over. Ik heb er meer dan genoeg van. Dus ik kijk ernaar uit om het achter te laten en in Amerika een nieuwe start te maken.'

'Als je het mij vraagt zijn we hard op weg naar een alliantie met Hitler.' Zijn gezicht stond ernstig.

'Dat kan ik me niet voorstellen. Volgens mij ben je te somber.'

'Laten we het hopen.' Hij schudde zuchtend zijn hoofd. 'Mussolini heeft in de Spaanse Burgeroorlog de kant van Franco gekozen, net als Hitler. Dat loopt niet goed af. Neem dat maar van mij aan. Zullen we de tuin in gaan? Ik wil even met je praten.'

Evelina wilde al nee zeggen, maar dit was waarschijnlijk de laatste keer dat ze hem zag. Plotseling drukte er een loden last op haar hart. 'Akkoord,' zei ze dan ook, maar ondertussen wenste ze dat hij niet was gekomen. Ze dacht dat ze de teleurstelling achter zich had gelaten, maar nu ze hem zag, besefte ze hoezeer ze zich had vergist.

Hij zette zijn fiets tegen de muur en ze sloegen het pad in tussen donkergroene cipressen en dichtbegroeide wallen van tijm. Met een diepe zucht, alsof de schoonheid van de natuur hem ontroerde na de dorre woestijn waar hij in een zinloze oorlog had gevochten, keerde Ezra zich naar haar toe. 'Ik vind het zo erg van Bruno.'

'Ik ook.'

'Het was een lief joch. Ik probeer me voor te stellen hoe het moet zijn om iemand te verliezen die je zo dierbaar is.'

'Het is verschrikkelijk. Het ergste wat er is.' Ze keek hem niet aan, bang dat ze anders begon te huilen.

'Het helpt vast om naar Amerika te gaan. Zo ver van huis kun je het beter achter je laten.'

'Misschien. Maar Bruno blijft altijd bij me, waar ik ook ben. Ik zal zijn dood nooit kunnen vergeten. Daar zal ik mee moeten leren leven.'

'Dat begrijp ik.'

'Hij is nooit uit mijn gedachten. Bruno zit voorgoed in mijn hart.'

'Speel je nog piano?'

'Nee.'

'Ik merk dat muziek me goed doet. Dat pianospelen een helende werking heeft.'

'Misschien voor jou. Mij doet het alleen maar pijn.' Het klonk kil en hard. Killer en harder dan ze had bedoeld.

Hij zuchtte opnieuw, en Evelina besefte hoe moeilijk ze het hem maakte. Ze liepen zwijgend verder. Totdat Ezra zijn handen in zijn zakken stopte en de stilte verbrak. 'Ik had me de oorlog voorgesteld als een avontuur. Ik dacht dat het de moeite waard zou zijn, heldhaftig, om te vechten voor mijn land. Maar ik had het mis. Het was een ramp.'

'De kranten stonden vol met verhalen over jullie triomfen.'

'Allemaal leugens. Fascistische propaganda. Je moet niet alles geloven wat er in de krant staat.'

Ze haalde haar schouders op. 'Maar hoe weet je wat waar is en wat niet? Dat is onmogelijk.'

'Dat is zo. Daar heb je gelijk in. Hoe dan ook, ik ben veranderd door alles wat ik aan het front heb meegemaakt.'

'Natuurlijk. Dat is logisch. Zo'n ervaring zet je hele leven op zijn kop, stel ik me voor.'

Ze kwamen bij de kas van Nonna Pierangelini, genesteld in het hoog opgeschoten gras. Het glas was bedekt met mos en aanslag, het ijzeren geraamte begon van ouderdom door te zakken, en een van de dakpanelen die schuin waren geplaatst om zo veel mogelijk zonlicht op te vangen, ontbrak. Ondanks de slechte staat waarin hij verkeerde, bezat de kas dezelfde lome charme als de villa; door de tand des tijds getekend maar met een aura van vergane glorie dat hem alleen maar mooier maakte. 'Nonna kweekt hier tomaten.' Evelina liep naar de deur. 'Ze zweert dat ze beter smaken dan alle andere tomaten in heel Italië. Het zou te maken hebben met het licht dat zich een weg moet banen door het mos en de groene aanslag. Zoiets. Ik weet het niet precies.' Ze haalde haar schouders op. 'Daarom wil ze niet dat de kas wordt schoongemaakt of opgeknapt. Hij stamt nog uit de vorige eeuw. Toen waren victoriaanse kassen naar Brits ontwerp in de mode.' Ze duwde de deur open. Binnen was de lucht zwaar en vochtig en rook het naar de tomaten die er overvloedig groeiden. 'Zie je wel? Pure magie.'

Ezra volgde haar en liet zijn blik over de stralend rode trossen gaan. De planten met hun mollige, rijpe vruchten leken hun behuizing in een wurggreep te houden, als een schepsel met lange tentakels dat bezit had genomen van de glazen panelen en het ijzeren geraamte. Evelina plukte een tomaat, hield hem onder haar neus en snoof. 'Heerlijk. De geur doet me denken aan vroeger, toen ik nog klein was. En aan Nonna Pierangelini.' Bij het vooruitzicht van haar vertrek voelde ze een steek in haar hart. De tomaten in Amerika roken vast en zeker niet zo lekker als die van Nonna.

Ezra keek fronsend op haar neer, waardoor de lijnen in zijn gezicht nog dieper werden. 'Het spijt me dat ik je pijn heb gedaan.' Zijn blik vertelde haar dat hij het meende.

Evelina stak haar kin naar voren. 'Je hebt me inderdaad pijn gedaan.' Terwijl ze het zei besefte ze dat ze niet de bevrediging voelde die ze had verwacht. 'Ik dacht dat je iets voor me voelde, maar blijkbaar had ik me vergist. Ik was jong. En verliefd. Afijn, laten we het maar vergeten. Ik wens jou en Romina alle geluk van de wereld.' Een gevoel van spijt en weemoed bekroop haar terwijl ze verder liep over het pad tussen de planten om zijn blik te ontwijken.

Hij kwam naast haar lopen en legde een hand op haar arm.

'Wat is er?' vroeg ze nijdig. Ze bleef met een ruk staan. 'Wat verwacht je nou nog van me? Het is goed zo. Ik wil het er niet meer over hebben.'

'Ik ben stom geweest. Mijn vader kreeg in de gaten dat ik je leuk vond. Dus hij riep me bij zich. Ik moest me niets in mijn hoofd halen met een katholiek meisje, zei hij. Dus in plaats van naar mijn hart te luisteren, koos ik voor Romina, alleen omdat ze Joods is. Ik dacht oprecht dat ik de juiste keuze maakte. Maar door de oorlog heb ik geleerd dat het hier goed moet voelen.' Hij legde een hand op zijn hart. 'Dat het anders niet de juiste keuze is.' In zijn ogen stond te lezen hoe diepongelukkig hij zich voelde. 'Want ik hield van jou, Evelina. Ik hield van je op het moment dat je de winkel binnenkwam. En ik hield nog steeds van je toen ik Romina ten huwelijk vroeg. Maar ik verdrong mijn gevoelens. Niet dat het hielp. Want ik ben altijd van je blijven houden. En toen ik van Fioruccia hoorde dat je naar Amerika ging, moest ik naar je toe. Ik moest het tegen je zeggen. En ik begrijp het als je niet langer van mij houdt. Als je zo kwaad bent dat je me het liefst nooit meer wil zien. Ik wil alleen dat je weet dat... dat wat er is gebeurd... dat het niks met jou te maken heeft. Hoe ik je heb behandeld... dat had je niet verdiend, en als ik de klok kon terugdraaien, zou ik het allemaal anders doen. Dan zou ik op de bruiloft van je zus de eerste zijn geweest die je ten dans vroeg. En ik zou je niet meer hebben laten gaan. Ik zou de hele avond met je zijn blijven dansen, totdat het feest voorbij was.'

Evelina voelde dat haar ogen vochtig werden. Met een glimlach keek ze naar hem op. 'Zou je mij dan op dat bankje hebben gekust?'

Hij liet zijn schouders hangen. 'Heb je dat gezien?' vroeg hij geschokt.

Ze knikte.

'O Eva, het spijt me zo.' Hij schoof teder een hand onder haar haar. 'Mag ik je kussen?'

Ze knikte opnieuw en stopte de tomaat in de zak van zijn jasje.

Tani en Artemisia waren stomverbaasd toen ze hoorden dat ze van gedachten was veranderd. Dat ze niet naar Amerika ging. Tani was heimelijk opgelucht, maar Artemisia reageerde geërgerd. 'Dat kan toch niet zomaar? Madolina en Peppino rekenen erop dat je komt. Ze hebben vast en zeker al van alles voor je geregeld. Dus het is erg onbeleefd om af te zeggen.'

Evelina vermoedde dat haar moeder maar al te graag van de verantwoordelijkheid voor haar jongste dochter bevrijd zou zijn geweest.

'Ik zeg het niet af. Ik stel het alleen maar uit. Ik ben er gewoon nog niet klaar voor om het huis uit te gaan.'

'Je ziet er toch niet tegen op? Amerika is niet het einde van de wereld. Want dan hadden Madolina en Peppino niet op Benedetta's huwelijk kunnen komen. En je bent daar niet alleen. Je hebt je oom en je tante om je wegwijs te maken. En wie weet, misschien trouw je wel met een leuke Amerikaan.'

'Ik ben nog veel te jong om te trouwen, mamma. Maar ik eh... ik vind het nog moeilijk om bij Bruno weg te gaan.' Het was een schandalige leugen; Evelina schaamde zich diep.

'Ach, kindje,' verzuchtte haar moeder. Want dat was iets wat ze begreep. De uitdrukking op haar gezicht verzachtte. Ze omhelsde haar dochter en liet haar tranen de vrije loop. 'Dan blijf je gewoon hier. Dicht bij je broer,' verklaarde ze hartstochtelijk. 'En dan gaan we ons best doen om hier een leuke man voor je te vinden.'

Plotseling zag de wereld er anders uit. Alles leek plotseling mooier. De bomen waren groener, de bloemen fleuriger, de hemel dieper blauw. De zon had nog nooit zo stralend geschenen, en alles rook lekkerder dan ooit. Door de alchemie van de liefde werd alles wat tot op dat moment gewoon was geweest, ineens bijzonder. Evelina's hart liep over van geluk. Ze had haar bestemming gevonden.

Ezra vond dat ze rekening moesten houden met de gevoelens van Romina. Ook al had hij de verloving verbroken, hij wilde haar niet kwetsen door zijn liefde voor Evelina van de daken te schreeuwen. Op haar beurt had Evelina met Romina te doen. Bruno was dol op haar geweest, en ook Evelina was erg op haar gesteld. Ze zou bovendien nooit vergeten hoe Romina voor Bruno had gezorgd toen hij ziek was; hoe ze als een moeder in zijn laatste uren aan zijn bed had gezeten. Het was niet eerlijk om uitgerekend háár de man af te pakken van wie ze hield. Maar ze had het toch gedaan. Omdat ze niet anders had gekund. Omdat gevoelens zich nu eenmaal niet lieten dwingen. Maar het minste wat Ezra en zij konden doen, was hun liefde zo lang mogelijk geheimhouden, om Romina niet nóg dieper te kwetsen. En tegen de tijd dat ze hun liefde met de wereld wilden delen, had Romina misschien al iemand anders gevonden.

Ercole en Olga waren diep teleurgesteld door het besluit van hun zoon om niet met Romina te trouwen, een net Joods meisje, van goede familie. Ze waren goed bevriend met haar ouders, die naar dezelfde synagoge gingen als zij. Bovendien kenden Ezra en Romina elkaar al jaren. Ze hadden zelfs samen op school gezeten. Ercole probeerde zijn zoon zijn besluit uit het hoofd te praten. Hij begreep niet waarom Ezra van gedachten was veranderd. Totdat Ezra hem uitlegde dat de oorlog hem tot andere inzichten had gebracht. Dat hij door wat hij aan het front had meegemaakt, was gaan beseffen dat hij wilde trouwen uit liefde, niet uit plichtsgevoel jegens zijn ouders. Waarop Ercole had gezegd dat de liefde vanzelf kwam als de zaadjes die waren geplant maar genoeg water kregen. Maar dan moesten de zaadjes wel in de juiste bodem zijn geplant, had Ezra daartegen ingebracht. Uiteindelijk had Ercole zijn schouders opgehaald en zijn handen in de lucht gegooid. 'Ik begrijp je niet.' Hij schudde zijn hoofd. 'Je zoekt iets wat je misschien nooit zult vinden.'

Ezra kon zijn vader niet vertellen dat hij het al gevonden had.

En dus deden Evelina en hij er alles aan om hun liefde geheim te houden. De enige die ze in vertrouwen konden nemen, was Fioruccia. Ze wisten dat hun geheim bij haar veilig was. Bovendien hadden ze haar nodig, want zonder haar hulp konden ze geen kant uit. Het verbaasde Fioruccia niet dat ze elkaar hadden gevonden. Ze had van meet af aan geweten dat Evelina gevoelens had voor Ezra, net zoals ze had vermoed waarom Ezra zich met Romina had verloofd. In haar ogen hadden ze de juiste keuze gemaakt, want ze hoorden bij elkaar, ze waren voor elkaar bestemd.

Op haar beurt nam Fioruccia haar man in vertrouwen, want ook bij Matteo was het geheim veilig. Leven en laten leven, was zijn credo. Voor hem deed het er niet toe of iemand katholiek was, of joods, of helemaal niks. Waar het om ging, was of iemand deugde. En bij voorkeur ook nog gevoel voor humor had. Matteo was joods, maar niet belijdend. Hij ging zelden naar de synagoge, deed niet aan de sabbat en voelde zich in de eerste plaats Italiaan. Hij zou ook met Fioruccia zijn getrouwd als ze katholiek was geweest. Hij was geen atheïst, maar agnost. Als God bestond, dan merkte hij dat wel als hij doodging. Tot het zover was dacht hij er niet verder over na. Als God niet bestond, dan was er wat hem betrof ook geen man overboord, want dan zou hij dat nooit weten. 'Maakte ik me daar druk over voordat ik werd geboren? Nee, want toen was ik me niet bewust van mijn bestaan,' zei hij wanneer het geloof ter sprake kwam. Als hij dat soort dingen tegen zijn zwager zei, liep Ercole rood aan en probeerde hij Matteo van zijn ongelijk te overtuigen.

Ezra en Evelina genoten van de etentjes bij Fioruccia en Matteo, in hun bovenwoning aan de Via Montebello. Fioruccia kon goed koken, en dat telde zwaar voor een smulpaap als Matteo. De oorlog was een zware tijd geweest, om alle voor de hand liggende redenen, waaronder het feit dat ze er nooit aan hadden moeten beginnen. Maar Matteo zei altijd dat het slechte eten hem pas écht was opgebroken. Dus nu at hij voor twee, om alles in te halen wat hij had gemist. Zijn buik begon al aardig rond te worden. Als bij een oude, lang verloren gewaande vriend legde hij er tevreden zijn hand op, en hij bediende zich royaal van de spaghetti.

Evelina voelde zich thuis bij Fioruccia. En het voelde heel vanzelfsprekend om daar samen met Ezra te zijn. Alleen bij Fioruccia en Matteo waren ze echt een stel. Evelina hielp in de keuken, ook al had ze geen ervaring met koken, en ze hielp bij het afruimen en met de afwas, terwijl de mannen nog met een grappa aan tafel zaten. Evelina's ouders vroegen nooit wat ze ging doen of waar ze was geweest. Sinds Bruno's dood waren ze niet meer in haar geïnteresseerd. Tani werkte, Artemisia bad voor haar overleden zoon, en ze merkten amper wanneer Evelina de deur uit ging en weer thuiskwam. Ze fietste naar de stad, of ze reed de heuvels in als ze daar met Ezra had afgesproken.

Dan maakten ze eindeloze wandelingen, ze lagen in het hoge gras tussen de klaprozen, en ze koesterden zich in de zon en in elkaars nabijheid. Op zaterdagavond gingen ze zoals iedereen naar het grote plein, en omdat Evelina met Fioruccia bevriend was, zocht niemand er iets achter dat ze zich aansloot bij haar en Matteo en Ezra. Tenslotte was Ezra een neef van Fioruccia.

Aan het eind van de zomer was Benedetta in verwachting. Francesco en zij kwamen naar Villa L'Ambrosiana om het te vertellen. Voor het eerst sinds Bruno's dood leek Artemisia weer een beetje tot leven te komen. Bij het vooruitzicht van een klein kindje om te koesteren en van te houden leek ze althans iets van de loden last van haar verdriet af te leggen. Met een zweem van haar vroegere uitbundigheid omhelsde ze haar dochter en wenste ze haar geluk. Ze wenste vurig dat het een jongetje werd, zei ze.

'Als dat zo is, dan noemen we het Giorgio. Naar Francesco's vader. Giorgio Bruno.'

Artemisia kon haar geluk niet op. Eindelijk een lichtpuntje in haar leven. Het was zo lang geleden dat ze gelukkig was geweest, dat ze zich er dankbaar in onderdompelde. 'Giorgio Bruno,' herhaalde ze met tranen in haar ogen, en ze legde liefkozend een hand op de buik van haar dochter. 'Ik zal bidden om een jongetje. Een mooi en gezond en gelukkig jongetje. Giorgio Bruno.'

Evelina was dolblij voor haar zusje. Benedetta had altijd gedroomd van een man, kinderen, een gezin. Nog even, dan waren al haar dromen uitgekomen. Francesco bloosde van trots en behandelde haar alsof ze van porselein was. Benedetta genoot van zijn aandacht en leunde steeds meer op hem doordat ze geleidelijk aan steeds brozer werd. Wie niet beter wist zou denken dat nooit eerder een vrouw een kind had gekregen.

In alle opwinding nam Evelina haar zus in vertrouwen over Ezra.

Ze zaten na de lunch nog buiten op het terras. Artemisia, Nonna en Costanza waren naar boven gegaan voor hun middagslaapje. Tani was met Francesco de tuin in gelopen om hem te laten zien waar hij een arboretum wilde laten aanleggen. De twee zusjes waren alleen. 'Ezra Zanotti?' vroeg Benedetta verrast.

'Ja, kun je je die nog herinneren?'

'Ja, natuurlijk! Was hij niet verloofd met Romina?'

'Dus dat wist je?'

'Dat hoorde ik van zijn moeder toen ik mijn trouwjurk ging passen. Ze waren zo goed als verloofd, zei ze. En daar waren Ercole en zij erg gelukkig mee.'

Evelina slaakte een zucht. 'Romina weet niet dat Ezra en ik nu samen zijn.'

'Dat is maar goed ook.'

'Maar we kunnen het natuurlijk niet eeuwig geheimhouden.'

'Je hebt het zeker nog niet aan papa en mamma verteld?'

'Nee.'

'Die zullen er ook niet gelukkig mee zijn.'

'Nee, maar niet omdat hij Joods is. Dat maakt hun niet uit.'

'Nee, maar omdat hij niet bepaald rijk is. De zoon van een stoffenkoopman en een kleermaakster. Dat vindt mamma veel te min, en papa wil een man met geld en aanzien. Een man zoals Francesco. Waarom laat je hen geen goede man voor je zoeken?'

'Ik wil geen "goede man". Ik wil Ezra.' Evelina kreeg het er warm van, en ze wenste vurig dat ze haar mond had gehouden. Sinds ze getrouwd was, had Benedetta zich een zekere neerbuigendheid aangemeten die haar stoorde. 'Ik hou van Ezra! Hij is de liefde van mijn leven. Ik wil geen ander.'

Benedetta schoot in de lach. 'Je bent negentien! Wat weet jij nou helemaal van de liefde?'

'Het feit dat je het vraagt, bewijst dat jij er nog veel minder van weet.'

Haar zus reageerde gepikeerd. 'Je denkt toch niet dat ik dat jou aan je neus ga hangen?'

'Als je echt van Francesco hield zou je begrijpen wat ik bedoel met "de liefde van mijn leven".'

'Akkoord. Je houdt van hem. Maar besef je wel waar je aan begint? Hoeveel obstakels je moet overwinnen om gelukkig te kunnen zijn met Ezra? Om te beginnen zullen Ercole en Olga Zanotti er niet gelukkig mee zijn. Ik weet van Olga dat het geloof heel belangrijk voor ze is. En ken jij iemand uit de Joodse gemeenschap die met een niet-Jood is getrouwd? Ik niet.'

'We willen naar Amerika.'

'Dat zul je misschien wel moeten.'

'Des te beter.'

'Ja, des te beter.'

Ze zwegen een tijdje, allebei slecht op hun gemak. Evelina wilde nog wat sinaasappelsap nemen, maar de kan was leeg. 'Ik dacht dat ik jou alles kon vertellen,' zei ze ten slotte. 'Dat je aan mijn kant zou staan.'

Benedetta zuchtte. 'Dat is ook zo. Natuurlijk sta ik aan jouw kant. Van mij mag je trouwen met wie je maar wilt. Ik zeg alleen dat het niet gemakkelijk zal zijn.'

'Het leven is nu eenmaal niet gemakkelijk.'

'Nee, maar je kunt het ook nóg moeilijker maken dan het al is. Door de keuzes die je maakt.'

'Er valt niets te kiezen,' verklaarde Evelina vastberaden. 'Ik hou van Ezra. En ik wil niemand anders. Ik weiger alleen om voor zijn geld met een man te trouwen. Want wat krijg ik dan voor leven? Het zal me misschien aan niets ontbreken, maar zonder de liefde is het leven niet de moeite waard. Zonder Ezra zie ik geen toekomst. Dan ben ik liever dood.'

'Zulke dingen moet je niet zeggen.'

'Maar ik meen het. Zonder de liefde is het leven niet de moeite waard.'

'Het is onzin om te denken dat er maar één man is van wie je ooit zult kunnen houden. Dat de enige ware, je enige echte zielsverwant ergens op de wereld rondloopt, en dat je hem alleen maar hoeft te vinden om gelukkig te worden. Afhankelijk van de keuzes die je maakt, openen zich steeds weer nieuwe wegen, met steeds weer nieuwe mogelijkheden. Als je naar Amerika gaat, kom je daar andere mensen tegen dan als je naar Engeland gaat, om maar een voorbeeld te noemen. Maar overal ontmoet je mensen die een belangrijke rol in je leven gaan spelen. Ezra is niet de enige man van wie je kunt houden. Jullie zijn elkaar hier tegengekomen, en je houdt van hem. Maar als je hier weggaat, als je ergens anders gaat wonen, dan ontmoet je daar waarschijnlijk een man op wie je verliefd wordt.'

Evelina sloeg uitdagend haar armen over elkaar. 'Ik ben het niet met je eens. En ik wil het er verder niet over hebben.'

Benedetta stond op. 'Ik hoop dat ik het mis heb. Dat iedereen blij voor je is en dat je met Ezra kunt trouwen.' Met die woorden legde ze haar servet op de tafel en liep ze naar de openslaande deuren.

'Dat hoop ik ook,' snauwde Evelina. Ze keek haar zus na. 'Je vertelt het toch niet verder?'

'Nee, maak je geen zorgen. Maar ik hoop dat het niet lang geheim hoeft te blijven. Want daar komen problemen van.'

Evelina was opgelucht toen ze naar binnen verdween.

Evelina speelde weer piano. Nijdig op haar zus liep ze naar de muziekkamer om de ergernis van zich af te spelen. Ze ging op de kruk zitten, naast de halfdode varen, en zette haar vingers op de toetsen. Het voelde goed om krachtig, dreunend in mineur te spelen, om haar gefrustreerdheid uit te leven in vloeiende klanken en disharmonieën. Ze had gemerkt dat de melodieën die ze componeerde indringender, aangrijpender werden wanneer ze boos was of verdrietig. Wanneer ze gelukkig was, wist ze bij lange na niet dezelfde diepgang, hetzelfde dramatische effect te bereiken. Verdriet voerde haar mee naar de kern, naar dat deel van haar wezen dat ze alleen dankzij de muziek wist te bereiken, en dat inspireerde haar tot unieke composities. Ze zette ze niet op papier, dat was niet nodig. De melodieën zaten in haar hoofd, en haar vingers vonden moeiteloos de noten, de akkoorden. Ze bewogen vlotter, sierlijker wanneer ze haar verbeelding de vrije loop liet en zich liet inspireren door haar gevoel. Bij het spelen van bladmuziek, van composities van anderen werd haar aanslag houterig, bijna onbeholpen.

Die avond na het eten bracht Francesco het gesprek op de politieke situatie. Tani leunde achterover in zijn stoel en stak een sigaret op. Artemisia, die weer uit haar schulp was gekropen, maar haar vroegere flamboyante tegendraadsheid nog niet helemaal terug had, ging geïnteresseerd rechtop zitten. Nonna en Costanza waren de stad in, uit eten en kaarten met vriendinnen. En dat was maar goed ook, want ze moesten niets van Mussolini hebben. Benedetta was het eens met alles wat haar man zei, en Evelina luisterde bezorgd, maar deed er het zwijgen toe. Francesco verklaarde dat Mussolini steeds verder in de armen van Hitler werd gedreven. Nu Groot-Brittannië en Frankrijk hem na de invasie in Abessinië de rug hadden toegekeerd, lag het voor de hand dat Mussolini de blik naar Duitsland richtte. En dat was gunstig; een bondgenootschap met Duitsland zou Italië sterker maken. Samen zouden ze de machtigste landen van Europa zijn, betoogde Francesco. Tani verklaarde kalm en zorgvuldig formulerend dat het een ramp zou zijn. Hitler en Mussolini waren beiden op expansie uit, en dat leidde onvermijdelijk tot oorlog en annexatie. 'Terwijl de wereld zich nog amper heeft hersteld van de vorige oorlog,' aldus Tani.

'Wat zou zo'n bondgenootschap met Duitsland voor de Joden betekenen?' vroeg Evelina, waarbij ze de blik van haar zus nadrukkelijk ontweek.

'Mussolini heeft keer op keer gezegd dat hij de Duitse rassendoctrine verwerpt,' antwoordde Francesco.

'En dat geloof je?' Artemisia trok cynisch een wenkbrauw op.

'Natuurlijk geloof ik dat!' Francesco was er trots op fascist te zijn, een vurig bewonderaar van Il Duce. 'Ik heb geen enkele reden om Mussolini niet te geloven.'

'Zodra dat bondgenootschap eenmaal een feit is, zal hij zich achter Hitlers ideeën scharen.' Tani tikte zijn sigaret af. 'Hij zal wel moeten.'

'Dat zal het Italiaanse volk nooit laten gebeuren!' verklaarde Evelina hartstochtelijk.

Tani glimlachte toegeeflijk. 'Ach kindje, er is door de eeuwen altijd sprake geweest van rassenvervolging. Dat is niets nieuws. De mens leert nu eenmaal niets van zijn geschiedenis.'

'Ik weiger te geloven dat zoiets verschrikkelijks als in Duitsland hier ook kan gebeuren. Dat de Joden hier ook vervolgd zullen worden.' Evelina ging van angst steeds harder praten.

'Wat kan het je schelen?' Francesco grinnikte. 'Jij bent toch niet Joods?'

'Ik ben een mens,' snauwde Evelina.

Francesco haalde zijn schouders op. 'Dat zijn we allemaal, en we vinden het allemaal schandalig wat Hitler doet. Ik respecteer je mening, Tani, maar ik ben het niet met je eens. Mussolini ziet Italië als een gezonde mengkroes van rassen. Dat is wat ons groot maakt. Als Mussolini een bondgenootschap aangaat met Duitsland, zal hij niet zwichten voor Hitlers rassendoctrine. Hij zal zich door niemand iets laten opleggen. Integendeel, hij zal Hitler tot een marionet maken.' Hij nam de laatste slok van zijn cognac en zette het lege glas met kracht weer neer. 'Hij windt Hitler om zijn pink. Dat zul je zien.'

Benedetta lachte haar briljante echtgenoot bewonderend toe. Ook Evelina schonk hem een glimlach. Ze was het lang niet altijd met Francesco eens, maar in dit geval hoopte ze vurig dat hij gelijk had. Tani en Artemisia zwegen. Jonge mensen, wat wisten ze ervan? Wat hadden ze nou helemaal meegemaakt in hun leven?

7

Dat voorjaar zag Giorgio Bruno Rossi het levenslicht, en ook het laatste restje wrevel tussen Benedetta en Evelina smolt weg als sneeuw voor de zon door de blijdschap om zijn geboorte. Het was alsof dit kleine jongetje helende vermogens bezat. Artemisia was weer helemaal de oude, Francesco werd milder en zachter en toonde zich een toegewijde vader. Nonna en Costanza klokten als een stel broedse kippen, en wanneer zijn kleinzoon er was verdween Tani nog maar zelden naar zijn studeerkamer. Het kind trok als een magneet familieleden uit het hele land naar Villa L'Ambrosiana, die opnieuw werd gevuld met vrolijke stemmen, gelach en gepraat, en met de heerlijkste geuren vanuit de keuken.

Evelina's gedachten gingen naar Bruno. Sinds zijn dood had ze zich niet kunnen voorstellen dat ze zelf ooit kinderen zou krijgen, puur uit angst om ze te verliezen. Ze had gedacht dat ze zo'n groot verdriet niet nog eens zou kunnen dragen. Maar wanneer ze naar haar neefje keek, naar zijn kleine lachende gezichtje, zwol haar hart van liefde. En dat gevoel was zo heerlijk, zo verrukkelijk, daar had ze alles voor over.

Het waren betoverende maanden, gedrenkt in de geuren van het voorjaar terwijl overal de kersenbomen in bloei stonden. Zo vaak als ze kon sprak Evelina af met Ezra. Dan fietsten ze de stad uit; ze lagen in elkaars armen tussen de klaprozen, ze kusten en praatten en keken omhoog naar de wolken.

'Wat zie je?' vroeg hij.

'Wolken,' antwoordde ze lachend.

'Ik zie leeuwen.'

'Leeuwen?'

'Ja! Kijk, daar!' Hij wees. 'Dat is de kop, met de manen. De neus, één oog...' Hij ging met zijn vinger langs de leeuwenwolk, tot het puntje van de staart. 'Zie je hem nou nog niet?'

'Ja, nu zie ik hem,' zei Evelina verrast. 'En daar is er nog een.'

'Nee, dat is een tijger.'

'Niet waar. Hij heeft manen.'

'Dat zijn geen manen. Dat zijn snorharen.'

'Hoe kom je erbij? Heb je ooit een leeuw met zulke snorharen gezien?'

Hij rolde op zijn zij en kuste haar. 'Je kent het verschil niet tussen leeuwen en tijgers!'

Ze begon te lachen totdat hij haar steeds vuriger begon te kussen. Toen nestelde de lach zich bruisend en borrelend in haar hart, dat overstroomde van geluk.

Wanneer ze bij Fioruccia en Matteo aten, aan de Via Montebello, probeerden ze het niet over het bondgenootschap tussen Hitler en Mussolini te hebben, of over de vervolging van de Joden. Evelina wilde niet dat ook maar iets haar droomwereld verstoorde, haar paradijs van dagen vol zon, bloesem en bougainville, en van zorgeloze avonden met Ezra. Ze wilde zich koesteren in het licht, in schoonheid en liefde, en ze wilde haar ogen sluiten voor de donkere wolken die zich samenpakten aan de horizon; wolken die langzaam maar onverbiddelijk hun kant op kwamen en dreigden de zon en al wat mooi was te verduisteren. Ze wilde dat er nooit een eind zou komen aan die onbezorgde dagen.

Maar niets is voor altijd. Aan alles komt een eind.

In juli 1939, bijna twee maanden nadat Mussolini het Staalpact tussen Italië en Duitsland had ondertekend, publiceerden de kranten het rassenmanifest, een pseudowetenschappelijke verhandeling, geschreven door fascistische wetenschappers, waarin werd betoogd dat 'ras' een biologisch begrip was. Italianen behoorden tot het Arische ras, anders dan de Joden, en het Italiaanse ras moest zuiver blijven.

Tani las het artikel tijdens het ontbijt en schudde vol ontzetting zijn hoofd. Over de rand van zijn bril keek hij zijn vrouw en zijn dochter aan. 'Wat is de definitie van het begrip ras?' vroeg hij, en hij trok zijn schouders op. 'Over die vraag wordt al honderden jaren gedebatteerd, en nog niemand heeft daar een bevredigend antwoord op kunnen geven.'

'Hoe zou u het definiëren, papa?' vroeg Evelina. Ze was zo van streek door wat er in de krant stond dat ze geen hap meer door haar keel kreeg.

'Racisme gaat uit van een verband tussen biologie en cultuur. Anders is er slechts sprake van etniciteit,' antwoordde Tani. 'Je kunt niet staande houden dat het Italiaanse volk bestaat uit mensen met identieke biologische kenmerken en één cultuur. Als de Ariërs zich hier in het IJzeren Tijdperk hebben gevestigd, wat is er dan gebeurd met de oorspronkelijke Italianen?' Hij schudde zijn hoofd, want de vraag alleen al was in zijn ogen belachelijk. 'Je hebt noordse volkeren, mediterrane volkeren, en alles wat daartussen zit. Talloze geleerden zijn tot de conclusie gekomen dat ras alleen bestaat in de context van een gemeenschappelijke identiteit. Dus als Mussolini het Italiaanse volk wil verenigen, als hij streeft naar een gemeenschappelijke identiteit, dan maakt het Joodse volk daar deel van uit. Het is juist de diversiteit die Italië maakt tot wat het is.' Hij vouwde de krant dicht. 'In een onzekere tijd als deze zou Il Duce moeten oproepen tot saamhorigheid, in plaats van een wig te drijven tussen bevolkingsgroepen en aan te zetten tot haat. Ik geloof niet in rassen. We zijn allemaal één.'

Artemisia en Evelina waren zo ontdaan, zo boos over het manifest dat ze de merrie inspanden en naar Ercole Zanotti reden om hun solidariteit te betuigen. Maar de winkel was dicht, de luiken gesloten. Toen ze aanklopten keek Ercole om een hoekje van het gordijn. Zodra hij zag dat zij het waren deed hij de deur van de grendel. Binnen keek Evelina om zich heen, op zoek naar Ezra, maar die was er niet.

'We schamen ons dat we Italiaan zijn.' Artemisia omhelsde Olga, die zachtjes begon te snikken, met haar hoofd op haar schouder. Olga was bang dat dit nog maar het begin was, dat Mussolini in zijn behoefte om zich loyaal te tonen jegens Hitler en om de alliantie te versterken, de antisemitische krachten geen strobreed in de weg zou leggen. Maar Ercole bleef erbij dat Mussolini geen onderscheid maakte tussen de rassen. 'Ik zou zelfs zo ver willen gaan dat Mussolini geen hoge pet op heeft van het manifesto. Die wetenschappers weten niet waar ze het over hebben. Een van hen is zoöloog! Belachelijk gewoon.'

'Wat gaat u nu doen?' vroeg Evelina.

'Hoezo?' Ercole haalde zijn schouders op. 'Er valt niets te doen. We gaan gewoon door met wat we altijd hebben gedaan. We houden ons stil en we doen ons werk, zoals het goede Italianen betaamt.' Hij keek naar zijn vrouw. 'Het gaat vanzelf voorbij.' Maar Evelina zag aan Olga's gezicht dat ze hem niet geloofde.

Die avond zag ze Ezra bij Fioruccia en Matteo. Tot haar schrik waren ze allemaal hevig ontdaan, terwijl ze had gehoopt dat ze net zo kalm zouden reageren als Ercole. 'Ik werk samen met een Duitser,' zei Matteo ernstig. 'En wat die me vertelt over wat er in Duitsland gebeurt... De rillingen lopen je over de rug. Ik ben bang dat het slechts een kwestie van tijd is voordat het gif hier binnensijpelt.'

'We moeten iets dóén,' zei Ezra gepassioneerd.

'Maar wat?' vroeg Fioruccia. 'Wat kunnen we doen? We hebben geen geld, geen macht, er is niemand die naar ons luistert.'

'We moeten hier weg.' Ezra pakte Evelina's hand en schonk haar een bemoedigende glimlach. Maar haar angst liet zich niet zo gemakkelijk sussen.

Matteo haalde zijn schouders op. 'We kunnen nergens heen.'

'Ons leven is hier,' viel Fioruccia hem bij. Op haar gezicht stond ongeloof te lezen. 'We hebben hier ons werk, ons huis, onze vrienden. We moeten ons gewoon stilhouden en hopen dat de storm voorbijtrekt.'

'Dat zegt je broer ook.' Evelina glimlachte. 'Misschien is het te snel om nu al plannen te maken om weg te gaan. We zijn niet de enigen die het manifest verwerpelijk vinden. Alle Italianen zullen geschokt zijn. Ik geloof niet dat ook maar iemand het zal steunen. Integendeel. De mensen zullen ertegen in opstand komen. Dat weet ik zeker.'

'Het zijn niet de Italianen over wie ik me zorgen maak, maar de Duitsers.' Ezra drukte een kus op haar hand. 'Als je voelt dat er gevaar dreigt dan moet je dat serieus nemen. Dat heeft de geschiedenis al talloze malen uitgewezen. Het is onzin om te zeggen dat het overwaait, want dat doet het niet. Als we nog langer wachten zou het wel eens te laat kunnen zijn.'

Evelina herinnerde zich die woorden toen in september alle Joden die niet in Italië waren geboren het land moesten verlaten, en toen alle Joodse leerlingen en leerkrachten van de scholen en de universiteiten werden verwijderd. Haar eerste gedachte gold Fioruccia, die lesgaf op de plaatselijke school. Haar tweede gedachte gold alle vluchtelingen die Duitsland en Oostenrijk achter zich hadden gelaten en nu in Italië ook niet langer welkom waren. Waar moesten ze heen? En waar moesten ze van leven?

Ze hadden maar heel weinig geld mee mogen nemen.

Interraciale huwelijken tussen Joden en niet-Joden werden ook verboden. Hoe schokkend ze het verbod ook vond, Evelina was ervan overtuigd dat Mussolini al lang niet meer aan de macht zou zijn, of dat Ezra en zij inmiddels naar Amerika waren vertrokken tegen de tijd dat ze oud genoeg was om te trouwen. Want dát ze zouden trouwen, daarvan was ze ook overtuigd. Het alternatief kwam niet eens bij haar op.

Tot haar afschuw was Francesco het in bijna alles eens met het rassenmanifest. In zijn bewondering voor Il Duce, die in het verleden in talloze toespraken zijn steun had betuigd aan de Joodse gemeenschap, keerde ook Francesco zich tegen de Joden toen Mussolini hen als inferieur begon te bestempelen. 'Het is misschien wel goed om ons land te zuiveren van elementen die een obstakel vormen voor de verwezenlijking van onze fascistische idealen,' zei hij op een avond in Villa L'Ambrosiana tijdens het eten.

'Wat bedoel je?' Evelina deed haar uiterste best om zich in te houden. Toen ze naar Benedetta keek, ontweek die haar blik. Maar de roze vlekken op haar wangen verrieden hoe ongemakkelijk ze zich voelde.

'Ik citeer Paolo Orano, auteur van *De Joden in Italië*,' antwoordde Francesco gewichtig, alsof hij er alles van wist. "Joden zijn in de kern een ondermijnend, revolutionair volk, erop uit om de maatschappij te ontwrichten in de landen waar ze zich vestigen, met als doel uiteindelijk de macht over te nemen. De Joden hebben de problemen over zichzelf afgeroepen."'

Tani, die doorgaans kalm bleef en probeerde begrip op te brengen voor het standpunt van anderen, reageerde ijzig op de stuitende verklaring van zijn schoonzoon. 'Ik verwelkom het debat, en ik heb aan deze tafel menige discussie met je gevoerd waarin we van mening verschilden. Maar hier trek ik de grens.

Dergelijke taal wens ik onder mijn dak niet te horen.'

Francesco werd vuurrood, hij ademde zwaar, door zijn neusgaten. 'Ik zeg niet dat ik goedkeur wat Hitler in Duitsland doet, ik vind alleen dat de macht van de Joden aan banden moet worden gelegd.'

'De macht van de Joden?' herhaalde Tani verontwaardigd. 'Waar héb je het over? In Rusland worden ze uitgemoord, in Duitsland worden hun de burgerrechten ontnomen, op de Balkan leven ze onder hemeltergende omstandigheden, en in Polen proberen ze drie miljoen Joden het land uit te jagen. Nou, ik zou me inderdaad grote zorgen maken over de groeiende macht van de Joden,' zei hij sarcastisch. 'Ze zijn hard op weg naar de wereldheerschappij!'

Niemand had Tani ooit zo woedend gezien. Evelina en Benedetta, Artemisia en de twee bejaarde zussen keken hem verbaasd aan. Francesco's gezicht verstrakte. 'Dat is antifascistische taal,' zei hij grimmig. Hij dronk zijn glas leeg. 'Het lijkt me beter dat we gaan,' zei hij vervolgens tegen zijn vrouw. 'We zijn hier niet welkom. Dat is duidelijk.'

'Je bent hier van harte welkom, Francesco,' zei Tani zacht. 'Maar ik maak bezwaar tegen de meningen die je verkondigt.'

Francesco groette stijfjes en liep de kamer uit. In Benedetta's ogen glinsterden tranen, maar ze haastte zich achter hem aan. De volgende morgen vertrokken ze, terug naar Milaan. Evelina vroeg zich af of ze ooit nog terug zouden komen.

Op 17 november trad een tweede reeks rassenwetten in werking. Joden werden uit alle openbare functies en uit het leger, de marine en de luchtmacht ontslagen. Bovendien mochten ze niet langer lid zijn van de Nationale Fascistische Partij. Dat betekende voor Ercole een hard gelag, want hij was erg trots geweest op zijn lidmaatschap. Joden mochten bovendien niet langer een eigen bedrijf hebben met meer dan honderd werknemers, noch een bedrijf dat aan de nationale veiligheid was gerelateerd. Verder mochten ze geen niet-Joodse huishoudelijke hulp in dienst hebben.

Matteo werd rechtstreeks getroffen door de nieuwe wetten; zijn bedrijf telde meer dan honderd werknemers. Hij had geen andere keus dan het over te dragen aan zijn voorman, in de hoop dat die zo eerlijk zou zijn om er weer afstand van te doen zodra de problemen voorbij waren. Olga had een katholieke hulp in de huishouding en moest noodgedwongen van haar diensten afzien. In haar familie en die van Ercole was er niemand die niet aan den lijve de gevolgen ondervond van de nieuwe wetten.

Niet voor het eerst probeerde Ezra zijn vader over te halen het land te ontvluchten. Maar Ercole weigerde nog altijd te vertrekken. Hij wilde zijn winkel en zijn huis niet opgeven voor iets wat misschien nooit ging gebeuren, vertelde Ezra aan Evelina. 'Ik heb gezegd dat Hitler alle Joden in getto's wil onderbrengen. In Rome gebeurt het al. Ze mogen hun beroep niet meer uitoefenen, met als gevolg dat ze geen inkomen meer hebben. Italië heeft zich tegen de Joden gekeerd en laat ze verrekken. In Duitsland worden de Joden naar werkkampen in Polen gestuurd. Het is een kwestie van tijd voordat de situatie hier nog verder verslechtert. We kunnen nu nog weg, maar dan moeten we niet langer wachten.'

'En dan? Waar wil je naartoe?' vroeg Evelina.

'Naar Amerika. Als we maar betalen kunnen we een inreisvisum krijgen. Maar papa wil er niets van weten. Hij is zo koppig als een ezel. Hij wil niet weg, hij is Italiaan, zegt hij. Alsof dat hem zal beschermen tegen de antisemitische sentimenten. Maar hij blijft vertrouwen hebben in Il Duce.'

'Zelfs na de rassenwetten?'

'Ja. Hij is gek. Hitler zal de Joden tot de laatste man uitroeien.'

Evelina's keel werd dichtgesnoerd, en ze keek hem aan met grote ogen van ongeloof. 'Denk je dat hij de Joden zal vermóórden?' vroeg ze hees.

'Ja, dat denk ik. Ik denk dat niemand het overleeft, als het aan hem ligt.'

'Maar dat kan toch niet? Hij kan toch niet zomaar ongestraft alle Joden vermoorden?'

'Hitler doet wat hij wil, en er is niemand die hem tegenhoudt. De enige plek waar we veilig zijn is Amerika. De Joden vertrekken in drommen. Ik wil hier ook weg.'

'Ga dan! Of beter nog, we gaan samen. We kunnen beginnen bij tante Madolina. Daar kunnen we wonen tot we iets anders hebben. En als je vader echt niet weg wil, dan zul je hem moeten achterlaten.'

Ezra schudde zijn hoofd. 'Nee, ik laat mijn familie niet in de steek. Of we gaan met z'n allen, of we gaan niet.'

Evelina sloeg haar armen om hem heen. 'O, Ezra.'

Hij begroef zijn gezicht in haar hals. 'Maar ik laat me niet als een lam naar de slachtbank voeren, Eva. Ik heb me aangesloten bij het verzet. We zijn al met een heleboel. En we zullen vechten tegen het fascisme.'

'Zover komt het misschien niet.'

'Jawel. Zover komt het wel.'

Nu Evelina de wereld zag door Joodse ogen, bleek die wereld vijandig, angstaanjagend, onveilig. Het fascisme had een nieuw gezicht gekregen. Een gezicht waarvan een serieuze dreiging uitging. De Romeinse groet die de handdruk had vervangen, symboliseerde de militarisering van haar vaderland, het uitbannen van compassie, van empathie, en de opkomst van kilte, onverdraagzaamheid en een gruwelijke machtshonger.

In de zomer daarop werden Joden in het hele land uitgesloten van geschoolde arbeid. Dokters, tandartsen, ingenieurs, boekhouders, architecten, journalisten, advocaten en talloze anderen mochten hun beroep niet langer uitoefenen. Voor kinderen van gemengde huwelijken golden de rassenwetten niet, en er waren voorbeelden bekend van Joodse moeders die een verklaring hadden getekend dat hun kinderen waren voortgekomen uit een buitenechtelijke relatie met een katholieke man, waardoor ze de status van Ariër kregen.

Ercole Zanotti weigerde nog altijd te vertrekken. Ondanks de toenemende restricties bleef hij geloven dat alles uiteindelijk weer normaal zou worden, dat hij en zijn gezin ongemoeid zouden worden gelaten zolang ze zich stilhielden en onopvallend hun werk bleven doen.

Maar Ercole was een uitzondering. Wie dat kon betalen, vluchtte het land uit. Ezra smeekte zijn vader zich bij de exodus aan te sluiten. Maar Ercole zette zijn hakken in het zand. 'Ik ben Italiaan. Dat kan niemand ontkennen, zelfs Mussolini niet.' Ezra vertrouwde Evelina toe dat hij zich een paria begon te voelen; dat mensen de straat overstaken om hem te ontwijken en dat ze hem niet in de ogen durfden te kijken. Winkels hingen een bordje in hun etalage: VERBODEN VOOR HONDEN EN JODEN. En de berichten uit Duitsland werden alleen maar gruwelijker.

'Ik hou van je, en ik wil dat iedereen dat weet!' zei Evelina op een middag tegen Ezra; ze waren alleen in de zitkamer van Fioruccia en Matteo. Buiten sloeg de regen tegen de ruiten, en het was zo donker dat het al avond leek. Binnen brandde de haard; het gouden licht van de vlammen toverde schaduwen op de muren, als dansende demonen. 'Ik wil me niet langer verstoppen.'

Ezra drukte een kus op haar slaap. 'Ik ook niet, Eva. Maar het is niet verstandig. Als de politie er lucht van krijgt komen we in de problemen.'

'Laat me het dan thuis vertellen. Alleen aan mijn ouders. Verder houd ik mijn mond.'

Hij keek haar vertederd aan. 'Goed dan. Dan vertel ik het ook aan de mijne. Mijn vader zal erg teleurgesteld zijn. Hij wil dat ik met een dochter van Israël trouw.' Ezra schoot in de lach. 'Gezien alles wat er gebeurt, denk ik niet dat hij eisen aan me kan stellen. Liefde is zo broos, zo kwetsbaar. We mogen ons gelukkig prijzen met elkaar.'

'Wat er ook gebeurt, ik zal altijd van je blijven houden. Dat weet je toch, hè?' Evelina kreeg tranen in haar ogen.

Hij legde zijn handen langs haar gezicht. 'En ik van jou.' Hij drukte zijn lippen op de hare.

'Ik ben bang.'

'Ik ook. Niet voor de fascisten of de nazi's. Ik ben bang om jou kwijt te raken.' Ze omhelsden elkaar hartstochtelijk. 'Ik wil niet dat je er ooit spijt van krijgt dat je van me houdt.'

'Waarom zou ik daar spijt van krijgen?'

'Als ik katholiek was, zou je niet bang hoeven te zijn.'

'Als Bruno's dood me iets heeft geleerd, dan is het dat liefde pijn doet. Zo veel pijn dat je verstand je waarschuwt om er niet aan te beginnen. Maar het hart hunkert naar liefde. En is bereid daar elke prijs voor te betalen. Het hart is bereid pijn te lijden voor desnoods het kleinste beetje liefde.' Ze trok hem nog dichter tegen zich aan. 'En jij dompelt me erin onder. Ik voel me zo gekoesterd door jouw liefde dat ik weiger naar mijn verstand te luisteren.'

Daar kon hij niets tegen inbrengen.

Evelina besloot het de volgende dag, tijdens de lunch, aan haar ouders en aan Nonna en Costanza te vertellen. Ze zaten binnen, in de eetkamer. Het regende, en het zag er niet naar uit dat het op korte termijn droog zou worden. 'Ik moet jullie wat vertellen,' stak ze van wal.

Tani legde zijn bestek neer, pakte zijn servet en veegde zijn mond af. 'Zeg het eens, kindje.'

'Ik ben verliefd.'

'Op wie?' Artemisia trok verrast haar wenkbrauwen op.

Nonna Pierangelini schoot geïnteresseerd overeind. 'Eindelijk,' zei ze met een zucht.

Evelina haalde diep adem. 'Op Ezra Zanotti.'

Haar ouders keken geschokt. Ezra behoorde niet tot de jongemannen die op Evelina's feestje waren geweest. Tani noch Artemisia had hem ooit ook maar één moment overwogen als potentiële schoonzoon. Op hun beurt fronsten de twee bejaarde zussen nadenkend hun wenkbrauwen en vroegen zich af waar ze die naam eerder hadden gehoord. 'Is hij er een van de Zanotti's van de stoffenwinkel?' vroeg Nonna ten slotte.

'Een winkelierszoon.' Costanza grijnsde. 'Wat modern.'

'Hij is Joods.' Nonna keek bezorgd, want ze vreesde problemen voor haar kleindochter.

'Hoelang is dit al gaande?' vroeg Tani.

'Drie jaar.'

'Drie jaar!' herhaalde Artemisia vol afschuw.

Evelina zag aan haar moeders gezicht dat ze aan het rekenen sloeg en zich afvroeg waarom ze nooit iets had gemerkt.

'Juist, ja. Dus het is serieus.' Tani knikte nadenkend.

'Maar je kunt niet met hem trouwen. Dat mag niet.' Artemisia was zichtbaar ontdaan. 'Zelfs als hij... zelfs als hij een geschikte man voor je zou zijn, en dat is hij niet, dan nog zijn interraciale huwelijken verboden. Dat weet je toch?'

'Ja, natuurlijk weet ik dat. Maar daarom hou ik nog wel van hem. De liefde overkomt je. Het is geen keuze. Het gebeurt gewoon.'

'Ach, wat romantisch.' Costanza slaakte een zucht.

'Niet als hij wordt opgepakt. Als hij in de gevangenis belandt,' zei Nonna wrang.

'Joodse mannen zijn verrukkelijke minnaars,' vervolgde Costanza met een ondeugende glimlach. 'En ik kan het weten.'

'Wil hij met je trouwen?' vroeg Tani, zonder acht te slaan op zijn tante.

'Ja.'

'Dan heb je maar één keuze. Jullie moeten naar Amerika.'

Evelina schudde haar hoofd. 'Dat wil Ezra niet. Zijn vader weigert te vluchten.'

'Dat is belachelijk!' verklaarde Artemisia verontwaardigd.

Evelina haalde haar schouders op. 'Ezra heeft geprobeerd hem over te halen. Maar hij is Italiaan, zegt Ercole, en dus heeft hij dezelfde rechten als alle Italianen. Bovendien heeft hij hier zijn winkel. Wat zou hij in Amerika moeten doen?'

'Een nieuwe winkel beginnen,' zei Artemisia prompt.

'Amerika is het land van de onbeperkte mogelijkheden,' verklaarde Costanza alsof ze er alles van wist.

'Ik begrijp zijn onwil om te vertrekken,' zei Tani. 'Niemand kiest vrijwillig voor een bestaan als vluchteling. Zijn familie woont hier al van generatie op generatie. Het idee om zijn huis en zijn zaak op te geven moet verschrikkelijk voor hem zijn.'

'We zullen het moeten uitzitten.' Evelina klonk stellig, vastberaden. 'Het fascisme heeft niet het eeuwige leven. Ik ben pas tweeëntwintig. Ezra en ik hebben geen haast.'

'Ik ben op mijn negentiende getrouwd,' zei Nonna Pierangelini.

'Ik ben bijna tachtig en nooit getrouwd,' zei Costanza. 'Er zijn vele wegen die naar Rome leiden.'

Artemisia was opgelucht dat Evelina had besloten te wachten. 'Nee, jullie hebben inderdaad geen haast.' Ze glimlachte. 'Je hebt gelijk, lieverd. Wie weet wat de toekomst brengt.'

Tani slaakte een diepe zucht. 'Heeft Ezra het ook thuis verteld?'

Evelina knikte. 'Ja, dat doet hij vandaag.'

'Zijn ouders zullen er niet blij mee zijn.' Hij glimlachte wrang. 'Ze hadden vast en zeker liever Romina als schoondochter gehad. Afijn, het is wat het is. Als je zeker weet dat jullie niet naar Amerika willen, dan zullen jullie hier op betere tijden moeten wachten. En denk erom dat je voorzichtig bent.'

'We vertellen het verder aan niemand,' stelde Evelina hem gerust.

'Weet Benedetta het?'

'Ja, die weet het al een tijdje. Ze vond het maar niks. We kregen ruzie. En sindsdien hebben we het er niet meer over gehad.'

Tani vernauwde zijn ogen tot spleetjes. 'Ik spreek niet graag kwaad over anderen, en al helemaal niet over mijn schoonzoon, maar ik zou Francesco niet vertrouwen.'

'Ik zei het toch? Het zit 'm in die snor,' verklaarde Nonna.

'Wat denk je dat hij doet?' vroeg Artemisia bezorgd.

Tani haalde zijn schouders op. 'Waarschijnlijk niks. Maar hij draagt de Joden geen goed hart toe. Meer zeg ik niet. Dus wees voorzichtig.'

Ercole en Olga waren inderdaad niet gelukkig met Ezra's keuze. Olga had gehuild, vertelde Ezra. Ze had gehoopt op een aardig Joods meisje voor haar zoon. En Ercole was uit zijn slof geschoten, bang dat de politie erachter zou komen en dat Ezra in de gevangenis zou belanden. 'Je moet je aan de regels houden! En zorgen dat je geen aandacht trekt,' had hij zijn zoon streng voorgehouden. 'Je weet niet half wat ze doen met tegenstanders van het regime.'

Dat wist hij maar al te goed, had Ezra gezegd. Bovendien was hij niet van plan om zijn liefde voor Evelina van de daken te schreeuwen. En hij had er voor de zoveelste keer op aangedrongen dat ze het land uit moesten, dat ze moesten proberen een visum voor Amerika te bemachtigen. Maar het was hem opnieuw niet gelukt zijn vader te overtuigen.

In het daaropvolgende jaar, op 10 juni 1940, verklaarde Mussolini Frankrijk en Groot-Brittannië de oorlog. Hij had lang geaarzeld, maar nu het Britse leger op de terugtocht was en Frankrijk zich elk moment kon overgeven, besloot Il Duce niet langer te wachten, in de hoop op een plek aan tafel wanneer Hitler Europa onder de overwinnaars verdeelde.

Francesco nam onmiddellijk dienst. Hij had er alle vertrouwen in dat de as Rome-Berlijn de geallieerden zou weten te verslaan. In zijn ogen was Il Duce onoverwinnelijk. Ondertussen had Benedetta zich nog altijd niet in Villa L'Ambrosiana laten zien en groeide Giorgio op zonder contact met de familie van zijn moeder, ver van het betoverende huis van haar jeugd.

Ondanks de oorlog ging het leven voor de Zanotti's gewoon door. Fioruccia gaf inmiddels les op de Joodse school die in navolging van de rassenwetten was gesticht. Haar neefjes en nichtjes deden braaf hun best en leerden geleidelijk aan te wennen aan hun nieuwe leven, ook al misten ze de vriendjes en vriendinnetjes van vroeger. Ercole verkocht nog altijd stoffen, en Olga maakte jurken, ook al was het aantal klanten drastisch verminderd. Ook Matteo, die legeruniformen maakte in zijn fabriek, zag de vraag afnemen. Bovendien werd de brandstof hoe langer hoe schaarser. Ezra was zelden in de winkel en bijna voortdurend op pad. Evelina wist dat hij bij het verzet zat, maar toen ze hem ernaar vroeg, kreeg ze niet meer te horen dan dat hij vrienden had bij het verzet en dat hij probeerde hen zo veel mogelijk te steunen.

Nu Evelina haar ouders in vertrouwen had genomen, kon

Ezra bij haar thuis langskomen. Het huis van de Zanotti's boven de winkel was geen optie. Vanwege zijn vijf broers en zusjes waren ze daar nooit alleen. In Villa L'Ambrosiana lazen ze de kranten en luisterden ze naar de radio. Via Duitssprekende contacten hoorde Ezra over het verschrikkelijke lot van de Joden in Polen en Oost-Europa. De verhalen over de vernietigingskampen waren zo gruwelijk dat Evelina weigerde ze te geloven.

In juli 1943 kwam het fascisme ten val. Mussolini werd door de Fascistische Grote Raad uit zijn positie ontheven, en met zijn arrestatie kwam er een einde aan zijn fascistische regime, dat het koninkrijk Italië eenentwintig jaar in zijn greep had gehouden. Ercole was euforisch. 'Zie je wel! Ik zei het toch!' Hij haalde een dure fles wijn tevoorschijn en blies het stof eraf. 'We trekken ons terug uit de oorlog, en Badoglio maakt een einde aan de rassenwetten.' Ezra schaamde zich bijna dat hij er zo op had aangedrongen om het land te ontvluchten. 'Laat dat een les voor je zijn, zoon. Wijsheid is een kwestie van ervaring,' vervolgde Ercole terwijl Olga de glazen uit de kast pakte. 'Laten we drinken op de vrijheid.'

Buiten voor de winkel werd gedanst en gezongen, en toen de glazen leeg waren, stortten ook de Zanotti's zich in de feestvreugde. Ze dompelden zich onder in de sfeer van optimisme die het stadje deed bruisen als de belletjes in hun glas. Zodra hij weg kon, fietste Ezra naar Villa L'Ambrosiana om het heugelijke moment met Evelina te delen. Toen ze hem zag aankomen gooide ze de voordeur open en rende ze de treden af. Hij liet zijn fiets vallen en trok haar in zijn armen. 'Tijd om plannen te maken voor onze bruiloft,' zei hij. Evelina straalde en slaakte een zucht van opluchting. 'Papa had gelijk,' vervolgde Ezra terwijl hij haar kuste. 'Ik had niet aan hem mogen twijfelen.'

Maar de euforie maakte al snel plaats voor angst en afschuw toen de eerste Duitse tanks Italië binnentrokken. Badoglio,

Mussolini's opvolger, sloeg op de vlucht; het Italiaanse leger was zonder aanvoerder niet bij machte de inval terug te slaan. De Duitsers bevrijdden Mussolini, bezetten het noordelijk deel van Italië en riepen daar de Italiaanse Sociale Republiek uit, met Il Duce opnieuw als leider van de Republikeinse Fascistische Partij, die aan een drastische reorganisatie was onderworpen. Een en ander had tot gevolg dat de Joden waren overgeleverd aan de genade van nazi-Duitsland. Ezra en Evelina konden geen trouwplannen maken, en het was te laat om nog naar Amerika te vertrekken. De dure fles wijn die Ercole had opengetrokken, stond nog altijd op het dressoir, als waarschuwing dat wijsheid niet altijd een kwestie van ervaring was.

8

'Wat er in Duitsland gebeurt, is hier ondenkbaar.' Hoe vaak had Ercole Zanotti dat niet gezegd? Maar op de avond dat hij en zijn gezin werden gearresteerd, moest hij erkennen dat hij ongelijk had gehad. Vercellino was door de Duitsers bezet, en wie nog had kunnen wegkomen was vertrokken. Menigeen had geprobeerd naar Zwitserland te vluchten, maar waren het slachtoffer geworden van gewetenloze gidsen die hen voor een premie aan de Duitsers uitleverden. En wie er wel in slaagde de grens over te komen, werd niet zelden teruggestuurd of belandde in een vluchtelingenkamp. Alleen wie connecties had, en geld om gidsen, douaniers en hoteliers om te kopen, wist de vrije wereld te bereiken. Maar voor Ercole en Olga Zanotti en hun gezin was het te laat.

Evelina hoorde het nieuws van Ezra. Hij was in het holst van de nacht over de velden naar Villa L'Ambrosiana gefietst. Onder haar raam gooide hij steentjes tegen het glas, en toen ze zich naar buiten boog, fluisterde hij dat ze naar de kapel moest komen. Evelina wist meteen dat er iets verschrikkelijks was gebeurd. Haastig schoot ze haar kleren aan, ze sloop de trap af aan de achterkant van de villa en verliet het huis via de keukendeur. Zo snel als ze kon rende ze door de zachte septembernacht naar de kapel, die als een verscholen sieraad glansde in het maanlicht.

'De fascisten hebben iedereen meegenomen,' vertelde Ezra hijgend, terwijl hij rusteloos, hevig ontdaan over de stenen vloer heen en weer liep.

'Iedereen?'

'Mamma, papa, Enrico, Giovanni, Damiana, Alessandra, Maurizio.'

Evelina sloeg vol afschuw een hand voor haar mond. 'Wat is er gebeurd?'

'Ze hebben het raam van de winkel ingegooid. Het lawaai was verschrikkelijk. Ik dacht dat het huis instortte. Voordat we beseften wat er gebeurde, bonkten ze met de kolf van hun geweer op de deur en trokken ze aan de bel. Toen papa opendeed stormden ze naar binnen. Ik verstopte me in de slaapkamer aan de achterkant. En ik hoorde ze schreeuwen! Dat we onze koffers moesten pakken, met kleren, boeken...'

Evelina zag plotseling bloed glinsteren op zijn wang. 'Hoe is het je gelukt om weg te komen?'

'Ik ben uit het raam gesprongen en over het dak gevlucht. Ik had een van de kleintjes mee moeten nemen, maar daar was geen tijd voor. Ze stonden al in de gang. Dus ik moest zorgen dat ik wegkwam. Als ik langer had gewacht, hadden ze me gezien. Er was geen tijd om...' Hij legde een hand op zijn voorhoofd. 'Ik had op zijn minst kunnen proberen Maurizio –'

'Wat hebben ze met ze gedaan? Waar zijn ze?'

'Dat weet ik niet.'

'O, Ezra. En nu?'

'Nu blijf ik hier. Totdat de kust veilig is. Dan ga ik naar mijn vrienden in de bergen.'

'Goed. Zeg maar wat je nodig hebt, dan breng ik het.'

Hij sloeg zijn armen om haar heen en trok haar dicht tegen zich aan. 'We hadden weg moeten gaan.' Hij kreunde.

'Spijt is zinloos. Je moet vooruitkijken. En zorgen dat ze je niet te pakken krijgen. Ik zal doen wat ik kan om je te helpen.'

'Dat weet ik.'

'Je kunt ook hier op zolder onderduiken. Dat vinden mijn ouders vast en zeker –'

'Nee! Ik ga me niet verstoppen. Ik ga op zoek naar de mannen van het verzet, en dan sluit ik me aan. Dat is het enige wat ik kan doen om mijn familie te helpen, en al die anderen die zijn opgepakt.'

'Denk je dat ze Fioruccia en Matteo ook hebben meegenomen?'

'Waarschijnlijk wel. Ik denk dat ze alle Joden hebben opgepakt.'

'O god, wat verschrikkelijk. Ik kan het gewoon niet geloven!' Het duizelde haar van angst.

'Toch is het zo. Maar we moeten sterk zijn.'

Evelina zou iets bemoedigends willen zeggen. Dat ze uiteindelijk vast en zeker weer werden vrijgelaten. Maar ze kon niet liegen. En ze kende de geruchten over wat de Duitsers met de Joden deden. Ze had ze nooit willen geloven, maar nu de Zanotti's en de Ferraro's waren opgepakt, kon ze de verhalen niet langer ontkennen. Ze klampte zich nog wanhopiger aan Ezra vast.

Evelina was nog nooit zo bang geweest, maar die angst vertaalde zich in besluitvaardigheid. Ze rende terug naar het huis en zocht alles bij elkaar waarvan ze dacht dat Ezra het nodig zou hebben: dekens, water, brood, wat koud vlees, een paar boeken. Ze nam ook kaarsen mee en een doosje lucifers, maar Ezra zei dat hij die niet zou gebruiken. Dat was te riskant als er naar hem werd gezocht. 'Ze komen echt niet helemaal hierheen,' zei Evelina, maar daar was Ezra niet zo zeker van.

'Ik neem geen enkel risico. Denk erom dat je niet tegen je ouders zegt dat ik hier ben. Niemand mag het weten. Want je kunt niemand vertrouwen.'

Evelina wist dat ze haar ouders kon vertrouwen, maar ze beloofde tegen niemand iets te zeggen.

'Morgen praat de hele stad erover. Ik wil dat ze denken dat ik ook ben opgepakt.'

Evelina knikte. 'Kan ik nog iets uit jullie huis halen? Papieren? Geld? Of iets anders?'

'Ik denk dat papa de kluis heeft leeggehaald. Dat hij alles wat belangrijk is, heeft meegenomen.' Hij vloekte, woedend, verbitterd. 'Hij had naar me moeten luisteren.'

'Ja. Dat had hij zeker.'

'Hij had zijn kans moeten grijpen toen het nog kon. We hadden al in Amerika kunnen zijn.'

Ezra legde snikkend zijn hoofd op haar schouder. Evelina had nooit een volwassen man zien huilen, en dat maakte haar nog angstiger. Ze hield hem dicht tegen zich aan, in een vergeefse poging althans iets van zijn wanhoop, zijn verdriet van hem over te nemen. Toen vonden zijn lippen de hare, en ze kusten elkaar. Steeds hartstochtelijker. Ze waren diep geschokt door wat er was gebeurd, bang voor wat de dag van morgen zou brengen, voor wat de toekomst in petto had. Ze wisten niet eens of er wel een toekomst zou zijn. Opgezweept door hun angsten, hun twijfels hunkerden ze naar elkaar met een begeerte zoals ze die nooit eerder hadden gevoeld. En toen ze zich aan hem gaf, deed Evelina dat niet als een vrouw in haar eerste huwelijksnacht, maar met de gretigheid en het wilde verlangen van een geliefde die bang was dat ze de man van wie ze hield zou verliezen.

Het werd al licht toen Evelina terugliep naar de villa en in bed kroop. Ze deed niet eens een poging om nog te slapen. In plaats daarvan staarde ze naar het plafond, zich bewust van haar hart dat bonsde van paniek, van de gruwelijke, verstikkende angst die bezit van haar had genomen. Hoe had dit kunnen gebeuren?

Toen ze later met haar ouders aan het ontbijt zat, probeerde ze niets te laten merken. Haar moeder zei dat ze een beetje bleek zag, maar haar vader was verdiept in de krant en had niets in de gaten. Na het ontbijt fietste ze naar de stad. De straten lagen er verlaten bij, de winkels waren gesloten, en over het plein hing een dreigende stilte. Ze zette haar fiets tegen de muur aan de Via Agnello en liep naar de winkel van Ercole Zanotti. De grote ruit was verbrijzeld, de keien lagen bezaaid met glasscherven die glinsterden in de zon. Zo te zien was er niets gestolen. De rollen stof lagen nog op de planken, met op de toonbank een verzameling biezen, passementen en stroken kant naast modebladen en een vaas met gele bloemen. Er kwam een buurman aanlopen. Een man van middelbare leeftijd met ongeschoren kaken en een sombere blik in zijn ogen. Terwijl hij aan zijn hoofd krabde, vertelde hij Evelina dat hij die nacht glas had horen rinkelen. Het moest een uur of twee zijn geweest. Hij had uit het raam gekeken en gezien dat de familie werd weggevoerd in een politiebus. 'Het zijn beste mensen, de Zanotti's.'

'Ze komen terug,' zei Evelina met grote stelligheid.

De man haalde zijn schouders op, zijn gezicht verried dat hij haar niet geloofde. 'Ik zal mijn zoons vragen om me te helpen de boel dicht te spijkeren. Dan kan niemand ervandoor met de spullen. Als ze inderdaad terugkomen, ligt de winkel er nog net zo bij als toen ze weggingen.'

Evelina knikte. 'Dat is erg aardig van u.'

'Het is het minste wat ik kan doen. Ik schaam me voor mijn eigen land.'

'Het is ons land niet meer. Het is van Hitler.' Evelina wendde zich af om haar tranen te verbergen.

De daaropvolgende dagen hield Ezra zich verborgen in de kapel. Evelina bracht eten, water en sigaretten, en ze vertelde hem wat ze op de radio had gehoord. Vercellino was door de nazi's bezet, en er waren vier Duitsers met een grote zwarte auto naar de villa gekomen. Vier militairen in donkergroen uniform met een hoge, puntige pet. Ze hadden naar Tani gevraagd. Artemisia was bang geweest dat ze het huis zouden vorderen en haar schilderijen zouden stelen, maar dat gebeurde niet. Omdat ze geen woord Italiaans spraken, was het gesprek in het Engels gevoerd, een taal die Tani vloeiend sprak. Ze kwamen zich alleen maar voorstellen, hadden ze gezegd. Volgens Tani om duidelijk te maken wie er de baas was, zoals hij later tegen Evelina had gezegd.

Zodra de kust veilig was, vluchtte Ezra naar de bergen en sloot zich aan bij de partizanen. Hij beloofde Evelina dat hij terug zou komen, en hij hield zich aan zijn belofte. In de maanden die volgden, kwam hij elke week terug. Ze wist een van haar vaders oude truien het huis uit te smokkelen, samen met een paar dikke sokken en stevige leren laarzen, en hoopte dat Tani ze niet zou missen. Soms kwamen er twee of drie andere mannen met Ezra mee. En Evelina bracht voor hen allemaal eten, sigaretten en dekens. Al snel werd de kleine ruimte, helemaal achter in de kapel, gebruikt als wapenopslag en kwamen de mannen steeds vaker. Artemisia en Tani hadden niets in de gaten; ze trokken zich steeds meer terug, ver weg van een wereld waarin de beschaving met voeten werd getreden, en leken, net als de villa, weg te zinken in een soort lethargie waarop de tijd geen vat had.

De partizanen bij wie Ezra zich had aangesloten, waren Joden die net als hij niet het geld hadden gehad, noch de connecties om het land uit te vluchten, maar ook jonge Italianen die de dienstplicht ontdoken, vrijgelaten krijgsgevangenen en antifascisten. Ze waren goedbewapend, gingen efficiënt te werk en zaten vol bravoure. Ondanks de gevaren was maar al te duidelijk dat ze genoten van het onderlinge gevoel van broederschap, het gevoel dat ze een gemeenschappelijk doel nastreefden, dat ze iets konden doen voor hun land.

Ze waren erachter gekomen dat in heel Italië Joden waren opgepakt en naar een gevangenenkamp bij Fossoli waren gebracht. Het kamp was oorspronkelijk een militaire basis geweest, waar Britse krijgsgevangenen werden ondergebracht, maar na de Italiaanse overgave in september waren die krijgsgevangenen naar Duitsland gedeporteerd en was de basis veranderd in een concentratiekamp voor Joden. Vandaar vertrokken elke maand veewagens vol gevangenen naar het Poolse Auschwitz. Ezra was geschokt, maar zijn hoop was gevestigd op de geallieerden die vanuit Zuid-Italië oprukten naar het noorden en het kamp zouden bevrijden. Hij weigerde te geloven dat hij zijn familie nooit zou weerzien. Het was een gedachte die hij simpelweg niet toeliet.

Evelina hoorde weinig van Benedetta. Sinds het conflict tussen Francesco en hun vader hadden ze zich niet meer laten zien. Artemisia miste haar kleinzoon verschrikkelijk, en ze smeekte Benedetta om met Kerstmis naar huis te komen. Evelina daarentegen hoopte dat Benedetta in Milaan zou blijven, want haar aanwezigheid zou betekenen dat Ezra niet naar de kapel kon komen. Dat zou te riskant zijn. Maar Benedetta zwichtte voor de smeekbeden van haar moeder en stapte met Giorgio op de trein naar Vercellino.

Op het moment dat Evelina haar zag, was haar boosheid verdwenen. De zusjes omhelsden elkaar, allebei vol spijt dat ze zo lang hadden gewacht met het weerzien. Giorgio was opgegroeid tot een engelachtig jongetje. Hij was inmiddels zes, een leergierig kind en altijd vrolijk. Artemisia herkende iets van Bruno in hem. Evelina probeerde tevergeefs de gelijkenis ook te zien. De kleine Giorgio leek sprekend op zijn moeder. Die zag er vermoeid uit, vond Evelina. Moe en afgetobd, en ze leek merkwaardig nerveus. Als een angstig diertje schrok ze van elk onverwacht geluid.

Francesco zat in het zuiden, waar het Italiaanse leger zich had aangesloten bij de geallieerden. Benedetta vertrouwde Evelina op een avond toe dat zijn trots hem had verboden om na de ruzie met Tani nog bij zijn schoonouders op bezoek te gaan. 'Het fascisme was voor hem een religie, met Il Duce als de grote leider. Zelfs nu het zuiden is gevallen en Mussolini niet meer dan een marionet van Hitler is gebleken, zal hij niet willen toegeven dat hij het mis had. Als de oorlog voorbij is, ben ik bang dat hij erg verbitterd en gedesillusioneerd zal zijn.' Ze keerde zich naar het vuur. 'Het is fijn om weer thuis te zijn,' zei ze met een glimlach.

'We hebben jullie gemist. Jou en Giorgio.' Evelina had haar benen onder zich getrokken op de bank.

'Ik jullie ook. Het was niet goed om Giorgio bij zijn grootouders en zijn tante weg te houden. En bij Nonna en Costanza. Francesco's ouders ziet hij bijna elke dag. Dat begrijp je.'

'Ja, ik kan me er iets bij voorstellen.' Evelina trok haar wenkbrauwen op. 'Francesco kan erg dwingend zijn.'

'Hij duldt geen enkele tegenspraak,' zei Benedetta zacht. Er gleed een schaduw over haar gezicht. 'Maar het is niet anders. Ik heb hem trouw beloofd. "In goede en in kwade dagen."'

'Gaat het wel goed tussen jullie?'

Benedetta zuchtte. 'Ach, hij kan nogal opvliegend zijn.'

De manier waarop ze het zei, bezorgde Evelina een onbehaaglijk gevoel. 'Hoe bedoel je? Opvliegend?'

'Ach, je weet wel. Als hij te veel gedronken heeft, dan gaat het wel eens mis.'

'Heeft hij je...' Evelina aarzelde, ze wilde zich niet met het huwelijk van haar zus bemoeien.

'Of hij me wel eens heeft geslagen?' Benedetta knikte. 'Heel vaak zelfs. Vooral met de rug van zijn hand. Dat komt hard aan.'

'Benedetta!' Evelina was geschokt. Onwillekeurig moest ze denken aan wat haar grootmoeder had gezegd over Francesco en zijn snor.

'Zeg alsjeblieft niks tegen mamma of papa. Ik kan ertegen.'

'Maar het is niet goed!'

'Hij vindt dat hij in zijn recht staat.'

'Niemand heeft het recht om een ander te slaan. Daar is geen enkel excuus voor. Hoe kwaad je ook bent.'

'O, hij is heel vaak kwaad op me. En dat is mijn eigen schuld. We hebben zo'n andere kijk op de dingen.' Ze keerde zich naar Evelina, haar ogen stonden verdrietig. 'Ik vind het zo erg van de Zanotti's. Echt verschrikkelijk.'

'Heeft mamma het je verteld?'

'Ja. Hebben ze Ezra ook meegenomen?'

'Ze zijn allemaal meegenomen,' loog Evelina.

'Komen ze ooit nog terug?'

'Ik hoop het. Als de geallieerden de oorlog winnen en de kampen bevrijden. Tot die tijd kunnen we alleen maar hopen.'

'Laten we morgen de stad in gaan, om een kaarsje voor ze op te steken.'

'Ja, dat doen we! Het is lang geleden dat ik in de kerk ben geweest. Ik ben bang dat ik het geloof de rug heb toegekeerd.'

'Terwijl je het nu juist zo hard nodig hebt.'

'Met zo veel ellende in de wereld valt het niet mee om in God te blijven geloven. Je hoort de gruwelijkste verhalen. Volgens mij heeft God zich van de wereld afgekeerd. Misschien wordt het zelfs Hem te machtig.'

'Ik vind het zo erg wat Francesco zei over de Joden.'

'Dat weet ik.'

'Veel van onze ruzies gingen over dat soort dingen.' Benedetta legde voorzichtig een hand op haar wang, alsof ze de pijn nog voelde van Francesco's klappen. 'Ik heb moeten boeten voor mijn opvattingen, maar dat is een prijs die ik graag betaal. Het is verschrikkelijk wat mensen elkaar aandoen. Verachtelijk.'

'Was je maar nooit met hem getrouwd.'

Benedetta schudde haar hoofd. 'Ik heb er geen spijt van. Want dan had ik Giorgio niet gehad.'

De volgende ochtend reden ze met Tani's auto naar Vercellino. Benedetta wist wat er met de winkel van de Zanotti's was gebeurd, maar toch was het een schok om te zien dat de deur en de ramen waren dichtgespijkerd. Het glas was allang opgeruimd, en in de straat hing een griezelige stilte, alsof de ziel eruit was verdwenen; alsof alleen het stoffelijk overschot was achtergebleven. 'Weet je nog hoe opwindend we het altijd vonden om naar de winkel te gaan?' vroeg Benedetta weemoedig.

'Ach ja.' Evelina huiverde, denkend aan de Zanotti's, aan hoe ze in een politiebusje waren weggevoerd. 'Olga was altijd zo lief en geduldig, en Ercole... Het waren zulke lieve mensen.'

'Ik hoop dat ze terugkomen.'

'Ze komen niet terug. Er is niemand die terugkomt.'

'Hoe weet je dat nou?'

Evelina liep een eindje bij de winkel vandaan. 'Je hebt gelijk. Dat weet ik niet, maar ik ben er wel bang voor. En ik hoop vurig dat ik het mis heb.'

Ze slenterden de stad door naar de kerk die zijn schaduw over het plein wierp. De hoge, rijkversierde toren verhief zich naar de hemel, als in een stil gebed tot God, van wie Evelina geloofde dat Hij niet langer luisterde. Ze gingen door de reusachtige houten deuren naar binnen. Er zaten hier en daar gelovigen in de banken, of ze lagen geknield te bidden of staken een kaarsje op, in het dwarsschip, helemaal vooraan in de kerk. Het waren bijna allemaal oude mensen; mannen met hun hoed in de hand, vrouwen in het zwart, in de rouw om de gevallenen. De sfeer was somber, gelaten. Het altaar zag er sober uit; bijna al het goud was omgesmolten om de oorlog van Il Duce in Abessinië te financieren. Maar er brandden wel kaarsen die flakkerden in het schemerdonker. De kerk rook oud, middeleeuws en naar gesmolten kaarsvet. Onder het hoge gewelf hing nog de echo van de talloze gebeden die er in de loop der eeuwen naar waren opgestegen en die leken te zijn ingebed in de met fresco's versierde muren.

Ze liepen door het middenpad naar de tafel waar kleine votiefkaarsen brandden; in hun gouden vlammetjes koesterden ze de hoop en de gebeden van de gelovigen die ze hadden aangestoken. Geconcentreerd, met hun ogen gesloten voegden Evelina en Benedetta hun gebeden eraan toe. Daarna knielden ze voor het altaar.

'Hou je nog steeds van Ezra?' vroeg Benedetta toen ze even later weer naar buiten liepen.

'Ja, natuurlijk! Ik zal altijd van hem blijven houden.'

'Ik heb voor hem ook een kaarsje opgestoken.'

Evelina glimlachte. 'Dank je wel. Ik ook.'

In de nacht voor Kerstmis begon het te sneeuwen. Grote vlokken dwarrelden uit de lucht en bedekten de villa en het landgoed met een dikke witte deken. Giorgio stond te dansen van opwinding toen hij op kerstochtend uit het raam keek. Hij popelde van ongeduld om naar buiten te gaan. En dus liep Benedetta in alle vroegte, nog voor het ontbijt, met hem de tuin in. Daar zette hij het op een rennen, met zijn mond open om de wervelende witte vlokken op te vangen op zijn tong.

Terwijl ze rondzwierven tussen de bomen, herinnerde Benedetta zich hoe ze vroeger, als jong meisje, had gedroomd van de dag waarop ze de villa vaarwel kon zeggen. Nu zou ze niets liever willen dan dat ze hier kon blijven. Na een tijdje kwamen ze bij de open plek waar de kapel in het schemerige ochtendlicht oprees als een schip uit een zee van sneeuw. Benedetta dacht aan Bruno, voor wie de kapel zo'n heerlijke speelplek was geweest. Wat zou hij hebben genoten van de sneeuw die het gebouwtje een blauwachtig witte muts had opgezet. Giorgio rende een eindje voor haar uit; hij had geen oog voor de kapel maar was meer geïnteresseerd in de voetstappen in de sneeuw die de open plek overstaken en tussen de bomen leken te verdwijnen.

Benedetta keek fronsend naar het bos en toen weer naar de kapel. De voetstappen waren vers, misschien amper een paar minuten oud. Haar hart begon wild te slaan. Ze riep Giorgio bij zich en nam hem bij de hand. Samen liepen ze naar de deur en duwden die voorzichtig open. Binnen was het halfdonker en rook het naar sigaretten. 'Is daar iemand?' riep ze, en ze klonk dapperder dan ze zich voelde. Het bleef stil. Ze liep verder, langs de houten stoelen naar het lege altaar, omringd door knisperende bruine bladeren en dode spinnen. Toen viel haar blik op een berg dekens in de hoek. Die waren afkomstig uit de villa. Ze kon zich niet voorstellen dat haar moeder ze hier had neergelegd. Nieuwsgierig liep ze om het altaar heen naar de ruimte daarachter, en ze dacht dat haar hart stilstond bij het zien van de geweren, keurig in het gelid tegen de muur, met daarnaast een stapel houten kisten. Een geheim wapenarsenaal van partizanen! Dat kon niet anders.

Giorgio kwam achter haar aan, maar ze wist hem nog net op tijd te onderscheppen en gaf hem een duwtje, terug naar de deur. 'Kom, dan gaan we ontbijten.' Ze probeerde kalm en beheerst te klinken. Het kind rende genietend de sneeuw weer in en schopte er baldadig naar.

Misselijk van de schrik liep ze de kapel uit, maar op het moment dat ze over de drempel stapte zag ze dat er iets op de grond lag. Iets wits. Een envelop. Met Evelina's naam erop. De verleiding was groot om hem open te maken; ze schoof haar duim al onder de flap. Maar ze riep zichzelf tot de orde. Ze zou de envelop aan Evelina geven en haar zus om een verklaring vragen.

Artemisia zat al aan de ontbijttafel toen ze binnenkwamen. 'Vrolijk kerstfeest,' zei ze stralend. 'Alles goed, lieverd?' vroeg ze bij het zien van het gezicht van haar dochter.

'Ja hoor, ik ben alleen een beetje misselijk. Kunt u een oogje op Giorgio houden? Dan ga ik even naar boven.'

Artemisia schonk haar een veelbetekenende blik. 'Ben je soms...'

'Ik weet het niet.'

Artemisia glimlachte. 'O, ik hoop het! Het zal tijd worden. En ik zou me geen mooier kerstcadeau kunnen wensen.'

Benedetta haastte zich de trap op, naar de kamer van haar zus. Evelina zat achter haar kaptafel haar haren te borstelen. 'Vrolijk kerstfeest!' zei ze. 'Prachtig, hè, die sneeuw?'

'Evelina.'

Het klonk zo streng dat Evelina zich omdraaide. 'Wat is er?'

'Ik kom net van de kapel.'

Evelina stak haar kin naar voren. 'O.' Ze wist zeker dat Ezra en zijn mannen daar niet meer waren geweest sinds Benedetta er was.

'Er waren voetafdrukken in de sneeuw. Dus ik ben naar binnen gegaan, en toen vond ik... een hele partij wapens!' Dat laatste zei ze fluisterend.

Evelina stond haastig op om de deur dicht te doen. 'Dat klopt. Daar weet ik van. Ik kan het je uitleggen.'

'Dat mag ik hopen, ja.'

'Maar je moet zweren dat je het aan niemand vertelt.'

'Daar is het nu een beetje laat voor. Ik heb ze met mijn eigen ogen gezien, en je kunt me niet dwingen mijn mond te houden.'

'Dat is zo, maar geef me eerst de kans om het uit te leggen.

Ezra heeft weten te ontsnappen, die nacht dat de Zanotti's werden opgepakt. Hij heeft zich aangesloten bij de partizanen. En hij gebruikt de kapel als schuilplaats.'

'Zo te zien is hij niet de enige.'

'Dat klopt. Ze komen soms met een groepje.'

'En jij zorgt voor eten? En dekens?'

'Ja.'

Benedetta begon geagiteerd de kamer op en neer te lopen. 'Besef je wel hoe gevaarlijk het is wat je doet? Het kan ons allemaal de kop kosten.'

'Welnee. Er komt hier niemand.'

'Nog niet.'

'De Duitsers weten niet van het bestaan van de kapel. Trouwens, wat zouden ze hier te zoeken hebben. Er is niks om bang voor te zijn. Echt niet.'

'Ik hoop dat je gelijk hebt. Als mamma en papa dit horen dan zwaait er wat.'

'Die komen er niet achter. De kapel wordt niet meer gebruikt. Al jaren niet. Bruno was de enige die er nog kwam.'

Benedetta slaakte een zucht. 'Ik zal het aan niemand vertellen,' zei ze zacht. 'Maar ik ben wel bang.'

Evelina voelde zich opgelucht dat ze haar geheim had kunnen delen. 'Dat begrijp ik. Dat was ik in het begin ook. Maar Ezra vecht tegen de Duitsers. Hij helpt de geallieerden. Wanneer de oorlog voorbij is heeft hij zijn steentje bijgedragen. Zijn familie wordt uit het kamp bevrijd, en alles komt goed.'

Benedetta keek haar meewarig aan. 'Je bent zo'n dromer,' zei ze, maar haar glimlach verried hoeveel ze van haar zusje hield.

'Ik moet blijven dromen. Dat is de enige manier om me staande te houden. Ik moet erin blijven geloven dat de oorlog ooit voorbij zal zijn. Dat Ezra en ik kunnen trouwen. En kinderen krijgen. Dat we een toekomst hebben.'

'Ik dacht dat je niet wilde trouwen.'

'Wel met Ezra. Hij is de liefde van mijn leven. Voor hem doe ik alles.'

'O, ik heb nog wat voor je.' Benedetta haalde de envelop uit haar zak. 'Hij lag op de grond in de kapel. Volgens mij had iemand hem op de deur gehangen en is hij gevallen.'

Evelina scheurde de envelop open. Er zat maar één velletje papier in, met een korte boodschap: *We zijn vannacht door Duitse soldaten in een hinderlaag gelokt. Helaas is Ezra daarbij gevangengenomen. Carlo.* Het duizelde Evelina, haar knieën begaven het, en ze zakte in elkaar.

Benedetta pakte het briefje uit haar hand en las wat erin stond.

Er was niets wat ze kon zeggen om haar zusje te troosten; er was niets wat ze kon doen om Ezra bij haar terug te brengen. Dus ze liet zich naast Evelina op de grond zakken en sloeg haar armen om haar heen.

9

Evelina liep door de sneeuw naar de kapel. De pijn in haar hart was ondraaglijk. Zo verloren, zo wanhopig had ze zich nog maar één keer eerder in haar leven gevoeld: na de dood van Bruno. Ze had destijds gedacht met zo veel pijn, zo veel verdriet niet verder te kunnen leven. Maar ze was er nog. En daarom wist ze dat ze zich ook nu staande zou weten te houden. Het begon opnieuw te sneeuwen; dikke vlokken vulden de voetafdrukken van de mannen die de afgelopen nacht het grimmige nieuws hadden gebracht. Nog even, en de afdrukken zouden zijn toegedekt, verdwenen, alsof ze er nooit waren geweest.

Ze duwde de deur open. De kapel lag er verlaten bij, het was er koud. Haar adem was zichtbaar als grijze wolkjes. Alles zag er nog net zo uit als toen ze er samen de nacht hadden doorgebracht. De dekens lagen opgevouwen in de hoek, de boeken die ze voor Ezra had meegebracht, waren keurig opgestapeld, met daarnaast flessen water, wat borden en vorken; dingen die ze niet echt nodig hadden, maar waarvan Evelina had gedacht dat ze althans voor een beetje comfort zouden zorgen, voor een gevoel van vertrouwdheid omdat ze waren verbonden met een tijd toen alles nog normaal was.

Ze ging op een van de houten stoelen zitten en sloeg haar

handen voor haar gezicht. Van diep binnen in haar welde een snik op, naar buiten gedreven door dat vreemde krampachtige samentrekken van spieren dat met verdriet samengaat. Ze kende deze donkere tunnel waarin ze zich gevangen voelde, maar in plaats van troost te bieden, maakte dat de ervaring nóg pijnlijker. Ze kreunde, met haar armen om haar middel geslagen. Het klonk vreemd, als de kreet van een dier. Maar er was niemand die het hoorde, dus wat maakte het uit? Ze gaf zich eraan over en huilde met langgerekte, gekwelde uithalen, totdat ze buiten adem raakte en naar lucht snakte.

Ezra, Ezra, Ezra...

Waar brachten ze hem naartoe? Zou hij ook in Fossoli terechtkomen? En zou hij daar worden herenigd met zijn familie? Zouden ze het overleven? Zouden de partizanen erin slagen hem te bevrijden? En was er ook maar iets wat zij kon doen?

Toen ze weer binnenkwam, zat haar zus met hun ouders aan het ontbijt. Giorgio speelde met een papieren vliegtuigje dat zijn grootvader voor hem had gevouwen. Artemisia stond op en trok een stoel naar achteren. 'Ga zitten, kindje,' zei ze met een blik vol compassie.

Evelina keek fronsend naar haar zus. Had ze het hun verteld? Maar Benedetta glimlachte geruststellend. Evelina ging zitten en keek niet-begrijpend van haar moeder naar haar vader. Niemand zei iets. Uiteindelijk was het Artemisia die het zwijgen doorbrak. 'Dit is altijd een moeilijke tijd, Evelina. Voor ons allemaal. Er gaat geen dag voorbij dat ik niet aan Bruno denk, maar met Kerstmis is het gemis nog pijnlijker, valt het me allemaal nog zwaarder.' Evelina begon te huilen. Haar moeder legde een hand op de hare. 'Huil maar, kindje. Het is geen schande om je verdriet te tonen. Dat is niet meer dan natuurlijk. Ik begrijp het.'

Tani glimlachte meevoelend. 'Bruno zou niet willen dat we verdrietig waren met Kerstmis. Een witte kerst nota bene! Hij was dol op sneeuw, net als Giorgio. Je moet wat eten, lieverd. Als je wat in je maag hebt voel je je beter.'

Evelina droogde haar tranen met haar servet. 'Het spijt me,' zei ze zacht. 'Maar ik ben zo verschrikkelijk verdrietig.'

Artemisia drukte haar hand, dankbaar voor de band die hun gedeelde verdriet om Bruno schiep. 'Het wordt een prachtige dag, dat zul je zien,' zei ze. 'Bruno is in gedachten bij ons, want hij zou Kerstmis voor geen goud willen missen. We vinden steun bij elkaar. En zo hoort het. Als familie helpen we elkaar door de moeilijke tijden heen.'

'Ik moest toch wát zeggen,' zei Benedetta zodra ze met Evelina alleen was. 'Anders hadden ze gevraagd wat er aan de hand was. En hoe zou je je daaruit hebben gered?'

'O, Benedetta. Ik heb het gevoel dat ik gek word. Wat moet ik doen? Ik wil Ezra helpen, maar ik weet niet hoe...'

Benedetta legde een hand op haar schouder. 'Je kunt niets doen. Nog even, dan is de oorlog voorbij. Dan wordt Ezra door de geallieerden uit het kamp bevrijd.'

'Maar misschien schieten ze hem wel dood. Dat doen ze met partizanen.' Evelina begon weer te huilen. 'Misschien is hij al dood.'

'Zulke dingen moet je niet zeggen. Je moet blijven hopen. Meer kun je niet doen.'

Ze omhelsden elkaar, en Evelina vond troost bij haar zusje. 'Ik hou van hem, Benedetta. Ik hou zo veel van hem. Ik kan zonder hem niet leven.'

'En dat hoeft ook niet. Maar totdat Ezra weer vrij is, moeten wij de partizanen helpen.'

Evelina keek haar zus ongelovig aan. 'De partizanen helpen? Meen je dat echt?'

'Ja. We moeten doen wat we kunnen om te zorgen dat er snel een einde komt aan de oorlog. Zodat Ezra en jij weer samen kunnen zijn.'

‘Maar je vond Ezra niet de juiste man voor me...’

‘Als jij van hem houdt, dan moet je je hart volgen, Eva. Ik ben met de “juiste” man getrouwd, en we hebben gezien wat daarvan is gekomen.’

‘O, Benedetta...’

‘Je hoeft geen medelijden met me te hebben. Het was mijn eigen keuze. Ik wil alleen maar zeggen dat de “juiste” man geen garantie biedt op een gelukkig huwelijk. Ik denk eigenlijk dat Francesco nooit echt van me heeft gehouden. Hij hield van alles wat ik vertegenwoordigde. Een adellijke naam, een eeuwenoude familiezetel... Ik had moeten wachten op een man zoals Ezra.’ Ze glimlachte weemoedig. ‘Maar voor mij is het nu te laat. Voor jou nog niet. Dus wat denk je, hoe kunnen we de partizanen helpen?’

Evelina voelde haar hart zwellen bij de gedachte om het heft in handen te nemen en de machteloosheid te verjagen door iets nuttigs te doen. ‘Dat kunnen we beter aan hen vragen. Ik zal je aan ze voorstellen wanneer ze na Kerstmis terugkomen. Ze zijn al enorm geholpen doordat ze hun wapens in de kapel kunnen opslaan. Maar er is vast en zeker nog meer wat we kunnen doen.’

‘Ze hebben vast geld nodig. Daar kan ik voor zorgen.’

‘Vraagt Francesco dan niet waar je het aan hebt uitgegeven?’

‘Nee. In dat opzicht is hij erg gul. Ik kom niets tekort.’

‘Gelukkig maar.’

‘En zolang hij nog in het zuiden zit, kan ik doen wat ik wil.’ Benedetta slaakte een zucht. ‘En dan te bedenken dat ik er ooit naar hunkerde om hier weg te gaan. Nu zou ik niets liever willen dan dat ik hier kon blijven. Ik wil nooit meer terug naar Milaan.’

Na Kerstmis stelde Evelina haar zus voor aan de groep mannen met wie Ezra schouder aan schouder had gevochten. Gianni Salvatore, hun leider, was een vijftiger uit Turijn, die vier jaar in de Regina Coeli-gevangenis in Rome had vastgezeten. Hij was lid geweest van Giustizia e Libertà, een antifascistische verzetsbeweging, en had in de Spaanse Burgeroorlog tegen Franco gevochten. Een ruige, aantrekkelijke verschijning, met een wilde donkere haardos, intelligente bruine ogen en een glimlach die zijn gezicht een onweerstaanbare charme verleende. Benedetta was op slag verrukt van hem en zag in de partizanenleider de romantiek en de heldhaftigheid waaraan het bij haar man ontbrak. Met als gevolg dat ze tot alles bereid was om de goede zaak te dienen.

Van Gianni hoorde Evelina wat er met Ezra was gebeurd. De mannen waren in hun slaap door Duitse soldaten omsingeld. Hij was er die nacht zelf niet bij geweest, maar een van de mannen had weten te ontsnappen. De andere vijf waren meegenomen, en ze hadden inmiddels weten te achterhalen dat ze gevangen werden gehouden in het kamp bij Fossoli, waar ook Ezra's familie naartoe was gebracht. Evelina hoopte dat ze waren herenigd, maar Gianni schudde zijn hoofd. Hij hield er niet van de zaken gunstiger voor te stellen dan de werkelijkheid rechtvaardigde. Ezra's familie was ongetwijfeld allang op de trein gezet naar Auschwitz, hielp hij haar uit de droom. En hoe het de Zanotti's daar was vergaan, daar viel niets over te zeggen.

Evelina bad vurig dat de oorlog spoedig zou eindigen en dat Ezra en zijn familie het kamp zouden overleven. Samen met Benedetta zorgde ze dat de mannen te eten hadden en dat ze de kapel als schuilplaats konden blijven gebruiken. Daarnaast kochten ze sigaretten, verband en medicijnen en alles wat ze verder nodig hadden. Ze repareerden hun kleren en ze verzorgden hun verwondingen. Toen de winter plaatsmaakte voor het voorjaar en het eerste prille groen het land weer tot leven wekte, besefte Evelina dat haar zus verliefd was. Benedetta's ogen schitterden, ze danste bijna als ze liep, en ze straalde een en al vrolijkheid en optimisme uit. Gianni bleef soms weken weg, maar Benedetta wachtte op hem als een trouwe echtgenote en bad voor zijn veiligheid alsof ze geen man had voor wie ze kaarsjes moest opsteken.

Zonder de partizanen zou Evelina zijn weggekwijnd van verdriet. De hulp aan Gianni en zijn mannen gaf haar een doel in het leven; en dat niet alleen, ze geloofde bovendien dat ze ook Ezra daarmee hielp. Met elke dag die verstreek, had ze het gevoel dat zijn vrijlating dichterbij kwam. En bij alles wat ze voor Gianni en zijn mannen deed, stelde ze zich voor dat ergens op de wereld iemand hetzelfde deed voor Ezra. Ze wist dat de mannen de getuigenissen uit de kampen niet langer met hen deelden; de verhalen van gevangenen die de gruwelen hadden overleefd. En daar was ze hun dankbaar voor. Ze wilde die verhalen niet meer horen. Daarvoor waren de getuigenissen te verschrikkelijk.

Evelina en Benedetta verkeerden in de veronderstelling dat hun ouders niets vermoedden van hun heimelijke activiteiten. Tot een middag in juni. Ze hadden geluncht op het terras. Het dienstmeisje ruimde af, en Giorgio was met zijn kindermeisje de tuin in. Tani legde zijn servet neer, stak een sigaret op en boog zich over de tafel om Artemisia een vuurtje te geven. Toen leunde hij weer naar achteren, blies een enorme rookwolk uit en stak zijn kin naar voren. 'Meisjes, wordt het niet eens tijd dat jullie ons uit de doeken doen wat er precies gaande is in de kapel?' Met een ondoorgrondelijke blik keek hij van de een naar de ander.

'In de kapel?' vroeg Benedetta. 'Wat bedoelt u?'

Daarop keerde hij zich naar Evelina. 'Misschien wil jij het me dan vertellen.'

'Hoezo? Wat zou er gaande moeten zijn?' Evelina keek hem met grote onschuldige ogen aan.

Hij glimlachte geamuseerd. 'Jullie kunnen slecht liegen. Ik hoop dat jullie het beter doen wanneer de Duitsers hier komen rondneuzen.'

'Waarom zouden ze dat doen?' vroeg Benedetta.

'Omdat het altijd zo gaat,' antwoordde Artemisia. 'Uiteindelijk krijgt iemand er lucht van.'

Tani tikte zijn sigaret af. 'Jullie helpen het verzet. Denk maar niet dat jullie ons voor de gek kunnen houden.'

Artemisia schudde haar hoofd. 'Ik zou wel stekeblind moeten zijn om niet te merken dat er eten uit de keuken verdwijnt. En dat jullie voortdurend de tuin in lopen.'

'Voor alle duidelijkheid, we staan er volledig achter,' vervolgde Tani. 'Hoe riskant het ook is, voor ons allemaal, het is voor de goede zaak.'

Benedetta slaakte een zucht van verlichting.

'Jullie vader heeft gelijk. We staan er volledig achter,' viel Artemisia haar man bij, en er dansten lichtjes in haar ogen, een bijna vergeten schittering uit de tijd toen Bruno nog leefde en ze gretig haar controversiële opvattingen had gedebiteerd.

'Echt waar?' vroeg Evelina verbaasd.

'Er is geen stromend water in de kapel. Trouwens, het is in alle opzichten behelpen,' vervolgde haar moeder. 'Dus als ze een keer in bad willen, dan zijn ze hier welkom. Of als ze in een gewoon bed willen slapen of trek hebben in een fatsoenlijk bord eten.'

Tani knikte. 'Precies. Hoe eerder we die Duitsers het land uit jagen des te beter.'

'En des te eerder heeft Eva haar Ezra terug,' zei Benedetta met een blik op haar zus.

Tani en Artemisia keken Evelina verbaasd aan.

'Het is hem gelukt te ontsnappen toen Ercole en Olga en de kinderen werden opgepakt,' legde die uit. 'Ik had hem in de kapel laten onderduiken. Zodra de kust veilig was, is hij de bergen in gevlucht en heeft hij zich bij het verzet aangesloten.'

'Maar de Duitsers hebben hem met Kerstmis gevangengenomen en naar Fossoli gebracht,' vulde Benedetta aan.

'O, Evelina, wat erg. En daar loop je al die tijd al mee rond? Helemaal alleen?' vroeg Artemisia geschokt.

'Ik kon het u niet vertellen.'

'Nou, van nu af aan vertellen we elkaar alles. Geen geheimen meer. We doen het samen.'

'En Nonna en Costi?' vroeg Evelina.

Artemisia grijnsde. 'Die twee zullen blij zijn om het verzet te kunnen helpen. Dan hebben ze eindelijk iets anders te doen dan dat eeuwige kaarten.'

Benedetta schoot in de lach. 'Een nieuwe uitdaging! En dat op hun oude dag. Dat mogen we ze niet ontzeggen.'

'Dus vertel! Wat is er precies gaande?' vroeg Tani.

En terwijl Benedetta en zij verslag uitbrachten van hun clandestiene activiteiten, merkte Evelina dat hun ouders leken te ontwaken uit hun lethargie; dat ze hun zelfgekozen afzondering de rug toekeerden en de wereld weer gretig omarmden.

In de daaropvolgende zomermaanden waren Gianni en zijn mannen regelmatig in de villa te vinden. Tani genoot van hun avonturen en van zijn gesprekken met de partizanen. Nonna Pierangelini bemoederde hen, Costanza onthaalde hen op haar verleidelijke glimlach, en bovendien bleek de groep tot hun verrassing ook een aantal enthousiaste kaarters te tellen. Artemisia schakelde de dienstmeisjes in om hun kleren te wassen en te verstellen, en ze instrueerde haar dochters om Angelina in de keuken te helpen. Genietend van haar nieuwe rol zweefde ze door het huis; ze versierde de mannen en lonkte naar Gianni, want ook zij was onder de indruk van de ruige partizaan, omhuld met een aura van gevaar. Maar ondanks haar schoonheid, ondanks het feit dat ze qua leeftijd beter bij hem paste dan haar dochter, had Gianni alleen maar oog voor Benedetta. En Artemisia, die het zelf ook niet altijd even nauw had genomen met de echtelijke trouw, moedigde de verhouding aan. 'Denk erom dat je ervoor zorgt dat het leven nooit saai wordt!' zei ze met een veelbetekenende glimlach, en ze legde haar handen langs het gezicht van haar dochter. 'Want zodra het saai wordt, ga je ten onder in de sleur van het huishouden en blijft er niets van je over. Een vrouw heeft soms gewoon een man nodig, puur voor het genot.' Maar voor Benedetta betekende Gianni veel meer dan dat. Dankzij hem had ze geleerd wat ware liefde was.

Vervuld van jaloezie zag Evelina het gebeuren. Niet dat ze het haar zus misgunde, maar ze gunde het zichzelf ook! Wat ze voelde, was het soort jaloezie dat het hart doet overstromen van verlangen. Ze wenste vurig dat Ezra bij haar was, dat ook zij hand in hand in de tuin konden wandelen en in het geheim konden vrijen, in de stilte van de nacht. Ze zag Benedetta en Gianni op het bankje onder de pagode zitten; hetzelfde bankje waar ze Ezra en Romina had bespioneerd. En ze zag hoe haar zus en de partizaan samen lachten zoals zij met Ezra had gelachen. Ezra was geen moment uit haar gedachten, ze droeg hem in haar hart altijd met zich mee. En zijn naam lag als een fluistering op haar lippen wanneer ze bad tot de God die niet luisterde, en smeekte om zijn behouden terugkeer.

In haar verdriet zocht ze troost in de muziek. Ze dompelde zich erin onder en liet zich achter de piano meevoeren door haar verbeelding, zoals Ezra haar dat had geleerd. Dat deed ze ook wanneer ze naar de wolken keek. Urenlang lag ze in het gras en staarde naar het witte wollige hemellandschap dat voor haar ogen veranderde in een stoet van dieren, boten, vissen, bergen en paleizen. Maar wanneer ze naast zich reikte, wanneer ze besefte dat ze alleen was, werd ze overweldigd door wanhoop en liet ze haar tranen de vrije loop.

Begin september verscheen de fascistische politie aan de deur van de villa. De Pierangelini's zouden onderdak verlenen aan partizanen, aldus de agenten. Ze hadden twee Duitse herders bij zich, waarmee ze het hele huis doorzochten. Tani en Artemisia ontvingen hen beleefd en hielden zich van de domme. Artemisia schonk de mannen een glaasje grappa in, bood hun een sigaret aan en stak er zelf ook een op. Met haar verleidelijke glimlach slaagde ze erin de agenten enigszins op hun gemak te stellen. Zo kregen ze te horen dat er partizanen actief waren in het gebied, die door de plaatselijke bevolking werden geholpen en zich schuilhielden in boerderijen. 'Nou, ze zijn hier niet geweest,' zei Tani. 'Dat kan ik u verzekeren.'

'Daar hebt u ongetwijfeld gelijk in, en onze excuses voor de overlast, maar we hebben opdracht alle huizen in de omgeving te doorzoeken.'

Evelina en Benedetta schoven ook aan. Ze maakten zich geen zorgen dat de politie partizanen op het terrein zou aantreffen. Maar als de agenten de kapel doorzochten, zou blijken dat de verzetsstrijders daar wel waren geweest. De zusjes hielden hun gezicht zorgvuldig in de plooi en vermeden oogcontact met hun ouders. Artemisia glimlachte en lonkte, Tani hield zich nog altijd van de domme.

Evelina's hart bonsde tegen haar ribben. Als de politie het wapenarsenaal vond, dan werden ze allemaal opgepakt. Ze had er geen spijt van dat ze de partizanen had geholpen, maar ze besefte nu pas dat ze zich in de maanden sinds Ezra was opgepakt, had gekoesterd in een vals gevoel van veiligheid. Misschien hadden ze toch voorzichtiger moeten zijn.

Toen de politiemannen met hun honden de tuin in liepen, leek het een eeuwigheid te duren voordat ze eindelijk terugkwamen. Alles was in orde, zeiden ze, en ze bedankten Tani en Artemisia voor de gastvrijheid.

Ze waren nog maar amper de oprijlaan uit of Evelina en Benedetta haastten zich naar de kapel. Hoe was het mogelijk dat de politiemannen de wapens niet hadden gevonden? Hadden ze niet goed gezocht? Of hadden ze de kapel simpelweg niet gezien, niet wetend hoe uitgestrekt de tuin was?

Toen Evelina en Benedetta naar binnen gingen, troffen ze tot hun verbazing Nonna en Costanza in de kapel. Ze zaten als een stel broedende kippen naast elkaar op een stoel. 'Zijn ze weg?' vroegen ze fluisterend.

'Ja, ze zijn weg,' antwoordde Benedetta. 'Maar wat doen júllie hier?'

Costanza beefde van opwinding. 'Ik zag de auto's de oprijlaan in komen, dus ik zei dat we als de wiedeweerga naar de kapel moesten. En dat we moesten doen alsof we zaten te bidden.'

'Dat was mijn idee,' protesteerde Nonna. 'Dat van dat bidden.'

'We dachten dat de politie wel respect zou tonen voor twee oude dames, verzonken in gebed,' zei Costanza ter verduidelijking.

Nonna werkte zich stijfjes overeind. 'En dat hadden we goed gedacht.' Ze leek niet in het minst verrast. 'Ze kwamen met hun honden en –'

'En toen zei ik: "Heren! Wat denkt u wel?"' viel Costanza haar zus in de rede.

'En ík zei: "Dit is een godshuis. Een plek van devotie. U komt ons toch niet arresteren omdat we God vragen om te waken over onze zonen en kleinzonen? En om een einde te maken aan deze verschrikkelijke oorlog?"'

'En wat zeiden ze toen?' vroeg Evelina.

'Ze boden hun verontschuldigingen aan,' antwoordde Nonna. 'Ze keken om zich heen, de honden staken hun neus in de lucht en snoven, en toen –'

'Toen vroeg ik of ze buiten wilden wachten. Ik zei dat we over twintig minuten klaar waren. Dat ze dan binnen konden komen.'

'Nonna! Dat was een enorme gok,' bracht Benedetta ademloos uit.

'Dat was het zeker. Maar de jongeman die de leiding had, leek me geen krachtige figuur. Hij had een erg onverzorgde snor en een terugwijkende kin. Bovendien stonden zijn ogen ronduit waterig. Ik vermoed dat hij een dominante moeder heeft en een geduchte grootmoeder. Afijn, hij knikte, bood nogmaals zijn verontschuldigingen aan, en toen vertrokken ze.'

'U hebt ons gered!' Benedetta kreeg van pure opluchting tranen in haar ogen.

'We wilden ook graag ons steentje bijdragen.' Nonna glimlachte bijna verlegen.

'Het was verrukkelijk opwindend! Ik kan me de laatste keer niet heugen dat we zoiets spannends hebben meegemaakt!' verklaarde Costanza ademloos. Ze leek ineens jaren jonger.

Nonna bleef ernstig. 'Hoogste tijd om God te danken.' Ze liet haar kin op haar borst zakken en sloot haar ogen.

De twee oude dames baden opnieuw dat de oorlog snel voorbij zou zijn. Evelina bad voor Ezra en zijn familie, Benedetta voor Gianni en zijn mannen. En ze bad dat Francesco nooit meer thuis zou komen.

Toen de oorlog in mei van het jaar daarop eindelijk voorbij was, bleek dat Benedetta's gebeden waren verhoord. Francesco was op het slagveld gewond geraakt en stierf aan een infectie, slechts enkele dagen voordat de Duitsers zich overgaven. Nadat ze haar man had begraven, was Benedetta vrij om met Gianni te trouwen.

Evelina wachtte vol spanning op Ezra's terugkeer. Ze wilde erin blijven geloven dat Ercole en Olga, Matteo en Fioruccia naar Vercellino zouden terugkeren en dat het leven zijn oude loop zou hervatten; dat alles weer zou worden zoals het voor de oorlog was geweest.

Dan konden Ezra en zij eindelijk trouwen en samen de toekomst tegemoet gaan; een toekomst waarvan Evelina ooit had gedacht dat zij die niet wilde. Elke dag fietste ze naar het stadje, maar de winkel van Ercole Zanotti bleef dichtgespijkerd. Tot op een dag aan het eind van de zomer, toen de planken waren weggehaald en bleek dat de voorman aan wie Matteo in 1938 zijn bedrijf had overgedragen, zich het pand had toegeëigend. 'De Zanotti's komen niet meer terug. Ze zijn allemaal dood,' antwoordde hij bot op de vragen van Evelina. 'Uitgemoord door de Duitsers.'

In de kranten verschenen de verslagen over het lot van de Joden in de kampen; dat de Duitsers hen hadden gedwongen zich dood te werken of hen al meteen bij aankomst hadden vermoord. Het waren gruwelijke verhalen, en Evelina weigerde ze te geloven. Maar toen de schaarse overlevenden begonnen terug te keren, kon de omvang van de verschrikkingen waaronder ze hadden geleden, niet meer worden ontkend.

Ondanks alles bleef Evelina op Ezra wachten. Het voorjaar maakte plaats voor de zomer, het werd herfst, en nog altijd koesterde ze hoop dat hij zou terugkeren. Het was onverdraaglijk om die hoop te laten varen. Ze had zich er zo lang aan vastgeklampt dat ze bang was dat er zonder die hoop niets van haar zou overblijven. Want ze had het gemeend toen ze tegen Ezra zei dat ze altijd van hem zou blijven houden.

In september hoorde ze dat de rabbijn van zijn synagoge naar Vercellino was teruggekeerd. Hij had anderhalf jaar Auschwitz overleefd en daarna een paar maanden in een vluchtelingenkamp doorgebracht. Evelina stapte op haar fiets en reed naar het stadje. Ze móést hem spreken. Rabbijn Isaac Castello was schokkend oud geworden, en sterk vermagerd. Diepbedroefd bevestigde hij wat de nieuwe eigenaar van de winkel al had gezegd. Dat Ezra en zijn familie inderdaad waren vermoord. 'Ik vind het verschrikkelijk dat ik je dit moet vertellen.' Hij sloot zijn benige handen om die van Evelina. Bij het zien van de blik van compassie in zijn ogen besefte ze dat ontkennen geen zin meer had. Overweldigd door de schok liet ze zich op een stoel zakken. 'Na alles wat Ezra heeft moeten doormaken, heeft zijn ziel eindelijk rust gevonden,' zei de rabbijn in een poging haar te troosten.

En toch wilde Evelina het nog steeds niet geloven. Ze kón het niet geloven. Het kón niet waar zijn dat Ezra dood was. Er moest een vergissing in het spel zijn. Verdwaasd fietste ze even later naar huis. De schoonheid van de rijstvelden, de olijfgaarden riep verontwaardiging in haar op. Hoe was het mogelijk dat de wereld gewoon doordraaide als Ezra daar niet langer deel van uitmaakte? Bij thuiskomst ging ze niet naar binnen, maar liep ze de tuin in, naar de kapel. Daar knielde ze voor het altaar. 'U hebt in Uw wijsheid besloten Bruno thuis te halen, Heer. En blijkbaar vond U dat ook Ezra's tijd hier op aarde ten einde was. Maar ik kan zonder hem niet leven. Maak dat de rabbijn het bij het verkeerde eind had, Heer. Maak dat Ezra nog leeft. En dat hij bij me terugkomt.'

Een week later stond Romina aan de deur van Villa L'Ambrosiana. Ze was erg veranderd. Niet langer het mollige jonge meisje dat met Bruno in de tuin had gespeeld, maar een vrouw met een getekend gezicht en ogen waarin de angstige blik getuigde van de onuitsprekelijke gruwelen die ze had doorstaan. Ze had niets meer en was moederziel alleen op de wereld. 'Ik wist niet waar ik heen moest,' zei ze toen Artemisia haar mee naar binnen nam. 'Ik heb niets meer. Ik ben alles en iedereen kwijtgeraakt.'

Artemisia pakte haar hand. Ze zou nooit vergeten hoeveel Romina van Bruno had gehouden. 'Je hebt óns,' zei ze dan ook. 'En je kunt hier net zo lang blijven als je wilt.'

Evelina hielp haar moeder om te zorgen dat Romina weer aansterkte. Dat was wel het minste wat ze kon doen na de liefde waarmee het voormalige kindermeisje Bruno in zijn korte leven had omringd. Een tijdlang ontleende ze zelfs een zekere mate van troost aan de zorg voor Romina. Die gaf haar een reden om 's ochtends uit bed te komen; een stimulans om niet bij de pakken neer te gaan zitten. Het was goed om iets te kunnen betekenen voor een ander. Romina praatte nooit over het kamp. Dat kon ze niet. En hoewel Evelina duizend-en-een vragen had, hield ze zich in. Romina was zwijgzaam, in zichzelf gekeerd; ze zat met haar borduurwerk bij de haard of ze wandelde in de tuin, genietend van de geuren en de kleuren, van het leven dat alles wat groeide en bloeide doortrilde en dat voelde als balsem op haar gebroken ziel.

Maar terwijl ze zag hoe Romina geleidelijk aan sterker werd, geloofde Evelina niet dat háár gebroken ziel ooit zou helen. Met het verlies van Ezra was ze ook haar reden om te leven verloren. Ze voelde zich een lege huls. Traag, als verdoofd vervulde ze haar taken, maar zelfs ademen deed ze alleen uit gewoonte. De dagen leken eindeloos en waren doelloos geworden. Ze was niet meer dan een schim van wie ze ooit was geweest. Benedetta, die inmiddels met Gianni in Vercellino woonde, was opnieuw zwanger. Er werd afgesproken dat Romina haar zou helpen met de zorg voor de kinderen. Iets wat Romina maar al te graag deed, want ook zij moest opnieuw een doel in haar leven zien te vinden. En zo kwam het dat Evelina alleen achterbleef in de villa, met niets omhanden. Dat was het moment waarop ze besefte dat ze een keuze moest maken. Ze kon zich blijven vastklampen aan het verdriet om haar verloren liefde, of ze kon zichzelf bij de kraag grijpen en weigeren haar leven door het verlies van Ezra kapot te laten maken.

Ze koos voor het laatste en schreef een brief aan tante Madolina, waarin ze vroeg of het aanbod om bij haar in New York te komen wonen nog steeds gold. Toen haar tante enthousiast reageerde, vertelde Evelina haar ouders over haar plannen. Die zagen geen reden waarom ze níét naar Amerika zou gaan. Sterker nog, ze moedigden het aan. Misschien zou ze in Amerika meer kans hebben om opnieuw te beginnen, hoopten Tani en Artemisia. Misschien zou ze daar weer een doel in het leven weten te vinden, een reden om gelukkig te zijn.

Even na Kerstmis stapte Evelina op de boot. Terwijl ze aan de reling stond, zag ze de kustlijn van haar vaderland steeds verder in de mist verdwijnen, en daarmee de hoop die ze zo lang had gekoesterd. Ezra was er niet meer. Ze keek omhoog, naar de lucht. Dikke grijze wolken hingen aan de sombere winterse hemel. Maar ze ging niet op zoek naar leeuwen of tijgers. Van nu af aan waren wolken gewoon wolken. Het was gedaan met de magie, de verbeelding. Die was met Ezra verloren gegaan, en daarmee was het leven kleurloos geworden, was de muziek, de betovering eruit verdwenen. Haar toekomst was ingrijpend veranderd. Dat zou ze moeten accepteren. Want dat was de enige manier waarop het leven misschien ooit weer zin zou kunnen krijgen.

DEEL TWEE

The Hamptons, New York, 1980

Evelina merkte dat het verleden steeds meer aan haar begon te trekken. Wat aanvankelijk nog een lichte weemoed was geweest die herinneringen opriep aan Villa L'Ambrosiana, aan Nonna Pierangelini en Costanza, aan haar ouders en Benedetta, had zich ontwikkeld tot een obsessie die haar dwong terug te denken aan wat ze hardnekkig had geprobeerd achter zich te laten. De herinneringen die daarbij naar boven kwamen benamen haar soms de adem, want ze waren verbonden met gevoelens van afschuw, verbittering. Waarom werd ze na al die jaren in Amerika nog altijd achtervolgd door herinneringen aan een ver verleden? Herinneringen die naar boven kwamen als doden die oprezen uit hun graf?

Ze had in geen jaren meer echt aan Bruno gedacht. Natuurlijk wel vluchtig, in de vorm van beelden – Bruno die lachend door de sneeuw rende of met zijn hond speelde – als oude filmrollen met daarop telkens weer dezelfde scènes. Maar ze had niet dieper willen graven, want wat onder die vrolijke beelden lag, was rauw en duister; te pijnlijk, te confronterend. Ze wilde niet denken aan de nacht waarin hij overleed, aan zijn bijzetting in de familiecrypte, aan het besef dat ze zonder hem verder moesten, waarmee ze allemaal hadden geworsteld.

Om diezelfde reden dacht ze nooit aan die ochtend waarop ze had gehoord dat Ezra gevangen was genomen. Als ze zichzelf toestond om zelfs maar even bij dat verschrikkelijke moment stil te staan, zou de herinnering aan het gesprek met rabbijn Isaac Castello zich aan haar opdringen, en ze zou het niet kunnen verdragen opnieuw te horen wat hij destijds had gezegd. Zijn woorden waren nog altijd dodelijk als messteken en zouden haar nog net zo diep verwonden als die eerste keer.

En ondanks het feit dat ze ervoor terugdeinsde om in haar verbeelding het duistere pad te volgen naar de gruwelen die zich in de kampen hadden afgespeeld, had ze gedreven door een macabere nieuwsgierigheid toch een boek gekocht van een Italiaanse auteur, Primo Levi, die in *Is dit een mens* zijn ervaringen in Auschwitz beschreef.

Met het boek diep weggestopt in haar tas, als een kostbare maar verboden schat, ging ze naar huis, naar het appartement in Manhattan. Toen iedereen de volgende dag de deur uit was – de kinderen op school en Franklin, haar man, naar zijn werk – ging ze op bed liggen en begon ze te lezen. Al bij de vierde bladzijde was ze zo verblind door tranen dat ze de letters niet meer kon onderscheiden. Levi's verhaal vertoonde zo veel overeenkomst met dat van Ezra dat ze die twee niet meer los van elkaar kon zien. Hadden ze elkaar ontmoet? In Italië, toen ze bij de partizanen vochten? Of later, in het kamp? De ervaringen die Levi beschreef, maakten des te meer indruk door de manier waarop hij erover schreef, ontdaan van elke emotie, en ze gingen verder dan alles wat Evelina zich ooit zou hebben kunnen voorstellen. Nu ze dit schemerige pad was ingeslagen, was er geen weg terug. Wat ze had gelezen, zou ze nooit meer kunnen vergeten of ontkennen.

Ze verstopte het boek onder de matras, en een paar dagen later dompelde ze zich tegen beter weten in opnieuw onder in de gruwelen die ook Ezra mogelijkerwijs had ondergaan. Hij zou niet willen dat ze er kennis van nam; daar was ze zich van bewust. Door haar ervaringen in het vluchtelingenwerk, waarbij ze immigranten uit Europa had geholpen die zich na de oorlog in Brooklyn hadden gevestigd, wist ze dat gesprekken met buitenstaanders over wat er in de kampen was gebeurd, werden gemeden. Evelina had hen er onderling wel over horen praten en soms flarden van gesprekken opgevangen, maar het boek vertelde het hele verhaal. De onverkorte waarheid die ze niet zou hebben geloofd als Levi er niet zo moedig getuigenis van had afgelegd. Wat hij beschreef ging verder dan alles wat zij ooit had meegemaakt; verder dan haar ergste nachtmerries.

Ze was drieënzestig. Nog niet oud. Toch voelde ze hoe met elk jaar dat verstreek, de druk van haar herinneringen zwaarder werd. Naarmate hun drie kinderen steeds meer hun eigen leven gingen leiden, waren Franklin en zij in toenemende mate opnieuw op elkaar aangewezen. Ze hadden samen veel gereisd, in Europa en Zuid-Amerika, en heel wat van de wereld gezien. En in alle jaren van hun huwelijk was hun liefde alleen maar sterker geworden. Evelina hield nog altijd van Ezra. Dat zou nooit veranderen. Maar ze hield ook van Franklin. Ze had ontdekt dat een vrouw van twee mannen tegelijk kon houden. Dankzij de wijsheid die komt met de jaren, had ze geleerd dat de liefde vele gezichten kende.

Franklin was nu zevenenzeventig, maar door zijn slechte gezondheid lichamelijk een stuk ouder. Ze reisden niet langer. Althans, ze maakten geen verre reizen meer. Tante Madolina had een huis in de Hamptons, en daar kwamen ze graag. Het lag dicht bij het strand, en ze genoten van de rust van de zee, van de vogels die op het strand en in de golven naar voedsel zochten.

Dit jaar had Madolina hen uitgenodigd om met Thanksgiving een paar dagen te komen logeren. Natuurlijk samen met oom Topino en met Dan, die na Jennifer alweer een reeks van vriendinnen had versleten. Aldo en Lisa vierden Thanksgiving bij haar familie, en Alba, Madolina's dochter die inmiddels voor de derde keer was getrouwd, woonde tegenwoordig in Colorado. Ava-Maria had een nieuwe vriend, met wie het serieus leek te zijn, en ze had besloten hem met Thanksgiving aan de familie voor te stellen. Evelina had zo'n vermoeden dat hun dochter eindelijk in het huwelijksbootje zou stappen. In de ogen van Franklin was een man die met Ava-Maria durfde te trouwen, een held. Moedig, maar ook óvermoedig.

Hoewel ze al in de negentig was, wees niets erop dat Madolina het rustiger aan deed. Ze was nog net zo scherp en alert, nog net zo eigenzinnig en direct als altijd, niet zelden op het botte af. Soms leek het alsof haar wandelstok moeite had om haar bij te houden. Ze vond het heerlijk om gasten te ontvangen. En dat kon ze ook gemakkelijk doen, want ze had een Latijns-Amerikaans echtpaar in dienst dat kookte en de huishouding deed. Miguel en Monica woonden in de aanbouw en waren daardoor altijd beschikbaar.

Het huis was een prototype van de klassieke 'Hamptons-cottage': lichtgrijs gepotdekselde muren bekroond door een pannendak, witte luiken en raamlijsten en een rond 'ossenoog', helemaal boven in de driehoekige gevelspits dat uitkeek over zee. De kamers waren licht en ruim, en vanaf de brede veranda liep je de weelderige tuin in. In november waren de hortensia's allang uitgebloeid en hadden de bomen hun blad verloren. De harde wind uit zee was kil en vochtig, maar binnen brandden de open haarden, en de centrale verwarming loeide. Voor Madolina mocht het 's winters niet te koud zijn, en 's zomers niet te heet. Miguel en Monica deden er dan ook alles aan om te zorgen dat de temperatuur precies goed was.

In de salon stond de met fluweel beklede kaarttafel al klaar voor de traditionele partij schaak tussen Topino en Franklin. En zoals altijd verklaarden beiden dat ze niet in vorm waren. 'Je speelt me moeiteloos van het bord,' zei Franklin terwijl hij ging zitten.

'Ik ben bang dat het andersom is, beste kerel. Dat je me in een ommezien hebt verslagen,' somberde Topino. 'Ik begrijp eigenlijk niet waarom we de moeite nog zouden nemen.'

In werkelijkheid deden ze in scherpte en rivaliteit niet voor elkaar onder, met als gevolg dat de partij vaak uren, soms zelfs dagen in beslag nam.

Het was bijna tijd voor de lunch toen Dan en Ava-Maria hun – luidruchtige – entree maakten, samen met Jonathan, Ava-Maria's vriend. Haar stem schalde door het huis. 'We zijn er! Mam, pap, Madolina, Topino!'

Madolina, die bij de haard zat te dommelen, schrok wakker. 'Lieve hemel, wat is dat voor hels kabaal?'

'Blijf jij maar zitten, Madolina.' Evelina legde haar borduurwerk neer en stond op. 'Daar zijn Ava-Maria en Dan.'

'En de nieuwe vriend. Ik ben reuzebenieuwd! En ik heb nu al met hem te doen.' Madolina grijnsde.

Franklin en Topino zetten hun partij tijdelijk stop.

Met haar jas nog aan kwam Ava-Maria de kamer binnen. Er lag een blos van opwinding op haar wangen, wat haar blauwe ogen nog sprekender maakte. 'Wat fijn om jullie allemaal weer te zien!' Ze viel haar moeder om de hals. 'En om Jonathan aan jullie voor te stellen! Waar ben je? Jonathan!' Het duurde niet lang of hij verscheen in de deuropening, met Dan in zijn kielzog.

'Hij is in elk geval gehoorzaam,' zei Madolina op gedempte toon.

'Jonathan, mag ik je voorstellen...' Ava-Maria presenteerde

hem met trots aan haar moeder, haar vader en Topino.

'Oom Topino! Ik heb al zo veel over u gehoord,' zei Jonathan terwijl hij hem de hand schudde.

'Je moet niet alles geloven wat Ava-Maria zegt,' merkte Topino op. 'Ze bekijkt de wereld door een roze bril.'

'En mij dus ook. Daar bof ik mee.' Jonathan schonk haar een verliefde glimlach, die Ava-Maria stralend beantwoordde.

'Geniet ervan,' zei Topino. 'En laten we hopen dat het zo blijft.'

Als laatste stak Madolina hem de hand toe. 'Ik wou dat ik kon zeggen dat we ook veel over jou hebben gehoord, Jonathan. Maar Ava-Maria heeft je helemaal voor zichzelf gehouden. En dat zijn we niet van haar gewend.'

Ava-Maria schoot in de lach. 'Dat is niet waar, tante Madolina. Ik wilde gewoon dat jullie zelf konden oordelen. Onafhankelijk. Zonder door mij te zijn beïnvloed.'

'Dat zou ik toch wel hebben gedaan,' zei Madolina. 'Welkom in de familie, Jonathan. Leuk om je te leren kennen. Ik bewonder je moed dat je het met Ava-Maria aandurft.'

Topino haalde zijn schouders op. 'En met ons allemaal. Daar is nog veel meer moed voor nodig.'

Jonathan moest lachen. 'Als haar familie iets over haar zegt dan vind ik Ava-Maria nu nóg leuker.'

'Zo mag ik het horen!' verklaarde Evelina.

Franklin deed een stap naar voren. 'Schaak je?'

'Jazeker.' Jonathans blik ging naar het bord.

'Mooi zo. Topino en ik hebben er onderhand genoeg van om altijd tegen elkaar te moeten spelen.'

Topino schonk Franklin een grijns. 'Ik zou het nog sterker willen zeggen. Ik heb er schóón genoeg van. Maar ja, Jonathan, het is nu eenmaal traditie. Een doodvermoeiende traditie waar we niet mee durven te breken. Elk jaar opnieuw zitten we tegenover elkaar aan het bord, en elk jaar doen we ons uiterste best om de ander in te maken. Met boter en suiker! Maar het lukt nooit. Dus misschien kun jij ons nog wat leren.'

'Geloof er maar niks van.' Ava-Maria pakte Jonathans hand en troonde hem mee naar de deur. 'Het zijn dikke vrienden. Ze genieten van hun potje schaken. Die hulpeloosheid is gespeeld. Kom, dan laat ik je zien waar je slaapt. Jonathan krijgt de blauwe kamer, tante Madolina?'

'Dat klopt. Zolang het nog niet officieel is, slaapt hij in de blauwe kamer,' riep Madolina haar na.

Ondertussen liet Dan zich op de bank ploffen. 'En? Wat vind je?' vroeg hij aan zijn moeder.

'Hij is knap,' antwoordde Evelina. En dat klopte. Jonathan had een aardig, open gezicht, een humoristische glimlach, een regelmatig gebit en sprekende zachtgroene ogen die twinkelden achter zijn brillenglazen.

'Bedenk wel waar je aan begint, Topino, als je hem voor een partij schaak uitnodigt,' waarschuwde Dan. 'Jonathan is waanzinnig slim. Hij heeft bedrijfskunde gestudeerd aan Harvard.'

'Een studie bedrijfskunde wil nog niet zeggen dat hij goed kan schaken,' zei Topino. 'Maar het bewijst wel dat hij slim is. En dat moet je zijn om te kunnen schaken.'

'Is hij bankier?' vroeg Madolina.

'Investeringsbankier,' antwoordde Dan.

Franklin trok een wenkbrauw op. 'Mooi zo. Dan krijgt ze het goed bij hem. Ze boft.'

'O, Franklin,' zei Evelina. 'Hij boft net zo goed met haar. Ava-Maria is een schat. Het zonnetje in huis.'

'Zeg dat wel,' viel Topino haar bij. 'Net als haar moeder.' Hij keerde zich met een warme blik in zijn ogen naar Evelina.

Die glimlachte.

'Ik zou bijna zeggen dat jij de wereld door een roze bril bekijkt, Topino,' zei Dan grinnikend.

'Niet als het gaat om de vrouwen in jouw familie,' protesteerde die. 'Maar wat de rest van de wereld betreft, is een roze bril nog niet zo gek. Waarom zou je genoegen nemen met grijs en grauw als je ook een regenboog kunt zien?'

Franklin en Topino hervatten hun partij. En in nieuwsgierige afwachting van Ava-Maria en Jonathan raakte Dan met zijn moeder en Madolina aan de praat. 'Hoe staan de zaken ervoor bij jou?' vroeg die laatste. 'Je komt elke keer met een andere vriendin aanzetten. Wordt het niet eens tijd dat je er een vindt om oud mee te worden?'

Hij schoot in de lach. 'Daar heb ik nog geen haast mee, tante. Ik hecht aan mijn vrijheid.'

'Pas maar op. Je bent al dertig. Als je nog lang wacht, willen de vrouwen je niet meer.'

'De jonge mensen van tegenwoordig hebben geen haast om te trouwen,' zei Evelina. 'Benedetta trouwde op haar twintigste. Boven de twintig gold toen al bijna als te oud.'

'Jij trouwde op je dertigste,' hielp Madolina haar herinneren. 'Maar dat kwam door de oorlog. Anders was je waarschijnlijk ook op je twintigste getrouwd.'

'Tja, als de oorlog er niet was geweest, had ik waarschijnlijk een heel ander leven gehad.' Evelina dacht aan Ezra en keek naar de twee mannen aan het schaakbord.

Net op dat moment sloeg Topino zich lachend op de dijen. 'Arme kerel. Dat was een gok die je nam, maar het pakte niet goed uit.'

Franklin keerde zich met een glimlach naar Evelina. 'Hij veegt de vloer met me aan,' klaagde hij.

'Het zal wel meevallen,' zei ze. 'Dat zeg je altijd.'

Toen Jonathan en Ava-Maria eindelijk weer beneden kwamen, besloot Madolina dat het tijd werd om iets in te schenken. Topino had Franklin schaakmat gezet, en de twee mannen schudden elkaar de hand.

'Je bent me de baas,' zei Franklin.

'Onzin,' protesteerde Topino. 'Ik heb gewoon net iets meer geluk gehad.'

Franklin fronste zijn wenkbrauwen. 'Bij schaken bestaat er niet zoiets als geluk.'

'Volgens sommigen geldt dat voor alles in het leven,' merkte Topino op. 'Geluk heb je zelf in de hand. Hoe dan ook, in het grote spel van het leven voel ik me een winnaar. Als ik iets te drinken had zou ik daar het glas op heffen.'

Franklin liep naar de hoek met de drank en trok een fles wijn open. Jonathan dronk geen alcohol. Ava-Maria en hij namen cola met een schijfje citroen, en Dan gaf de voorkeur aan een biertje. Na de lunch ging Franklin naar boven om te rusten. Hij werd snel moe en wilde zijn krachten sparen voor het diner. Madolina nestelde zich weer bij de haard. Ze zou nooit hebben toegegeven dat ze moe was; een siësta was iets voor Spanjaarden, voor zieken en voor wie oud en der dagen zat waren. Zij viel in geen van die categorieën. Ava-Maria, Dan en Jonathan installeerden zich voor de televisie om een video te kijken.

Topino vroeg aan Evelina of ze zin had in een wandeling.

Even later liepen ze de tuin in, naar het strand. Evelina had een wollen muts op, haar jas was gevoerd met schapenvacht. Topino droeg zijn onafscheidelijke sjofele overjas en een muts van konijnenbont die hij aan het eind van de oorlog van een Russische soldaat had gekregen.

Het was pas halverwege de middag, maar toch begon het al donker te worden. Dikbuikige paarse golven zeilden langs de hemel als lompe schuiten op een transparante zee. De zon zakte steeds lager en dompelde de horizon in een roze gloed. Bij de duinen gekomen gaven ze elkaar een arm, als een oud getrouwd stel. Samen liepen ze naar beneden. De wind had rimpelingen gemaakt in het zand, en het pad werd omzoomd door hoog helmgras; de pollen zagen eruit als de plukjes haar op het gezicht van een oude man die zich niet meer om zijn uiterlijk bekommerde. Steunend op elkaar bereikten ze ten slotte het strand, dat er zo goed als verlaten bij lag. Ze bleven even staan om te genieten van het zonlicht, dat betoverend op de golven danste, van de sternen met hun oranje snavel die in het ondiepe water naar vis speurden.

Geruime tijd zwegen ze allebei. Want ze voelden zich volmaakt bij elkaar op hun gemak, ook zonder dat er werd gesproken. Ze hadden genoeg aan de zee en de wind, aan hun eigen gedachten. Terwijl ze verder liepen keek Topino uiteindelijk glimlachend opzij. 'Volgens mij is Jonathan de ware.'

'Is het niet een beetje vroeg voor die conclusie?'

'Ik kan aan iemands gezicht zien wat voor vlees ik in de kuip heb. En Jonathan heeft een aardig gezicht.'

'Mijn grootmoeder had dat met snorren.'

'Echt waar?'

'Ja, daar was ze heel stellig in.'

'Wat vond ze van Hitler?'

'Daar moest ze meteen al niks van hebben. En van Stalin ook niet.'

'Dat had ze dan goed gezien. Ongelooflijk, zo'n profetische gave.'

Evelina moest lachen. 'Bij Benedetta's eerste man had ze het ook goed gezien. Francesco sloeg haar.'

'Dat deugt niet.'

'Nee, dat deugt zeker niet. En Nonna Pierangelini zei dat hij ook niet deugde. Meteen de eerste keer dat ze hem zag. Dat wist ze dankzij zijn snor. Die was veel te keurig en te netjes.'

'Daar zat waarschijnlijk wel iets in.'

'Jonathan heeft gelukkig geen snor.'

'We leven in de jaren tachtig. De smaak van mannen is er enorm op vooruitgegaan.' Hij grijnsde. 'Heb je wel eens gezoend met een man die een snor had?'

'Nee, en ik denk niet dat ik dat prettig zou hebben gevonden.'

'Franklin heeft nooit een snor gehad?'

'Wat denk je zelf?'

Ze schoten in de lach.

'Ik mag Jonathan wel,' zei Topino toen ernstig. 'Ik denk dat Ava-Maria een goeie aan hem heeft. Ze heeft een sterke man nodig, en dat is hij. Sterk, maar liefdevol. Hij is een goed mens. En daar gaat het om.'

'Precies. Mensen zijn altijd op zoek naar schoonheid. Ze kijken vaak alleen naar het uiterlijk. Maar schoonheid vergaat. Of je raakt eraan gewend, en dan zie je het niet meer. Het gaat erom hoe iemand is. Vanbinnen. Want dat verandert niet. Dat blijft.'

'Franklin is een goed mens.'

'Nou en of. Daar ben ik heel dankbaar voor.'

'Als er iemand dankbaar mag zijn, is hij het.'

Ze gaf hem een por. 'Dat is echt weer iets voor jou om dat te zeggen.'

'Jij bent ook een goed mens, Eva. En een goede echtgenote. Je had ook andere keuzes kunnen maken, maar dat heb je niet gedaan. Dus ik meen het, Franklin mag zich gelukkig prijzen dat hij jou heeft.'

'Ik vergeet nooit wat tante Madolina tegen Alba zei. Dat we in het leven niet altijd krijgen wat we willen. En dat het leven daarvoor ook niet is bedoeld. Dat we moeten accepteren dat sommige dingen simpelweg niet voor ons zijn weggelegd. Naarmate ik ouder word, besef ik steeds beter hoe wijs die woorden waren. Het leven is een leerschool. Dat kan niet anders. Want wat is de zin van het leven, anders dan om een spirituele groei door te maken? Als we alles hadden wat we wilden, als we altijd alleen maar gelukkig waren, dan zouden we niet de kans krijgen om te groeien. Dan zou alles om óns draaien. Dan zouden we alleen maar aan onszelf denken, aan het bevredigen van onze eigen verlangens. Maar door het lijden verwerven we diepgang. Het lijden leert ons de betekenis van compassie, leert ons begrip te hebben voor de pijn en het verdriet van anderen. Daar worden we betere mensen van. Bruno's overlijden heeft me veranderd. Zijn dood heeft me tot in het diepst van mijn ziel geraakt, dieper dan ik tot op dat moment ooit in mezelf was afgedaald. Die ervaring heeft een beter mens van me gemaakt. Dat weet ik zeker. De schaduwen werden langer, donkerder, maar daardoor was ik me sterker bewust van het licht. Ik ben nog beter gaan beseffen hoe kostbaar de liefde is, want die beschouwde ik voor Bruno's dood als iets vanzelfsprekends, als iets waar ik recht op had.'

Topino legde een hand op de hare. 'Dat heb je mooi gezegd.'

Evelina glimlachte verlegen. 'Wat denk jij? Heeft het lijden zin? Is er een reden waarom de mens moet lijden?'

'Ik denk dat het leven beter te dragen is wanneer je gelooft dat het lijden zin heeft, dat er een reden voor is. Of dat wel of niet zo is, dat durf ik niet te zeggen. En het maakt ook eigenlijk niet uit. Maar als het leven draaglijker wordt door het geloof dat alles een betekenis heeft, dat niets zonder reden gebeurt, dan kan dat nooit verkeerd zijn.'

'Wat geloof jíj?'

Hij zuchtte. 'Na de oorlog heb ik me heel lang van God afgekeerd, dat weet je. Ik was zoals zovelen van mijn geloof gevallen. Maar inmiddels ben ik ouder en wijzer, en nu denk ik daar anders over. Als ik naar een hemel kijk zoals deze, dan kan ik niet anders dan in een hogere macht geloven. Kijk eens hoe prachtig de lucht is. Al die tinten rood en goud. Dat stralende, onschuldige blauw.' Ze bleven staan en keken naar de horizon. 'God is liefde, en overal waar schoonheid is, daar is liefde. Bovendien is "God" in mijn ogen niet de juiste benaming. Ik denk liever in termen van een goddelijke macht waarvan we allemaal deel uitmaken. Iedereen, niemand uitgezonderd. Ongeacht ras, geloof, we maken allemaal deel uit van iets wat oneindig veel groter is dan wij, en toch zien we onszelf als afzonderlijke individuen, geïsoleerd en alleen. Maar we zijn niet alleen. Onze ziel is een goddelijke vonk. Ergens in het universum brandt een reusachtig vuur, en daar zijn we allemaal, ieder voor zich, naar op weg.' Hij grinnikte. 'Dat is wat ik geloof. Maar ik weet het natuurlijk ook niet zeker. Wat ik wel weet, is dat jij een deel van mij bent.' Hij drukte haar arm met de zijne. 'En dat zul je altijd blijven.'

'En jij van mij. Hoe ouder ik word, hoe meer ik me bewust ben van de waarde en de betekenis van echte vriendschap.'

'We hebben een lange weg afgelegd, jij en ik.'

'Dat hebben we zeker.'

'Franklin is niet de enige die boft. Ik bof ook dat ik je heb gevonden.'

'Als ik niet uit Italië was weggegaan, als ik niet naar New York was gekomen, dan had ik je nooit gevonden.'

'Ik heb jou gevonden.'

'Nee, ik heb jou gevonden.'

'Laten we het erop houden dat we elkaar hebben gevonden. Geholpen door het toeval.'

'Dat was geen toeval. Dat was het lot.'

'Of het universum. Of hoe je het ook wilt noemen.'

'Het heeft zo moeten zijn.'

'Inderdaad. Het heeft zo moeten zijn.'

Evelina keek naar hem op, haar ogen straalden van liefde. 'Ik ben zo dankbaar dat ik hier ben, samen met jou.'

'Ik ook.'

‘Wie had dat ooit kunnen denken? Dat ik de liefde zou vinden, juist door het verlangen om die achter me te laten?’

‘Dat klinkt als een raadsel.’

‘Dat is het ook. Een mysterie. Een paradox. We zijn overeind gebleven. Tegen alle verwachtingen in.’

‘Je hebt me eigenlijk nooit verteld over die eerste jaren. Toen je net in New York was aangekomen.’

‘O nee?’

‘Nee. Ik weet dat je in Genua op de boot bent gestapt. Maar hoe ging het toen verder?’

‘Wil je dat echt weten?’

‘Ja, dat wil ik heel graag weten. Vertel! Er is hier toch verder niks te doen. Dus ik luister.’

‘Oké.’

‘Hoe was het om hier aan te komen vanuit een land dat door de Duitsers bezet was geweest? Wat had het universum voor je in petto toen je je eerste stappen zette op de weg die uiteindelijk naar mij zou voeren?’

10

New York, 1946

Peppino en Madolina Forte woonden in een grote stadsvilla, opgetrokken uit bruine baksteen, aan een met bomen omzoomde straat in Brooklyn vlak bij Prospect Park. Peppino had een bloeiend bedrijf dat airconditioners maakte. In de dertig jaar dat hij inmiddels in Amerika woonde, was hij erin geslaagd een royaal belegde boterham te verdienen. De zomers in New York waren ondraaglijk heet, zei hij tegen Evelina. Dus iedereen had airco nodig. De vraag was zo groot dat hij er amper aan kon voldoen, vertelde hij trots. Iedereen wilde een airconditioner uit zíjn fabriek, want die gold als de meest betrouwbare. Net als zijn bedrijf was ook zijn bankrekening gestaag gegroeid. Van hun eerste huis in Amerika, een kleine bovenwoning aan het spoor, waren Madolina en hij steeds groter gaan wonen, en uiteindelijk hadden ze het huis van Madolina's dromen gekocht in de duurste wijk van Brooklyn. Geleidelijk aan waren ook Madolina's sieraden groter en opzichtiger geworden, en haar bontmantels chiquer, exclusiever. Dat alles weerspiegelde hun maatschappelijke status. Peppino was trots op zijn rijkdom en hij mocht er graag mee pronken. Amerika was het land van de onbeperkte mogelijkheden, en hij beschouwde zichzelf als een van de vele succesverhalen onder de Italiaanse immigranten; de belichaming van de Amerikaanse droom, het bewijs dat een mens door hard werken wist op te klimmen op de maatschappelijke ladder. Hoe meer zijn vrouw schitterde en flonkerde, hoe kostbaarder de bontjassen die haar 's winters warm hielden, hoe Amerikaanser hij zich voelde. Want dat was wat Peppino Forte dreef bij het gestaag vergaren van rijkdom: hij wilde zich Amerikaan kunnen voelen.

Naast haar ondernemende echtgenoot speelde Madolina niet bepaald de tweede viool. Integendeel. Ze had op eigen kracht een succes van haar leven gemaakt. Geducht en onbevreesd als ze was, droeg Madolina het hart op de tong, en door de stelligheid waarmee ze hardop zei wat ze dacht, werd er naar haar geluisterd. Zo had ze zich ontwikkeld tot een prominente figuur in de kringen waarin ze verkeerde. Niemand kon om haar heen, en ze genoot ervan overal haar stem te laten horen. Ze organiseerde ontvangsten bij haar thuis, voor de vrouwen uit de buurt, waar geen onderwerp taboe was, van politiek tot vrouwenrechten, maar waar ook werd gekaart en waar inzamelingsacties werden opgezet voor de armen, met name voor de immigranten die aan de Jodenvervolging in Europa hadden weten te ontsnappen. Daarnaast had ze een wekelijks radioprogramma op de plaatselijke zender dat erg veel luisteraars trok. In *Mamma Forte*, zoals het programma heette, besprak ze de meest uiteenlopende vrouwenzaken, van tips voor de bereiding van de perfecte pizza tot geslachtsgemeenschap voor het huwelijk, van ongehuwd samenwonen tot adviezen voor het combineren van een baan, kinderen en het huishouden. Madolina had overal een mening over, en die mening was doorgaans verrassend eigentijds en ruimdenkend voor een katholieke vrouw van haar generatie. Met als gevolg dat niet iedereen het altijd met haar eens was. Het radiostation had zelfs een secretaresse in dienst moeten nemen om alle post te verwerken die binnenkwam in reactie op *Mamma*

Forte. Madolina had geen moeite met kritiek. Integendeel, daar genoot ze van. Boze brieven en brieven waarin luisteraars hun bijval betuigden of hun waardering uitspraken, ze las ze met hetzelfde plezier. Want uiteindelijk ging het erom het debat op gang te brengen, en dan niet alleen over de gemakkelijke, niet-controversiële onderwerpen. Haar felste criticaster was pastoor O'Malley van de katholieke gemeenschap in Brooklyn. Hij sloeg geen uitzending over, en hij ontstak telkens weer in hevige verontwaardiging. Het ging zelfs zo ver dat hij haar na de zondagse mis staande hield om zijn mening te ventileren over de schandalige beweringen die ze nu weer had gedaan. Dan luisterde Madolina geduldig, want ze was een vroom katholiek. Maar het viel niet mee om trouw te blijven aan zichzelf én aan de Kerk, die ze als hopeloos ouderwets beschouwde. Soms was het simpelweg onmogelijk om twee heren te dienen. En in dat geval koos ze zonder aarzelen voor zichzelf. Uiteraard tot hevige consternatie van pastoor O'Malley. Er was moed voor nodig om de strijd aan te gaan met de Kerk, maar Madolina kende geen angst. Ze hield vast aan haar koers. Daar liet ze zich door niemand van afbrengen. Zelfs niet door de Almachtige.

Madolina had weinig slaap nodig. Elke ochtend om vijf uur stond ze naast haar bed. Ze was één brok energie, vastbesloten om het leven boeiend te maken, om te zorgen dat het vervulling schonk, en om daarbij zo veel mogelijk anderen te helpen die het minder goed hadden getroffen. Deze wervelwind van bedrijvigheid was Evelina's eerste kennismaking met het Amerikaanse leven. En daar was ze blij om, want het was precies de afleiding die ze nodig had om over haar grote verlies heen te komen.

Madolina en Peppino hadden drie kinderen, een zoon en twee dochters. De inmiddels dertigjarige Joseph was na zijn afstuderen als ingenieur naar Australië vertrokken, met een Australische getrouwd en woonde met zijn gezin in Sydney. Hij had zich aangesloten bij een ingenieursbureau en was betrokken bij de belangrijkste bouwprojecten van de stad. Jane, de oudste dochter, was activiste. Ze had haar moeders gedrevenheid en haar vaders zakeninstinct geërfd, maar zich afgekeerd van het Italiaanse erfgoed van haar ouders. In haar streven om in alle opzichten een echte Amerikaanse te zijn had ze haar Italiaanse temperament verdrongen. Ze was getrouwd met een rijke advocaat in Washington, D.C. en zoals dat van een goede Amerikaanse echtgenote mocht worden verwacht, was ze de perfecte gastvrouw voor de collega's en politieke vrienden van haar man. Pasta en gnocchi kwamen niet op het menu, en in hun deftige witte huis in Forest Hills wist de Italiaanse zon niet door te dringen.

Alba, de jongste dochter, inmiddels vijfentwintig, was de tegenpool van haar zus; loom en verwend als een mooie kat die op de vensterbank in het zonnetje lag te spinnen. Ze had geen enkele behoefte om iets te ondernemen of carrière te maken. Haar enige ambitie was trouwen, met een rijke man die bovendien knap, vrijgevig en geduldig moest zijn. Haar voorkeur ging uit naar een Amerikaan met Italiaanse voorouders. Het voorbeeld van haar moeder en haar zus had haar niet kunnen inspireren. Integendeel. Ze had zich van de weeromstuit ontwikkeld tot een jonge vrouw met als enig doel in het leven pronken met haar schoonheid, terwijl ze zich te buiten ging aan elke vorm van frivool vermaak.

Madolina en Peppino hoopten dat Alba en Evelina vriendinnen zouden worden. En dat die vriendschap Alba zou stimuleren om wat meer ambitie aan de dag te leggen. Want Evelina was ontwikkeld, breed geïnteresseerd en nieuwsgierig naar wat er in de wereld omging. Wat Madolina en Peppino niet wisten, dat was dat Evelina geen idee had wat ze met haar leven aan wilde. Alba's ambitie mocht haar ouders dan niet aanstaan, ze wist wél wat ze wilde. En dat kon van Evelina niet worden gezegd.

Bij haar aankomst in Amerika sprak ze nauwelijks Engels, ook al had haar vroegere thuisleraar oprecht zijn best gedaan het haar te leren. Ze had altijd gedacht dat ze alleen Frans nodig zou hebben, en dat beheerste ze vloeiend. Maar het werd haar al snel duidelijk dat ze, om in Amerika een nieuw bestaan op te bouwen, ook het Engels onder de knie zou moeten zien te krijgen. Madolina schrok van dit gebrek in haar opleiding. Ze zorgde dat Evelina direct met Engelse les kon beginnen en vond dat haar broer zijn dochters had verwaarloosd. Tani was alleen maar geïnteresseerd in zijn boeken, mopperde ze. Hij had er als klein jongetje al van gedroomd om schrijver te worden. Met als gevolg dat hij een wereldvreemde kluizenaar was geworden, aldus Madolina. Evelina hoorde het verbaasd aan. Ze had zich nooit verwaarloosd gevoeld, al was het maar omdat ze niet beter had geweten. Maar ze was haar tante dankbaar dat ze vier uur per dag met iets nuttigs bezig kon zijn; iets wat haar afleidde van het verdriet om Ezra. En omdat ze een helder verstand had en hard werkte, begon ze zich het Engels al snel meester te maken.

De Fortes gingen elke zondag naar de mis, en dan stak Evelina een kaarsje op voor zijn ziel, zoals ze dat vroeger had gedaan voor Ezra's behouden terugkeer. Alba praatte over niets anders dan mannen en trouwen, maar Evelina zou nooit meer van een ander kunnen houden. Dat wist ze zeker. Dus van trouwen kon al helemaal geen sprake zijn. Niet dat ze dat tegen haar nichtje zei. Ze kon zich er simpelweg niet toe zetten om over Ezra te praten in de verleden tijd. Zolang ze dat niet deed, kon ze zichzelf voor de gek houden dat hij misschien nog leefde. Ze zou kunnen leven met de gedachte dat zij hem weliswaar voor altijd kwijt was, maar dat hij nog ergens op de wereld rondliep. Het was onverdraaglijk om te erkennen dat hij er niet meer was. En dus stelde ze zich voor dat hij nog leefde, dat hij ergens ver weg een nieuw bestaan had opgebouwd. Dat was de enige manier waarop ze verder kon met haar leven.

In de salon van de Fortes stond een vleugel. Alba speelde bedroevend slecht, Madolina al helemaal niet. Jane had natuurlijk wel gespeeld; dankzij vlijtig oefenen had ze haar ranke slanke vingers soepel en trefzeker over de toetsen laten dansen. Maar nu zweeg het instrument en werd het door het dienstmeisje afgestoft als een fraai, maar nutteloos ornament. Evelina kon zich er niet toe zetten erachter te gaan zitten, in de wetenschap dat de muziek haar mee terug zou nemen naar Villa L'Ambrosiana en naar Ezra; naar een tijd waarin ze boten en beesten in de wolken had gezien en waarin ze als een vogel door valleien en over regenwouden en rivieren was gevlogen. Dat deel van haar was stil en doods geworden, als een boom in de winter. Ze moest zich richten op het heden. Op de werkelijkheid. Haar hart was niet langer tot dromen in staat.

In Alba vond ze een vriendin die voldoende Italiaans sprak om in een mengelmoes van talen met haar te kunnen praten, voordat Evelina het Engels vloeiend beheerste. Ze waren weliswaar erg verschillend, maar daardoor genoten ze des te meer van het nieuwe, het onbekende dat ze in elkaar ontdekten. Evelina vond Alba grappig met haar droge gevoel voor humor, haar verfrissende gebrek aan respect voor gezag en autoriteit. Op haar beurt vond Alba haar Italiaanse nichtje charmant en naïef, zij het ook een beetje excentriek. Ze vond de wereld waarin Evelina was opgegroeid merkwaardig ouderwets, om nog maar te zwijgen van het geïsoleerde bestaan in de afgelegen villa. En ze was gefascineerd door het feit dat haar Italiaanse oom en tante een man voor hun oudste dochter hadden uitgezocht. Evelina moest dan ook telkens opnieuw het verhaal vertellen van de eerste ontmoeting tussen Benedetta en Francesco. Wat Evelina er niet bij vertelde, ook omdat ze daarvoor het Engels nog niet voldoende beheerste, was dat Francesco haar zus had getiranniseerd, en haar zelfs had geslagen. In plaats daarvan zei ze dat Francesco in de oorlog een heldendood was gestorven en dat Benedetta later verliefd was geworden op een partizaan, met wie ze inmiddels was getrouwd.

Alba was een schoonheid. En dat mocht wel een wonder heten. Noch haar ouders noch haar broer en zus waren door de natuur zo rijkelijk gezegend. Haar vader had een stierennek met brede schouders, een bierbuik en kleine wezelachtige ogen; haar moeder was gedrongen, met een zware bouw, een wilskrachtige kin en een stompe neus. Ze waren allebei intelligent, geestig, hartelijk en gastvrij, maar konden met de beste wil van de wereld niet knap worden genoemd. Alba had blijkbaar van beide ouders hun beste kwaliteiten geërfd, die vervolgens dankzij een wonderbaarlijke alchemie hadden geresulteerd in een breed, aantrekkelijk gezicht en een sierlijke, wulpse gestalte. Ze had groene kattenogen, een verleidelijke pruilmond en een bekoorlijk wipneusje. En ook al miste ze de ambitie van haar zus en de intelligentie van haar broer, ze bezat iets wat die twee niet hadden, namelijk charme. Daarmee gewapend was Alba ervan overtuigd dat ze alles in huis had om zich te verzekeren van een toekomst waarin het haar aan niets zou ontbreken.

Evelina wist dat Peppino en Madolina haar ouders hadden beloofd om voor haar te zorgen als voor een eigen dochter. Maar ze wist ook dat ze uiteindelijk in haar eigen onderhoud zou moeten voorzien. Ze was tenslotte geen kind meer. Er mocht van haar worden verwacht dat ze op zoek ging naar werk. Met dat in gedachten stortte ze zich vol overgave op het liefdadigheidswerk van haar tante. Elke dollar die ze voor de Joodse immigranten wist in te zamelen, zou gaan naar gezinnen zoals de Zanotti's.

Als Ercole en Olga naar Ezra hadden geluisterd, zouden ze hier in Brooklyn een nieuw bestaan hebben kunnen opbouwen, geholpen door mensen zoals tante Madolina.

Alba miste Evelina's compassie, maar bijeenkomsten om geld in te zamelen werden bezocht door mensen die dat in ruime mate bezaten, onder wie ook potentiële huwelijkskandidaten. En dus maakten beide nichtjes zich mooi en gingen ze samen op pad. Maar terwijl Alba haar best deed om rijke jongemannen te charmeren, probeerde Evelina op haar beurt om zo min mogelijk op te vallen. Het enige wat háár interesseerde, was het geldbedrag dat aan het eind van de avond werd bekendgemaakt, en het aantal gezinnen dat daarmee in staat zou worden gesteld een nieuw bestaan op te bouwen.

Evelina deinsde terug voor de verhalen die dagelijks naar buiten kwamen over de gruwelen van de concentratiekampen. Ze mocht Italië en de oorlog dan de rug hebben toegekeerd, de oorlog viel zelfs in Amerika niet te negeren. De vluchtelingen die ze door haar liefdadigheidswerk ontmoette, spraken niet over de beproevingen die ze hadden ondergaan. Maar de flarden die ze opving van hun onderlinge gesprekken hielden haar 's nachts uit haar slaap. Bovendien was het Proces van Neurenberg, waarin nazi's terechtstonden voor de gruwelijke misdrijven die ze hadden gepleegd, het gesprek van de dag. Telkens wanneer Evelina erover hoorde of las, gingen haar gedachten naar Ezra, Olga, Ercole, Matteo en Fioruccia. Dan herinnerde ze zich de fascistische parade in Vercellino, waarbij de kinderen Zanotti vol trots over het plein hadden gemarcheerd, en ze kreeg tranen in haar ogen. Ze kon beter geen kranten lezen en niet naar de radio luisteren, maar zich in plaats daarvan concentreren op het heden. Het was zinloos om zich onder te dompelen in verdriet; daarmee kreeg ze haar dierbaren niet terug. En vergeleken met wat al die talloze Joden in Europa hadden moeten doorstaan, was haar gemis, haar verdriet zo onbeduidend dat ze zich er bijna voor schaamde.

Het grote voorbeeld van haar tante was Eleanor Roosevelt. Haar foto stond op Madolina's bureau, in de hal hing haar portret, en Madolina had zelfs een Schotse terriër gekocht, net als haar heldin. 'Ik ken niemand die zelfs maar in haar schaduw zou kunnen staan,' zei ze altijd, en dan volgde een opsomming van de bijzondere kwaliteiten van Eleanor Roosevelt, die zich onvermoeibaar inzette voor de goede zaak en zich niet liet ontmoedigen door tegenwerking of kritiek. Madolina had haar één keer ontmoet, in 1939, tijdens een werkbezoek van de First Lady ter ere van Women's Day. Toen Madolina haar de hand schudde had ze zo veel compassie, zo veel begrip en intelligentie in haar blik gelezen dat ze het gevoel had gehad oog in oog te staan met een engel. Het was een ervaring waarover ze nog altijd gretig vertelde. En dat had ze dan ook al diverse malen gedaan in haar radioprogramma. Ze kreeg er nooit genoeg van om de loftrompet over Eleanor Roosevelt te steken, een voorbeeld van een vrouw die met haar tijd meeging. 'Ze is een bron van inspiratie voor alle vrouwen met ambities die verdergaan dan de keuken en de kinderkamer,' zei ze altijd. Maar haar loftuitingen gingen bij haar dochter het ene oor in en het andere weer uit, want Alba had, behalve trouwen, geen enkele ambitie.

Ondanks de vele rijke mannen die ze ontmoette en die als huwelijkskandidaat in aanmerking kwamen, gaf ze diep in haar hart de voorkeur aan het minder respectabele, het minder plichtsgetrouwe en gewetensvolle type. Alba hield van mannen die gehuld gingen in een aura van gevaar; mannen op motoren, mannen in een leren jack, die bier dronken en marihuana rookten. En ze wist precies waar ze die kon vinden.

Ze leerde Evelina hoe ze zich moest opmaken, ze leende haar de juiste kleren, zodat ze er niet uitzag alsof ze net van de boot uit Italië was gestapt, en dan nam ze haar mee naar clubs waar dixielandmuziek werd gespeeld. Clubs waar ze kon dansen en flirten met het soort jongemannen waarvan haar moeder niets moest hebben. Mannen met een Italiaanse achtergrond en niet zelden connecties bij de maffia.

Evelina ging maar al te graag mee. Na haar afgeschermde jeugd in Villa L'Ambrosiana vond ze Brooklyn opwindend; met zijn drukke, helverlichte straten voelde het als een andere wereld. Ze werd meteen opgenomen in Alba's vriendenkring van gefortuneerde jonge mensen die niets liever deden dan feesten en het geld van hun ouders erdoorheen jagen. Evelina vond het heerlijk om zich uit te leven op de dansvloer en ze genoot van de bewonderende blikken die ze oogstte. Maar zodra een man te veel interesse toonde, sloot ze zich af.

In het voorjaar kreeg Alba verkering. Helaas vertegenwoordigde Antonio Genovese alles wat Peppino en Madolina níét goedkeurden in een huwelijkskandidaat voor hun dochter. Om te beginnen had hij geen 'fatsoenlijke baan', zoals zij het noemden. En hij was ook niet van plan daarnaar op zoek te gaan. Zijn ouders kwamen uit Sicilië, en volgens Antonio werkte hij voor zijn vader, ook al was niet echt duidelijk wat hij precies deed. Hij reed in een hemelsblauwe Buick cabriolet en nam Alba mee naar de drive-inbioscoop, waar hij de stoelen in ligstand zette om beter te kunnen vrijen. 'We hebben het gedaan,' vertelde Alba trots en met een veelbetekenende blik aan Evelina. 'Een man als Antonio Genovese accepteert het niet als hij zijn zin niet krijgt,' zei ze opgewonden. 'Dan ruilt hij je in voor een ander. Voor een meisje dat hem wel zijn gang laat gaan.' Het was zinloos om haar te waarschuwen dat ze voorzichtig moest zijn. Alba zat niet te wachten op goede raad, en bovendien, dacht Evelina, wie was zíj om haar nichtje de les te lezen? Tenslotte had zij zich ook – ongetrouwd – aan Ezra gegeven.

Op een uitzonderlijk hete zaterdag in juni stelde Alba voor om naar Coney Island te gaan. 'Antonio heeft een vriend, dat is wel iets voor jou. Je vindt hem vast leuk. Echt een knappe vent.' Evelina was dol op Coney Island, op het strand, de promenade, de kermis met de meest bizarre attracties, de parades en de optredens van circusartiesten. Zoiets had ze in Italië nooit gezien; een plek die uitsluitend was bedoeld om plezier te maken. En ook al stond ze niet te popelen om kennis te maken met de vriend die wel iets voor haar zou zijn, ze wilde geen nee zeggen, want Coney Island bood haar precies waarvoor ze naar Amerika was gekomen: gelukzalige vergetelheid.

Om vijf uur die middag reed de lichtblauwe Buick voor, met Antonio achter het stuur en met naast hem zijn vriend Mike Herrington. Mike was inderdaad knap, met kort rossig haar en lichtbruine ogen. Zijn zorgeloze glimlach en scherpe hoektanden verleenden hem een ondeugende charme. Anders dan Antonio was hij niet van Italiaanse origine en had hij een echte baan; hij werkte bij een reclamebureau waar hij – in zijn woorden – 'het concept van een gouden jeugd' verkocht aan de jongere generatie. Zoals hij daar zat, met een arm op de raamlijst van het portier en een sigaret tussen zijn vingers terwijl Nat King Cole uit de autoradio klonk, leek hij de belichaming van het concept waarmee hij werd geacht de jeugd te verleiden. Hij oogde zelfverzekerd, al echt een man van de wereld. Terwijl je bij Antonio dacht dat hij de auto wel van zijn vader zou hebben geleend, zag Mike eruit alsof hij zelf een auto voor de deur had staan. Alba en Evelina installeerden zich op de achterbank, en daar gingen ze, met de kap open en de wind in hun haren, op naar Coney Island.

Op het strand en de promenade krioelde het van de dagjesmensen. Antonio sloeg een arm om Alba's hals en trok haar naar zich toe voor een zoen. Evelina glimlachte verlegen naar Mike, die belangstellend vroeg wat haar had doen besluiten om naar

Amerika te komen. Evelina antwoordde ontwijkend; ze wilde niet over het verleden praten. 'Vertel me eens wat over die "gouden jeugd"', zei ze in plaats daarvan, en Mike was maar al te graag bereid om uit te leggen waarin de huidige jeugd verschilde van de generatie van zijn ouders, die tijdens de Grote Depressie jarenlang ontberingen hadden geleden. Hij werkte aan reclamecampagnes voor sigaretten, make-up en mode, waarbij hij het beeld schiep van een wereld vol luxe en glamour, een wereld waar iedere jongere bij wilde horen. Hij vertelde het zo meeslepend dat Evelina zich erop betrapte dat ze ook bij die wereld wilde horen. Ze wilde de oorlog vergeten, het grote verlies dat ze had geleden, de archaïsche, slaperige wereld van Villa L'Ambrosiana, en zich onderdompelen in deze nieuwe wereld waarin de lichten nooit doofden en waarin jazzmuziek klonk.

Ze gingen naar Nathan's, voor hotdogs en dikke ribbelfriet, en ze kochten kaartjes voor Tiger Rag. Alba vond de show teleurstellend. 'Wat is er zo opwindend aan een man die zijn hoofd tussen de kaken van een tijger steekt? Het zou pas echt spannend zijn als zijn hoofd eraf werd gebeten!'

'Je kon aan zijn ogen zien dat de tijger dat maar al te graag had gedaan,' zei Evelina. Mike schonk haar een glimlach. Hij was gecharmeerd van haar accent, van het aarzelende geluidje dat ze maakte voordat ze iets zei.

'Laten we in de Cyclone gaan!' Antonio pakte Alba's hand en trok haar mee naar de achtbaan. Evelina was dol op alles wat snel ging, en niets ging zo snel als de beroemde Cyclone.

'Aarzel niet om je aan me vast te houden als je het eng vindt,' zei Mike toen ze dicht naast elkaar in het karretje zaten.

Maar Evelina schoot in de lach. 'Ik vind het niet eng, ik ben niet bang voor snelheid.' Zijn teleurgestelde blik ontging haar.

'Waar ben je dan wel bang voor?'

Ze haalde haar schouders op, alsof ze wilde impliceren dat ze nergens bang voor was. Toen zei ze, in een opwelling van openhartigheid: 'Voor de werkelijkheid, de echte wereld. Die vind ik doodeng.'

Voordat hij kon vragen wat ze bedoelde, zette het karretje zich in beweging en grepen ze zich vast aan de stang die moest voorkomen dat ze eruit vielen. Evelina gilde van verrukking terwijl ze over de baan raasden, steil omhoog en dan weer in vliegende vaart loodrecht naar beneden. Een gevoel van uitgelatenheid nam bezit van haar, en ze schaterde het uit. Achter haar klampten Alba en Antonio zich beurtelings schreeuwend en zoenend aan elkaar vast. Evelina dacht aan Ezra, aan hoe zij misschien net als Alba zou hebben gedaan alsof ze bang was om zijn beschermende arm om zich heen te voelen. Toen kwam het karretje terecht in een haarspeldbocht. Ezra werd naar de achtergrond gedrongen, en Evelina keerde met koppige vastberadenheid terug in het hier en nu.

Na de achtbaan gingen ze van de glijbanen, ze gilden het uit in de botsautootjes, en ze draaiden rondjes in de draaimolen. Duizelig van alle attracties slenterden ze uiteindelijk naar de tent van de waarzegster. Binnen brandden kaarsen, de waarzegster zat achter haar kristallen bol en haar tarotkaarten. Ze was Roemeense en noemde zich Marica Magica. Haar rode krullen vielen in zware strengen over haar schouders, ze had haar lippen vuurrood gestift, haar heldere ogen waren diep donkergrijs. Ze droeg een zwarte sjaal, geborduurd met rode rozen, en op haar roomblanke boezem rustte een hanger met een amethist. Haar onwaarschijnlijk lange nagels waren net zo rood als haar lippen en vormden een schril contrast met haar witte huid. Zo hoorde een waarzegster eruit te zien, dacht Evelina, maar ze was niet van plan zich door haar de toekomst te laten voorspellen.

De anderen gingen een voor een naar binnen en lieten zich door Marica Magica de kaart leggen. Evelina zei dat ze niet geloofde in waarzeggerij, maar Alba bleef aandringen. 'Het is gewoon leuk. Een lolletje, meer niet. Ik trouw met een rijke man, heeft ze gezegd. En ik kom in een paleis te wonen. Toe! Ik ben zo benieuwd wat jij te horen krijgt.'

'Ja, kom op, Evelina,' viel Mike haar bij. 'Als je er toch niet in gelooft, wat maakt het dan uit?'

Evelina had geen andere keus dan ook aan het kleine ronde tafeltje te gaan zitten en de kaarten te schudden. Terwijl de anderen buiten wachtten, volgde ze de instructies van de waarzegster. Met haar linkerhand verdeelde ze de kaarten in drie stapeltjes, en daarna legde ze die met haar rechterhand weer op elkaar.

Marica Magica nam vervolgens drie kaarten van de stapel en legde ze op tafel. Evelina herkende de Toren, de Vier van Zwaarden, en de Kluizenaar. 'Je hebt een schokkende ervaring achter de rug,' zei de waarzegster langzaam en weloverwogen, met een zwaar Roemeens accent. Niet dat Evelina geloofde dat ze Roemeense was. Ze kwam waarschijnlijk gewoon uit Brooklyn, en het accent was bedoeld om wat ze zei dramatischer te doen klinken. 'Een ervaring die je leven ingrijpend heeft veranderd. Je hebt een lange weg afgelegd, en op dit moment verkeer je in een soort tussenfase. Een periode om je ziel te laten helen, om met jezelf en het verleden in het reine te komen en weer innerlijke rust te vinden.'

Gezien haar Italiaanse accent moest het voor een waarzegster niet moeilijk te raden zijn dat ze uit het door oorlog verscheurde Europa naar Amerika was gekomen, dacht Evelina sceptisch.

Marica Magica nam met haar lange witte vingers opnieuw drie kaarten van de stapel: de Zes van Zwaarden, de Koning van Zwaarden en de Geliefden. 'Je moet het verleden loslaten,' zei ze. 'Maar het verleden laat jou niet los. Je vindt het geluk bij een oudere man. Een zachtmoedige, intelligente, hoogopgeleide man die je sterk aan je vader zal doen denken.' De waarzegster fronste haar wenkbrauwen en trok haar neus op, als een kat. Ze pakte nog een kaart en legde die onder de Geliefden. Het was de Zeven van Zwaarden. 'De kaart van het bedrog. Pas op met wat je wenst, kindje. We zijn de scheppers van onze eigen werkelijkheid. Geen waarzegger kan voorspellen hoe je leven zal verlopen, hoogstens hoe het zou kúnnen verlopen, op basis van de keuzes die je nu maakt en de gedachten die je nu koestert, want ook al wil je dat niet, die gedachten zijn maar al te duidelijk.' Marica Magica keek Evelina in de ogen; haar blik was duister, ondoorgrondelijk. 'Je bezit een groot vermogen tot liefhebben. Groter dan je denkt. Je zult verrast zijn. Als je kiest met je hart, zul je gelukkig worden. Maar als je bij de keuzes die je maakt, je ego op de eerste plaats laat komen, dan zul je iedereen om je heen kapotmaken, als een anker dat te zwaar is en het hele schip doet zinken.' Ze tikte met een vuurrode nagel op de Koning van Zwaarden. 'Hij is een goed mens. Deze man zal je beter kennen dan je jezelf kent. Onderschat hem niet.'

Evelina bedankte haar, ook al wist ze eigenlijk niet waarvoor. De waarzegster had niet echt iets onthullends gezegd. Een hoop abacadabra, een brij van woorden die wijs hadden geklonken maar eigenlijk niets betekenden.

'En? Wat zei ze? Trouw je met een prins? Kom je ook in een paleis te wonen?' vroeg Alba giechelend.

'Nee, het was een hoop onzin. Ik ga dood zonder ooit het geluk te hebben gevonden.'

Mike was geschokt. 'Kom op, dan gaan we ons geld terugvragen!'

Evelina schoot in de lach. 'Het was maar een grapje. Nogmaals, het was een hoop onzin. Ik geloof er geen woord van. Kom, laten we iets te eten gaan halen. Ik heb alweer trek. Een maïskolf? Of anders een ijsje?'

Terwijl ze zich een weg baanden door de mensenmassa, kleurde de hemel boven Coney Island steeds donkerder en beloofden de twinkelende kermislichtjes de jeugd een gouden toekomst. Evelina dacht niet meer aan de waarzegster met haar vreemde voorspellingen. In plaats daarvan dompelde ze zich onder in de drukte, in de verblindende gloed van de attracties, in de muziek en de optredens van straatartiesten, en ze protesteerde niet toen Mike haar hand pakte.

11

Het klikte tussen Evelina en Mike. En ook al had ze liever gehad dat het niet zo was, het viel niet te ontkennen. Ze voelde zich schuldig; het was alsof ze met elke verliefde blik op Mike verraad pleegde jegens Ezra. Maar ze moest verder met haar leven, en Ezra kwam nooit meer terug. Zelfs de machtigste goede fee kon hem niet weer levend toveren. Bovendien zou hij willen dat ze gelukkig was. En met Mike wás ze dat. Dankzij hem kon ze weer lachen. Het was altijd interessant wat hij te vertellen had, hij was aantrekkelijk, zelfverzekerd, aardig, en hij was geen Italiaan. Dat was cruciaal. Ze wist niet of ze ooit van hem zou kunnen houden. Of van welke man dan ook. Ze zou in elk geval nooit hetzelfde voor hem kunnen voelen als voor Ezra. Want Ezra woonde in haar hart. En dat zou altijd zo blijven. Dat was al zo geweest toen hij nog leefde, en nu hij dood was, bleef hij daar voorgoed ingebed; als een schitterend fossiel in barnsteen, voor altijd onaangetast. Zo zou ook Ezra voor altijd onaangetast blijven. Voor altijd jong en mooi. En voor altijd de hare.

Die zomer gingen Evelina en Alba regelmatig met Antonio en Mike uit. Naar de film, naar het honkbalstadion, naar Coney Island en naar nachtclubs waar werd gedanst. Evelina werd dankzij haar lessen steeds beter in het Engels, maar het meest leerde ze van Mike. En van Alba en Antonio. Ze schreef regelmatig naar haar ouders en naar Benedetta, en was dolgelukkig te horen dat haar zusje was bevallen van een meisje, dat Gianni en zij Pasquala hadden genoemd.

Ze had geen heimwee. Althans, dat stond ze zichzelf niet toe. Thuis, dat was behalve Villa L'Ambrosiana niet alleen haar familie, maar daar hoorden Ezra en Fioruccia, Matteo, Olga en Ercole ook bij. Ze waren onverbrekelijk met elkaar verbonden, met alle mooie en verdrietige herinneringen, als twee kanten van dezelfde munt. En omdat ze niet aan het mooie kon denken zonder te worden overmand door verdriet, was het beter om zo min mogelijk aan thuis te denken. Om alles wat haar dierbaar was en wat ze had verloren, achter zich te laten en zowel de vreugde als het verdriet diep weg te stoppen.

Ze probeerde in het heden te leven, dus in plaats van achterom te kijken richtte ze haar blik op de toekomst. En die toekomst lag in Amerika. Evelina was niet van plan ooit nog naar Vercellino terug te keren. En terwijl haar nieuwe leven steeds meer vorm begon te krijgen dankzij het liefdadigheidswerk waarmee ze haar tante hielp, en dankzij de uitstapjes met Mike en Alba en Antonio, begon ze geleidelijk aan haar oude huid af te leggen. En dat voelde goed.

Toen Mike haar voor het eerst kuste, voelde dat niet zo vreemd als ze had gevreesd. Ze was bang geweest dat ze hem met Ezra zou vergelijken, dat ze zou hunkeren naar Ezra's vertrouwde lippen op de hare, maar in plaats daarvan genoot ze van de nieuwe ervaring die Mike voor haar betekende. Hij had haar bij zich thuis uitgenodigd, voor het eten met zijn familie. Daarna hadden ze op het dak gezeten, onder de sterrenhemel. 'Je praat nooit over jezelf,' had hij gezegd.

'Ach, er valt over mij niet zoveel te vertellen.' Ze haalde haar schouders op.

'Daar geloof ik niks van. Je bent gewoon erg gesloten. Maar je kunt mij alles vertellen.'

Ze zuchtte. Hoe zou een Amerikaan kunnen begrijpen wat ze had doorgemaakt? 'Ik ben uit Italië weggegaan omdat ik het verleden achter me wilde laten,' zei ze ten slotte. 'En als ik erover praat komt het allemaal weer naar boven.'

'Het kan niet gemakkelijk zijn geweest, de oorlog en de Duitse bezetting.'

'Nee, dat was het zeker niet.' Ze ademde haastig in. Want ze kon er niet over praten, zelfs niet al zou ze dat willen. Ze wist dat de woorden, als met weerhaken, in haar keel zouden blijven steken. 'Maar het is voorbij,' zei ze met een glimlach, op een toon die duidelijk maakte dat ze het er verder niet over wilde hebben.

Mike pakte haar hand. 'En gelukkig ben je nu hier. Amerika is het beste land op de hele wereld. En je bent bij mij. Ik zal voor je zorgen. Bij mij ben je veilig.' Toen kuste hij haar. Heel teder en liefdevol. En terwijl ze een hand langs zijn gezicht legde, voelde ze een warme genegenheid opwellen. Zijn kus werd inniger, verankerde haar in het hier en nu. Evelina dacht niet aan Ezra, ze vroeg zich niet af wat hij zou zeggen als hij haar had kunnen zien. Bij Mike dacht ze niet aan vroeger. Amerika was nu haar thuis, en Mike hoorde bij dit nieuwe hoofdstuk van haar leven. Een hoofdstuk vol kansen en nieuwe ervaringen.

Toen Evelina begin september thuiskwam van een liefdadigheidsbijeenkomst, waar ze samen met haar tante naartoe was geweest, trof ze Alba snikkend, als een hoopje ellende op haar bed. Haar eerste gedachte was dat Antonio het had uitgemaakt, maar tussen haar tranen door vertelde Alba dat ze zwanger was. 'Wat moet ik doen?' vroeg ze fluisterend.

Daar wist Evelina niets op te zeggen. Ze ging naast haar op het bed zitten en legde een hand op Alba's schouder. 'Heb je het aan Antonio verteld?'

'Nee, dat durf ik niet.'

'Ga je het aan je ouders vertellen?'

'Nee, natuurlijk niet!' riep Alba vervuld van afschuw. 'Ik moet zien dat ik ervan afkom.'

Evelina keek haar geschokt aan. 'Maar dat kan toch niet? Het mag niet, en bovendien is het gevaarlijk. Je kan wel doodgaan.'

'Ik wil Antonio niet kwijt.'

'Hoe weet je dat je hem kwijtraakt? Misschien vraagt hij je wel ten huwelijk.'

'Dat denk ik niet. Ik ben nog nooit bij hem thuis geweest. Jij hebt Mikes ouders al –'

'Dat zegt niks,' kapte Evelina haar af.

'Natuurlijk wel. Het betekent dat Antonio geen serieuze plannen met me heeft.' Ze ging rechtop zitten en ging met de rug van haar hand langs haar neus.

'Weet je zeker dat je zwanger bent?'

'Ik ben al twee keer niet ongesteld geworden. Dus wat zou het anders moeten zijn?'

'Ben je misselijk?'

'Alleen van angst.'

'Maar niet 's ochtends?'

'Nee, nooit. Ik voel verder niks. Maar ik ben al twee maanden over tijd.'

'Je moet naar de dokter.'

Alba begon weer te huilen. 'Ga jij dan met me mee?'

Evelina pakte haar hand. 'Natuurlijk ga ik mee.'

Alba maakte een doktersafspraak via een vriendin. Ze durfde niet naar haar eigen huisarts, uit angst dat haar moeder erachter zou komen. Want als er íémand was die altijd overal achter kwam, dan was het Madolina.

Het was heet en benauwd toen Alba en Evelina die ochtend het huis verlieten. Donkere wolken hingen laag boven de stad, de stank van uitlaatgassen vermengde zich met de geuren van de kraampjes met eten. In de metro naar Manhattan deden ze er allebei het zwijgen toe. Alba zag bleek, haar ogen stonden angstig. Van haar gebruikelijke bravoure was niets meer over. Ze was doodnerveus, net als Evelina. Het stortregende tegen de tijd dat ze voor het grijze gebouw stonden waarin de dokterspraktijk was gevestigd. Haastig gingen ze naar binnen. Daar namen ze de lift naar de tweede verdieping. Alba had een afspraak gemaakt onder een valse naam, dus toen haar naam werd afgeroepen, reageerde ze niet. Pas toen de assistente het opgaf en naar de volgende naam op haar lijstje wilde gaan, besefte Alba dat zij aan de beurt was. Ze verontschuldigde zich en verdween in de spreekkamer. Evelina bleef in de wachtkamer zitten en probeerde wat te lezen, maar ze kon zich niet concentreren. Ze bladerde het tijdschrift door, bekeek de foto's, en ondertussen hoopte ze dat Alba zich had vergist.

Maar toen Alba twintig minuten later de spreekkamer uit kwam, zag ze nog bleker dan daarvoor. Dus het was duidelijk dat ze zich niet had vergist, dat ze wel degelijk zwanger was. Ze verlieten de praktijk. In een restaurantje om de hoek bestelde ze hamburgers met patat en cola. Alba stak een sigaret op. 'Die vervloekte waarzegster! Hoe heette ze ook alweer?'

'Marica Magica.'

'O ja. Marica Magica,' herhaalde Alba verbitterd, en ze lachte vreugdeloos. 'Ze heeft me nog zo gewaarschuwd.'

'Echt waar?'

'Ja, ze zei helemaal niet dat ik met een rijke man zou trouwen en in een paleis zou komen te wonen.'

'O nee?'

'Nee, dat heb ik verzonnen.'

Evelina was niet echt verbaasd. 'Wat zei ze dan wel?'

Alba blies een rookwolk uit. 'Dat het tijd werd om op zoek te gaan naar de diepere zin van het leven. Dat ik bij Antonio in materieel opzicht niets tekortkwam, maar dat hij me niets te bieden had als het ging om het spirituele.' Ze haalde haar schouders op. 'Niet dat ik daar ook maar enige behoefte aan heb. Aan spiritueel gedoe. Dat glimt niet. En als het 's winters koud is heb je meer aan een bontjas.'

'Maar hoe bedoel je, ze heeft je gewaarschuwd?'

'Ze zei dat ik verliefd was en daardoor roekeloos. Dat ik voorzichtiger moest zijn.'

De serveerster bracht hun drankjes. Alba nam een lange trek van haar sigaret en keek toe terwijl de glazen en de flesjes cola op tafel werden gezet. 'Nou ja, daar is het nu te laat voor. Wat moet ik doen?'

'Dat lijkt me duidelijk.'

'Hoe bedoel je?'

'Je krijgt een baby. Je hebt geen keus.'

'Jezus, Evelina! Kun je niks beters bedenken?'

'Nogmaals, je hebt geen keus.'

'En hoe zou ik die baby moeten krijgen zonder dat Antonio erachter komt? Het valt niet mee om een dikke buik te verstoppen.'

'Je moet het aan je moeder vertellen.'

'Besef je wel wat je zegt?'

'Ja, die zal er niet blij mee zijn. Misschien kun je het beter eerst aan Antonio vertellen.'

'Ik pieker er niet over. Dan ben ik hem kwijt.'

'Hij komt er uiteindelijk toch achter.'

'Ik moet gewoon zorgen dat ik ervan afkom.'

Evelina keek haar geschokt aan. 'Alba! Je hebt het over een baby! Dat is moord.'

'Het is geen baby. Een klontje cellen, meer is het niet.'

'Santa Maria, *madre di Dio*!' Evelina schonk cola in haar glas. 'Ik ben niet gelovig, en het is jouw lichaam, maar de baby is een levend wezen, en Antonio is de vader. Je kunt zo'n beslissing niet in je eentje nemen. Je moet het hem vertellen. Daar heeft hij recht op.'

Alba kreunde. Met trillende vingers maakte ze haar sigaret uit. De serveerster bracht het eten. Alba stopte een frietje in haar mond en kauwde nerveus. 'Goed, ik zal het hem vertellen. Alles beter dan dat ik het tegen mijn moeder moet zeggen.'

Evelina glimlachte. 'Misschien is ze wel dolblij met een kleinkind. Mijn moeder was in de zevende hemel toen Benedetta zwanger was.'

'Ze heeft al kleinkinderen. Dus ze zal echt niet in de zevende hemel zijn omdat ze er nog een bij krijgt. Nee, ze vermoordt me.'

'Nogmaals, ze zal er niet blij mee zijn. Maar ik weet zeker dat ze niet lang kwaad blijft. Daar is ze veel te praktisch voor. Ze is een kei in het oplossen van problemen.'

'Nou, ze moet wel kunnen toveren om dit probleem op te lossen!'

Alba wilde niet met Antonio alleen zijn wanneer ze het hem vertelde, dus ze regelde dat ze die zaterdag met z'n vieren de stad in gingen. Eerst naar de film en dan ergens een hapje eten. Na het eten zou Evelina aan Mike voorstellen om even een frisse neus te halen; terwijl zij een rondje liepen, kon Alba het slechte nieuws aan Antonio vertellen. Als hij dan woedend werd, had ze Evelina om met haar mee naar huis te lopen.

Alba was die hele zaterdag chagrijnig. En omdat Madolina geen zure gezichten om zich heen duldde, stuurde ze haar dochter, samen met Evelina, met een boodschappenlijstje de stad in, terwijl zij haar vriendinnen ontving voor een middagje kaarten. Evelina was blij dat ze de deur uit kon. Het gebeurde regelmatig dat Madolina haar erbij riep om het aantal spelers compleet te maken als een van haar gasten eerder weg moest of niet was komen opdagen. En ook al had Evelina geen hekel aan kaarten, ze vond het wel vervelend om niet weg te kunnen. Al was het maar omdat het soms erg laat werd voordat het groepje was uitgekaart.

Tegen de tijd dat de blauwe Buick met Antonio en Mike voorreed, was Alba's humeur gedaald tot ver onder het vriespunt. 'Wat is er, schatje?' vroeg Antonio bezorgd bij het zien van haar lange gezicht.

'O, niks.' Ze kroop op de achterbank. 'Ik had gewoon een slechte dag. Maar jij weet me vast wel op te vrolijken.'

Mike was uitgestapt om het portier open te houden voor Evelina. 'Alles goed met jou?' Hij legde een hand in het kuiltje van haar rug en gaf haar een kus.

'Ja hoor. Alba heeft gewoon behoefte aan afleiding.'

'Dan is *Blue Skies* de perfecte film. Er gaat niets boven een musical om je chagrijn te vergeten.'

Daar was Evelina bij Alba niet zo zeker van. Ze was bang dat niets haar nichtje zou kunnen opbeuren.

Het was druk in de bioscoop. Ze kozen een plek in het midden van een rij en installeerden zich met cola en popcorn. Toen de lichten doofden en de film begon boog Alba zich naar Evelina. 'Ik kan het niet,' fluisterde ze.

'Je zult wel moeten.'

'Ik ben bang.'

Evelina drukte haar hand. 'Het komt in orde. Dat weet ik zeker. Antonio is een goed mens.'

Toen trok Mike haar in zijn armen en kreeg ze geen kans meer om met Alba te praten. Ze kreeg zelfs amper de kans om de film te zien.

Tijdens het eten keek Alba alweer iets vrolijker. Dankzij de aandacht die Antonio tijdens de film aan haar had besteed, hervond ze althans iets van haar bravoure. Totdat het tijd werd voor het dessert. Toen was haar eetlust op slag verdwenen en ze roerde haar ijs niet aan. Zoals afgesproken stelde Evelina aan Mike voor om even een frisse neus te gaan halen.

Het was een warme avond. De zomer liet zich nog niet door de herfst verjagen, maar hield hardnekkig stand met hoge temperaturen en een vochtige benauwdheid. De bladeren waren nog maar amper begonnen te verkleuren, maar de straatlantaarns brandden al en verspreidden een warm goudgeel schijnsel. De hemel boven Brooklyn kleurde roze, alsof hij bloosde.

Mike pakte Evelina's hand. 'Wat is er aan de hand? Waarom moesten we zo nodig een blokje om? Ik kreeg amper de tijd om mijn toetje op te eten.'

Evelina wilde niets zeggen, maar ze besefte dat ze hem althans enige uitleg verschuldigd was. 'Alba moet Antonio iets vertellen.'

'Ze gaat het toch niet uitmaken, hoop ik?'

'Nee, natuurlijk niet. Ze vindt hem veel te leuk.'

'Mooi zo. Want hij vindt haar ook leuk. Heel erg leuk zelfs.' Het bleef even stil. 'Wat is er dan aan de hand? Wat moet ze hem vertellen?'

'Ik weet niet of ik het daar met jou over mag hebben.'

'Natuurlijk wel. We zijn een stel! Dan vertel je elkaar alles.'

Om de een of andere reden voelde Evelina zich op slag slecht op haar gemak. 'Nou ja, als je belooft dat je niks zegt...'

'Ik zal niks laten merken. Dat beloof ik.'

'Ze is zwanger.'

Mike bleef met een ruk staan. 'Jezus! Echt waar?' Hij keek Evelina geschokt aan.

'Ja. Ik ben met haar mee geweest naar de dokter.'

Hij wreef hijgend over zijn nek. 'Wat erg. Dat is echt verschrikkelijk.'

'Wat denk je dat Antonio zal doen?'

'Ik weet het niet.' Mike haalde zijn sigaretten tevoorschijn. 'Wil jij er ook een?'

Evelina schudde haar hoofd. 'Hij zal het toch niet uitmaken, hè?' vroeg ze ongerust.

Mike streek een lucifer af, de punt van zijn sigaret begon te gloeien. 'Ik weet het niet. Antonio houdt van uitgaan, van plezier maken. Ik heb hem nog nooit echt serieus meegemaakt. En dit is een serieuze zaak.'

'Dat kun je wel zeggen, ja.'

Hij trok haar naar zich toe en drukte zijn lippen op de hare. 'Ik wil met je naar bed.'

Evelina wimpelde hem lachend af. 'Dit lijkt me niet het juiste moment. Ik heb je net verteld dat Alba zwanger is!'

'Het is het perfecte moment. Ik zal heel voorzichtig zijn.' Hij grijnsde. 'Je kunt ook vrijen zonder dat je zwanger wordt.'

'Dat weet ik. Maar ik ben er nog niet klaar voor.'

Mike ging ervan uit dat ze nog maagd was. 'Nogmaals, ik ben heel voorzichtig.' Zijn ogen begonnen te glanzen. 'Het is fijn. Ik weet zeker dat jij het ook fijn vindt.'

'Vast wel. Maar ik ben nog niet zover.'

Hij liet zich op een hoge stoep zakken en klopte naast zich op de trede. Evelina trok haar rok glad en ging zitten. 'Wanneer ben je er wel klaar voor?'

'Dat weet ik niet. Ik wil het gewoon niet overhaasten.'

'Dan trouwen we toch gewoon.'

Evelina was met stomheid geslagen.

'Kijk me niet zo aan.' Hij schoot in de lach. 'Ik hou van je.' Toen ze niets zei, fronste hij bezorgd zijn wenkbrauwen. 'Je houdt toch ook van mij?'

'Ja, natuurlijk.' Maar ze wist hoe het voelde om van iemand te houden. En dat gevoel had ze bij hem niet.

'Dan trouwen we, en dan kunnen we zo vaak vrijen als we willen.' Hij legde een arm om haar middel.

'O, Mike...'

'Wil je niet met me trouwen?' Hij klonk gekwetst.

'Ik zeg alleen dat ik er nog niet klaar voor ben.'

'Ik ben er nog niet klaar voor. Ik wil het gewoon niet overhaasten.' Hij imiteerde haar accent. 'Wanneer ben je er dan wel klaar voor? We zijn al de hele zomer samen.'

'De hele zomer. En dat vind jij lang?'

'Lang genoeg om te weten dat ik niemand anders wil, dat ik de rest van mijn leven met je wil delen.'

Evelina stond op, plotseling van streek. 'Toe, Mike. Jaag me alsjeblieft niet op.' Ze voelde paniek opkomen, maar probeerde niets te laten merken.

'Ik jáág je niet op!' protesteerde hij.

Ze sloeg haar armen over elkaar. 'Je weet helemaal niets van me.'

'Omdat jij nooit iets over jezelf vertelt.'

'Kom. We moeten terug. Antonio is misschien al kwaad weggelopen. Dan zit Alba daar alleen.'

Mike kwam ook overeind, maar hij sloeg zijn arm niet om haar heen en hij pakte ook niet opnieuw haar hand. Ze liepen misschien een halve meter uit elkaar, maar de afstand voelde groter. 'Ik zal je niet opjagen,' zei hij ten slotte. Hij gooide zijn peuk op de stoep en trapte hem uit. 'Maar zodra je er klaar voor bent, hoor ik het graag.'

Toen ze weer binnenkwamen, zaten Alba en Antonio nog aan hun tafeltje, druk in gesprek. Evelina wuifde aarzelend, en tot haar verrassing wuifde Alba enthousiast terug. 'Kom weer zitten!'

zei ze stralend, en Evelina begreep door haar blozende wangen en stralende ogen dat het gesprek goed was verlopen.

Alba keek Antonio aan. 'Zal ik het vertellen, of wil jij het doen?'

Antonio pakte haar hand. 'Doe jij het maar, schatje.' Hij grijnsde.

'We gaan trouwen!'

Evelina was zo opgelucht dat ze haar nichtje om de hals viel. 'Wat geweldig! Ik ben zo blij voor jullie.'

'We vertellen niemand over de baby,' fluisterde Alba. Toen keerde ze zich naar Mike. 'Ik ben zwanger.'

'Gefeliciteerd!' Mike deed alsof hij van niets wist, en daar was Evelina hem dankbaar voor. 'Trouwen en een baby. Het kan niet op!'

Antonio schudde zijn vriend lachend de hand. 'De bruiloft is in november. En tegen de tijd dat de baby komt, is er niemand die gaat terugrekenen.'

Alba en Evelina keken elkaar aan, en ze schoten allebei in de lach. 'Nou en of wel! Madolina!' zeiden ze in koor.

Evelina vertelde Alba niet dat Mike haar ten huwelijk had gevraagd. Niet alleen omdat ze geen afbreuk wilde doen aan Alba's grote moment, maar vooral omdat ze dan zou moeten uitleggen waarom ze nee had gezegd. En daar was ze zelf nog niet uit. Het was een gevoel. Het gevoel dat er iets niet goed zat. Ze was oprecht dol op Mike. Maar ze hield niet van hem. Was het onrealistisch om te verwachten dat ze na Ezra ooit weer hetzelfde voor een ander zou kunnen voelen? Of desnoods een fractie van dat gevoel? Tenslotte kon Benedetta onmogelijk van Francesco hebben gehouden toen ze met hem trouwde. Ze kende hem amper. Ze had hem charmant en aantrekkelijk gevonden, maar om echt van iemand te gaan houden, daar was meer tijd voor nodig. De liefde was later gekomen. Hoewel...? Nu ze erover nadacht vroeg Evelina zich af of Benedetta ooit wel van Francesco had gehouden, of dat ze vooral verliefd was geweest op het idee om getrouwd te zijn, en dan ook nog met een knappe man zoals hij. Wat ze ook voor Francesco had gevoeld, de droom was geëindigd toen de man van haar dromen een bruut bleek te zijn.

Evelina kende Mike goed genoeg om te weten dat ze hem kon vertrouwen. Als ze zijn goede eigenschappen zou moeten opsommen, werd het een lange lijst. Er was maar één ding dat tegen hem pleitte: hij was Ezra niet. Maar die zou ze nooit in een andere man vinden, en de echte Ezra was er niet meer. Dus misschien moest ze bereid zijn tot een compromis. Want als ze niet trouwde, hoe zou haar leven er dan uitzien? In het jaar dat ze inmiddels in Amerika woonde, was ze gaan beseffen dat ze een eigen gezin nodig zou hebben om zich echt thuis te voelen in haar nieuwe vaderland. Om zich geborgen te weten. Waarom had ze dan nee gezegd tegen Mike? Waarom had ze aan hem niet genoeg?

De volgende dag parkeerde Antonio de Buick voor het huis van Alba's ouders en klopte hij, keurig in het pak, op de deur. Van Alba wist hij dat haar vader op zondagmiddag graag uitgebreid de krant las en naar de radio luisterde. Dat was het perfecte moment om langs te komen en hem om de hand van zijn dochter te vragen.

Toen er werd geklopt, haastte Alba zich om open te doen. Evelina stond op de trap, en Madolina kwam ook aanlopen, nieuwsgierig wie er op zondagmiddag onaangekondigd voor de deur stond. Toen ze Evelina zag fronste ze wantrouwend haar wenkbrauwen. 'Wat voeren jullie in je schild?'

Alba gooide de deur open. 'Antonio! Kom binnen!'

Dat deed hij, en hij reikte haar moeder beleefd de hand. 'Goedemiddag, Mrs. Forte. Misschien mag ik me even voorstellen. Ik ben Antonio Genovese. Het is me een genoegen eindelijk kennis met u te maken.'

Madolina glimlachte, zichtbaar van hem gecharmeerd. 'Het genoegen is geheel wederzijds, Antonio. En inderdaad, het werd hoog tijd dat we kennismaakten,' voegde ze er droogjes aan toe.

'Ik kom voor uw man,' zei Antonio. Zijn glimlach werd krampachtig; het was hem aan te zien dat de zenuwen hem parten speelden.

'O ja? Nou, ik zal eens zien of hij je kan ontvangen.' Madolina liet het tweetal achter in de hal.

'Maak je geen zorgen, schat. Ze valt best mee als je haar beter leert kennen.' Alba trok zijn das recht.

'Hoe zie ik eruit?' vroeg Antonio met een grijns.

'Knap.' Ze klopte op zijn das. 'Deksels knap zie je eruit.'

Het duurde niet lang of Madolina kwam terug. 'Mijn man kan je ontvangen. Kom maar mee.'

Antonio volgde haar naar de salon, waar Peppino in zijn gemakkelijke stoel troonde, met een bril op zijn neus. Toen Antonio binnenkwam vouwde hij zijn krant dicht. 'Antonio. Kom verder.' Hij stond op en schudde zijn gast krachtig de hand.

Toen Madolina de kamer uit liep betrapte ze Alba en Evelina met hun oor tegen de deur. 'Weg jullie.' Ze wapperde met haar handen alsof ze een koppel kippen wegjoeg. 'Jullie gaan met mij mee.'

'Hè, mam...'

'Niks daarvan, stelletje luistervinken! Wat je vader en Antonio te bespreken hebben, dat zijn mannenzaken.'

'Hoe vindt u hem?' Alba haastte zich achter haar moeder aan.

Madolina glimlachte. 'Ik vind dat je moet vragen of hij blijft eten. En daarna zal ik je vertellen wat ik van hem vind.'

Antonio bleef eten. Wat Peppino ook mocht vinden van een jongeman die geen 'fatsoenlijke baan' had en een dubieuze achternaam, hij liet zich niet kennen en trok een fles champagne open om te proosten op het gelukkige paar. De Genoveses waren een rijke familie, wist Evelina, en als haar oom érgens respect voor had, dan was het voor geld. Dus in dat opzicht kon hij gerust zijn. Alba zou het bij haar schoonfamilie net zo goed krijgen als bij haar ouders.

Evelina wist ook dat haar tante de voorkeur zou hebben gegeven aan een man met een universitaire titel en een goede baan; bij voorkeur een telg uit een oud geslacht. Maar dat ze vooral wilde dat haar dochter gelukkig werd.

Aan het eind van het diner verklaarde Antonio dat ze zo snel mogelijk wilden trouwen.

'Vanwaar die haast?' vroeg Madolina.

Antonio pakte Alba's hand en keek haar vol aanbidding aan. 'Ach, Mrs. Forte, u bent ook verliefd geweest. Dus u weet dat het wachten dan lang valt.'

Madolina zuchtte. 'Tja, als je weet dat het goed zit, waarom zou je dan wachten om je moeder de tijd te geven om de bruiloft te regelen, en de bloemen, en het diner, en de trouwjurk –'

'O mam!' viel Alba haar lachend in de rede. 'Dat komt dik voor elkaar. Daar heb ik alle vertrouwen in. Bovendien kan Evelina u helpen. Dat wil je toch wel, Evelina?'

'Natuurlijk. Het lijkt me enig.' Evelina vroeg zich af of haar tante een vermoeden had van de reden waarom er zo snel getrouwd moest worden.

'Nou, vooruit dan maar.' Madolina slaakte een zucht. 'Het zal inderdaad wel lukken, maar dan moeten we wel meteen morgen aan de slag!'

'Als iemand binnen een paar weken een bruiloft weet te organiseren, dan ben jij het.' Peppino dronk zijn glas leeg, pakte een mahoniehouten sigarenkistje en nam er een fraai verpakte montecristo uit. 'Het wordt een bruiloft waar heel Brooklyn nog maanden over zal spreken.' Hij hield de sigaar onder zijn neus en snoof. 'Denk erom dat je nergens op beknibbelt, Madolina.' Hij schoof het kistje over de tafel heen naar Antonio. 'Ga je gang.'

Madolina keek toe terwijl die zijn toekomstige schoonvader nadeed en een montecristo onder zijn neus hield. 'Ik verheug me op de kennismaking met je moeder,' zei ze.

Alba giechelde, licht in het hoofd van geluk. 'Ik ook.'

12

Madolina wijdde zich met militaire efficiëntie en kordaatheid aan het organiseren van de bruiloft van haar dochter. Zij was de kolonel, haar nichtje haar luitenant. Evelina had het nog nooit zo druk gehad. Het huwelijk van Jane, acht jaar eerder, was geruchtmakend en spectaculair geweest, maar nu werd echt álles uit de kast gehaald. Alba was de jongste en – daar kwam Evelina steeds meer achter – de oogappel van haar ouders. Madolina regelde de plechtigheid en het diner tot in de kleinste bijzonderheden, en met bijna religieuze toewijding. Alles werd gebosseleerd of geborduurd met een monogram van twee verstrengelde A's, van de ordes van dienst en de knielkussens voor het bruidspaar tot de menu's, de plaatskaartjes en de servetten. Anders dan Artemisia, die bij het regelen van Benedetta's huwelijk vooral zichzelf tot het middelpunt van alle aandacht had gemaakt, spaarde Madolina kosten noch moeite om haar dochter in het zonnetje te zetten en om met elk detail te getuigen van de liefde én de weemoed waarmee Peppino en zij hun dochter het ouderlijk huis zagen verlaten.

Toen de grote dag aanbrak was Evelina nog nerveuzer dan de bruid. Tenslotte had zíj alles geregeld, weliswaar in opdracht van Madolina, maar als er iets misliep of niet helemaal perfect was, kreeg zíj de schuld. De jurk was in elk geval beeldschoon: een creatie van witte zijde en kant, speciaal voor Alba ontworpen met een wespentaille en een wijde rok. Het collier en de oorbellen met diamanten en saffieren die Antonio's vader haar ter ere van de verloving had gegeven, completeerden het geheel. Het resultaat was een oogverblindend mooie bruid, die zowel elegantie als glamour uitstraalde.

Peppino had de gulheid van zijn dochters schoonvader buitengewoon gewaardeerd. Bij de kennismaking van de twee ouderparen, op het landgoed van de Genoveses in New Jersey, hadden Antonio's vader en hij ontdekt dat ze veel gemeen hadden. Ze rookten hetzelfde merk sigaren en schreven hun puike gezondheid toe aan regelmatig een grappa – op zijn Italiaans, door de koffie – en elke ochtend een koude douche. Met hun eerste handdruk hadden ze het fundament gelegd voor een warme vriendschap. Op haar beurt had Madolina meteen sympathie gekregen voor Antonio's moeder toen die vertelde dat ze geen uitzending van *Mamma Forte* miste. Dat ze vrijpostig was, op het impertinente af, nam Madolina voor lief. Ze was altijd bereid om het goede in haar medemens te zien, ook al zat dat soms diep verborgen.

Alba's zwangerschap was nog nauwelijks te zien; de lichte welving van haar buik leek eerder het resultaat van te veel feestelijke etentjes dan van een moment van onbedachtzaamheid op de achterbank van Antonio's Buick. Overmand door emotie pinkte Madolina een traan weg bij de aanblik van haar dochter. 'Ik kan nog altijd niet geloven dat mijn kleine meisje gaat trouwen,' zei ze.

Waarop Alba haar omhelsde. 'Ik ga dan wel het huis uit, maar ik blijf in de buurt, hoor mam. Want ik kan nog niet zonder u.' Heel even haperde haar glimlach.

'Goddank.' Madolina streek met een duim langs haar oog,

bang dat haar mascara was uitgelopen. Toen keerde ze zich naar Evelina. 'Gelukkig heb ik jou nog.'

'Niet lang meer,' zei Alba plagend. 'Hierna zijn Evelina en Mike aan de beurt.'

Evelina trok een gek gezicht, tot algehele hilariteit, maar diep in haar hart vond ze het niet om te lachen.

Mike zag er in zijn donkere pak als lid van het bruidspersoneel knap uit, gladgeschoren en met het haar uit zijn gezicht geborsteld. Maar zijn blik verried dat hij zich nog altijd gekwetst voelde. Het stond hem niet aan dat Evelina hem had afgewezen. In plaats van een stapje terug te doen en haar de tijd te geven om aan het idee te wennen, begon hij telkens weer over trouwen. Hij oefende een steeds zwaardere druk op haar uit, alsof hij zijn gekrenkte trots erger vond dan de tijd die ze misliepen door Evelina's besluiteloosheid. 'Wij zijn het volgende bruidspaar,' zei hij toen de dienst voorbij was en het gezelschap zich verzamelde in het hotel waar Evelina het diner en het feest had georganiseerd.

Zoals altijd begon ze te lachen. Het was haar vaste verdedigingsmechanisme geworden om zijn huwelijksaanzoeken weg te wuiven. 'Je hebt nog helemaal niet gezegd dat ik er mooi uitzie.'

'Je ziet er prachtig uit. Trouwens, je bent altijd prachtig. Volgens mij ben je nog mooier dan de bruid, maar ik ben natuurlijk niet objectief.'

'Dat zou een kapitale blunder zijn. Een bruidsmeisje mag er niet mooier uitzien dan de bruid.'

Mike grinnikte. 'En dat zou Alba ook niet laten gebeuren. Dat zou ze zelfs van jou niet accepteren.' Hij trok haar naar zich toe en kuste haar. 'Je maakt me gek, weet je dat?'

'O Mike –'

'Het is echt zo. Ik mag niet met je naar bed, maar je wilt ook niet trouwen. Wat moet ik doen om te zorgen dat je ja zegt? Je hoeft het maar te zeggen en ik doe het. Maar hou me niet aan het lijntje.'

'Niet nu, Mike. Dit is Alba's grote dag –'

'En zo is er altijd wel wat.'

'We hebben het er nog wel over. Maar niet nu. Kom, dan gaan we iets te drinken halen.' Ze pakte zijn hand en loodste hem door het gedrang; Peppino en Madolina kenden iedereen die ook maar iets voorstelde in Brooklyn, dus de zaal was afgeladen vol.

Tijdens het diner zat Evelina tussen een neef van Antonio en een zekere Franklin van der Velden. Franklin was een studievriend van de man van Jane, Alba's zusje. Hij was met Jane meegekomen, omdat haar man zich niet had kunnen vrijmaken, en doceerde klassieke talen aan Columbia University. Een rijzige verschijning met lichtbruin haar en een geamuseerde blik om zijn mond die duidde op gevoel voor humor; zijn intelligente ogen waren zo blauw als vergeet-mij-nietjes. 'Leuk om je te leren kennen, Evelina.' Zijn ogen glinsterden achter zijn brillenglazen. 'Je tante heeft een geweldige prestatie geleverd. Het is echt een schitterende dag, in alle opzichten.'

'Ik ben blij dat je dat vindt.' Tevreden liet Evelina haar blik over de spectaculaire bloemstukken en andere decoraties gaan. 'Ze had maar weinig tijd om alles te organiseren.'

Hij nam een slok champagne. 'En dat heeft ze vast niet allemaal alleen gedaan.'

'Nee, ze had een assistente.' Evelina grijnsde.

'Dan zou ik jou moeten complimenteren.' Hij hief zijn glas.

'Tja, ik moet tenslotte mijn kost en inwoning verdienen.'

'Is dat je werk? Madolina assisteren?'

'Niet officieel, maar daar komt het wel op neer.'

'Als je echt, officieel aan de slag wilt, zou ik je aan een baan kunnen helpen.'

‘O? Waar moet ik dan aan denken?’

‘Liefdadigheidswerk.’

‘Dat doe ik bij Madolina ook.’

‘En krijg je daarvoor betaald?’

‘Nee, maar zoals ik al zei, ik krijg kost en inwoning.’

‘En zo hoort het ook. Je bent familie.’

‘Dat is zo. Maar ik vind het ook fijn om haar te helpen. Bovendien, er zijn zo veel vluchtelingen die hulp nodig hebben.’

‘Wanneer ben jij hierheen gekomen?’

‘In januari.’

‘En hoe bevalt het? Het viel vast niet mee om alles achter te laten.’

Evelina fronste. ‘Het was inderdaad zwaar, maar ik wilde weg. En inmiddels ben ik hier gelukkig en is dit mijn thuis.’

‘Wat is daar volgens jou voor nodig, om je ergens thuis te voelen?’

De vraag verraste haar. Doorgaans wilden mensen andere dingen van haar weten. Ze zuchtte, aarzelde even. ‘Familie en vrienden,’ antwoordde ze ten slotte. ‘Gelukkig zijn.’ Hij onderbrak haar niet, maar nam haar aandachtig op terwijl ze verder nadacht over zijn vraag. ‘Het gevoel om ergens bij te horen. Een gevoel van vertrouwdheid. Ik ben hier nu bijna een jaar, en in het begin had ik best een beetje heimwee. Maar inmiddels ben ik helemaal gewend.’

‘Voor mij is liefde cruciaal om je ergens thuis te voelen.’

Evelina schaamde zich bijna dat ze het meest voor de hand liggende niet had genoemd. ‘Ja, natuurlijk. Dat bedoelde ik met familie en vrienden.’

‘En een bestaan dat je voldoening schenkt. Dat je een doel in het leven geeft.’

‘Natuurlijk. Dat ook.’

‘Maar zonder liefde is een huis een hoop stenen en je wereld koud en leeg. Liefde is de drijvende kracht. Zonder liefde zijn we alleen, eenzaam. We functioneren, we doen wat er van ons wordt verwacht, maar daar is dan ook alles mee gezegd.'

'Zo zou ik niet willen leven,' zei Evelina, plotseling overmand door somberheid.

'Heb je een leuke vriend?'

'Ja. Mike. Hij is hier ook.' Ze keek zogenaamd zoekend om zich heen, zonder echt moeite te doen om hem te vinden.

'Gelukkig maar. Het zou nog veel moeilijker zijn geweest om uit Italië weg te gaan als je daar een vriend had gehad.'

Ze sloeg haar ogen neer en keek naar het bord dat voor haar werd neergezet. 'Dan was ik niet weggegaan,' zei ze zacht, en uit de zucht die ze slaakte, sprak alles wat ze niet kon – en ook niet wilde – zeggen.

'Ik begreep van Jane dat Alba en jij dikke vriendinnen zijn geworden. Dat je een goede invloed op haar hebt.'

Evelina was blij om het over iets anders te hebben. 'Dat laatste weet ik niet. Maar het klopt. We zijn inderdaad dikke vriendinnen. Maar ja, Alba vertrekt naar New Jersey.' Ze slaakte opnieuw een zucht.

'Zo ver is dat niet.'

'Nee, dat is zo. En Alba kennende wil ze ook niet te ver bij haar moeder vandaan. Ze moppert wel, maar ondertussen heeft ze haar hard nodig.'

'Madolina zal haar missen. Maar gelukkig heeft ze jou nog. Totdat jij ook de deur uit gaat, natuurlijk.'

'Zover is het nog lang niet.'

'En die Mike van je –'

'Laten we het eens over jou hebben, Franklin. Heb jij een vriendin?' viel ze hem in de rede. Haar glimlach liet er geen misverstand over bestaan dat ze het verder niet over zichzelf wilde hebben.

Hij pakte zijn bestek en boog zich over zijn bord. 'Nee. Daar heb ik op dit moment geen tijd voor.'

Na het diner werd er gespeecht. Peppino sprak zo ontroerend over zijn dochter dat niemand het drooghield. Waarop Mike, die duidelijk te veel ophad, iedereen weer aan het lachen kreeg door met dubbele tong een paar anekdotes over Antonio te vertellen. En ten slotte was het de beurt aan de bruidegom, die het hele gezelschap stil kreeg door Alba zijn liefde te verklaren. 'Alba betekent zonsopgang in het Italiaans,' zei hij met een verliefde blik op zijn bruid. 'En elke zonsopgang brengt weer een nieuwe dag met nieuwe belevenissen, nieuwe mogelijkheden; elke zonsopgang brengt hoop, schoonheid en liefde. Dat alles, en nog veel meer, is wat Alba voor me betekent. Ze is mijn eigen volmaakte zonsopgang.' Madolina pinkte een traan weg, Peppino staarde in zijn glas, Antonio's familie juichte het bruidspaar luidkeels toe, en Evelina was blij dat ze niet naast Mike zat. Want die zou ongetwijfeld weer over trouwen zijn begonnen.

Toen begon de band te spelen. Antonio nam zijn bruid bij de hand en leidde haar naar de dansvloer. Mike kwam Evelina halen, en het duurde niet lang of iedereen danste. De sfeer was die van een Italiaanse bruiloft, een uitbundig feest waarop iedereen welkom was. En de feestzaal voelde als een stukje Italië, midden in New York.

Evelina merkte al snel hoe onvast Mike op zijn benen stond. Zijn handen waren klam, er parelde zweet op zijn voorhoofd, en toen hij het haar uit zijn gezicht veegde bleef het in pieken overeind staan. Hij had zijn jasje uitgetrokken, en ze voelde dat hij gloeide. 'Laten we even naar buiten gaan,' stelde ze voor.

'Nee, ik weet iets beters.' Hij bleef met een ruk staan en trok haar mee naar de band.

Er bekroop haar een akelig voorgevoel. 'Nee, Mike...' protesteerde ze, maar hij had de bandleider al aangeklampt. De muziek zweeg abrupt. Op de dansvloer klonk verbaasd gemompel.

'Ik heb een aankondiging te doen!' riep Mike.

De vlammen sloegen Evelina uit. Iedereen keek naar haar, ze kon wel door de grond zinken.

'Evelina en ik gaan trouwen!' Mike gooide zijn handen de lucht in.

Evelina dacht dat ze ging overgeven. Er barstte een luid applaus los, er werd gejuicht, en de muziek begon weer te spelen, harder, sneller dan daarvoor. Mike omhelsde haar en kuste haar vol op de lippen. Opnieuw een luid applaus. Toen werd ze omhelsd door Alba en Antonio. Ze zag dat ze iets zeiden, maar ze hoorde niets. Het was alsof ze zich onder water bevond, en ze had het gevoel dat ze geen lucht kreeg, dat ze geen adem kon halen. Voordat ze besefte wat er gebeurde, sloeg Madolina met een klapzoen haar sterke armen om haar heen. Peppino was de volgende die haar gelukwenste, en toen was er geen houden meer aan. De een na de ander schudde haar de hand, klopte haar op de schouder, feliciteerde haar. Lachende gezichten, waar ze ook keek, en luide stemmen. Het duizelde haar, ze voelde zich gedesoriënteerd, paniek nam bezit van haar...

Ze zette het op een rennen, naar de deur.

Ze had geen idee waar ze naartoe ging, ze wist alleen dat ze naar buiten wilde, dat ze snakte naar frisse lucht.

Buiten haalde ze diep adem. Het was glad op de stoep, er lag sneeuw, en het was koud, maar ze merkte het niet. Want dat ze in haar strapless jurk stond te trillen, kwam niet van de kou. Ze beefde van woede.

'Gaat het een beetje?'

Met een ruk draaide ze zich om. Franklin stond achter haar.

Ze wist niet wat ze moest zeggen.

'Wil je een sigaret?' Hij knipte zijn zilveren koker open.

Ze nam er een, ook al rookte ze niet.

Franklin gaf haar een vuurtje; hun handen raakten elkaar terwijl ze het vlammetje afschermden voor de wind. 'Je vat nog kou,' zei hij terwijl ze een trekje nam en begon te hoesten. 'Hier, neem mijn jasje.' Hij legde het om haar schouders. Het voelde warm tegen haar huid. 'Ik begrijp dat je niet blij bent met de aankondiging?'

Evelina nam nog een trekje. Deze keer hoefde ze niet te hoesten. 'Hoe durft-ie?' zei ze woedend.

'Hij had het misschien eerst moeten vragen.'

'Hij vraagt het al weken, maar ik ben er nog niet klaar voor. En dat heb ik ook gezegd.'

Franklin aarzelde. 'Kom, dan gaan we ergens heen waar het warm is,' zei hij toen, en hij bood haar zijn arm zodat ze niet uitgleed op haar hoge hakken.

Om de hoek zat een café waar ze in de banken schoven aan weerskanten van een van de tafeltjes. Franklin bestelde warme chocolademelk. 'Daar krijg je het weer warm van. Je bent niet echt op de kou gekleed.'

'Ik ben veel te kwaad om het koud te hebben.'

'Hij is dronken. Morgenochtend voelt hij zich afschuwelijk en is alles vergeten en vergeven.'

Evelina haalde haar schouders op. 'Ik weet niet of ik het hem kan vergeven.'

'Mannen doen soms stomme dingen als ze hun zin niet krijgen. Hij is nog jong, en het was stom wat hij heeft gedaan, maar hij bedoelt het niet kwaad. Dat weet ik zeker.'

'Nee, hij bedoelt het niet kwaad.'

'Als ik zo vrij mag zijn om dat te vragen... waarom wil je niet met hem trouwen?'

'Ik wil niet trouwen. Met niemand.'

Hij trok verrast zijn wenkbrauwen op. 'Helemaal niet? Nooit?'

Evelina staarde in haar chocolademelk.

'Mag ik mijn sigaretten? Die zitten in de binnenzak van mijn jasje.'

Ze gaf hem de koker en zijn aansteker. Hij stak een sigaret tussen zijn lippen. Evelina keek naar de rook die omhoog kringelde.

'Een leuk meisje zoals jij dat niet wil trouwen... Daar klopt iets niet.'

Met een zucht legde ze haar handen om de mok. 'Ik heb ooit heel veel van iemand gehouden,' zei ze zacht, zonder hem aan te kijken.

Hij knikte. 'Sorry,' zei hij toen, want hij begreep dat die liefde tragisch was geëindigd. 'Het was niet de bedoeling om –'

'Dat geeft niet.' Ze zuchtte opnieuw, en het voelde alsof de loden last van het verdriet iets minder zwaar op haar hart drukte. 'Hij is omgekomen in de oorlog.'

'Ben je daarom uit Italië weggegaan?'

'Er was niets meer wat me daar hield. Ik kom uit een klein stadje op het platteland. Zonder hem kon ik daar niet blijven. Alles herinnerde me aan hem.'

'En je denkt niet dat je ooit weer van een ander zou kunnen houden?'

Er brandden tranen in haar ogen. Ze kende Franklin amper. Toch had ze het gevoel dat ze met hem kon praten. Misschien wel omdat ze hem waarschijnlijk nooit meer zou zien. Misschien viel het haar daarom niet moeilijk om hem in vertrouwen te nemen. Het was alsof ze ging biechten bij de pastoor. Wat er ook werd besproken, het was onmiddellijk weer vergeten. 'Ik vind Mike aardig. Ik mag hem heel erg graag. Hij is grappig, boeiend. Een leuke man. Maar ik hou niet van hem. En ik denk ook niet dat ik ooit weer echt van een man zal kunnen houden. Misschien wil ik dat ook wel niet. Ezra was mijn grote liefde.' Het was voor het eerst dat ze het hardop zei, en de tranen stroomden over haar wangen. Ze veegde ze weg. 'Sorry, ik moet jou niet lastigvallen met mijn problemen.'

'Het zijn geen problemen, Evelina. Het is een loodzware last die je meesjouwt, en dat spijt me voor je.' Franklin glimlachte begrijpend. 'Er is tijd nodig om met je verdriet te leren leven, en iedereen doet dat in zijn eigen tempo. Er is niets wat je erop voorbereidt, er bestaat geen handboek voor. Je moet je alleen zien te redden, met vallen en opstaan, en zo vind je jouw manier om ermee om te gaan. Het verdriet houdt nooit op, maar uiteindelijk wordt het hanteerbaar, uiteindelijk leer je het te accepteren. En wanneer je eenmaal zover bent, kun je het loslaten.'

'Je klinkt alsof je weet waar je het over hebt.'

'Dat klopt. Ik was elf toen ik mijn vader verloor, en dat heeft er behoorlijk ingehakt. De dood is iets wat we niet kunnen bevatten. Definitief. Onherroepelijk. Maar daar moeten we ons bij neerleggen. En wanneer je dat eenmaal kunt, grijp je jezelf in de kraag, je recht je rug en je gaat door met je leven. Dat is het enige wat je kunt doen.' Hij tikte zijn sigaret af boven de asbak.

'En die leegte in je hart... die wordt nooit meer gevuld?'

'Nee, niet echt. Maar je hart is groter dan je denkt, en het heeft een sterk herstellend en compenserend vermogen.'

'Geloof je in God, Franklin?'

'Ik geloof in iets wat groter is dan ik. En ik geloof ook dat ieder mens hier is met een opdracht, een reden. Ik weet niet waarom ik hier ben, en dat zal ik misschien wel nooit weten, maar ik geloof oprecht in de zin van ons bestaan. We zijn hier allemaal met een reden. Jouw Ezra was hier met een reden, net als mijn vader. En toen hun opdracht was vervuld, was hun leven voltooid. Ik weet niet waar ze na de dood naartoe zijn gegaan, maar ik voel dat ze er nog zijn. Energie kan net zomin worden geschapen als vernietigd. Hun bewustzijn is er nog. Ergens in het universum. En ik troost me met de gedachte dat ik mijn vader terugzie. Tenminste, dat hoop ik.' Hij keek naar haar terwijl ze van haar chocolademelk nipte. 'Val Mike niet te hard, Evelina. Ik begrijp heel goed dat hij met je wil trouwen.'

Ze glimlachte vluchtig. 'Dat is lief gezegd.'

'Het is een aardige kerel, die Mike. Hij deugt. En neem het hem eens kwalijk dat hij tot over zijn oren verliefd op je is.'

'Hij is beter af met een ander. Met iemand die echt van hem houdt.'

'Misschien kom jij uiteindelijk ook zover.'

Ze dronk haar mok leeg. 'Dat weet ik niet. Maar ik wil niet dat hij me onder druk zet. En zeker niet op deze manier. Want nu moet ik aan mijn tante gaan vertellen dat ik helemaal niet ga trouwen.'

'Daar zal ze alleen maar blij om zijn. Ze vindt het heerlijk dat je er bent.'

'Misschien zit ze wel voorgoed aan me vast. Ik weet niet of ze dan nog zo blij is.'

'Het hart is sterker dan je denkt. Nu lijkt het alsof het nooit meer goed komt, alsof je hart voorgoed gebroken is. Maar je bent nog jong. Er komt een dag, dan besef je ineens dat je weer verliefd bent.'

Evelina weigerde hem te geloven. Ze wilde nooit meer van iemand houden. Ze had gedacht dat ze dat kon, maar ze had zich vergist.

Na zijn voorbarige aankondiging en haar afwijzing had Evelina verwacht dat zij het zou zijn die de verkering uitmaakte. Maar tot haar verrassing deed Mike dat. Niemand begreep waarom ze niet met hem wilde trouwen, Madolina al helemaal niet. 'Hij komt uit een goed nest. Hij heeft een goede baan. En hij ziet er ook nog eens goed uit. Het is echt een leuke man. Boeiend en met gevoel voor humor. Dat is heel belangrijk. Mensen die veel lachen, leven langer. En ze hebben een leuker leven. Die jongen houdt van je! Je zou je handen moeten dichtknijpen met iemand als hij.'

'Maar ik hou niet van hem. Niet zoals hij van mij houdt,' probeerde Evelina het uit te leggen.

'Dat komt wel. Mensen hebben soms gewoon wat meer tijd nodig. Maar als alle ingrediënten erin zitten, wordt je cake vanzelf lekker. In mijn tijd beslisten onze ouders met wie we trouwden.'

'Dat hebben mijn ouders ook nog gedaan bij Benedetta,' zei Evelina. En Francesco was niet bepaald de juiste keuze geweest. Maar dat zei ze niet hardop.

'Ik ben ouder en wijzer dan jij. Neem nou maar van mij aan dat Mike en jij goed bij elkaar passen.' Madolina nam haar onderzoekend op. 'Als je het nu uitmaakt, ben je hem voorgoed kwijt.'

'Ik hoef het niet meer uit te maken. Dat heeft hij al gedaan.'

'O, maar zodra je zegt dat je wilt trouwen, neemt hij je weer terug.'

Evelina schudde haar hoofd. 'Ik wil niet met hem trouwen.'

'Wat wil je dan? Wacht je op de prins op het witte paard?'

Ik wacht op iemand die nooit zal komen. 'Dat weet ik niet. Maar ik trouw liever niet dan met de verkeerde.'

Madolina trok een lelijk gezicht. 'Dan moet je op zoek naar werk. Want als je alleen blijft, zul je toch een inkomen moeten hebben. Van de wind kun je niet leven.'

Evelina herinnerde zich wat Franklin had gezegd. Dat hij haar aan werk zou kunnen helpen. Ze vroeg Jane om zijn telefoonnummer en belde hem op een avond, na zijn werk. Hij klonk niet verrast van haar te horen en bood aan een sollicitatiegesprek te regelen met Mrs. Spellman, het hoofd van de organisatie. De volgende dag belde hij al terug, met een datum en een tijdstip. Het kantoor van de liefdadigheidsorganisatie zat midden in Manhattan.

Netjes aangekleed, in een rok met een jasje, en met parels om haar hals en in haar oren, stapte Evelina op de bewuste dag opgewonden in de metro. Het was voor het eerst dat ze ging solliciteren. Ze had nog nooit betaald werk gedaan, en alleen al het ritje met de metro bezorgde haar een verrukkelijk gevoel van onafhankelijkheid. Het herinnerde haar aan de tijd dat Benedetta en zij ongechaperonneerd naar de stad gingen. Het was onvermijdelijk dat daardoor ook herinneringen aan Ezra naar boven kwamen. Maar die verdrong ze. Dit was niet het moment om zich onder te dompelen in verdriet en nostalgie.

Cynthia Spellman was een elegante veertiger met kort, modieus gepermanent blond haar en een blik die Evelina het gevoel bezorgde dat ze dwars door haar heen keek. Op haar grijze broek droeg ze een witte bloes, waarvan ze de mouwen had opgerold. Ze straalde een en al energie en efficiëntie uit. Haar man was een rijke effectenmakelaar, wist Evelina van Franklin, en inmiddels stond ze zo'n vijf jaar aan het hoofd van de liefdadigheidsorganisatie die al halverwege de achttiende eeuw was opgericht. De voornaamste doelstelling was het geven van scholing aan kansarme kinderen; recentelijk was daar de begeleiding en ondersteuning van ongehuwde moeders in de arme wijken bij gekomen.

Mrs. Spellman was opgestaan toen Evelina binnenkwam. Nu wees ze op de stoel voor haar bureau, ging zelf ook weer zitten en stak een sigaret op. 'Vrienden van Franklin zijn ook mijn vrienden,' zei ze met een glimlach. 'Wanneer zou je kunnen beginnen?'

'Zodra u me nodig hebt.'

'Ik heb je nu nodig. We zitten te springen om mensen. Er is

zo veel te doen. Ik kan je niet meer dan veertig dollar per week betalen, maar het werk schenkt enorm veel voldoening. En dat is ook wat waard.'

Evelina ging meteen akkoord, en ze spraken af dat ze over twee dagen zou beginnen.

Die avond belde ze Franklin om hem te bedanken.

'Ik heb het al gehoord. Cynthia was bijzonder over je te spreken.'

'Ze is erg aardig.'

'Dat is ze zeker.' Het bleef even stil. 'Ik stel voor dat we het vieren met een avond naar het theater. Er is genoeg moois waaruit we kunnen kiezen. En daarna een hapje eten. Kun je morgenavond?'

13

Evelina koesterde een grote liefde voor het theater en was daarin door haar ouders van jongs af aan enthousiast aangemoedigd. Artemisia zei altijd dat ze actrice zou zijn geworden als ze niet met Tani was getrouwd. Waarop Tani onveranderlijk opmerkte dat ze als actrice was gebóren en dat Villa L'Ambrosiana haar podium was waarop ze dagelijks haar drama's ten tonele voerde. Daar had hij niet helemaal ongelijk in, ook al was haar publiek in de afgelegen villa nooit groot genoeg en nooit uitzinnig genoeg in zijn waardering om de hunkering naar bewieroking van de diva in haar te bevredigen. Hoe dan ook, zowel Tani als Artemisia was dol op alle vormen van theater, en ze hadden hun kinderen – ter ere van een verjaardag of soms met Kerstmis – al jong meegenomen naar La Scala of Il Piccolo Teatro in Milaan. Met als gevolg dat Evelina was opgegroeid met de overtuiging dat opera, ballet en toneel de hoogste vormen van kunst waren die tot uiting werden gebracht in beweging, muziek en dans; dat ze het verdienden om te worden gekoesterd en dat ze op een hoger niveau stonden dan de film, die binnen ieders bereik lag en vermaak bood voor de grote massa. Het theater was bijzonder.

Ze keek dan ook uit naar haar afspraak met Franklin. Het kon haar niet schelen welke voorstelling hij had uitgekozen; ze vond het opwindend om weer naar het theater te gaan. Ze koos voor een mouwloos zwart jurkje met een smalle taille en een wijde rok, met daarbij de parels en de oorbellen die ze naar het sollicitatiegesprek bij Mrs. Spellman had gedragen. Haar haar had ze uit haar gezicht geborsteld en aan de onderkant licht naar buiten gekruld. Echt een vrouw van de wereld, constateerde ze tevreden toen ze in de spiegel keek, gekleed naar de laatste mode. Daar had ze vroeger nooit zo veel aandacht aan besteed, maar sinds haar verkering met Mike was stukgelopen, had ze het gevoel dat ze aan een nieuw hoofdstuk van haar leven begon. Dus dit leek haar ook het juiste moment voor een nieuwe Evelina. Ze had nu tenslotte een baan en ze verdiende haar eigen geld.

Franklin was een stuk ouder dan Mike. Evelina wist niet precies hoe oud hij was, maar ze vermoedde ergens achter in de dertig, misschien zelfs begin veertig. Net als zij was hij niet op zoek naar een relatie. Daar hadden ze het op de bruiloft over gehad. Dus ze gingen die avond als goede vrienden op stap, en daar was Evelina blij om. Ze had net een relatie achter de rug. Een nieuwe romance was wel het laatste waaraan ze behoefte had.

Toen ze de trap af kwam, zat Madolina in de salon te kaarten met haar vriendinnen. De rook van hun sigaretten zweefde de hal in, net als hun gekwetter en af en toe een gierend geschater. Een van de kaarters was Taddeo Paganini, Madolina's boezemvriend en vertrouweling, tevens de enige man die welkom was bij het groepje vrouwen dat zich inzette voor het goede doel. Maar Taddeo was geen vos in het kippenhok. Met zijn rode haar en zijn voorkeur voor flamboyante sokken die hij combineerde met krijtstreeppakken, hechtte hij aan zijn vrijgezellenbestaan. Hij had een scherpe tong, was cynisch, geestig, had oog voor het absurde en verdiende zijn brood als journalist. Madolina kon in zijn ogen geen kwaad doen; hij liep als een hondje achter haar aan en uitte zijn bewondering door het citeren van dichtregels. Evelina was dol op hem omdat hij haar aan het lachen maakte. Wanneer ze een sombere bui had, kon ze erop rekenen dat hij haar met zijn droge opmerkingen en oneerbiedige observaties weer wist op te vrolijken.

De dubbele deuren naar de salon stonden op een kier, Taddeo had haar meteen in de gaten toen ze naar beneden kwam. Hij verontschuldigde zich tegenover de andere spelers en haastte zich de hal in. 'Nee maar! Lauren Bacall zou jaloers op je zijn.' Hij nam haar bewonderend op. 'Je ziet er schitterend uit! Echt beeldschoon!'

Madolina was inmiddels ook de hal in gelopen. 'Er mist alleen nog een broche. Die maakt het helemaal af,' zei ze met een keurende blik op haar nichtje.

'Dat heb je goed gezien, Madolina,' viel Taddeo haar bij. 'Zo is ze een kerstboom zonder ster.'

'Ik heb geen broche,' zei Evelina.

'Maar ik wel. Precies wat die jurk nodig heeft. Je mag hem lenen.' Madolina liep naar de trap.

'Wie is de gelukkige?' vroeg Taddeo.

'We zijn gewoon goede vrienden.'

Hij trok een wenkbrauw op. 'Maak je je altijd zo mooi, voor gewoon een goede vriend?'

'We gaan naar het theater.'

'En souperen, neem ik aan?'

'Ja, om mijn nieuwe baan te vieren.'

'Ik zou bijna denken dat je in de directie bent benoemd.'

Evelina schoot in de lach. 'Er is verder niks tussen ons,' verklaarde ze ferm. 'Nogmaals, we zijn gewoon goede vrienden.'

'Ik hoor het je zeggen.'

Madolina kwam weer naar beneden, met de broche, een bij

ingelegd met parels en diamanten. Ze speldde hem zorgvuldig op Evelina's jurk. 'Perfect. Nu is het helemaal af.' Ze klopte er tevreden op en deed een stapje naar achteren. 'Je ziet er chic uit. Op-en-top een dame!'

Evelina liep naar de spiegel. 'Dank u wel, tante Madolina.' Ze streelde de broche. 'Hij is prachtig.'

'Ik heb hem bij onze eerste kerst van Peppino gekregen. Want ik ben dol op bijen. Altijd al geweest.' Ze glimlachte vertederd bij de herinnering.

'Dat komt omdat je zelf een bijenkoningin bent.' Taddeo maakte zoemende geluidjes.

Evelina moest lachen. Madolina rolde met haar ogen. 'Als ik een bijenkoningin ben, wat ben jij dan?'

'Een arme, onvermoeibare werkbij die vanuit een hoekje van de korf verlangend naar zijn koningin kijkt.'

'O Taddeo, je bent onverbeterlijk.' Madolina keerde zich weer naar haar nicht. 'Veel plezier vanavond. Franklin is erg aardig. Je had het niet beter kunnen treffen.'

'Heet hij Franklin? Dan hoop ik dat hij zijn naam eer aandoet. Dat hij er niet alleen goed uitziet, maar ook een goed stel hersens heeft,' zei Taddeo.

'Ach, hij is misschien niet zo knap als Franklin Roosevelt,' merkte Madolina op. 'Maar schoonheid verveelt. En van een goed gesprek krijg je nooit genoeg.'

'Gelukkig maar.' Taddeo ging met een hand door zijn dunnende rossige haar.

'Schoonheid verbleekt, maar de geest wordt er met het klimmen der jaren alleen maar scherper op,' vervolgde Madolina.

Taddeo slaakte een zucht. 'Eindelijk gerechtigheid!'

Er werd op de deur geklopt. Evelina pakte haar jas, maar Taddeo nam hem van haar over en hield hem voor haar op. 'Ik hoop dat je een fijne avond hebt, kindje. Met je Franklin. Als je het goed aanpakt, koopt hij misschien wel een nieuwe jas voor je. Want deze kan echt niet meer.'

Evelina deed open. Franklin glimlachte breed toen hij haar zag, zijn ogen begonnen te stralen. Omdat hij niet onbeleefd wilde zijn, kwam hij even binnen om Madolina en Taddeo te begroeten. Madolina kreeg een kus op haar mollige wang, en hij schudde Taddeo de hand. Toen legde hij een arm om Evelina's middel en loodste haar naar de auto.

Taddeo en Madolina keken elkaar aan. 'Volgens mij wordt het wel wat met die twee,' zei Taddeo.

En Madolina knikte. 'Dat denk ik ook. Het grappige is dat hij me aan Tani doet denken. Aan mijn broer.'

Taddeo grinnikte. 'Wat heerlijk freudiaans!'

Franklin had kaartjes voor *Cyrano de Bergerac*, in het Alvin Theatre aan West 52nd Street. Bij het zien van de uitbundig verlichte gevel moest Evelina denken aan de keren dat ze met haar ouders en Benedetta in Milaan naar het theater was geweest. Destijds had datzelfde gevoel van verwachting, verwondering bezit van haar genomen.

Ze zochten hun plaatsen, op de roodfluwelen stoelen in het midden van de stalles. Vandaar hadden ze goed zicht op het toneel. Het doek was nog dicht, de zaal liep langzaam vol, bezoekers werden door ouvreuses naar hun plaats gebracht. Franklin had een programmaboekje gekocht; ze bekeken het samen en ze bespraken de acteurs, het verhaal. Franklin legde uit dat het stuk was gebaseerd op een waargebeurd verhaal over een man die zo'n grote neus had dat hij betwijfelde of er ooit een vrouw van hem zou kunnen houden. 'Het is geschreven in 1897 door Edmond Rostand, de Franse dichter en toneelschrijver,' vertelde hij. 'En het is fraai in het Engels vertaald. Ik denk dat je het prachtig vindt.'

'Ik vind het alleen al heerlijk om weer in het theater te zijn.' Evelina beefde bijna van plezier. 'De vrienden die ik hier heb gemaakt, gaan liever naar de bioscoop.'

'En er draaien soms ook echt goede films. Maar niets kan tegen het theater op. Om de acteurs in het echt te zien, pal voor je op het toneel... dat maakt het zo veel indrukwekkender. Daardoor beleef je het zo veel intenser. Tenminste, dat vind ik.'

'En de sfeer is ook zo verrukkelijk. Zo'n volle zaal, iedereen in spanning voor wat er gaat komen. Wat moet het heerlijk zijn om als acteur op het toneel te staan.'

'Het lijkt mij vooral angstaanjagend. Ik ben blij dat ik hier zit, dat ik niet achter het doek sta te wachten.'

Evelina schoot in de lach. 'Vroeger toen ik klein was, droomde ik ervan om actrice te worden. Mijn moeder is een echte diva, haar leven is één onafgebroken optreden. Samen met mijn zus voerde ik altijd toneelstukken op.'

'Deed je op school ook aan drama?'

'Ik ging niet naar school.'

Franklin vertrok zijn gezicht van afschuw. 'Je ging niet naar school?' herhaalde hij verbaasd.

'We kregen thuis les.'

'Wat ouderwets.'

'Ja, mijn vader is niet echt van deze tijd. Hij had honderd jaar eerder geboren moeten zijn.'

'Wat doet hij voor werk?'

'Hij is schrijver. En met succes. Hij heeft al veel prijzen gewonnen.'

'Als jullie niet naar school gingen, hadden jullie dan wel vriendinnetjes?'

'Jawel, maar niet veel. Eigenlijk alleen de kinderen van de vrienden van onze ouders. We waren erg op onszelf aangewezen.'

'"We", dat waren jij en je zus?'

'We hadden ook een broertje. Maar die is heel jong gestorven.'

De lichten gingen langzaam uit. 'Ach, wat verdrietig,' fluisterde Franklin.

'Ja, maar het is al heel lang geleden,' fluisterde ze terug.

Evelina was helemaal weg van het stuk. In de pauze dronken ze wijn in de bar en stelde Franklin haar voor aan wat vrienden die hij toevallig tegen het lijf liep. Evelina wist dat ze er leuk uitzag, en de bewonderende blikken deden haar goed. Het was zo'n ander publiek dan wat ze in Brooklyn gewend was. Wereldser, met meer stijl en elegantie. Ze kwam niet zo vaak in Manhattan. Maar haar nieuwe baan zou daarin verandering brengen. Ze keek ernaar uit om dagelijks de metro downtown te nemen.

Na afloop van de voorstelling had Franklin een tafeltje gereserveerd in een chic restaurant. Het was sinds haar komst naar Amerika voor het eerst dat ze in een dergelijke gelegenheid at. Met Alba en Antonio, en met Mike, was ze alleen in eenvoudige eettentjes geweest, en in cafés, of ze hadden thuis gegeten. Dit was een andere wereld. Evelina voelde zich groeien. Bij de entree van het restaurant stond een dame die haar jas aannam en hem in de garderobe hing, waar hij nogal sjofel oogde naast de fraaie bontmantels en camel herenjassen. Het bleek dat Franklin de eerste ober kende; die bracht hen naar een rond tafeltje in een hoek. Op het tafelkleedje stond behalve een lampje met een vuurrode kap ook een brandende kaars. Franklin bestelde een fles wijn, proefde met de aandacht van een kenner en knikte toen goedkeurend. Terwijl hij vervolgens een sigaret opstak, schonk de sommelier Evelina als eerste in. De menukaart werd gebracht, en Franklin vertelde Evelina wat hij kon aanbevelen. 'Je komt hier blijkbaar regelmatig,' zei ze. Het viel haar op dat hij geen blik op de kaart wierp.

'Ik ga graag naar het theater, en na de voorstelling eet ik hier altijd een hapje. Dus ik ken het menu uit mijn hoofd. De kreeft was de laatste keer niet om over naar huis te schrijven, maar de krabsalade is voortreffelijk.'

Evelina koos uit bescheidenheid de twee minst dure gerechten, want ze wist dat Franklin voor hen beiden zou betalen.

'Wat deed je vroeger nog meer, behalve toneelstukken opvoeren met je zus?'

Evelina bracht glimlachend haar glas naar haar mond. Sinds haar komst naar Amerika had ze zelden iets over haar leven in Italië verteld. En al helemaal niet aan Mike. Maar met Franklin voelde ze zich wonderlijk vrij om erover te praten. 'Ik schilderde.' Terwijl ze het zei zag ze in gedachten de weelderige tuin van Villa L'Ambrosiana.

'Kon je het een beetje?'

'Ik vond zelf van wel.' Ze schoot in de lach. 'Ik verbeeldde me dat ik een tweede Michelangelo was.'

'Schilder je nog steeds?'

'Nee, ik heb het in geen jaren gedaan.'

'Ik neem aan dat je daar ook privéles in kreeg?'

'Ja, we kregen in alles privéles.' Ze sloeg haar ogen neer terwijl ze aan Fioruccia dacht; haar gezicht kwam in haar herinnering bovendrijven als een weerspiegeling op het water.

'Als je graag schildert zou je het hier ook weer moeten gaan doen.'

'Ik zou niet zo goed weten waar. In Italië schilderde ik in de tuin. Die was zo'n bron van inspiratie.' Haar ogen glansden in het kaarslicht terwijl ze Franklin vertelde over Villa L'Ambrosiana. Over de grotten en de beelden, de rijkversierde trappen, de zuilengangen, en over het huis zelf, over de charme die het bezat ondanks, of misschien wel dankzij, de sfeer van vergane glorie. 'Een beetje zoals bij een oude actrice.' Ze grijnsde. 'Je kunt zien dat ze ooit een schoonheid moet zijn geweest, maar haar gezicht is een en al rimpels, en haar kale hoofd zit onder een pruik. Ze draagt bontmantels en parels, maar ze verlangt terug naar vroeger, toen ze haar grootste successen vierde, toen ze werd bewonderd en toegejuicht. Zo is het ook met de villa. Mijn moeder heeft groene vingers, dus de muren zijn bedekt met jasmijn en kamperfoelie, en er staan grote potten met bougainville.' In gedachten slenterde ze door de tuin. 'En er groeit overal rozemarijn. Op warme zomeravonden ruik je die geur boven alles uit. Het ruikt verrukkelijk.'

'Het klinkt ook verrukkelijk. Wat is er met je schilderijen gebeurd?'

Evelina haalde haar schouders op. 'Dat weet ik niet. Ze moeten nog ergens zijn.'

'Dus je moeder heeft ze niet ingelijst en opgehangen?'

'Als je mijn moeder kende zou je dat niet vragen.'

'Vertel eens wat meer over je moeder.'

En dus vertelde Evelina hem over Artemisia. Het eten kwam, de glazen werden nog eens volgeschonken, en Franklin luisterde. Hij was een en al aandacht, en Evelina vond het heerlijk om herinneringen op te halen aan alles wat haar dierbaar was. Ze had zich de laatste jaren zo op de schaduwzijden van het verleden gericht, dat ze al het plezier, alle mooie dingen bijna was vergeten. En die waren er toch ook volop geweest. Ze vertelde over Benedetta, over hun ritje naar Vercellino, waarbij zij in de struiken Fioruccia's jurk had aangetrokken. Maar ook over Francesco, over de afschuwelijke manier waarop hij Benedetta had behandeld. 'Hij is in de oorlog gestorven, en daar was ik niet rouwig om,' bekende ze. 'Francesco was een vrouwenhater en een vurige fascist. Benedetta accepteerde alles van hem. Ze heeft nooit iets gezegd. Zo waren we opgevoed. Ze was een goede echtgenote en een goede moeder voor Giorgio. In de oorlog werd ze verliefd op een knappe partizaan. Hij was een stuk ouder dan zij. Een moedige verzetsstrijder. Ik wist meteen dat ze niet naar Francesco terug zou gaan. Dus het was eigenlijk maar goed dat hij de oorlog niet heeft overleefd. Benedetta is nu heel gelukkig met Gianni, en ze hebben een dochtertje, Pasquala, een halfzusje van Giorgio. Volgens mij hebben ze het goed samen. Ook al moet het voor Gianni wel een enorme omschakeling zijn geweest. Hij had onder het fascistische regime gevangengezeten, en toen hij vrijkwam is hij bij het verzet gegaan. Maar ik denk dat hij er vrede mee heeft dat zijn leven in rustiger vaarwater is terechtgekomen.'

Ze zaten al aan het dessert toen Franklin naar Ezra vroeg. Evelina schrok, maar er was geen reden waarom ze niet ook over Ezra zou vertellen. Misschien was het juist goed om over hem te praten; misschien was dat wel beter dan de herinneringen aan hem diep weg te stoppen als iets akeligs, iets onaangenaams. Ze nam een lepel ijs met chocoladesaus en stelde zich haar tijd met Ezra voor als een berg. De top, dat was zijn dood, en die was maar heel klein vergeleken met de rest van de berg, de tijd dat ze samen waren geweest. Ze vertelde Franklin over hun eerste ontmoeting, over de briefjes die ze elkaar hadden gestuurd via zijn tante, en hoe hij vlak voordat ze naar Amerika zou vertrekken op de fiets naar de villa was gekomen. Ze vertelde over die zomer voordat de regen kwam. Over de zonnige dagen waaraan geen einde leek te komen. Over de liefde. 'Hij was Joods. De rassenwetten van 1938 waren verschrikkelijk, een harde klap, maar zijn leven raakte er niet door in gevaar. Dat veranderde door de Duitse bezetting, in 1943. Toen werd alles anders. De Zanotti's hadden ervoor kunnen kiezen om te vertrekken, maar Ercole, Ezra's vader, bleef optimistisch. Te optimistisch. Hij onderschatte het gevaar. En hij weigerde zijn huis en zijn winkel op te geven. Hij woonde al zijn hele leven in Vercellino, zei hij, net als zijn ouders en zijn grootouders. Dus hij zag geen enkele reden waarom hij zou moeten vertrekken.' Ze schudde zuchtend haar hoofd. 'Ze zijn allemaal vermoord in de kampen. Allemaal. Zelfs de kinderen.' Ze sloeg haar ogen neer, opnieuw overmand door de oude vertrouwde gevoelens van spijt, van verdriet.

'Wat verschrikkelijk,' zei Franklin oprecht. 'En jij verloor de man van wie je hield.'

Ze knikte. Er zat een brok in haar keel, en ze probeerde uit alle macht niet te huilen. 'Ik heb dit nooit aan iemand verteld,' zei ze zacht.

'Ik ben blij dat je het hebt gedaan. Het is niet goed om het op te kroppen. Daardoor geef je jezelf niet de kans om ermee in het reine te komen. Want dat bereik je alleen door alles wat je hebt weggestopt, naar boven te halen. Hoe verdrietig, hoe inktzwart het ook is. Het helpt om erover te praten. Om te accepteren dat het er is en het onder ogen te zien.'

'Je hebt gelijk. Dat weet ik. Maar het is allemaal nog zo vers.'

'Ezra moet een bijzonder mens zijn geweest dat je zo veel van hem hebt gehouden.'

'Dat was hij. Heel bijzonder.'

'Er zijn mensen die nooit zullen weten hoe het is om zo intens, zo onvoorwaardelijk lief te hebben. Ze trouwen, krijgen kinderen, ze bouwen een bestaan op, maar zonder te ervaren hoe het is om echt, tot in het diepst van hun wezen van iemand te houden. Ezra en jij hebben niet de kans gekregen om een bestaan op te bouwen, maar jullie hebben wel heel veel van elkaar gehouden. En dat is ook heel dierbaar. Heel kostbaar.'

Evelina was zo ontroerd dat ze niet wist wat ze moest zeggen. Ze pakte haar glas en nam een slok wijn. Toen ze het weer neerzette, besefte ze dat haar hand beefde.

Het sneeuwde toen ze het restaurant uit kwamen. Dikke vlokken dwarrelden zacht als mollige veren uit de lucht en twinkelden in het gouden schijnsel van de straatlantaarns. Het plaveisel was bedekt met een witfluwelen deken die alle onvolkomenheden verborg en de stad veranderde in een glinsterende, flonkerende droomwereld. Evelina schoof haar arm door die van Franklin, en zo liepen ze naar de auto.

Niet veel later stopte hij voor het huis van Madolina en Peppino. Hij liep mee naar de voordeur. 'Dank je wel voor de heerlijke avond,' zei ze terwijl ze de sleutel in het slot stak.

'Ik vond het ook een heerlijke avond. Succes morgen. Ik heb er alle vertrouwen in. Cynthia Spellman is echt aardig.'

'Ja, dat vond ik ook.'

Hij boog zich naar haar toe en gaf haar een kus op haar wang. 'Trouwens, vind je het goed als ik je nog eens meevraag?'

Ze glimlachte. 'Natuurlijk. Heel graag.'

'Goed. Dan bel ik je.' Met die woorden liep hij de stoep af, terug naar de auto. Evelina deed de deur open en ging naar binnen. Net voordat ze die achter zich dichtdeed, zag ze dat Franklin naar haar wuifde. Ze stak haar hand op en wuifde terug.

De volgende morgen nam ze de metro naar Manhattan. Ze was nerveus, maar ook opgewonden. Voor een meisje dat zich in Vercellino achter de struiken had verkleed, was ze een eind gekomen! De wereld waarin ze nu leefde, zag er heel anders uit dan die waar ze vandaan kwam. In New York waren geen paarden, daar reden geen rijtuigen, alleen maar snelle, gestroomlijnde auto's. Het was nooit stil in de stad, de lichten doofden nooit. Het was opwindend. Dit was nu haar leven. Ze had het verleden, de lome, trage wereld van Villa L'Ambrosiana achter zich gelaten, en ze wilde nooit meer terug.

In de metro dacht ze aan Franklin. Ze had een heerlijke avond gehad. De voorstelling was schitterend geweest, en ze had genoten van het souper. Maar wat haar het meest had getroffen, waren hun gesprekken. Hoe ze met hem had kunnen praten. Hoe ze haar gedachten en haar gevoelens had kunnen delen, en hoe hij aandachtig, vol begrip en compassie, had geluisterd.

Terwijl ze de besneeuwde treden naar de ingang van het kantoorgebouw beklom, merkte ze dat ze Franklin niet uit haar hoofd kon zetten. Ze dacht aan hem in de lift omhoog, en ze dacht nog steeds aan hem wanneer ze opkeek van haar werk en uit het raam naar buiten staarde. Toen ze die avond thuiskwam ging de telefoon. Franklin! Ze deed haar oorbel af, drukte de hoorn tegen haar oor en ging zitten. 'Vertel!' zei hij. 'Hoe ging het?' En terwijl ze verslag deed van haar eerste werkdag, wist ze dat hij het niet uit beleefdheid vroeg, maar dat hij oprecht geïnteresseerd was. Het bezorgde haar een warm gevoel; een gevoel dat de kou verdreef, zoals de eerste zachte voorjaarsbries de bomen deed ontwaken uit hun winterslaap.

14

Kerstmis werd bij Peppino en Madolina luidruchtig gevierd. Alba en Antonio waren van de partij, net als Jane en Richard met hun drie kinderen, en Taddeo Paganini had zich als kerstman verkleed, want zonder hem zou het feest niet compleet zijn geweest. Hij had Madolina geholpen met het opzetten van de grote kerstboom in de salon en die versierd met lichtjes, engelenhaar en glazen bollen met kleine sneeuwfiguurtjes erin. Een enorme gouden ster fungeerde als piek. Aan de voet lagen de cadeautjes uitgestald, kleurig verpakt en omwikkeld met lint. Madolina had kosten noch moeite gespaard.

De dag voor Kerstmis had Evelina met Franklin afgesproken voor een wandeling in het park. De rest ging schaatsen, zelfs Madolina, die het verrassend goed bleek te kunnen. Ze zwierde sierlijk over het ijs, met af en toe een elegante, statige pirouette. Het werd al vroeg donker. Het licht van de straatlantaarns drong glinsterend door de optrekkende mist, sneeuwvlokken wervelden in de gouden stralenkrans. Franklin en Evelina liepen hand in hand. Ondanks de kou voelde Evelina zijn warmte door haar dikke wanten heen, en behalve die warmte ook het gevoel van geborgenheid dat hij haar gaf. Ze hadden de laatste tijd veel samen ondernomen. Ze waren naar de opera geweest, naar balletvoorstellingen, ze hadden samen gedineerd en soms ook geluncht. Uit alles bleek dat Franklin van gedachten was veranderd, dat hij wel degelijk een vriendin wilde. En tot haar verrassing had Evelina ontdekt dat ook zij anders over een nieuwe relatie was gaan denken. Franklin behandelde haar als een dame, en Evelina wilde niets liever zijn dan dat. Ze hield van de Evelina die hij in haar had gewekt. Van de Evelina die ze was wanneer ze samen waren. Van de rust en de harmonie, de manier waarop ze elkaar begrepen en moeiteloos aanvoelden; dat alles maakte dat ze er niet langer aan twijfelde of Franklin was de ware. Mike was een stuk jonger geweest, met de onzekerheid die hoorde bij de jeugd. Franklin was een man.

Franklin bleef staan toen ze onder een lantaarn door liepen en gaf haar een cadeau, verpakt in rood papier, dichtgebonden met een roodfluwelen lint. Ze moest het onder de boom leggen, zei hij, en ze mocht het pas op kerstochtend openmaken. Evelina drukte het tegen haar hart. 'Dat had toch niet gehoeven. Maar ik ben er wel heel blij mee. Dit is mijn mooiste kerstcadeau. Dat weet ik zeker,' zei ze lachend. 'Maar ik had ook iets voor jou moeten kopen. Wat dom dat ik daar niet aan heb gedacht.'

Hij schonk haar een liefdevolle blik. 'Jij bent mijn cadeau. Meer heb ik niet nodig.'

Ze lachte, blozend van plezier om het compliment.

Toen boog hij zich naar haar toe en kuste haar. Het was voor het eerst dat hij zijn lippen op de hare drukte. Evelina sloot haar ogen terwijl hij zijn armen om haar heen sloeg in een warme omhelzing. De kus voelde goed, alsof het zo moest zijn. Hij was groot en sterk, in zijn armen voelde ze zich veilig. Het was alsof ze eindelijk, na een lange reis haar bestemming had bereikt, alsof ze eindelijk thuiskwam. En ze wist plotseling zeker dat ze bij elkaar hoorden. Ze was niet langer een boot die stuurloos ronddobberde; haar route was duidelijk, haar kompas wees haar de weg.

Toen de familie zich de volgende dag rond de boom had verzameld om de cadeautjes open te maken, trok Evelina de strik los van het pakje dat ze van Franklin had gekregen, en wikkelde het rode papier eraf. Er kwam een schilderkist tevoorschijn, gevuld met waterverf. 'Van wie heb je dat gekregen?' vroeg Taddeo, die nieuwsgierig meekeek over haar schouder.

'Van Franklin.'

'Ik wist niet dat je schilderde.'

'Dat deed ik vroeger, in Italië, maar ik heb het nu al jaren niet meer gedaan.'

'Wat lief bedacht,' zei Madolina. 'Maar waar zou je hier een ezel moeten opzetten?'

'Hij is gek op je.' Jane glimlachte.

'Het is erg aardig van hem dat hij aan me heeft gedacht.'

Taddeo trok een wenkbrauw op. 'Kindje, volgens mij denkt hij aan niets anders. Een cadeau zegt meer dan duizend woorden.'

'En wat zegt dit cadeau?' vroeg Alba.

'Nou, dat lijkt me duidelijk. De drang om te schilderen komt van heel diep. Dat hij Evelina zo'n prachtige kist met verf geeft, bewijst dat Franklin zich echt in haar heeft verdiept. Dat hij niet alleen de buitenkant ziet, maar juist ook de binnenkant. Dat hij haar begrijpt en dat hij haar op handen draagt. Hij moedigt haar aan om een oude liefde weer op te pakken.'

'Wat romantisch!' Alba keerde zich naar Antonio. 'Ik ben benieuwd wat ik van jou krijg. Of jij ook zo goed hebt nagedacht over je cadeau.'

Antonio schoot in de lach. Voor Alba ging het daar niet om. Alba vond het vooral belangrijk dat het duur was wat ze kreeg. En dat was het. Het had hem een hoop geld gekost.

'Het is meer dan romantisch. Het gaat veel verder. Ik vind het ontroerend.' Taddeo legde een hand op zijn hart. 'Een kist met verf zegt meer over hem, over wat hij voelt, over wat hem beweegt, dan een sieraad dat zou kunnen. Dus denk erom dat je zuinig op hem bent, Evelina. Zo'n man mag je niet laten lopen.'

Evelina bloosde.

'Ik ken Franklin al heel lang en ik heb hem nog nooit echt verliefd gezien,' zei Jane, ernstig en bedachtzaam als altijd. 'Maar volgens mij is hij nu toch echt verliefd. Smoorverliefd zelfs.'

Evelina voelde zich slecht op haar gemak met al die aandacht, dus ze was opgelucht toen Alba ging staan en zei dat Antonio en zij iets belangrijks te vertellen hadden. Het werd stil in de kamer. Madolina's blik kruiste die van Taddeo, en ze glimlachten vol verwachting. 'We krijgen een baby!' Alba keek naar haar moeder, benieuwd hoe die zou reageren.

Madolina wist van blijdschap niet hoe ze het had. 'Wat fijn! Wat heerlijk!' Ze schoot overeind, trok haar dochter in haar armen en omhulde haar in moederliefde en een wolk Givenchy.

'En dat hadden jullie niet eerder kunnen vertellen? Daar hebben jullie al die tijd mee gewacht?' mompelde Taddeo. Evelina hoorde het en keek hem aan. Hij haalde nauwelijks merkbaar zijn schouders op. Evelina zei niets, maar ze vroeg zich af of Madolina en Taddeo het soms van meet af aan hadden geweten.

Dat gold duidelijk niet voor Peppino. Die sloeg Antonio op de schouder en haastte zich de kamer uit. 'Dat moet gevierd worden!' riep hij uit, alsof ze al niet midden in een viering zaten. 'Ik trek mijn beste champagne open.'

Dat voorjaar schonk Alba het leven aan een dochter en vroeg Franklin Evelina ten huwelijk. De baby werd Chiara gedoopt, en Evelina zei ja.

Ze wilde het grote nieuws onmiddellijk aan haar ouders

schrijven, maar Franklin vond dat ze het niet bij een brief konden laten. 'We moeten het ze zelf gaan vertellen.'

'Hoe bedoel je? Wil je naar ze toe?' vroeg Evelina, op slag ten prooi aan tegenstrijdige gevoelens.

'Ja, ik wil je ouders leren kennen, en dat geldt omgekeerd vast en zeker net zo. Ik trouw met hun dochter. Dus het lijkt me niet meer dan gepast om met elkaar kennis te maken.'

'Dat zal voor mijn moeder aanleiding zijn om een groot feest te geven. Met alles erop en eraan. Ik ben bang dat we daar niet onderuit komen. Ze doet niets liever. Met zichzelf als stralend middelpunt.'

Franklin schoot in de lach. 'Hoezo, daar komen we niet onderuit? Dat is toch leuk?'

'Weet waar je aan begint. Italië is niet te vergelijken met Amerika. Daar gaat het er behoorlijk anders aan toe.'

'Ik ben reuzebenieuwd!' Hij trok haar in zijn armen en kuste haar. 'Ik wil zien waar je vandaan komt, Evelina. Waar je bent opgegroeid. Ik wil je ouders leren kennen, en ik ben nieuwsgierig naar de tuin waar je schilderde, naar het stadje waar je in het rijtuigje naartoe reed. Daar heb je over verteld, maar dat is toch anders dan om het in het echt te zien. Beschouw het als een avontuur.'

'Het kan behoorlijk spoken tijdens de oversteek,' waarschuwde ze hem.

'Dat weet ik, maar we nemen een hut in de eerste klas.'

'Echt waar?' Evelina vrolijkte onmiddellijk op bij dat vooruitzicht. 'Reizen we eerste klas?'

Hij keek grijnzend op haar neer; zijn ogen zeiden dat hij haar alles wilde geven wat haar hartje begeerde. 'Natuurlijk, liefste. Je denkt toch niet dat ik mijn bruid in het vooronder stop?'

Toen Madolina van hun reisplannen hoorde, reageerde ze geschokt. 'Jullie moeten eerst trouwen,' verklaarde ze op besliste toon. 'Ik leef niet in de middeleeuwen, zoals pastoor O'Malley. Die is echt niet van deze tijd. Dus ik vind het prima dat jonge mensen zonder chaperonne op pad gaan. Maar samen op reis, terwijl jullie nog niet getrouwd zijn, dat hoort niet. Bovendien zijn de hutten in de eerste klas niet goedkoop. Het is er beter om er een te kunnen delen. Ik weet zeker dat Franklin dat met me eens is. En wat je ouders betreft, Tani en Artemisia zullen er vast en zeker geen bezwaar tegen hebben dat ze niet bij de plechtigheid aanwezig kunnen zijn.' Ze dacht even na. Toen wreef ze opgewonden in haar mollige handen. 'Ik krijg ineens een geweldig idee. Jullie trouwen hier voor de wet, in een kleine, besloten ceremonie, en je moeder organiseert het kerkelijk huwelijk in Vercellino. Ze doet niets liever. Ik ken niemand die zo dol is op het organiseren van bruiloften en partijen als Artemisia. En Peppino en ik bieden jullie hier een feestje aan om het te vieren. Wat vind je?'

En zo kwam het dat Franklin en Evelina op een stralende ochtend in juli aan boord stapten van De Saturnia. De gestroomlijnde Italiaanse lijnboot zou op weg naar Genua ook Gibraltar en Napels aandoen. Omdat ze inmiddels voor de wet waren getrouwd, beschouwden ze de overtocht als hun huwelijksreis, en ze genoten met volle teugen, uitbundig als een stel tieners. Evelina wist dat ze Ezra moest loslaten. Dat ze de herinneringen aan hem moest toevertrouwen aan de verborgen diepten waar ook haar herinneringen aan Bruno rustten, als verloren schatten toegedekt door de troebele wateren van verdriet en verloren liefde. Ze had bewust het besluit genomen om zich open te stellen voor het nieuwe, voor alles wat ze na de verliezen die ze had geleden, had mogen ontvangen, en om daarin het geluk te vinden.

Ze had zich nooit aan Mike gegeven omdat ze onbewust had

geweten dat er voor hen geen gezamenlijke toekomst was weggelegd. Met Franklin was het van meet af aan anders geweest. En toen het grote moment eindelijk aanbrak, in hun eerste huwelijksnacht, had ze zich onvoorwaardelijk, met volle overtuiging aan hem gegeven. Met Franklin had ze het genot dat een man en een vrouw elkaar konden schenken, opnieuw ontdekt. Ze vergeleek hem niet met Ezra, ze voelde zich ook niet schuldig zoals aanvankelijk met Mike. Dat kwam doordat ze met Franklin wist dat het goed was. Terwijl ze elkaars lichaam verkenden in de lange dagen en nachten aan boord van De Saturnia verwonderde Evelina zich over het vermogen van de ziel tot liefhebben. Als een boom die na de winter weer groen uitloopt, was ook het hart in staat om opnieuw tot leven te komen. En dat vervulde haar met dankbaarheid en ontzag.

Behalve dat ze van elkaar en elkaars lichaam genoten, wandelden ze over het dek, ze kaartten in de lounge met hun medepassagiers en 's avonds, wanneer de ondergaande zon de zee in goud dompelde, stonden ze aan de reling en keken uit over de golven. Het was een heerlijke, vredige tijd, die ze zich later zouden herinneren als betoverend.

Naarmate ze dichter bij Genua kwamen, werd Evelina steeds nerveuzer. Het begon met een soort zoemen in haar maag, als van een zwerm bijen. Een trillen, een gonzen dat gepaard ging met een steeds sterker gevoel van angst. Ze was met een gebroken hart uit Italië weggegaan, in de rouw om Ezra, om de toekomst die hun was ontnomen. Het leek een mensenleven geleden, en ze was sindsdien erg veranderd. Ze had de Amerikaanse nationaliteit aangenomen, en ze had een nieuwe liefde gevonden met wie de toekomst in niets leek op wat ze zich daar ooit van had voorgesteld. Was het te snel voor een confrontatie met het verleden? Was er sinds haar vertrek voldoende tijd verstreken om te voorkomen dat die confrontatie pijnlijk zou zijn?

Franklin hield haar dicht tegen zich aan toen de Italiaanse kustlijn opdoemde uit de heiigheid en geleidelijk aan steeds meer kleur aannam, tot ze de hoefijzervormige baai konden onderscheiden, de heuvels bedekt met diepgroene bomen, de gele en oranje huizen die zich als schelpen vastklampten aan de rotsen. Kleine boten voeren het schip tegemoet, en op de kade stond een wuivende menigte; allemaal mensen die waren uitgelopen om hun terugkerende familieleden te begroeten met de uitbundigheid en de hysterie die kon worden verwacht in een land waar emoties – ook in het openbaar – ongeremd werden geuit.

Franklin en Evelina namen de trein naar Vercellino; ze reisden opnieuw eerste klas en keken met stijgende opwinding naar het voorbijschietende landschap. Franklin was nog nooit in Noord-Italië geweest, wel in Rome en Florence op de diverse reizen die hij vóór de oorlog had gemaakt. Maar Lombardije en Piëmont kende hij niet. Voor hem was het inderdaad een avontuur, zoals hij had gezegd. Geïnteresseerd nam hij alles tot in de kleinste details in zich op; dingen die voor Evelina zo vertrouwd waren. Ze kreeg een gevoel alsof ze nooit weg was geweest, alsof ze in haar oude huid terugkroop. En ze wist niet of die nog wel paste.

Tani en Artemisia waren in de stokoude Fiat naar het station gekomen om hen af te halen. Evelina besefte pas hoezeer ze hen had gemist toen ze hen uit de stoomwolken van de trein zag opdoemen. Daar stonden ze, op het perron: haar vader in een lichtgekleurd linnen pak met een panamahoed, zijn handen op de rug; haar moeder in een gebloemde jurk en met een zonnehoed, waaronder haar haar los op haar schouders viel. Artemisia wuifde uitzinnig. Zodra ze op het perron stond, rende Evelina naar hen toe en vloog hen in de armen, hartstochtelijker dan ze hen vóór haar vertrek ooit had omhelsd. En dat gold ook voor haar ouders, die haar nooit eerder zo uitbundig in hun armen hadden genomen.

Tani herkende in Franklin onmiddellijk een mede-academicus. De twee mannen schudden elkaar de hand, en op datzelfde moment besefte Evelina hoezeer ze op elkaar leken. In een flits herinnerde ze zich Marica Magica, die haar had voorspeld dat ze zou trouwen met een man die sterk op haar vader leek. De herinnering werd onmiddellijk verdrongen door de lawine van vragen waaronder ze elkaar bedolven. Tani sprak goed Engels, maar dat van Artemisia was erbarmelijk, dus de twee mannen gingen voor in de Fiat zitten zodat ze het gesprek konden voortzetten, terwijl de vrouwen op de achterbank honderduit praatten in razendsnel Italiaans.

Artemisia bewonderde Evelina's ring met diamanten en robijnen die Franklin en zij samen hadden uitgekozen bij Tiffany. En ze was ook vol bewondering voor Evelina's kleren, voor haar nieuwe kapsel, voor alles waaruit zo duidelijk sprak dat haar dochter een echte Amerikaanse was geworden. Ze bestookte haar met vragen, en Evelina beantwoordde ze maar al te graag, want haar moeder had zich vroeger nooit zo geïnteresseerd getoond.

Het werd stil in de auto toen ze de oprijlaan in sloegen. Villa L'Ambrosiana troonde als een gepensioneerde oude diva aan het eind van de lange cipressenlaan; haar muren waren gehuld in jasmijn; haar ogen, vermoeid van alles wat ze in haar leven had gezien, staarden loom naar de met mos begroeide Venus die zich spiegelde in het water van de fontein aan haar voeten. Evelina kreeg een brok in haar keel. Het was prachtig, precies zoals het altijd was geweest. En zoals het altijd zou zijn, zowel in het echt als in haar verbeelding. Want sommige dingen veranderden nooit; daarvoor hadden ze zich al te lang staande gehouden. Evelina's ogen werden vochtig, haar hart zwol van geluk. Ooit had ze ervan gedroomd om het allemaal achter zich te laten, om als een vogel te kunnen wegvliegen naar exotische oorden, om los te breken uit haar gouden kooi. Maar nu was ze ontroerd om ernaar terug te keren, als een postduif die weet waar hij thuishoort.

In de zon, op de treden naar de voordeur stond een klein ontvangstcomité: Nonna Pierangelini, die er in haar lange jurk met parels uitzag als een welgedane ekster, haar magere zus Costanza in het vuurrood, Benedetta en Gianni met hun kinderen, en Romina. Evelina popelde van ongeduld om hen allemaal te begroeten, en zodra de auto stilhield sprong ze eruit. Terwijl zij haar familie omhelsde en kuste, stelde Tani hen een voor een voor aan Franklin, die dankzij zijn kennis van het Latijn en dankzij wat hij van Evelina had geleerd, een aardig mondje Italiaans sprak en redelijk kon begrijpen wat er werd gezegd, zolang er maar langzaam werd gesproken.

Nonna Pierangelini pakte Evelina stevig bij de hand terwijl ze door het huis naar het terras aan de achterkant liepen. 'Hij is knap voor een Amerikaan.' Haar kleine, diepliggende ogen in een netwerk van rimpels gloeiden warm als grappa. 'En hij heeft een intelligent gezicht. Dat is heel belangrijk. Je moet nooit trouwen met een man die minder intelligent is dan jij. Je wilt een man tegen wie je kunt opkijken, een man voor wie je ontzag kunt hebben. En volgens mij geldt dat voor Franklin. Heb ik gelijk of niet?'

'U hebt gelijk, Nonna. Franklin doceert klassieke talen aan Columbia University,' vertelde Evelina trots.

Nonna hijgde van bewondering. 'Beter kun je het niet krijgen! Zulke mannen zijn de beste.' Ze huiverde van genot. 'Mannen zoals jouw Franklin en mijn Tani.'

Costanza kwam aan de andere kant naast Evelina lopen. 'Ik hoop dat hij een goede minnaar is.' Ze klemde haar vingers, geel van de nicotine, om Evelina's arm. 'Want dat is ook belangrijk.'

Evelina schoot in de lach. 'Hij is een erg goede minnaar, Costi.'

'Dan zal God jullie zegenen met heel veel baby's!' Costanza lachte kakelend. 'God kan het tenslotte niet alleen. Er is ook een man voor nodig die van wanten weet.'

Ze gingen in de rieten stoelen zitten, en het dienstmeisje bracht gekoelde wijn en kannen limonade met ijsblokjes. De twee oudjes spraken geen woord Engels, en Benedetta beheerste de taal maar beperkt, net als Artemisia, dus de vrouwen gingen bij elkaar zitten. Tot ieders verrassing sprak Gianni vloeiend Engels. Alleen Benedetta was niet verbaasd. Zij wist hoe veelzijdig en ontwikkeld haar man was. Hij sprak met Tani en Franklin over de burgeroorlog en de rol die hij daarin had gespeeld, en Franklin luisterde geboeid terwijl Gianni vertelde hoe ze de kapel op het landgoed als schuilplaats hadden gebruikt en hoe die van vitale betekenis was geweest voor het verzet.

Romina nam Pasquala van Benedetta over om met haar en Giorgio de tuin in te gaan. Terwijl ze de treden afdaalde wierp ze over haar schouder een blik op Evelina. Die keek op en glimlachte. Romina glimlachte terug, en Evelina herinnerde zich niet voor het eerst hoe lief het kindermeisje altijd voor Bruno was geweest; hoe goed ze in zijn laatste uren voor hem had gezorgd. En ze herinnerde zich ook dat Romina met Ezra verloofd was geweest – in gedachten kon ze hen nog op het bankje zien zitten, terwijl ze elkaar kusten in het maanlicht – en dat hij voor háár de verloving had verbroken. Zou Romina daar ooit achter zijn gekomen? Of had Ezra het geheim weten te houden? Evelina vermoedde dat Romina, door Ezra's gevangenneming en zijn dood in het kamp, niet wist dat zij ook van hem had gehouden.

Die avond liepen Evelina en Benedetta gearmd de tuin in. De

taal van het kaarten was universeel, en Franklin was door Nonna, Costanza en Artemisia gestrikt voor een spelletje. Ze boden een tevreden aanblik zoals ze daar zaten op het terras, met halflege glazen grappa op de tafel, een whisky met ijs voor Franklin en een asbak vol peuken.

In het hoge gras tjirpten krekels, vanuit de pijnbomen klonk vogelgezang, terwijl de twee zussen langzaam het kronkelige pad volgden. Evelina snoof de vertrouwde geuren van thuis op en was zich bewust van een gevoel van nostalgie dat troostend als een oude deken over haar heen daalde. Het verwarmde haar, het had iets geruststellends. De tuin was haar zo vertrouwd, tot in de kleinste hoekjes. Aan alle beelden, aan de fontein vol mos en aanslag waren herinneringen verbonden. Terwijl de schaduwen langer werden en het vocht uit de grond begon op te trekken, dacht ze eraan hoe ze met Fioruccia in deze schaduwrijke hoekjes had geschilderd, hoe Benedetta en zij als kinderen tussen de bomen en struiken hadden gespeeld. Het was allemaal lang geleden, maar wonderlijk genoeg hoorde ze nog altijd de echo van hun lach, en die overbrugde de jaren.

'Het is een leuke man. En zo aardig,' zei Benedetta. 'Ik ben blij dat je het geluk hebt gevonden, Eva.'

'Ja, wie had dat kunnen denken? Ik had verwacht dat ik de rest van mijn leven om Ezra zou blijven treuren.'

'Een leven is lang. En het kent meerdere hoofdstukken. Ezra was er een van. Franklin is een ander. Je krijgt als mens de kans om vele levens te leiden.'

'Heb jij dat gevoel ook als het om Francesco gaat?'

'Ja. Ik was dankbaar toen dat hoofdstuk werd afgesloten. In het begin dacht ik dat ik gelukkig was met Francesco. Maar nu ik erop terugkijk besef ik dat ik al heel snel niet gelukkig meer was. Dat had ik toen niet in de gaten. Want ik wist niet beter. Toch heb ik geen spijt van dat huwelijk. Zonder Francesco had ik Giorgio niet gehad. En mijn zoon is een van de liefdes van mijn leven.'

'Wat is hij groot geworden. Al bijna tien! Ik kan het nauwelijks geloven.'

Benedetta schoot in de lach. 'Hij is altijd groot geweest voor zijn leeftijd. Zelfs als baby was hij al enorm. Zo'n bekroonde pompoen op de jaarmarkt.'

'We hebben een vreemde opvoeding gehad.' Evelina schudde haar hoofd. 'Jij bent getrouwd met een man die papa en mamma voor je hadden uitgekozen.'

'Ja, wees maar blij dat jij zelf kon kiezen.'

'Dat ben ik zeker.'

'Maar Gianni heb ik wel zelf gekozen.'

'En jullie zijn gelukkig samen.'

'Nou en of.' Benedetta schonk haar zus een liefdevolle glimlach. 'Maar ik mis je wel, Eva. Je bent mijn zus, maar vooral mijn vriendin. Ik mis onze vriendschap.'

'Dat mis ik ook. Alba is leuk maar oppervlakkig. Een prachtige vlinder. En ze is een lieve vriendin, maar jouw plaats heeft ze nooit kunnen innemen. Wie weet, misschien kom je me ooit opzoeken in Amerika.'

'Dat zou ik heel graag willen.'

Ineens stonden ze voor de kapel. Ze waren allebei verrast. Evelina trok haar arm uit die van Benedetta en liep ernaartoe, alsof het gebouwtje een geheimzinnige, onweerstaanbare aantrekkingskracht op haar uitoefende. Benedetta gaf haar de ruimte en bleef waar ze was.

Nu de zon al laag aan de hemel stond en alleen de hoogste pijnbomen de gouden stralen nog opvingen, was de kapel in schaduwen gehuld. Evelina had een gevoel alsof er iets zwaars op haar borst drukte. Ze wist dat ze niet naar binnen moest gaan. Dat ze beter kon doorlopen en de kapel overlaten aan de natuurgeesten. Maar ook al besefte ze dat de confrontatie pijnlijk zou zijn, toch duwde ze de deur open en stapte ze over de drempel, het verleden in.

Alles zag er nog precies zo uit als in haar herinnering. En het rook ook nog hetzelfde. Ze snoof, alsof ze hoopte Ezra's geur te ruiken ondanks het stof en de dode bladeren die jaar na jaar een nieuwe laag over de vorige hadden gelegd. Ze liep naar het altaar, helemaal aan het eind, zich scherp bewust van elk geluid, van de kleuren om haar heen. In gedachten zag ze de dekens en de boeken die ze Ezra had gebracht nog op de stenen vloer liggen, tussen de dode insecten en de knisperende dode bladeren die de wind naar binnen had geblazen. Ze kon Ezra bijna zien, ze voelde zijn hartstochtelijke omhelzing, de tederheid van zijn kus. Met haar handen voor haar gezicht ging ze op een stoel zitten. Hier hadden ze voor het eerst de liefde bedreven. Het leek iets uit een ander leven. Net zo dood en vergaan als de dorre bladeren en de verschrompelde insecten. Hier had ze gezegd dat ze van hem hield, en hij had haar diep in de ogen gekeken en beloofd dat ze na de oorlog zouden trouwen en voor altijd samen zouden zijn. En ze had hem geloofd. Want van zo'n vurige liefde als de hunne had ze zich niet kunnen voorstellen dat ook maar iets of iemand, zelfs niet de Duitsers of de fascisten, die zou kunnen doven. Ze had gedacht dat God hen rijk had gezegend, dat ze werden beschermd door Zijn engelen, dat het lot hen voor het kwaad zou behoeden omdat hun toekomst al geschreven stond in het grote boek des levens. Maar het enige wat ze nog had, waren haar herinneringen.

Toen ze voetstappen hoorde, keek ze op en liet ze haar handen zakken. Het was Benedetta. Haar gezicht stond bezorgd. 'Kom,' zei ze zacht. 'Je moet hem loslaten, Eva. Ezra heeft rust gevonden. En waar hij ook is, ik weet zeker dat hij wil dat je gelukkig bent.'

Evelina stond op. Ze veegde met een zucht de tranen uit haar ogen.

Benedetta pakte haar hand. 'Kom, we gaan terug. Al was het maar om Franklin te verlossen.'

Evelina knikte en liep met haar zus mee naar buiten. Ze lieten de kapel in de schemering achter. De zon was nog lager gezonken, en ook de toppen van de bomen waren nu in schaduwen gehuld. Aan de hemel flonkerde aarzelend de eerste ster.

15

Artemisia had geregeld dat het huwelijk van Franklin en Evelina in de basiliek van Vercellino werd ingezegend. Na de kerk ging het hele gezelschap naar Villa L'Ambrosiana om het te vieren. Niet met een extravagant tuinfeest zoals destijds bij het trouwen van Benedetta, en anders dan destijds waren er deze keer geen familieleden van heinde en verre naar de villa gekomen. Maar in al zijn bescheidenheid was het toch een schitterende bruiloft. Iedereen wilde Franklin graag beter leren kennen, en hij was zo goed niet of hij danste met Costanza, Benedetta, Artemisia, en hij wist zelfs Nonna Pierangelini de dansvloer op te krijgen. Nonna had het niet zo op dansen en hield zich liever afzijdig van het feestgedruis, maar toen ze eenmaal in Franklins armen over de dansvloer zwierde, was ze niet meer te stuiten. Ze glimlachte stralend, en haar ogen twinkelden van plezier terwijl hij haar stevig vasthield – een hand op haar rug, de andere geheven met de hare erin – en haar meevoerde op de maat van de muziek. Doordat ze veel kleiner was dan hij, vormden ze een opmerkelijk paar, maar iedereen genoot van het schouwspel, verrast door Nonna's lichtvoetigheid en haar maatgevoel.

Evelina genoot met volle teugen en had geen tijd om aan Ezra te denken. De kapel lag verscholen tussen de bomen, gehuld in vergetelheid en de vallende duisternis. Ze verbood haar gedachten ernaartoe te dwalen, maar concentreerde zich op het heden. En op de toekomst die Franklin en zij samen, in liefde en vertrouwen, tegemoet gingen.

Voor het eerst sinds lange tijd bruiste Villa L'Ambrosiana weer van leven. De schaduw die Bruno's dood had geworpen, was verdwenen, net als de duisternis die de oorlog had gebracht. De spectaculaire zonsondergang, de maan die opkwam als een zilveren schijf, de honderden flakkerende kaarsen die als gevallen sterren door de hele tuin verspreid stonden, getuigden van hoop, van vertrouwen in de toekomst. De kinderen dronken stiekem de restjes champagne uit de kristallen flûtes die achteloos waren weggezet, de band speelde tot in de kleine uurtjes, er werd gezongen en gedanst, en er klonk gelach, gedragen door een aanrollend tij van voorspoed en geluk.

De avond was al ver gevorderd toen Evelina opnieuw in de armen van haar man op de dansvloer verscheen. De band zette een romantisch nummer in, en Franklin legde zijn wang tegen de hare. Evelina glimlachte teder, sloot haar ogen en wiegde heen en weer op de maat van de muziek. Ze voelde zich dankbaar, want ondanks alles had ze opnieuw de liefde gevonden. In het besef dat ze een tweede kans had gekregen, trok ze Franklin dicht tegen zich aan. En ze besloot dat ze haar tweede grote liefde nooit als iets vanzelfsprekends zou beschouwen, maar als een kostbaar geschenk zou koesteren.

Ze bleven een week in Villa L'Ambrosiana. Vandaar zouden ze doorreizen naar Rome en Florence, naar Napels en ten slotte naar de Amalfikust. Op de laatste dag in haar ouderlijk huis werd Evelina al heel vroeg wakker. Ze voelde zich merkwaardig helder. Het was nog halfdonker, maar anders zou ze hebben gedacht dat het al ochtend was. Ze liet zich uit bed glijden, voorzichtig om Franklin niet wakker te maken, en liep op haar tenen naar de badkamer. Daar sloot ze de deur en opende ze de luiken. Het beloofde een prachtige dag te worden. De zon gluurde nog net niet over de rand van de wereld, maar stuurde zijn stralen vooruit om zijn komst aan te kondigen. In de bomen klonk getjilp, de tuin lag er in het rozige schemerlicht vredig bij en kwam langzaam uit het duister tevoorschijn. De geur van rozemarijn en jasmijn lokte Evelina naar buiten. Ze wilde, omringd door de natuur, de nieuwe dag begroeten; ze wilde zich laven aan de schoonheid van de tuin en de villa waarvan ze die dag afscheid moest nemen. Zonder dat ze ook maar enig idee had wanneer ze die zou terugzien.

Zachtjes kleedde ze zich aan. Ze sloop de kamer uit, de gang in en verliet de villa door de achterdeur. Opwinding maakte zich van haar meester bij het vooruitzicht van een eenzame wandeling in dit ontwakende paradijs. Toen ze het gazon op wilde lopen, zag ze tegen de muur van het huis een fiets staan. Spontaan sprong ze erop en reed ze de oprijlaan af. De cipressen geurden, een warme bries streek langs haar gezicht, en ze voelde zich plotseling zo gelukkig, zo uitgelaten dat ze hardop lachte, waardoor een groepje vogels verschrikt opvloog. Aan het eind van de oprijlaan gekomen, sloeg ze de richting van het stadje in.

Ze nam het pad dat dwars over de velden liep; de rijstvelden glinsterden in de zon, die inmiddels boven de horizon was verschenen en de vlakte deed baden in zijn gouden licht. Het was allemaal zo vertrouwd. Bij de gedachte aan haar vertrek voelde ze een steek van pijn in haar hart. Nu ze alleen was, kon ze niet helpen dat ze aan Ezra dacht, en ook de herinneringen aan hem deden haar pijn.

In Vercellino lagen de straten er verlaten bij, de mensen sliepen nog. De luiken voor de ramen waren gesloten, slechts af en toe zag ze iemand die blijkbaar vroeg was opgestaan. In de indigoblauwe schaduwen die de zon nog niet had kunnen verjagen, sloop hier en daar een zwerfhond. Evelina fietste als vanzelf naar de winkel van Ercole Zanotti; de wielen joegen zoevend over de keien, net als vroeger als ze met Ezra had afgesproken.

Toen het pand in zicht kwam, hield ze geschokt haar adem in. In de vroegere winkel was nu een café gevestigd. De gouden letters boven het winkelraam – ERCOLE ZANOTTI – waren verdwenen. In plaats daarvan hing er nu een bord aan de gevel: CAFFE FRANCHETTI. Evelina stopte en zette één voet op de grond. De aanblik was zo onverwacht, zo schokkend dat ze als aan de grond genageld naar de letters staarde, alsof ze verwachtte dat ze elk moment weer in ERCOLE ZANOTTI konden veranderen. Maar dat gebeurde niet. Het bord bleef zoals het was. Wat eens een bloeiende stoffenwinkel was geweest, was nu een café, gebouwd op de as van de slachtoffers van het fascisme; de as van een heel gezin.

Uiteindelijk ontwaakte ze uit haar verdoving, ze zette haar fiets tegen de muur en drukte haar neus tegen het raam. Binnen zag het er ook heel anders uit. Waar vroeger de toonbank had gestaan, was nu een lange bar. Er stonden ronde tafeltjes met stoelen eromheen, en de planken aan de muren waren gevuld met flessen en glazen, koppen en schotels en potten met koekjes. Ze tuurde, en tuurde, op zoek naar iets wat nog aan vroeger herinnerde. Naar sporen van Ercole en Olga, van Ezra. Maar ze zag niets. Het was alsof de Zanotti's nooit hadden bestaan.

Ze besefte pas dat ze huilde toen het raam besloeg. Met haar mouw droogde ze haar tranen. Misschien was het wel goed dat ze vandaag weggingen, dacht ze toen ze weer op de fiets stapte. Anders zou Vercellino haar blijven achtervolgen. Ze was aan een nieuw hoofdstuk in haar leven begonnen, het had geen zin op zoek te gaan naar sporen van het oude. Dat was er niet meer.

Hoe ze ook zocht, ze zou het nooit meer terugvinden en het zou haar alleen maar verdriet doen. Ze was nu met Franklin getrouwd en ze was gelukkig.

Bij terugkomst in de villa trof ze haar grootmoeder op het terras, zoals altijd in een lange zwarte jurk met een snoer parels om haar hals. 'Goeiemorgen, Nonna.' Evelina trok een stoel bij en ging tegenover haar zitten. 'U bent al vroeg op.'

'Ik kon niet slapen.' Nonna schudde haar hoofd.

'Waarom niet?'

'Omdat jij vandaag weggaat. Misschien is dit wel de laatste keer dat ik je zie.'

'O Nonna! Zulke dingen moet u niet zeggen.'

'Maar het is zo. Ik ben oud. Ik heb niet lang meer te gaan. Het kan wel jaren duren voordat jij weer hier komt. En misschien kom je wel nooit meer terug. Amerika is een eind weg. Helemaal aan de andere kant van de wereld.'

'U hebt nog jaren te gaan,' protesteerde Evelina.

'Daar geloof ik niks van. Ik heb zo veel mensen verloren, en met elk verlies dat je lijdt, wordt je leven korter.'

'U hebt een sterk hart. En een sterk geloof.'

'O, ik ben niet bang om dood te gaan. Ik geloof niet in de dood. Dus waarom zou ik bang zijn voor iets wat niet bestaat? Maar ik ben moe. Moe van alle keren dat ik een dierbare heb verloren. En in het leven na dit leven bestaat er geen verlies. Dat is iets om dankbaar voor te zijn.' Ze schonk haar kleindochter een verdrietige glimlach. 'We hebben onze lieve Bruno verloren. En jou. Misschien niet zo definitief, maar we zijn je wel kwijt.'

Evelina kreeg tranen in haar ogen. 'Dat moet u niet zeggen, Nonna.'

'Je hebt je eigen leven, dat weet ik. En ik ben blij dat je een goede man hebt gevonden. Ik mag Franklin wel. Ik mag hem erg graag.'

‘Hij heeft geen snor.’ Evelina grijnsde.

Nonna grijnsde terug. ‘Nee, natuurlijk niet. Hij deugt. Denk erom dat je zuinig op hem bent.’

‘Dat beloof ik.’

‘Het leven is vol verleidingen. Daar kan Costi je alles over vertellen. En we zijn maar al te makkelijk geneigd de ander als vanzelfsprekend te beschouwen. Pas op dat je niet in die val trapt.’

‘Dat beloof ik, Nonna.’

‘Het leven kent zo veel valstrikken. Die zet de duivel op je pad om je op de proef te stellen. Dat weet je toch, hè?’

Evelina knikte, ook al geloofde ze niet in de duivel.

‘Dat doet hij echt. En een wijze vrouw weet hoe ze die moet ontwijken. Eén moment van genot weegt niet op tegen levenslange spijt.’

Evelina dacht aan haar moeder en signor Stavola, en ze vroeg zich af of haar moeder ooit spijt had gehad van die verhouding.

‘Ik zeg het omdat ik een oude vrouw ben, omdat ik in mijn lange leven door schade en schande wijs ben geworden. Ik weet meer dan jij. En ik zeg het ook omdat je een mooie vrouw bent. Het is onvermijdelijk dat er nog meer mannen verliefd op je worden. Zo gaat dat nu eenmaal.’

‘Ik zal oppassen, Nonna.’

‘Dat weet ik, kindje. Maar ik zou als grootmoeder geen knip voor de neus waard zijn als ik je niet waarschuwde voor de gevaren die het leven in petto heeft. Iedere vrouw komt ooit in een situatie waarin haar trouw op de proef wordt gesteld. Dat is zelfs mij een paar keer gebeurd. Maar niets kon me ertoe brengen mijn plicht te verzaken. Ik heb me gehouden aan de geloften die ik met God als getuige had afgelegd. Ik heb altijd geweten wat de weg was die ik moest gaan. En dat is ook helemaal niet moeilijk. Als je in de verleiding komt om een verkeerde keuze te maken, hoef je jezelf maar één vraag te stellen: wie doe ik er verdriet mee? Als het je lukt alle klippen van het leven te omzeilen zonder iemand verdriet te doen, dan hoef je niet bang te zijn voor de dood. Dan zul je ook in het leven na dit leven gelukkig zijn.'

Evelina knikte nogmaals. Waarom was Nonna hierover begonnen, vroeg ze zich af. Ze was helemaal niet van plan om verkeerde keuzes te maken, om het niet zo nauw te nemen met haar trouwbeloften.

'Afijn, denk erom dat je je oude grootmoeder vaak schrijft. Hoe het met je gaat, wat je allemaal beleeft, ik wil alles weten.'

'Dat zal ik doen.'

Nonna glimlachte. 'Je bent een lief kind. Altijd al geweest, zelfs als je stout was. En dat was je ook. Heel vaak. Maar je hebt het hart op de goede plaats, en dat is de sleutel van de hemelpoort.'

Het afscheid viel zwaar. De hele familie stond weer op de treden toen Tani de Fiat voorreed om Evelina en Franklin naar het station te brengen. Iedereen zwaaide, en Evelina stak haar arm uit het raampje om terug te zwaaien. Toen zag ze met een brok in haar keel de villa steeds kleiner worden; een poppenhuis aan het eind van de lange laan met cipressen. Ze kon haar grootmoeder nog heel lang zien; een zwarte gestalte die wuifde met een witte zakdoek. Totdat ook zij uit het zicht verdween.

De rest van hun Italiaanse verblijf was de huwelijksreis zoals ze zich die hadden voorgesteld. Evelina was enthousiast over elke nieuwe stad die ze aandeden. Ze vond het heerlijk om signora Van der Velden te zijn en in hotels te verblijven. Dat was nieuw voor haar, en ze genoot van de mooie kamers, de roomservice en het feit dat ze op haar wenken werd bediend. Ze vond het fijn om elke ochtend naast Franklin wakker te worden en om 's avonds tot diep in de nacht te praten. Ze zwierven door de stad, ze bezochten kerken en musea, ze dineerden onder de sterrenhemel en ze slenterden over pleinen die door de maan in een zilveren gloed werden gedompeld. Ze liepen hand in hand, ze zoenden, ze vrijden en ze hadden plezier samen. Het was volmaakt, en Evelina zou willen dat er nooit een eind aan kwam. Maar dat kwam er natuurlijk toch. Al veel te snel waren ze terug in New York en namen ze hun intrek in hun nieuwe huis: een appartement in Manhattan, vlak bij de universiteit zodat Franklin niet ver hoefde te reizen naar zijn werk.

Hij stond erop dat Evelina een van de kamers als atelier inrichtte. De kamer was niet groot, maar had een raam op het zuiden en er was ruimte voor een schildersezel. Evelina genoot van de rust in haar atelier, van het uitzicht op de straat met bomen onder haar raam. In het begin wist ze niet goed wat ze moest schilderen. Het was allemaal zo anders dan vroeger, toen ze in de schaduwrijke hoekjes van de tuin van Villa L'Ambrosiana schetsen van cupido's had gemaakt. Maar ineens wist ze het. In gedachten zag ze het gezicht van Fioruccia voor zich. Haar schilderlerares, die voor altijd jong en mooi zou blijven, schonk haar een liefdevolle glimlach, haar bruine ogen straalden bemoedigend, en Evelina werd overmand door verdriet. Ten slotte zette ze de eerste houtskoollijnen op het papier en probeerde ze haar vroegere vriendin weer tot leven te wekken.

Al snel na hun huwelijksreis bleek dat Evelina zwanger was. Franklin kon zijn geluk niet op; hij was een en al bezorgdheid en behandelde haar alsof ze van porselein was. Ze stopte met haar werk bij de liefdadigheidsorganisatie, en in het voorjaar werd Aldo geboren. Ze wiegde hem in haar armen, koesterde zich in de liefde voor haar zoon en dacht aan Bruno. Terwijl ze een kus op het voorhoofdje van haar baby drukte, begreep ze het verdriet van haar moeder plotseling veel beter. Het was alsof er een sluier werd opgetild, met daaronder een nieuwe wereld. De wereld van het moederschap dat haar onherroepelijk zou veranderen.

Ze legde zich enthousiast toe op haar nieuwe rol. Een paar jaar later werd Dan geboren, en vier jaar daarna kwam Ava-Maria luid schreeuwend ter wereld, toen al met de heisa en de wilskracht die kenmerkend voor haar zouden blijken te zijn. Ava-Maria deed nooit iets kalm en bezadigd. Evelina stuurde foto's naar Villa L'Ambrosiana, en ze schreef lange brieven waarin ze verslag deed van haar leven in Manhattan. Haar grootmoeder schreef regelmatig terug, Costanza zelden. Van Artemisia kwam er ook af en toe een brief, maar ze was meer betrokken bij de kinderen van Benedetta. En dat was begrijpelijk, want die zag ze bijna elke dag. De kinderen van Evelina kende ze alleen van foto's en verhalen. Van al haar kleinkinderen – Benedetta had na Pasquala nog twee kinderen gekregen – zou Giorgio Bruno altijd haar oogappel blijven. Dat kwam natuurlijk door zijn naam, maar bovendien had de komst van Giorgio Bruno haar doen beseffen dat ze, zelfs na Bruno's dood, nog tot liefhebben in staat was.

Evelina miste haar Italiaanse familie, maar in New York had ze Madolina en Peppino, en niet te vergeten Alba, die als een zusje voor haar was. Bovendien had ze een hechte band gekregen met Taddeo Paganini. Hij maakte haar aan het lachen en was een soort vertrouweling van haar geworden. Taddeo had een brede belangstelling, hij was in alles geïnteresseerd en vond het leven fascinerend. Hij had een scherp oog voor het humoristische, was dol op het absurde, en deed verslag van het leven in Manhattan in zijn dagelijkse rubriek in *The New York Times*. Tijdens hun regelmatige lunches in zijn favoriete Italiaanse restaurant genoot Evelina van zijn inzichten en observaties. Hij was onderhoudend en grappig, maar hij kon bovendien goed luisteren. Want ook al had Evelina een kindermeisje dat haar een belangrijk deel van de zorg uit handen nam, ze had net als iedereen wel eens wat te mopperen. Taddeo moedigde haar aan om haar problemen uit te spreken, maar ook om er de humor van in te zien en ze vervolgens van zich af te zetten. 'Het is maar net hoe je ernaar kijkt,' zei hij wijs. 'Als je kunt lachen om je problemen, krijgen ze niet de kans om uit te groeien tot onoverkomelijke obstakels.'

Doorgaans had hij daar gelijk in.

Franklin werkte hard. Hij kwam laat thuis, en dan zat hij vaak nog lang op zijn studeerkamer om het werk van zijn studenten te beoordelen of colleges voor te bereiden. Evelina nam het hem niet kwalijk. Ze was het gewend, maar ze miste hem wel. Het was niet zo dat hij haar verwaarloosde, hij was gewoon erg gedreven als het ging om zijn werk. Dus daar stak hij bijna al zijn energie in. Hij vond het heerlijk om zijn studenten te inspireren, om hen te stimuleren nieuwsgierig te zijn en vragen te stellen. Met als gevolg dat hij door hen op handen werd gedragen. Geleidelijk aan werd zijn rol in het universiteitsleven steeds belangrijker, en hoe belangrijker hij werd, hoe meer het werk beslag legde op zijn tijd. De keren dat hij samen met Evelina en de kinderen at, vertelde hij enthousiast over zijn studenten, zijn collega's, zijn ideeën om zijn colleges nog beter te maken, en zijn plannen om met zijn studenten op excursie te gaan. Bijvoorbeeld op studiereis naar Italië, naar Rome. In plaats van Evelina buiten te sluiten, besprak hij alles met haar. Ze had dan ook niets te klagen. Ze had het druk met de kinderen, en daar genoot ze van. Bovendien had ze een nog altijd groeiende kring vriendinnen, van wie ze de meeste via de kinderen had leren kennen. En ze had Taddeo, die anders dan haar man alle tijd nam om naar haar te luisteren. Maar soms, wanneer ze 's avonds voor het slapengaan het licht uitdeed, zou ze willen dat Franklin had gevraagd hoe háár dag was geweest.

En toen, plotseling, op een regenachtige dag in oktober 1959, werd alles anders.

Evelina had Aldo en Dan naar school gebracht en met Alba afgesproken in een café in Brooklyn. Ava-Maria was thuis onder de hoede van het kindermeisje. Dus Evelina hoefde zich niet te haasten. Ze nam de metro, en omdat ze iets te vroeg was liep ze een boekhandel binnen. Ze was dol op boekhandels, op de geur van papier, op de aanblik van boekruggen, keurig in het gelid, op de tafels met de stapels recent uitgekomen boeken. Op boekomslagen in de meest uiteenlopende stijlen en lettertypes, op de rijkdom aan beelden en onderwerpen die in boeken werd gepresenteerd, op het idee dat al die miljoenen, misschien zelfs miljarden woorden waren bedacht en opgeschreven door gedreven auteurs. Ze kon urenlang in een boekhandel ronddwalen, maar vandaag had ze maar een kwartier. Met een half oog op haar horloge liet ze haar blik over de talloze titels gaan.

Toen het tijd was om naar het café te gaan, vertrok ze met *De kat met de hoed* van Dr. Seuss voor de kinderen, en met *De jaren van onschuld* van Edith Wharton voor zichzelf. Daarop haastte ze zich naar het café, want inmiddels was ze aan de late kant. Het verbaasde haar niet dat Alba er nog niet was. Dat gebeurde wel vaker. Alba was nogal chaotisch en kwam doorgaans gejaagd binnenwaaien omdat ze de afspraak bijna was vergeten. Evelina ging aan een hoektafeltje zitten, helemaal achterin, met haar rug naar de muur zodat ze het café kon overzien. Ze hield van mensen kijken. Ook al woonde ze inmiddels dertien jaar in Amerika, ze voelde zich nog altijd een buitenstaander, een toeschouwer. Net zoals ze zich dat in Italië zou voelen, als ze nu terugging. Daar was ze zich terdege van bewust. Ze was vlees noch vis, ze viel tussen de wal en het schip, en dat maakte dat ze zich soms toch wat onthecht voelde.

Omdat ze nog niet had ontbeten bestelde ze een kop koffie met een bagel. Hoe zou haar leven eruit hebben gezien als ze in Vercellino was gebleven? Dan zou ze uiteindelijk waarschijnlijk toch met een Italiaan zijn getrouwd en dan zouden Benedetta en zij hun kinderen samen hebben grootgebracht. Het leven zou de vertrouwde paden hebben gevolgd, zonder veel verrassingen. Maar het zou fijn zijn geweest om haar familie in de buurt te hebben. Genietend van haar koffie verwonderde ze zich over de loop die haar leven had genomen. En na een kwartier vroeg ze zich af waar Alba bleef. Die was nu wel erg laat. Dus ze haalde haar boek tevoorschijn en begon te lezen.

Pas toen ze haar bagel ophad en een tweede kop koffie bestelde, besefte ze dat Alba niet meer kwam. Blijkbaar was ze de afspraak vergeten. Of ze was onderweg bij haar moeder blijven hangen. Evelina nam het haar niet kwalijk, maar ze was wel een beetje teleurgesteld. Ze had zich erop verheugd om met haar nichtje te kunnen bijpraten. Maar ze had koffie, en een mooi boek, en het idee om ongestoord te kunnen lezen, op een plek waar niemand haar kende, sprak haar wel aan. Dus ze ging er met een zucht van genot eens lekker voor zitten.

Toen er iemand binnenkwam keek ze op. Niet omdat ze Alba alsnog verwachtte. Maar er was iets in de beweging bij de deur dat haar aandacht trok.

Van het ene op het andere moment verkrampte alles in haar. Het café hield op te bestaan; de tafels, de stoelen, de mensen die er zaten... het viel allemaal abrupt weg. Ze was plotseling alleen. Alleen met haar ongeloof. Ze vertrouwde haar ogen niet. Want daar, in de deuropening, stond Ezra.

Hij keek haar aan, net zo verbijsterd als zij. Evelina dacht dat ze geen lucht kreeg. Ze kon geen woord uitbrengen, ze kon amper nadenken. Ze zat daar alleen maar, als versteend, en kon niet geloven wat ze zag: Ezra, haar grote liefde, teruggekeerd uit de dood.

Hij was ouder geworden. Het was niet meer de jonge Ezra uit haar herinnering. Zijn haar was grijs, zijn gezicht doorgroefd.

Er lagen donkere kringen onder zijn ogen, hij had diepe kuilen in zijn wangen, en zijn schouders waren licht gebogen. Maar hij was het! Háár Ezra. En het gevoel dat opwelde in haar hart en dat haar adem deed stokken in haar keel, bewees dat de jaren die waren verstreken, niets hadden kunnen afdoen aan haar liefde.

Hij kwam naar haar toe. Langzaam, aarzelend, alsof hij bang was dat hij zich vergiste; dat zij het niet was maar iemand die op haar leek. Of misschien was hij bang dat ze op de vlucht zou slaan als hij te haastig deed. Maar ze was niet iemand die op haar leek, en ze sloeg niet op de vlucht. Zonder te beseffen wat ze deed, kwam Evelina overeind, liep om het tafeltje heen en botste tegen een stoel.

Ezra zei niets. En dat hoefde ook niet. Zijn blik, zijn lippen, de zucht die hij slaakte, zeiden alles wat hij niet onder woorden kon brengen. En toen hij haar in zijn armen nam, getuigde de hartstocht in zijn omhelzing van honderden, duizenden gebeden die eindelijk waren verhoord.

Evelina trok hem tegen zich aan, begroef haar gezicht in zijn hals en begon te huilen.

DEEL DRIE

Greenwich, New York, 1981

'Wat gaat de tijd toch snel.' Madolina slaakte een diepe zucht. 'Onze kinderen worden groot, ze krijgen zelf kinderen, en die worden ook weer groot. Voordat je het weet lig je boven op de stapel met een vip-kaartje voor de hemel.' Ze zaten aan de kaarttafel: Madolina, Taddeo, Topino en Evelina. Franklin voelde zich niet goed genoeg voor de traditionele jaarlijkse partij schaak. In zijn plaats zou Jonathan het opnemen tegen Topino. Ava-Maria en hij waren inmiddels verloofd en voornemens dat voorjaar te gaan trouwen. Topino had voorgesteld om de partij uit te stellen. Al was het maar omdat hij al hoofdpijn kreeg bij het vooruitzicht. Maar Franklin had er niets van willen weten. 'Bij Thanksgiving draait het om traditie, en het zou niet goed zijn met deze traditie te breken,' had hij gezegd. Bovendien had Jonathan zich een extreem goede schaker getoond.

'We worden elk jaar een beetje ouder,' vervolgde Madolina haar verzuchting. 'Maar dit jaar voel ik me voor het eerst echt oud. Vijfennegentig, en geen dag jonger.'

'Onzin,' zei Taddeo met een blik op zijn kaarten. 'Dat zit tussen je oren.'

'Nee, het zit niet tussen mijn oren. Het zit in mijn knieën, mijn rug, mijn heupen...'

Evelina schoot in de lach. 'U bent anders nog aardig kwiek voor uw leeftijd, tante Madolina.'

'Ik doe mijn best, kindje. Maar het valt niet mee om overeind te blijven.'

'Het leven is net een hindernisbaan,' zei Topino. 'Een mijnenveld. Of misschien kan ik beter zeggen dat het is bezaaid met bananenschillen. Maar volgens mij bezit jij het talent om daaromheen te laveren. Als je het mij vraagt overleef je ons allemaal, Madolina.'

Die moest lachen. 'Dan zou ik het geheim van de eeuwige jeugd moeten hebben ontdekt. Nee, mijn tijd zit er bijna op. Ik denk elk jaar met Thanksgiving dat het de laatste is.'

'Maar je bent er nog steeds.' Taddeo keek haar aan over zijn brillenglazen. 'Het doek valt pas als het stuk uit is. Dus ik stel voor dat we het over iets anders hebben.'

'Ik praat graag over de dood,' zei Topino. 'Dan besef ik des te meer dat ik nog leef.'

'En de dood hoort bij het leven,' verklaarde Evelina. 'Het een kan niet zonder het ander. Het zijn twee kanten van dezelfde munt. Ik troost me met de hoop dat we elkaar weerzien aan de grote kaarttafel in de hemel.'

Topino trok een wenkbrauw op. 'Denk je dat we daar nog steeds zitten te kaarten? Misschien geef ik dan toch de voorkeur aan het alternatief.'

'En dat is?' vroeg Taddeo. 'Omkijkertje spelen met de duivel?'

Er werd hartelijk gelachen. 'Heerlijk! Jullie zijn goud waard.' Madolina keek hen een voor een aan. 'Ik mag dan misschien bijna gaan hemelen, ik ga wel lachend naar mijn Schepper.'

'Zo mag ik het horen,' zei Taddeo.

Madolina legde haar hand op die van Evelina. 'Je bent als een dochter voor me geweest, kindje. Vanaf de dag dat je bij ons in huis kwam, heb ik van je genoten. Mijn eigen kinderen hebben me teleurgesteld. Ik heb al in geen jaren meer Thanksgiving met ze gevierd. Ze hebben het zo druk met hun eigen gezin...'

'En u reist niet graag,' merkte Evelina veelbetekenend op.

'Nou, ik ga niet helemaal naar Australië.'

'Maar ook niet naar Washington.'

'Washington kan ook naar mij toe komen.'

'En Alba...' Evelina zag haar oude vriendin nog maar zelden.

'Alba! Ik ben inmiddels de tel kwijt. De hoeveelste man is dit nu?'

'De derde,' zei Taddeo.

Madolina wapperde met haar hand alsof ze een vlieg wegjoeg. 'Ik weet niet wat we verkeerd hebben gedaan. Maar daar is duidelijk iets misgegaan.'

'Ze is zoekende,' zei Topino filosofisch.

Taddeo grinnikte. 'Precies, en er zijn vele wegen die naar Rome leiden. Maar volgens mij is ze op dit moment op weg naar Napels!'

'En ze is gelukkig. Daar gaat het om,' zei Evelina.

'Zolang ze het geluk niet in zichzelf zoekt vindt ze het nooit,' verklaarde Topino wijs. 'Geluk is een staat van zijn.'

'En daar ben jij een prachtig voorbeeld van.' Madolina klopte hem op zijn hand.

'Bij de zoveelste man gaat ze het in elk geval niet vinden.'

'Onzin!' riep Madolina uit. 'Ik heb het geluk bij Peppino gevonden. En bij jou, Taddeo. En Topino heeft me ook gelukkig gemaakt. Jullie weten niet waar je het over hebt. Evelina is ook een vrouw. Zij begrijpt het. Want jij hebt het geluk bij Franklin gevonden, kindje. Waar of niet?'

'Nou en of. En bij Topino en Taddeo.'

'Jij bent vrijgezel, Topino,' vervolgde Madolina. 'Dus jij kunt hier ook niet over meepraten. Je had op zoek moeten gaan naar een lieve vrouw om samen oud te worden. Dat had je jezelf moeten gunnen. Trouwens, dat geldt ook voor jou, Taddeo. Jullie lijken meer op elkaar dan jullie wel beseffen.'

Taddeo keek Topino aan en grijnsde. 'Ach, sommigen van ons zijn niet bereid tot het sluiten van compromissen. Heb ik gelijk of niet, Topino?'

Voordat die kon reageren, legde Evelina hem het zwijgen op. 'Een stelletje dwazen, dat zijn jullie. Allebei. Zullen we verdergaan?' Ze hield haar kaarten omhoog. 'Anders zitten we hier vanavond nog.'

'En zo lang heb ik misschien niet meer,' somberde Madolina. Haar blik kruiste die van Taddeo. Hij trok een gezicht alsof hij haar uitlachte. 'Nou, je weet maar nooit,' hield Madolina vol.

Franklin kwam naar beneden voor het diner. Hij was mager geworden, en breekbaar, maar geholpen door Evelina had hij zich netjes aangekleed en nam hij zijn plaats in aan het hoofd van de tafel. Hij was nu achtenzeventig, maar zag er veel ouder uit. Zijn linkerhand beefde zo dat hij zijn glas alleen met zijn rechterhand naar zijn mond kon brengen, en hij at bijna niets. Ava-Maria en Jonathan hadden het over hun trouwplannen. Aldo en Lisa verwachtten weer een baby. En Dan had zijn nieuwste vriendin meegebracht: een pittig, tenger meisje met een kort jongenskopje en een sterke persoonlijkheid. Zou hij eindelijk de ware hebben gevonden, vroeg Evelina zich af. Franklin zei niet veel, maar luisterde genietend, zonder moeite te doen de diverse gesprekken te volgen die gelijktijdig werden gevoerd.

Madolina sprak over doodgaan; een proces dat bij Franklin al was ingezet. Evelina wist niet hoelang hij nog had. De dokters waren het niet eens over de diagnose, maar na de talloze onderzoeken, medicijnen en theorieën had zowel hij als Evelina er genoeg van. Evelina wilde niet wéér naar een ziekenhuis, naar de zoveelste specialist. Ze zou thuis voor hem zorgen, en dat deed ze met liefde.

Haar moeder was inmiddels achtentachtig en woonde nog altijd in Villa L'Ambrosiana. Costanza was een paar jaar eerder gestorven. Ze was honderdtwee geworden en was bij de poort van parelmoer ongetwijfeld opgewacht door haar zus. Ook Tani was overleden. Benedetta schreef regelmatig, en Evelina en zij belden af en toe. Benedetta was nooit in Amerika geweest, maar in haar laatste brief had weemoed doorgeklonken, en Evelina had gemeend tussen de regels door te lezen dat Gianni en zij de stap misschien toch ooit zouden zetten. De wereld werd tenslotte steeds kleiner.

Evelina dacht ook vaak met weemoed aan het verleden, maar met Franklin zou ze wel nooit meer naar Vercellino gaan. Hij zou waarschijnlijk amper nog de deur uit gaan, alleen voor bijzondere gelegenheden. Daar had ze zich bij neergelegd. Ze vroeg zich af of ze zelf ooit nog naar Villa L'Ambrosiana terug zou gaan. Of ze ooit weer door de tuinen van haar jeugd zou zwerven, of ze ooit weer in de kapel zou staan die het decor was geweest van zo veel dramatische gebeurtenissen, of ze ooit weer de wonderbaarlijke tomaten van Nonna Pierangelini zou proeven en met een glas koele witte wijn bij zonsondergang op het terras zou zitten, peinzend over vervlogen tijden. Wat had ze ernaar gesnakt om de verstikkende, slaperige villa te verlaten. Nu, op haar vierenzestigste, keek ze er vol liefde op terug. Villa L'Ambrosiana en haar bewoners hadden een gouden gloed verworven, alsof ze baadden in een gewijd licht. Hoezeer Amerika ook haar thuis was geworden – ze woonde hier inmiddels al langer dan ze in Italië had gewoond – Vercellino was voorgoed verankerd in haar ziel. En het verlangen om ernaar terug te gaan, werd hoe langer hoe sterker.

‘Ik hoop wel dat papa bij ons huwelijk kan zijn,’ zei Ava-Maria zacht, in een onderonsje met haar moeder. Ze wierp een bezorgde blik op haar vader.

‘Natuurlijk, lieverd. Maak je geen zorgen.’ Maar Evelina was er ook niet helemaal gerust op.

‘Ik zou het zo erg vinden als hij me niet naar het altaar kan brengen.’

‘Nogmaals, maak je geen zorgen. Je vader zal er zijn. Dat beloof ik je.’

‘Hij lijkt ineens zo oud.’

‘Nou ja, hij is ook bijna tachtig.’

‘Madolina is bijna honderd! En die ziet er jonger uit.’

‘Madolina is een soort tank. Onverwoestbaar. En je vader is ziek. Madolina niet.’

Ava-Maria slaakte een diepe zucht. ‘Ik ben zo blij dat je hier thuis voor hem zorgt, mam. Ik zou het afschuwelijk vinden als hij naar het ziekenhuis moest en –’

‘Dat zal niet gebeuren. Maak je geen zorgen. Je vader is hier thuis bij mij in goede handen.’

‘Dat weet ik. Je hebt altijd voor hem gezorgd.’

‘Tja, ik werkte niet. Tenminste, niet buiten de deur. Je vader was mijn werk.’

‘Waarom heb je nooit geprobeerd om je schilderijen te verkopen? Ze zijn echt goed.’

‘Niet goed genoeg.’

‘Je had in opdracht portretten kunnen schilderen. Dat doe je geweldig...’

‘Ach, ik weet het niet. Om iets te verkopen moet het wel heel erg goed zijn.’

‘Wie was Fioruccia?’

De vraag verraste Evelina. Ava-Maria kwam nooit in haar atelier. Tenminste, dat had ze altijd gedacht. ‘Fioruccia was mijn schilderlerares. Vroeger, in Italië. Ze kwam naar de villa en dan schilderden we samen. Later is ze mijn vriendin geworden.'

'Wat is er met haar gebeurd?'

'Ze is vermoord. In Auschwitz.'

'Wat verschrikkelijk.'

'Ja, dat is het ook.'

'Topino heeft ook in een kamp gezeten, hè?'

Evelina wist niet goed wat ze daarop moest zeggen. Topino had het er met de kinderen nooit over gehad.

'Hij heeft zo'n nummer op zijn arm.'

'Ja, dat klopt.'

'Wil hij erover praten, denk je?'

'Dat weet ik niet.' Evelina voelde zich slecht op haar gemak. 'Ik denk eigenlijk dat hij het verleden liever wil vergeten.'

'Maar de wereld mag nooit vergeten wat er destijds is gebeurd! En de enige manier om te voorkomen dat het weer gebeurt, is om erover te vertellen. Maar dat kunnen alleen de mensen die levend uit de kampen zijn gekomen. Mensen zoals Topino.'

'Lieverd, vragen staat vrij. Hij is mans genoeg om nee te zeggen als hij er niet over wil praten.' Evelina keek naar Topino, die luisterde naar iets wat Madolina vertelde. Hij kon goed luisteren, maar Evelina vroeg zich af of hij ook een goede prater zou zijn.

Aan het eind van het diner vroeg Franklin aan Topino om de gebruikelijke speech te houden. Topino stond op, en het werd stil rond de tafel. 'Madolina zei zo-even dat ze zich elk jaar met Thanksgiving een beetje ouder voelt. En daar heeft ze natuurlijk gelijk in. We worden allemaal ouder, hoezeer we ook ons best doen om de tand des tijds te weerstaan. Maar dat is onbegonnen werk. De eerste keer dat ik Thanksgiving vierde met Franklin en Evelina, was in 1962. En dat was ook hier, in ditzelfde huis. Ze hadden het dat voorjaar gekocht, en de kinderen waren er dolgelukkig mee. Jij bouwde een boomhut in de tuin.' Hij keerde zich naar Dan.

'Die is er nog,' zei die lachend. 'Tenminste, wat ervan over is.'

'En Ava-Maria, jij was niet uit het zwembad weg te slaan.'

'Dat is nog steeds zo! Alleen niet in de winter.'

'We worden elk jaar een beetje ouder, maar ook een beetje wijzer. En we genieten ervan om te zien hoe het leven zijn loop neemt. Jonathan en Ava-Maria gaan trouwen. Dat is geweldig, iets om naar uit te kijken. Dus ik drink op jullie. Dat jullie maar heel gelukkig mogen worden.' Topino hief zijn glas en iedereen volgde zijn voorbeeld. 'En dan hebben we Dan. Die heeft de charmante Lucille meegenomen om Thanksgiving met ons te vieren. Ik hoop van harte dat je er volgend jaar ook weer bij bent, Lucille. Want bij Thanksgiving draait het om tradities, en ook al veranderen de omstandigheden, het zijn de tradities die zorgen voor samenhang en continuïteit, zodat we troost kunnen putten uit het oude en vertrouwde terwijl we tegelijkertijd het nieuwe en onbekende verwelkomen. Jonathan en ik gaan morgenmiddag de strijd aan op het schaakbord, en daarbij word ik genadeloos ingemaakt, met boter en suiker.'

'O, Topino!' Ava-Maria deed alsof ze geeuwde. 'Zet eens een andere plaat op!'

'Nee, ik meen het serieus. Ik reken er vast op dat ik word verslagen. En zo hoort het ook. Er komt een tijd dat de oudere generatie plaats moet maken voor de jeugd. Tegen de tijd dat ik het schaakbord aan de wilgen hang, is er hopelijk iemand die het van me overneemt. Misschien wel een vrouw. Is het misschien iets voor jou, Lucille?'

'Ik kan schaken.' Lucille haalde haar schouders op. 'Dus ik zou het wel aandurven.'

'Kijk, we hebben al een gegadigde.'

De blikken van Dan en Lucille kruisten elkaar, en ze glimlachten.

'Terugkijkend op de jaren besef ik dat júllie mijn familie zijn,' vervolgde Topino. 'Al heel lang. Ooit had ik natuurlijk mijn eigen familie, maar die ben ik onderweg kwijtgeraakt. Ik heb een tijdlang gedacht dat ik het wel zonder familie kon stellen. Waar heb ik familie voor nodig, zei ik tegen mezelf. Ik heb mijn werk, mijn eigen bedrijf. Maar het is de liefde die het leven de moeite waard maakt, en een mens heeft er niet genoeg aan om alleen maar van zichzelf te houden. Daar ben ik inmiddels wel achter. Zonder de liefde is het leven zinloos, een gapende leegte. Als ik iets van Evelina heb geleerd, dan is het hoe waardevol familie is. Ze heeft het me zo gemakkelijk gemaakt dat ik nooit meer op zoek ben gegaan naar een eigen familie. In plaats daarvan heb ik de hare geadopteerd. En dat zijn jullie. Dus ik hef mijn glas op jou, Franklin, en op jou, Evelina. Op deze Thanksgiving zeg ik dank omdat jullie me al die jaren geleden in de familie hebben opgenomen. En ik ben jullie ook dankbaar dat jullie daar nooit spijt van hebben gekregen, want ik ben nogal blijven plakken.' Hij trok een gek gezicht, waarop iedereen begon te lachen en opnieuw het glas hief. 'En ten slotte ben ik, terugkijkend op mijn leven, op de vele hoofdstukken daarvan, dankbaar voor alles wat ik heb geleerd dankzij het onverbiddelijke verstrijken van de jaren. Want zonder dat zou er geen verleden zijn om op terug te kijken, geen herinneringen om te koesteren, en geen innerlijke groei. Dus ik hef in dankbaarheid het glas op de tijd. Lechajim! Op de tijd! En op het leven!'

Na het eten hielp Ava-Maria haar moeder met afruimen. Toen dat klaar was, liep ze naar buiten. Topino stond op het terras een sigaret te roken. 'Zijn ze niet prachtig?' vroeg hij met een blik op de sterren.

'Dat zijn ze zeker. Het is een heldere avond.'

'Ik moest even naar buiten om ervan te genieten. Zo'n sterrenhemel is ook iets om dankbaar voor te zijn.' Hij snoof genietend de geuren op van de tuin, van de avond.

'Dat is iets wat u me hebt geleerd,' zei Ava-Maria. 'Om dankbaar te zijn. Ik heb heel veel van u geleerd, maar dankbaarheid is misschien wel het belangrijkste. En u geeft zelf het goede voorbeeld. U bent altijd zo dankbaar voor alles wat het leven ons biedt.'

'Ach, weet je, we hebben zo gauw de neiging om te mopperen, om ontevreden te zijn. En dan hebben we geen oog voor al het mooie. Want elke dag heeft zijn eigen schoonheid.'

'Dat nummer op uw arm... Wilt u daarover praten?'

Topino stak zijn sigaret tussen zijn lippen en rolde zijn mouw op. 'Als ik wel eens vergeet om dankbaar te zijn, dan hoef ik alleen maar naar dat nummer te kijken.'

'Wat gebeurde er in de kampen?'

'Dat wil je niet weten, Ava-Maria. Het was een inktzwarte tijd. We kunnen beter vergeten wat er toen allemaal is gebeurd.'

'Dat ben ik niet met u eens. Als iedereen dat doet, als niemand er meer over wil praten, dan kan de wereld geen lering trekken uit het verleden. En dat moet wel. Om te voorkomen dat het opnieuw gebeurt.'

'De mens trekt zelden lering uit de geschiedenis. Je hoeft geen historicus te zijn om dat te weten. De mens maakt telkens opnieuw dezelfde fouten.' Hij tikte tegen zijn slaap. 'Na een paar generaties zijn we alles weer vergeten.'

'Toch moeten we proberen de herinnering levend te houden.' Ze keek hem fronsend aan. 'Ik ken u al mijn hele leven, maar eigenlijk weet ik niets van u. U bent een soort oom, u hoort net zo bij de familie als Alba. Misschien wel meer, want we zien u veel vaker. Maar u blijft een mysterie. En dat is mijn eigen schuld. Ik heb u nooit iets gevraagd. Ik heb het altijd alleen maar over mezelf.'

‘En ik stel liever vragen dan dat ik ze beantwoord.’ Hij nam grinnikend een trekje van zijn sigaret. Rook kringelde omhoog. ‘Bovendien vind ik het heerlijk om naar je te luisteren als je over jezelf vertelt.’

‘Het is belachelijk, maar ik weet niet eens hoe u heet.’

‘O nee?’

‘Nee. U bent altijd oom Topino geweest.’ Ze schoot in de lach. ‘Maar dat kan natuurlijk nooit uw echte naam zijn.’

‘Vanwaar plotseling die interesse?’

Ze zuchtte. ‘Ik word ook ouder. En verstandiger. Of misschien heb ik er wel genoeg van om over mezelf te praten. Bovendien besef ik door papa dat het leven eindig is. Dat heeft me aan het denken gezet. En me doen beseffen hoe dierbaar jullie me allemaal zijn. Ik weet niet beter of we zijn met z’n allen. Dat sprak vanzelf. Al met al drong het ook ineens tot me door hoe weinig ik van u weet. Van uw leven voordat u bij ons in de familie kwam. En van dat nummer op uw arm. En ik vroeg me af waarom u nooit getrouwd bent. En of u wel eens verliefd bent geweest.’

Topino grinnikte. ‘Iedereen is wel eens verliefd geweest.’

‘Maar ik vraag het aan u.’

‘Goed, dan zal ik het je vertellen. En ik hoop dat ik je niet verveel. Want zo boeiend is mijn verhaal niet.’

‘Dat zal wel meevallen. U zegt ook altijd dat u niet kunt schaken.’

‘Toch is het zo. Mijn verhaal is maar een heel klein radertje in het uurwerk van de tijd.’

‘Maar het is úw verhaal. Het verhaal van míjn oom Topino.’

Hij glimlachte. ‘Dat is zo.’

Ava-Maria schoof haar arm door de zijne. ‘Kom, dan lopen we de tuin in. Die ziet er zo prachtig uit in het maanlicht. Bovendien wil ik nog niet naar binnen. Dan legt Dan weer beslag op u. Of tante Madolina of mamma. Ik wil u even voor mezelf hebben.'

'Je hebt mijn onverdeelde aandacht. Wat wil je weten?'

'Om te beginnen wil ik weten hoe u heet. Maar dan echt.'

'Ik heet Ezra. Ezra Zanotti.'

Evelina keek Topino en Ava-Maria na toen ze in de donkere tuin verdwenen. Waar zouden ze het over hebben? Zou Topino haar zijn verhaal vertellen? En zo ja, wát zou hij vertellen en wat niet? Het was een wonder dat hij de oorlog had overleefd. Dat hij naar New York was verhuisd, en dat hij uitgerekend die ochtend, toen Alba verstek had laten gaan, dat café in Brooklyn was binnengelopen.

Ezra Zanotti, uit de dood teruggekeerd. Het was een wonder dat Evelina na al die jaren nog altijd amper kon bevatten.

16

New York, 1959

Het café was niet de plek om over een terugkeer uit de dood te praten. Ezra nam Evelina bij de hand en trok haar mee naar buiten. Het regende. Het plaveisel glom, water spatte van het asfalt onder de banden van voorbijrijdende auto's, voetgangers haastten zich voort, weggedoken onder hun paraplu. Ze hadden geen van beiden een paraplu bij zich, dus ze zetten het op een rennen. Evelina had geen idee waar ze naartoe gingen, en dat kon haar ook niet schelen. Ze lachte door haar tranen heen, overmand door emotie en bestookt door duizend-en-een vragen.

Uiteindelijk bleef Ezra staan voor een hoog gebouw, opgetrokken in bruine baksteen. Hij deed de deur open, liet haar voorgaan en met zijn hand in het kuiltje van haar rug loodste hij haar een smalle trap op. Zijn bovenwoning was klein, spartaans ingericht en kon wel een verfje gebruiken. Maar het was er schoon, ook al gaf de bewoner duidelijk niet om dure spullen. Overal slingerden boeken rond, ook op de vloer. Op de tafel bij het raam lag een stapel bladmuziek naast een muziekstandaard en een viool. Zo te zien had hij het instrument even uit handen gelegd om een kop koffie te gaan halen.

Doorweekt, met haar jas nog aan, liet Evelina haar blik in het rond gaan. Haar Ezra. In Brooklyn. Hoelang woonde hij hier al? Hoe...

Ze keken elkaar aan, niet wetend waar te beginnen, hoe de kloof van al die jaren te overbruggen. Woorden leken erbarmelijk ontoereikend. Onbeholpen, gebrekkig, te klein, te oppervlakkig om uiting te geven aan wat ze voelden.

'Ezra,' zei ze ten slotte. Verder kwam ze niet. Haar keel werd dichtgesnoerd door tranen.

'Eva.' Hij nam haar opnieuw in zijn armen, nu overmand door spijt en verdriet. 'Mijn eigen Evelina.' Hij slaakte een zucht en snoof genietend de geur op van haar haar. Toen hij haar in de ogen keek, las ze daarin zo veel liefde dat ze opnieuw begon te huilen. Teder streek hij het natte haar uit haar gezicht. 'Ik ben altijd van je blijven houden. Je bent nooit uit mijn gedachten geweest. Geen moment.' Hij zei het in het Italiaans, en de vertrouwde klanken riepen een stroom van herinneringen in haar op. Zijn glimlach was hartverscheurend, want ze zag de duistere schaduwen in zijn ogen. 'En nu ben je hier.' Hij schudde zijn hoofd, alsof hij het nog nauwelijks durfde te geloven. 'Nu ben je hier.'

De hartstocht waarmee hij zijn lippen op de hare drukte verraste haar, maar trok haar mee als in een wilde maalstroom. Ze beantwoordde zijn kus. Vurig, met dezelfde hartstocht, alsof ze bevestiging zocht dat hij het echt was; dat hij een mens was, een man van vlees en bloed, geen hersenschim die elk moment in rook kon opgaan. Gejaagd trokken ze hun jas uit en begonnen ze elkaar uit te kleden. Bevend tastten ze naar knopen, ritsen, met het ongeduld en het opgekropte verlangen van geliefden die jaren naar elkaar hadden gehunkerd en die geen seconde langer konden wachten.

Ze lieten zich op het bed vallen. Evelina sloeg haar armen en benen om hem heen, alsof ze in hem wilde kruipen. Ze wilde in hem opgaan, met hem versmelten. Door in lichaam en ziel een te worden wilde ze de leegte vullen die het verlies had achtergelaten, en daardoor al het verdriet, alle pijn voorgoed uitwissen.

Maar dat was onmogelijk. Niets kon de pijn en het verdriet uitwissen, want die waren een deel van haar geworden. Ze sloot haar ogen en gaf zich over aan het zinnelijke genot dat geleidelijk aan het verlangen, het gemis naar de achtergrond drong.

Later lagen ze uitgeput in elkaars armen. En ze zwegen, bang om uit te spreken wat er in de jaren sinds die verschrikkelijke nacht in 1943 was gebeurd.

Het was uiteindelijk Evelina die de stilte verbrak. 'De rabbijn zei dat je dood was. Toen ik dat hoorde heb ik de hoop opgegeven.' Ze werkte zich op een elleboog overeind en keek hem verwijtend aan. 'Hij zei dat je dood was.'

Ze begon weer te huilen. Ze huilde omdat ze was misleid, omdat er tegen haar was gelogen. Ze huilde om de verloren jaren die ze nooit meer zouden kunnen inhalen. 'Ik ben getrouwd. Ik heb kinderen. Waarom ben je niet teruggekomen naar Vercellino?'

'Dat héb ik gedaan. Maar toen was je al vertrokken.'

Ze hield op met huilen. 'Wanneer was dat?'

'In februari 1946.'

'Dan zijn we elkaar net misgelopen. Wie zei dat? Wie heeft je verteld dat ik weg was?'

'Romina.'

'Romina?'

'Ja, ik ben naar je huis gegaan, en Romina deed open.'

'Die hebben we na de oorlog in huis genomen. Ze was alles en iedereen kwijtgeraakt. En ze kon nergens heen. Dus toen heeft mamma gezegd dat ze bij ons kon komen wonen.'

'Je moeder is een goed mens.'

'Waarom heb je niet om mijn adres gevraagd? Dan had je me kunnen schrijven.'

'Dat had gekund. Maar dat heb ik niet gedaan.'

'Waarom niet? Dan was ik teruggekomen.'

'Romina zei dat je getrouwd was.'

Evelina schoot overeind. 'Wát?'

'Ze zei dat je getrouwd was.'

Haar verdriet sloeg om in woede. 'Dat is niet waar! Ik was net vertrokken. Met een gebroken hart. Natuurlijk was ik niet getrouwd. Ik was wanhopig, gek van verdriet.'

Ezra liet zich van het bed glijden en liep naar het raam. Met zijn vingers verstrengeld achter zijn hoofd staarde hij naar de verregende straat. 'Je was getrouwd met een man uit Milaan, zei ze. En jullie waren naar Amerika geëmigreerd.' Zijn stem had een scherpe ondertoon.

Het bleef even stil terwijl ze op zich lieten inwerken wat er was gebeurd, niet in staat te bevatten dat ze doelbewust waren tegengewerkt.

'Wist Romina het? Van ons?' vroeg Evelina.

'Blijkbaar. Maar daar had ik geen idee van.'

'Hoe kan ze dat hebben geweten?'

'Misschien begreep ze het toen ik aan de deur kwam. Misschien heeft ze toen in een fractie van een seconde een besluit genomen, zonder na te denken over de gevolgen. Ze was alles kwijt. Dus misschien was ze jaloers, verbitterd.'

'Als er iemand anders had opengedaan, zou je hebben gehoord hoe het werkelijk zat.' Evelina sloeg met een diepe zucht haar handen voor haar gezicht. 'Uitgerekend Romina! Na alles wat we voor haar hadden gedaan.'

Ezra zei niets. Hij stond nog altijd voor het raam en keek naar buiten.

Evelina liep naar hem toe, ging achter hem staan en sloeg haar armen om zijn middel. 'O, Ezra.' Kreunend legde ze haar hoofd op zijn schouder.

Hij keerde zich naar haar toe en legde zijn handen langs haar gezicht. 'Maar we hebben elkaar gevonden!'

'Ja.' Ze glimlachte terwijl hij zich naar haar toe boog om haar opnieuw te kussen. 'En nu? Hoe moet het nu verder?'

'Dat weet ik niet.'

'Ik wel. We blijven zo staan.' Ze trok hem nog dichter tegen zich aan, met haar hoofd op zijn hart. 'We blijven voor altijd zo staan en we laten elkaar nooit meer los.'

'Je speelt nog steeds viool.' Evelina pakte het instrument en zette het onder haar kin. Het was inmiddels middag. Ze hadden de hele ochtend in bed doorgebracht.

'Ik bouw ze tegenwoordig.' Hij lag naakt op het bed te roken, half onder een laken, met zijn hoofd op zijn arm.

'Echt waar? Waar heb je dat geleerd?'

'Toen ik hier kwam liep ik een Italiaanse vioolbouwer tegen het lijf, en die wilde me wel als leerling hebben. De werkplaats is hier om de hoek.'

Ze plukte aan een snaar. 'Wanneer ben je naar New York gekomen?'

'Vijf jaar geleden.'

Haar ogen werden groot van ongeloof. 'Je woont hier al vijf jaar? We wonen al vijf jaar in dezelfde stad? Zonder dat we het van elkaar wisten?'

Hij knikte.

'Heb je... een nieuwe liefde gevonden? Ben je getrouwd?' Ze probeerde niet jaloers te klinken, want daar had ze niet het recht toe.

'Nee, na jou heb ik nooit meer van iemand anders kunnen houden.'

Dat had genoeg moeten zijn. Maar ze kon het niet laten om door te vragen. 'Maar je bent toch wel eens met een vrouw...'

Hij glimlachte wrang. 'Ik ben een man, Evelina, geen heilige.'

Ze lachte ongemakkelijk, gegeneerd. 'Waar ben je naartoe gegaan, toen je in Vercellino was geweest?'

'Ik heb een tijdje in Israël gezeten.'

Evelina legde de viool neer, kroop weer in bed en ging tegen hem aan liggen. 'Waarom Israël?'

'Ik had alles en iedereen verloren. In Vercellino kon ik niet blijven. Daar had ik niets meer, behalve herinneringen. Dus ik ben naar Israël gegaan. Daar ben ik een tijdje soldaat geweest. En toen ben ik hierheen gekomen.'

'Heb je in het leger gezeten?'

'Ja. Ik had geen werk, en ik moest toch wat doen.'

Terwijl hij zijn sigaret uitmaakte, viel Evelina's oog op het nummer dat op zijn arm was getatoeëerd. Ze streek er met haar duim overheen. 'Wat is er gebeurd? Nadat ze je naar Fossoli hadden gebracht?'

Hij trok met een zucht zijn arm weg. 'Daar wil ik het niet meer over hebben.' Hij trok haar naar zich toe en begroef zijn gezicht in haar hals. 'Het verleden ligt achter ons. Het is voorbij. Ik wil van jóú genieten. Ik heb er tenslotte meer dan tien jaar over gedaan om je te vinden.'

'O, Ezra. Je hebt niet eens gezocht.'

'Ik wist niet beter of je was getrouwd. Met een man uit Milaan. Wat had ik dan moeten doen?'

'Je had moeten blijven zoeken.'

Hij keek haar aan, zijn gezicht stond ernstig, en in zijn ogen las ze de duisternis die daar vroeger niet was geweest. 'Je kunt niet blijven hopen, Eva. Uiteindelijk kom je op een punt dat je de dingen moet accepteren zoals ze zijn. Dat je moet doorgaan met je leven.'

'En dat heb je gedaan? Je bent doorgegaan met je leven?'

'Jij toch ook?'

'Ja, in zekere zin wel, ja.'

'We zijn allebei doorgegaan met ons leven, en toch hebben we elkaar gevonden. Laten we daar dankbaar voor zijn.'

Evelina ging op tijd weg om de jongens van school te halen. Toen ze langs het café kwam schoot haar te binnen dat ze in alle commotie had vergeten te betalen. Beschaamd liep ze naar binnen, maar de vrouw achter de toonbank wist niet eens meer dat ze daar was geweest. Evelina zei wat ze had gebruikt, betaalde en haastte zich vervolgens naar de metro, terug naar Manhattan. Uiteindelijk stond ze vijf minuten te vroeg bij het hek van de school.

De jongens kwamen zoals altijd uitgelaten naar buiten rennen. Aldo had een gouden sterretje gekregen voor zijn huiswerk, en Dan had een klasgenootje geslagen, wat hem een berisping had opgeleverd. Hij kreeg van zijn moeder ook nog een standje, maar daar was hij duidelijk niet van onder de indruk. Bij thuiskomst droeg ze de kinderen over aan Zofia, het Poolse kindermeisje, en ging ze naar boven. Op haar slaapkamer liet ze zich op het bed zakken en ademde ze een paar keer diep in en weer uit, terwijl het besef van wat er die dag was gebeurd, in zijn volle omvang tot haar begon door te dringen. Ze was Franklin ontrouw geweest. De herinnering aan Marica Magica met haar Zeven van Zwaarden kwam bij haar op. Maar daar wilde ze niet aan denken. Ze geloofde niet in waarzeggerij.

Na een douche trok ze schone kleren aan, en ze wilde net een eindje gaan lopen om een beetje tot zichzelf te komen, toen de telefoon ging. Het was Alba. 'Sorry van vanochtend! Ik was het helemaal vergeten. Ik zie het nu pas in mijn agenda staan. Ben je boos?'

Evelina had geen moment meer aan Alba gedacht. 'Welnee, natuurlijk ben ik niet boos. Het geeft niet. Ik heb lekker zitten lezen en twee koppen koffie gedronken.'

'Maar je bent helemaal voor niks dat hele eind naar Brooklyn gekomen.'

'Zo ver is het niet. Bovendien, ik kom er graag. Tenslotte ben ik destijds in Brooklyn begonnen.'

'Je had wel even bij mam langs kunnen gaan.'

'Ja, dat had gekund. Maar ik wilde haar niet storen. Ze heeft het altijd zo druk.'

'Kun je morgen? Ik wil je echt graag zien.'

Evelina dacht razendsnel na. 'Ja, dat is goed,' zei ze, denkend aan Ezra.

Toen ze de hoorn op de haak legde, voelde ze zich schuldig. Ze beet nerveus op haar lip. Franklin verdiende het niet dat ze hem bedroog. Ze ging weer op het bed zitten, sloeg haar handen voor haar gezicht en slaakte een zucht. Hoe moest het nu verder? Van alle honderden, misschien wel duizenden cafés in Brooklyn was Ezra uitgerekend het café binnengelopen waar zij zat. Hoe groot was de kans dat zoiets gebeurde? Hoeveel mensen woonden er in New York? Miljoenen! En hij was uitgerekend het café binnengelopen waar zij zat. Dat kon geen toeval zijn. Dat had het lot zo beschikt.

Maar het lot had geen rekening gehouden met de Tien Geboden.

Het was inmiddels weer droog, de hemel werd steeds donkerder, en tussen de wolken flonkerden de eerste sterren. Evelina schoot haar jas aan en liep naar buiten, de straat op. De avond viel al vroeg in deze tijd van het jaar. De straatlantaarns wierpen glinsterende poelen van goudgeel licht op het plaveisel, en er hing nog altijd vocht in de lucht. Ze trok haar muts diep over haar ogen en stopte haar handen in haar zakken. Wat moest ze doen? Ze hield nog altijd zielsveel van Ezra, maar ze was getrouwd. En ze hield ook van Franklin.

Wat moest ze doen?

Ze liep met haar hoofd gebogen, met haar blik op de stoep gericht, in de ban van het hypnotiserende ritme van haar voetstappen waardoor ze alles om zich heen vergat. Ze kon nog altijd nauwelijks bevatten wat er was gebeurd. Ezra leefde nog. Hij leefde nog! Ze had zo vurig gebeden voor zijn behouden terugkomst, maar ze had nooit echt durven hopen dat haar gebeden zouden worden verhoord. Hoe kon de rabbijn zich zo hebben vergist? En waarom had Romina haar pijn willen doen? Ezra moest hebben gedacht dat ze niet op hem had gewacht. Hij moest bij de villa zijn weggefietst in de veronderstelling dat ze de hoop had opgegeven. En nog wel zo snel! Hij was in december 1943 gevangengenomen, en twee jaar later had hij bij Villa L'Ambrosiana aangeklopt. Wat moest het hem pijn hebben gedaan toen hij hoorde dat ze niet eens twee jaar op hem was blijven wachten! Die gedachte was zo verschrikkelijk dat de adem stokte in haar keel.

Ze liep naar een telefooncel. Verblind door tranen kon ze amper het nummer onderscheiden dat hij voor haar op een briefje had geschreven. 'Ezra!' zei ze toen hij opnam. 'Ik heb op je gewacht! En ik was op je blijven wachten als ik had geweten dat je nog leefde!'

'Dat weet ik.'

'Nee, dat weet je niet.' Ze veegde met een handschoen over haar ogen. 'Je weet niet hoeveel verdriet ik heb gehad toen ze zeiden dat je dood was. Ik heb om je gerouwd. En om je ouders, om Fioruccia en Matteo...' Haar keel werd dichtgesnoerd. 'Om de kinderen...'

'Rustig maar. Het is goed zo...'

'Nee, het is niet goed. Je hebt de afgelopen dertien jaar gedacht dat ik niet op je had willen wachten. En dat na alles wat je had doorgemaakt! Je kwam naar huis, en toen bleek dat ik was vertrokken. Ik kan het gewoon niet verdragen om te denken...' Met trillende vingers duwde ze nog wat muntgeld in de gleuf.

'Eva, het is voorbij.'

'Maar het achtervolgt me. Er is geen dag, geen uur voorbijgegaan dat ik niet aan je heb gedacht. Dat ik je niet heb gemist. Dat ik niet naar je heb verlangd. En toen kwam het moment waarop ik besefte dat het zo niet langer kon. Dat ik niet de rest van mijn leven kon blijven wachten op een geliefde die nooit meer terugkwam. Want ik wist niet beter of je was dood. O god...' Ze legde haar voorhoofd tegen het glas van de telefooncel en sloot haar ogen. 'Ik wist niet beter of je was dood, maar je leeft nog! En ik ben getrouwd.'

'Rustig maar, liefste. Het is goed zo,' zei hij nogmaals. 'Het is goed zo.'

'Het was me gelukt om mijn leven weer op te pakken. Zonder jou. Ik was gelukkig, en nu...'

'We vinden er wel wat op.'

'Maar wat dan? Ik wil bij je zijn. Altijd. Elke dag. Elke nacht.'

'Eva, toe. Je moet proberen weer rustig te worden.'

Het bleef geruime tijd stil terwijl ze diep inademde en haar best deed om zichzelf weer in de hand te krijgen. Ze stopte nog meer geld in de gleuf.

'Hoeveel kinderen heb je?'

'Drie.'

'Hoe oud zijn ze?'

'Vijf, negen en elf.'

'Lijken ze op jou?'

'Een beetje.'

'Dan zijn ze vast prachtig.'

'O, Ezra...'

'Je hebt een gezin. Een man. Een huis. Dat had ik ook allemaal, maar ik ben mijn familie kwijtgeraakt. Familie is zo kostbaar, Eva. En veel belangrijker dan jij en ik.' Ezra grinnikte, en er klonk berusting in door, alsof hij had geleerd om het leven te accepteren zoals het was, en om dankbaar te zijn voor alles wat het leven hem gaf. 'Ik ben zo blij dat ik je heb gevonden. Ik dacht dat ik niemand meer had, maar toen zat jij daar ineens. Als een geschenk uit de hemel. We hebben elkaar weer gevonden! Wat de dag van morgen ook brengt, het maakt niet uit. We hoeven niets te doen. Het is genoeg dat we in dezelfde stad wonen. Dat we dezelfde lucht inademen. Dat we vrij zijn.'

'Wanneer ik eraan denk wat je allemaal moet hebben doorgemaakt –'

'Daar moet je niet aan denken. Want het doet er niet meer toe.'

'Nee, daar heb je gelijk in.' Evelina snoof en veegde opnieuw met haar handschoen over haar ogen. 'Ik moet sterk zijn.'

'Ik ga niet weg, Eva. Ik ben hier en ik blijf hier.'

'Dat weet ik.'

'Waar ben je?'

'Op straat. In een telefooncel.'

'Dan moet je naar huis, naar je kinderen.'

'Dat weet ik.'

'Wat doet je man?'

'Die is hoogleraar klassieke talen aan Columbia University.'

'Dus het is een knappe kop. Daar ben ik blij om.'

'Ik ook.'

'Is hij goed voor je?'

'Heel goed.'

'Hoe heet hij?'

'Franklin.'

'Net als de voormalige president.'

'Ja.'

'Je moet sterk zijn, Eva. Je moet weer rustig worden en naar huis gaan.'

'Zien we elkaar morgen?'

'Als je dat wilt kun je naar de werkplaats komen.'

'O, natuurlijk. Je bouwt violen.' Dat was Evelina even vergeten. 'Ik wil heel graag zien waar je werkt.'

Ezra gaf haar het adres. 'Kom dan morgenochtend.'

'Ik heb eerst met mijn nicht afgesproken om koffie te drinken. Daarna kom ik naar jou.'

'Afgesproken.'

'Afgesproken. Ik voel me al een stuk beter.'

'Het zal best even duren voordat je van de schok bent bekomen. Het gebeurt tenslotte niet dagelijks, een dode die herrijst uit het graf. Sterker nog, volgens mij is het pas één keer eerder gebeurd. En als Jood geloof ik daar niet in. Dus dan ben ik de eerste.'

'Vergeet Lazarus niet.' Ze schoot in de lach.

'Daar geloof ik ook niet in. Nee, ik ben de eerste. Neem me dat nou niet af. Ik vind het net zo leuk.'

'O Ezra, dat zijn geen grappen! Hoe kun je daarom lachen?'

'Omdat ik jou heb teruggevonden. Daardoor voel ik me de gelukkigste man op de hele wereld.'

Om haar tranen te laten drogen en zichzelf weer in de hand te krijgen, liep Evelina nog een blokje om voordat ze naar huis ging. Ze wilde niet dat de kinderen en de kinderjuf zagen dat ze had gehuild. Haar hele wereld was plotseling op zijn kop gezet. Ze wist niet wat ze ermee aan moest. Het liefst was ze in bed gekropen om haar tranen de vrije loop te laten. Maar Ezra kon erom lachen. Voor hem was het glas halfvol. Zo zou zij er ook tegenaan moeten kijken. Dat ging ze in elk geval proberen.

Toen ze thuiskwam zaten de kinderen al aan tafel. Zofia hielp Ava-Maria met haar eten, de jongens konden het zelf. Evelina ging een tijdje bij hen zitten. Ze deed haar best om niets te laten merken en vrolijk mee te lachen als een van de drie iets grappigs zei. Ezra had gelijk, dacht ze, terwijl ze naar hun lieve gezichtjes keek. Familie was kostbaar. Ze mocht haar gezin niet op het spel zetten. Ze zou Franklin en de kinderen voor geen goud verdriet willen doen. Maar hoe ze ook probeerde niet aan hem te denken, Ezra beheerste haar gedachten. Het leek wel alsof ze bang was hem opnieuw te verliezen als ze hem losliet. Maar zelfs terwijl haar gedachten draaiden om Ezra, deed ze wat er als moeder van haar werd verwacht.

Nadat de kinderen in bad waren geweest, las ze Ava-Maria zoals altijd een verhaaltje voor. En elke avond hetzelfde verhaaltje. Over een kat. Dat wilde Ava-Maria telkens opnieuw horen. Evelina kende het inmiddels uit haar hoofd. En dat was maar goed ook. Want ze was er niet echt bij met haar gedachten. Net toen ze Ava-Maria een nachtzoen gaf, kwam Franklin thuis. Hij hing zijn jas en zijn hoed op en zette zijn tas bij de trap. 'Ben ik te laat of kan ik nog welterusten zeggen?' riep hij naar boven.

'Ja hoor! Ava-Maria ligt er al in. En de jongens zitten te lezen op hun kamer. Maar ze vinden het heerlijk als je ze voorleest. Dat weet ik zeker. Tenminste, als je tijd hebt.'

Evelina verscheen in de deuropening. Haar man kuste haar op de wang, liep de kamer in en gaf zijn dochtertje een nachtkus. Daarna ging hij naar zijn zoons. Evelina sloeg hen gade terwijl hij zijn favoriete verhalenboek opensloeg en 'De gelukkige prins' begon voor te lezen, van Oscar Wilde. Toen ging ze naar beneden om aan het avondeten voor hen samen te beginnen. Ze had er nog niet over nagedacht wat ze zou maken, maar tot haar opluchting lag er nog kip en wat groente in de koelkast. Zelf hoefde ze eigenlijk niets, maar ze wist dat Franklin trek zou hebben. Ze pakte een tomaat en woog die op haar hand. Als vanzelf gingen haar gedachten naar die eerste keer dat Ezra haar had gekust, in de kas van Nonna Pierangelini. Ze snoof. De tomaat rook anders dan de tomaten van haar grootmoeder, maar hij kwam dan ook niet uit de betoverende wereld van de tuin van Villa L'Ambrosiana. Haar ogen werden vochtig.

Franklin verdween tot het eten in zijn studeerkamer. Toen hij weer beneden kwam nam hij Evelina fronsend op. 'Is er iets? Je ziet zo bleek.'

'Ik voel me niet zo lekker. Misschien heb ik wel een beetje koorts.'

Franklin voelde aan haar voorhoofd. 'Je hoeft voor mij niet op te blijven. Als je vroeg naar bed wilt slaap ik wel in de logeerkamer.'

'Vind je dat niet vervelend?'

'Nee, natuurlijk niet. Ik moet toch nog een paar uur werken. Ga lekker naar bed. Dan neem ik mijn eten mee naar mijn studeerkamer. Ik heb nog een hoop te doen.'

Ze gaf hem een kus. 'Je werkt te hard.'

'Dat weet ik. Maar ik vind het heerlijk.'

Ze deed haar schort af en hing die aan de deur. 'Tot morgen dan maar,' zei ze, maar Franklin was al met zijn gedachten ergens anders terwijl hij een blad voor zichzelf klaarmaakte.

Toen ze in bed lag gingen haar gedachten onmiddellijk weer naar Ezra. Ze dacht terug aan die eerste ontmoeting, in de winkel van Ercole Zanotti. Ezra was ouder geworden, met diepe lijnen rond zijn ogen en zijn mond, en met diepe rimpels in zijn voorhoofd. Maar hij was nog altijd een knappe man. Ze stelde zich voor dat ze in zijn armen lag; haar verbeelding was zo sterk dat ze hem bijna kon ruiken, dat ze hem bijna kon voelen. Alles aan hem was zo vertrouwd. Alsof ze nooit van elkaar gescheiden waren geweest.

Haar lichaam hunkerde naar hem. Ze kroop onder de dekens en probeerde niet aan de toekomst te denken. In plaats daarvan deed ze haar best om, net als Ezra, alleen maar dankbaar te zijn. Dankbaar voor het wonder dat ze elkaar hadden gevonden. En dat was ze ook. Maar nu ze hem had teruggevonden, wilde ze meer. Nu ze hem had teruggevonden, wilde ze voor altijd bij hem zijn. Maar dat kon niet. Zelfs al zou ze God daarom vragen, dan zou Hij haar gebed niet verhoren. Want Hij wist dat haar gezin anders diepongelukkig zou worden. En dat hadden Franklin en de kinderen niet verdiend.

Ezra had gelijk. Familie was kostbaar.

17

De volgende morgen nam Evelina opnieuw de metro naar Brooklyn. Toen ze het café binnenkwam waar ze hadden afgesproken, zat Alba al aan een hoektafeltje op haar te wachten. Volledig gehuld in bont bood ze een chique aanblik, en ze liet de witte nertsmantel pas van haar schouders glijden nadat Evelina er bevredigend op had gereageerd. 'Een cadeautje van Antonio,' zei ze nonchalant terwijl ze de bijpassende hoed op de stoel naast zich legde. 'Hij voelde zich schuldig. En terecht. Hij denkt dat ik niks in de gaten heb, dat ik het door de vingers zie zolang hij me dure cadeaus geeft. Mannen!' Ze zuchtte geërgerd. 'Waarom zouden we ze nog serieus nemen? Ze zijn het niet waard!' Ze nam Evelina keurend op. 'Trouwens, wat zie jij er leuk uit! Heb je je voor mij zo mooi gemaakt?'

'Ach, ik vond dat ik wel wat meer zorg aan mijn uiterlijk mocht besteden. Je weet hoe dat gaat, als je eenmaal kinderen hebt. Dan neem je het niet zo nauw meer.'

'Dat geldt misschien voor jou, maar ík kan niet zonder een beetje glamour. En als je moet concurreren met vrouwen die tien jaar jonger zijn dan jij, dan kun je er niet als een slons bij lopen.'

Evelina ging zitten en ze bestelden koffie met koffiebroodjes. Alba wilde bovendien een glas champagne.

'Is het zo erg?' vroeg Evelina.

Alba haalde haar schouders op. 'Ach, ik sla me er wel doorheen. Laten we het daar maar op houden.'

'Dat klinkt niet goed.'

'Een man als Antonio heb je nooit alleen. Dat heb ik van meet af aan geweten. Ik krijg diamanten en dure bontjassen, dan mag hij met andere vrouwen naar bed.'

Evelina was geschokt. 'Alba!'

'Het is zo. Ik hoef er tegenover jou geen doekjes om te winden.' Ze keek haar nicht bijna verwijtend aan. 'Of had je liever dat ik erom loog?'

'Nee, natuurlijk niet.'

'Doe dan maar niet zo naïef. Niet iedereen heeft zo'n perfect huwelijk als jij.'

'Ach, het perfecte huwelijk bestaat niet.'

Alba grinnikte. 'Nou, volgens mij kom je een eind in de buurt.' Ze viste haar sigarettenkoker van schildpad uit haar tas, wipte hem open met een lange nagel en stak een sigaret tussen haar vuurrood gestifte lippen. 'Nogmaals, ik wist waar ik aan begon.' Ze gaf zichzelf een vuurtje. 'Tenminste, ik had wel een vermoeden. Maar het was erger dan ik had verwacht. Afijn, niks aan te doen.'

'Hou je nog van hem?'

Alba blies een rookwolk over het tafeltje. 'Ik weet niet eens precies wat dat is. Houden van. Er is onderhand zo veel gebeurd...'

De ober bracht hun bestelling. Alba nam een slok champagne. 'Ik denk dat ik nog wel van hem hou, ja. Hij is tenslotte de vader van mijn kinderen. En als ik naar zijn broers kijk... die werken ook allemaal in het familiebedrijf... trouwens, kun je familie met wie je samenwerkt ook collega's noemen? Hoe dan ook, hun vrouwen zitten in hetzelfde schuitje. Dus we zullen het ermee moeten doen.'

'Dat klinkt behoorlijk deprimerend.' Evelina nipte van haar koffie en dacht ondertussen aan Ezra, die in de werkplaats op haar wachtte.

De champagne begon zijn werk te doen, Alba's schouders ontspanden. 'Ach, ik zou eigenlijk niet moeten klagen. Want ik heb een mooi leven. Kijk.' Ze hief haar hand om te pronken met een flonkerende diamanten armband. 'Hij verwent me. Ik krijg alles wat mijn hartje begeert. Tenminste, alles wat er voor geld te koop is.'

'Maar? Wat mankeert er dan nog aan?'

Alba lachte kakelend. 'Antonio.'

Alba bleef langer dan Evelina had verwacht. Ze bestelde nog een glas champagne en rookte de ene sigaret na de andere. Zoals altijd had ze het alleen maar over zichzelf, ze stortte haar hart uit bij Evelina en liep om elf uur monter het café uit, opgelucht dat ze stoom had kunnen afblazen.

Buiten op de stoep omhelsden ze elkaar, Evelina hielp Alba in een taxi en maakte vervolgens rechtsomkeert naar de werkplaats van de vioolbouwer. Terwijl ze zich voort haastte kon ze het opnieuw nog maar amper geloven. Ze was op weg naar Ezra! Het voelde onwerkelijk, als een droom.

De werkplaats was niet moeilijk te vinden. GANDOLFI'S SNAARINSTRUMENTEN stond er in een boog van grote gouden letters op het raam, met daarboven een geschulpte groene luifel. Achter het glas waren gitaren, violen en een dikbuikige cello te zien. Evelina's hart begon sneller te kloppen. Ze haalde diep adem en duwde de deur open. Er rinkelde een belletje, net als vroeger bij Ercole Zanotti. De vrouw achter de toonbank, die kauwend op een potlood een kasboek doorbladerde, keek op. 'Goedemorgen,' groette ze vriendelijk. Ze had diepliggende ogen, een adelaarsneus en een zwaar accent dat Evelina niet kon thuisbrengen.

'Ik kom voor Ezra Zanotti.' Evelina probeerde niet schuldig te kijken, ook al had de vrouw achter de toonbank geen idee wie ze was, laat staan dat ze wist dat ze de vorige dag overspel had gepleegd en waarschijnlijk op het punt stond dat opnieuw te doen.

'Die is beneden.' De vrouw liet zich van haar kruk glijden. 'Komt u maar mee.' Ze ging Evelina voor naar een smalle trap, helemaal achter in de winkel. 'Ezra, er is iemand voor je!' riep ze, en ze gebaarde Evelina met een knikje dat ze naar beneden kon gaan. Zorgvuldig, om niet te vallen, daalde Evelina de treden af.

Ezra verscheen aan de voet van de trap en stak haar glimlachend een hand toe. Evelina's hart zwol van vreugde. Met een blik van verwondering legde ze haar hand in de zijne. Ezra! Uit de dood teruggekeerd! Ze wilde hem al om de hals vallen, maar toen zag ze de oudere man met een witte baard en een bruin schort die opkeek van zijn werkbank.

'Kom! Dan stel ik je voor aan mijn baas. Giuseppe Gandolfi,' zei Ezra in het Italiaans.

'De vioolbouwer. Aangenaam kennis te maken,' zei Evelina, uiterlijk kalm.

'Het genoegen is geheel aan mijn kant.' Zijn groene ogen monsterden haar geïnteresseerd. 'Ezra heeft me alles over u verteld.'

Evelina vroeg zich fronsend af in hoeverre Ezra de oude vioolbouwer in vertrouwen had genomen.

'Hoelang is het geleden dat jullie elkaar voor het laatst hebben gezien?' vroeg die. 'Tien jaar? Dat is het bijzondere van New York. Het is hier één grote smeltkroes van immigranten, maar oude vrienden weten elkaar altijd weer te vinden. De Stad der Wonderen, dat is het.'

'Waar komt u vandaan?' Evelina herkende zijn accent als afkomstig uit Noord-Italië.

'Ik ben geboren in Casale Monferrato.'

Evelina knikte. Dat was niet zo ver van Vercellino.

'En vandaar ben ik naar Milaan gegaan.'

'Hij heeft het vak geleerd van Leandro Bisiach!' vertelde Ezra.

Het was een naam die Evelina niet kende, maar uit de bewondering die doorklonk in Ezra's stem begreep ze dat Leandro Bisiach een beroemde vioolbouwer moest zijn.

'Kom, dan zal ik je wat laten zien.'

Evelina volgde Ezra naar een muur met houten mallen voor klankkasten van violen. 'Deze is van Bisiach zelf geweest.' Hij nam de mal van de muur. 'Gemaakt naar het voorbeeld van een Stradivarius.' Met zijn lange slanke vingers volgde hij de welvingen van het hout. 'Prachtig hè?'

Evelina zou hem wel willen bijvallen, maar in haar ogen was het gewoon een stuk oud hout. 'Het is hier allemaal prachtig. Een schatkamer van creativiteit.' De werkplaats was het atelier van een kunstenaar, met werkbanken en planken vol gereedschappen in alle soorten en maten, waarvan Evelina in veel gevallen geen idee had waar ze voor dienden. Overal stonden, hingen en lagen violen, cello's, gitaren, sommige bijna volledig afgewerkt, andere nog in wording. Behalve flessen met vernis en olie, potten met penselen en allerlei werktuigen en machines zag Evelina ook lengtes van verschillende soorten hout die keurig langs de muren lagen opgestapeld. Net als in de werkplaats van een timmerman rook het naar hout en lak.

'Kunt u ze ook allemaal bespelen? De instrumenten die u maakt?' vroeg ze.

'Als ik tijd heb. En zeg maar gewoon Giuseppe.' Hij grijnsde zijn onregelmatige gele tanden bloot. 'We hebben veel te veel reparaties. Dat is het probleem. Ik weet niet wat mensen doen met hun instrument. Misschien slaan ze elkaar er de hersens mee in.' Hij slaakte een diepe zucht. 'Ik zou dolgraag meer tijd hebben om nieuwe instrumenten te bouwen. Maar ik wil ook niemand wegsturen die met een reparatie komt. En soms zitten er echt oude instrumenten bij. Dat maakt het spannend. Laatst kwam er een man met een Raffaele Fiorini. Die wilde hij gerestaureerd hebben.' Hij kuste snuivend zijn vingertoppen. 'Wat een instrument!'

Evelina schoot in de lach. 'En waar ben je nu mee bezig?' Ze liep naar zijn werkbank.

'Met het bouwen van een viool. Naast repareren en restaureren moeten we ook aan de vraag naar nieuwe instrumenten kunnen voldoen. Ik ben bezig met de hals. Die snijd ik uit een stuk esdoornhout en die bevestig ik dan met lijm aan de kast.'

'Wat een prachtig vak!' Evelina keek hoe Giuseppe met een guts behendig de windingen van de krul uitsneed. 'Je bent een kunstenaar!'

'Ach, op mijn vijfenzeventigste heb ik het vak aardig in de vingers.'

Ze schoot opnieuw in de lach. 'Dat is te zien. Je bent een meester in je vak.' Ze keerde zich naar Ezra. 'Bouw jij ook nieuwe instrumenten? Of doe je alleen reparaties?'

'Nee, ik bouw ook nieuwe violen.' Hij kwam achter haar staan en legde een hand op haar schouder. Heel losjes, maar ze was zich er scherp van bewust. 'Het is schitterend werk. En ze zijn stuk voor stuk anders, want het is allemaal handwerk. En het mooiste werk dat er is. Ik zou niet anders willen.'

'Heb je hem wel eens horen spelen?' vroeg Giuseppe. Toen grinnikte hij. 'Ja, natuurlijk. Domme vraag. Dus dan weet je dat zijn spel niet onderdoet voor dat van een beroepsviolist. Maar mondje dicht. We willen niet dat hij praatjes krijgt.'

Ezra gaf Evelina lachend een klopje op haar schouder. 'Het is wel een beetje vroeg, maar ik neem mijn vriendin mee om te lunchen. Kan ik voor jou iets meebrengen?'

'Nee, mijn vrouw heeft al genoeg met me te stellen. Ze zou diep gekwetst zijn als ik haar focaccia liet staan. Die bovendien een stuk beter is dan wat je in de winkel koopt.'

'Leuk je gesproken te hebben, Giuseppe. En tot ziens. Tenminste, dat hoop ik,' zei Evelina.

De vioolbouwer knikte. 'Je bent altijd welkom. Zolang je hem maar niet te veel van zijn werk houdt.' Hij keek hen glimlachend na toen ze de trap op liepen.

Zodra ze buiten stonden legde Ezra zijn hand opnieuw op Evelina's schouder, draaide haar naar zich toe en drukte zijn lippen op de hare. Ze schrok, bang dat iemand het zou zien; iemand die ze kende, ook al was ze nooit eerder in deze buurt geweest. 'Niet doen.' Ze maakte zich voorzichtig van hem los. 'Dat kan niet, zomaar op straat.'

'Wat zou er kunnen gebeuren?'

'Dat weet je maar nooit. Stel je voor dat iemand ons ziet.'

'Kom. Daar hebben we bij mij boven geen last van.'

Evelina wist dat ze niet met hem mee moest gaan. Die ene keer dat ze Franklin ontrouw was geweest, kon ze zichzelf nog wel vergeven. Ze was zo in shock geweest door de ontdekking dat Ezra nog leefde. Daardoor had ze niet geweten wat ze deed. En ook al had ze het niet moeten doen, ze kon het althans tegenover zichzelf rechtvaardigen. Maar nu was ze volkomen helder; de shock had plaatsgemaakt voor blijdschap, voor dankbaarheid. Dus ze had geen enkel excuus.

En toch ging ze opnieuw met hem mee. Zodra ze boven waren, drukte hij haar met haar rug tegen de muur en kuste haar, terwijl hij haar jas van haar schouders schoof en zij ondertussen de zijne losknoopte. Het was sterker dan zij. De stem van haar geweten zweeg, de tweestrijd in haar hoofd werd gestaakt, goed en fout versmolten tot een koortsachtig verlangen om zich aan hem te geven, om samen te zijn, om samen één te worden.

Later lagen ze in elkaars armen, net als de vorige dag, en ze praatten honderduit. Ze haalden herinneringen op aan Villa

L'Ambrosiana, aan die zomer van 1943, voordat er een duistere schaduw over hun zonnige wereld was gevallen, voordat de oorlog hen in het gevaar had gestort en hun hart had gebroken. Ze spraken over de tochtjes op de fiets, over de picknicks, over de lange middagen waarop ze in het gras hadden gelegen, tussen de klaprozen, en naar de wolken hadden gekeken. Over de avonden bij Fioruccia en Matteo, over de gestolen momenten in de winkel wanneer zijn vader niets in de gaten had. Hun gedeelde herinneringen gingen diep, als een verborgen, ondergrondse rivier waarvan alleen zij het bestaan kenden. De herinneringen waren van hen samen en van niemand anders, en door erover te praten haalden ze de beelden, de klanken, de geuren weer naar boven en werd het allemaal nog mooier, nog verrukkelijker.

Ze vrijden opnieuw, nu loom en zonder haast. Evelina voelde zich weer jong, ze voelde zich weer de jonge vrouw die met Ezra had gevrijd in de kapel, toen ze elkaars lichaam voor het eerst hadden verkend. Ze genoot van elke streling, van zelfs de kleinste liefkozing. En toen het tijd werd om te gaan, vroeg ze niet hoe het nu verder moest. Ze probeerde niet aan de toekomst te denken. Want ze wist dat ze elkaar zouden blijven zien. Dat hij gelijk had gehad toen hij zei dat ze er wel iets op zouden vinden.

Ze nam de metro terug naar Manhattan, en Ezra ging terug naar de werkplaats, naar de viool die hij moest repareren. Zo groot was de afstand niet, hield Evelina zichzelf voor. Nadat ze jaren had gedacht dat de dood hen had gescheiden, moest ze dankbaar zijn dat hij nog leefde. Dat hij, net als zij, naar New York was gekomen. En dat ze elkaar hadden gevonden.

Ze kreeg ineens weer zin om piano te spelen. Sinds Ezra was opgepakt had ze geen noot meer gespeeld, maar nu ze elkaar weer hadden gevonden, stroomde het verlangen van haar hart naar haar vingers en jeukten haar handen om haar diepste gevoelens in muziek te uiten. Maar er was in het appartement geen ruimte voor een piano.

De volgende dag zagen ze elkaar op de stoep voor de werkplaats en gingen ze rechtstreeks naar boven. Na het vrijen stak Ezra een sigaret op en maakte Evelina espresso met de cafetière, net zoals ze dat vroeger had gedaan. De geur van gemalen bonen vulde de kamer met een verrukkelijke sfeer van nostalgie. Op het bed, in kleermakerszit genoten ze even later van hun koffie. 'Wat doe je zoal, de hele dag?' vroeg Ezra.

'Ik schilder.'

'O, daar ben ik blij om. Goed dat je dat nog doet. Fioruccia zei altijd dat je talent had.'

'Dat zei ze om aardig te zijn. Ik heb haar portret geschilderd. Zoals ik me haar herinner. En het lijkt best goed. Het staat ingelijst naast mijn bed.'

'Dat zou ze fijn hebben gevonden.'

'Zou ze het weten?'

'Heb je geen portret van mij gemaakt?' Over zijn koffiekop heen keek hij haar grijnzend aan, en niet voor het eerst verbaasde Evelina zich over zijn humor, over de luchtigheid waarmee hij kon terugkijken op de tijd dat ze elkaar hadden moeten missen, de tijd waarin ze had gedacht dat hij dood was.

'Nee, jou heb ik niet geschilderd.'

'Waarom niet?'

Ze haalde haar schouders op. 'Ach, ik weet het niet. Misschien omdat het niet goed voelde. Als een soort ontrouw.'

'Ja, en stel je voor dat je Franklin ontrouw zou zijn.' Hij grinnikte, in zijn grijze ogen dansten ondeugende pretlichtjes.

'Ezra! Dat was toen. Dit is anders.'

'Nou, volgens mij steekt er geen kwaad in een portretje van je vroegere vriendje. Zeker niet als dat vriendje dood is. Maar wat we nu doen...'

Ze sloeg haar ogen neer. 'Het deed me te veel pijn.'

'Waarom schilder je me nu niet? Levend zie ik er een stuk beter uit.'

Ondanks zichzelf schoot ze in de lach. 'In mijn herinnering zag je er altijd goed uit. In mijn herinnering was je niet dood. Alleen in mijn nachtmerries.' Maar daar wilde ze niet meer aan denken. 'Goed, ik doe het. Mijn man en mijn kinderen heb ik al zo vaak geschilderd. Trouwens, mijn hele familie. Ik heb een nieuw model nodig.'

'Speel je nog piano?'

'Nee, sinds jij bent opgepakt heb ik nooit meer gespeeld.'

'Waaróm niet?'

'Omdat jij er niet meer was.'

'Maar nu ben ik er weer. Dus nu moet je weer gaan spelen.'

'Ik heb geen piano.'

'Daar is wat aan te doen, lijkt me.'

'Jawel, maar ik heb er niet echt de ruimte voor.'

'Het hoeft geen vleugel te zijn!' Hij grijnsde. 'Toevallig zag ik laatst, in de winkel hier om de hoek, een piano van redelijk bescheiden afmetingen. Ik kan eens voor je navragen. En volgens mij brengen ze hem zelfs bij je thuis.'

Evelina was meteen enthousiast. 'Misschien kun je inderdaad vragen hoe groot hij precies is. Dan kijk ik of het kan. En ik betaal hem natuurlijk zelf.' Of liever gezegd, Franklin zou hem betalen. Was het oneerlijk om de piano als kerstcadeautje voor te stellen?

'Afgesproken.' Ezra kwam overeind en begon zich aan te kleden. 'Kom. Ik wil je wat laten zien.'

Evelina schoot haar kleren aan en volgde hem naar de keuken. Daar schoof hij het raam omhoog en klom naar buiten, de brandtrap op. 'Ik mag hopen dat het de moeite waard is.' Ze pakte zijn hand en klauterde ook naar buiten.

‘Dat is het.’ Hij glimlachte.

Terwijl ze achter hem aan naar boven klom, vroeg ze zich af wat hij haar in ’s hemelsnaam wilde laten zien. Het platte dak lag bezaaid met bladeren die daar door de wind naartoe waren geblazen. In verrukking keek Evelina om zich heen, naar de daken en wolkenkrabbers van Brooklyn. Het leek een andere wereld; een wereld van glas en beton. Ezra ging op het dak liggen en klopte naast zich. ‘Je moet gaan liggen. Op je rug.’

Evelina was blij dat het sinds de vorige dag niet meer had geregend. Ze deed wat hij zei. Hij pakte haar hand, en zo keken ze samen naar de hemel, net zoals ze dat vroeger hadden gedaan, in Piëmont. Ze ademde diep in. De blauwe lucht, de wolken, het kwam allemaal terug als een lang verloren gewaande melodie, en ze voelde opnieuw het vertrouwde zwellen van haar hart terwijl het zich vulde met liefde, met een intens geluksgevoel. Waar je ook was, je kon alles om je heen vergeten en opgaan in die blauwe verten. ‘Ik kom hier vaak,’ zei Ezra ten slotte. ‘Dan laat ik me gewoon gaan, als een ballon, en zweef ik omhoog naar de wolken. Soms is het helder, soms hangt er bewolking, dat maakt niet uit. Ik kom los van mezelf, ik laat mezelf als het ware achter, en juist dan ben ik me het scherpst bewust van wat ik voel, van wat me beweegt. Van wie ik ten diepste ben.’

In de diepte klonk gedempt het geraas van het verkeer, het janken van een sirene, maar Evelina had het gevoel dat het niets met haar te maken had, dat het deel uitmaakte van een andere wereld, een andere tijd. ‘Wat bedoel je daarmee? Wie je ten diepste bent?’

‘Los van alles. Los van mijn naam, mijn lichaam, mijn verleden, los van alles wat ik heb meegemaakt. Wanneer het je lukt om volledig van alles los te komen, dan kun je gewoon alleen maar zíjn. En dat is heel vredig. Dan voel ik de wind op mijn gezicht, de zon op mijn huid en ik denk aan niets... Het is moeilijk uit te leggen. Maar ik voel de energie waaruit ik besta. De energie die ik ben.'

'Ga je nog naar de synagoge?'

'Nee. Daar ben ik sinds Vercellino niet meer geweest.'

'Ben je in het kamp aan het bestaan van God gaan twijfelen?' Evelina had uit onderlinge gesprekken van andere overlevenden begrepen dat ze door het kwaad dat ze aan het werk hadden gezien, van hun geloof waren gevallen.

'God was niet in de kampen. Als Hij bestaat, dan heeft Hij toen een andere kant uit gekeken. Maar het zou Hitler niet lukken om me kapot te maken. Dat had ik me vast voorgenomen. Net zoals ik me vast had voorgenomen om uiteindelijk weer gelukkig te worden. Dat is de beste wraak. En daarom heb ik ook besloten om uit alles vreugde te putten. Uit het léven, de hemel, de wolken, de vogels, zelfs uit het geluid van vrachtwagens, sirenes, drilboren. Als je goed kijkt, schuilt er schoonheid in alles. En elke dag dat ik gelukkig ben, vier ik het verzet en de veerkracht van ons volk. Dat is elke dag weer een triomf van het goede over het kwaad. De bevestiging van het feit dat ik nog leef. Of God nu wel of niet bestaat, de enige zingeving die ik kan bedenken voor wat ik heb doorgemaakt, is er lering uit te trekken. En dat heb ik gedaan. Ik heb geleerd om te léven.'

Evelina bracht zijn hand naar haar lippen en kuste die. Toen zwegen ze, en ze staarden omhoog, naar de blauwe hemel.

Al snel hadden ze een vaste routine ontwikkeld om elkaar te zien. Evelina nam 's ochtends de metro naar Brooklyn en ging rechtstreeks naar Ezra's bovenwoning, en hij kwam daar in zijn lunchpauze ook naartoe. Sinds ze een keyboard had, dat ze met Kerstmis van Franklin had gekregen, was ze weer begonnen met spelen. Haar vingers wisten nog precies wat ze moesten doen en vonden moeiteloos de akkoorden en melodieën, alsof ze nooit met spelen was gestopt. Net als vroeger liet ze zich meevoeren door haar verbeelding, zoals Ezra haar dat had geleerd. Als een vogel zweefde ze boven de bergen van Piëmont, doopte ze haar vleugelpunten in de rijstvelden en scheerde ze tussen de geordende gelederen van wijnranken en olijfbomen. De melodieën die ze al spelend componeerde, namen haar mee naar huis, naar de bemoste grotten in de tuinen van Villa L'Ambrosiana, en daar vond ze Ezra, want hij was onverbrekelijk met de tuinen verbonden, net als zij.

Zoals ze had beloofd nam ze haar schetsblok mee wanneer ze elkaar zagen, en begon ze te werken aan zijn portret. Ze genoot ervan om de lijnen van zijn gezicht met houtskool op het papier te zetten. Hij lag in de kussens, met een sigaret tussen zijn vingers, en keek naar haar, loom, bijna slaperig, met half geloken ogen. Haar blik gleed strelend over de welving van zijn lippen, over zijn kin, over de contouren van zijn gezicht dat ze in haar verbeelding duizenden keren had gekust, en honderden keren sinds hij uit de dood was teruggekeerd. Zijn haar begon al grijs te worden. Ooit had hij een dikke bos krullen gehad, diepbruin als vruchtbare klei. Maar alles wat hij had doorgemaakt, had hem getekend. Evelina durfde hem niet te diep in de ogen te kijken, bang dat ze daarin zou lezen hoezeer hij had geleden. Die confrontatie durfde ze niet aan, en Ezra wilde ook niet over het verleden praten. Hij leefde in het moment, hij koesterde zijn vrijheid en het leven. Op haar beurt probeerde Evelina zich voor te stellen hoe het moest zijn om aan de rand van de afgrond te hebben gestaan en door Gods genade te zijn gered.

De maanden verstreken, de routine die ze hadden ontwikkeld, werd een deel van haar leven. Ook al besefte ze dat ze Franklin bedroog, toch voelde het niet als verraad. Ezra was haar eerste liefde, de eerste man van wie ze had gehouden. Ze waren als twee helften die samen een geheel vormden en zonder elkaar niet konden bestaan. Franklin kreeg het in zijn werk steeds drukker. Hij kreeg er voortdurend taken bij. En met elke promotie die hij maakte, namen zijn verantwoordelijkheden toe. Evelina was er altijd wanneer hij thuiskwam van zijn werk. Ze kookte, ze luisterde naar zijn verhalen en ze bracht hem een beker warme chocolademelk wanneer hij zich na het eten tot diep in de avond in zijn studeerkamer terugtrok. Zonder Ezra zou ze zich onbemind en verwaarloosd hebben gevoeld, maar nu was ze in staat de obsessieve werkdrang van haar man te accepteren. En Franklin was haar dankbaar voor haar begrip, zonder zich af te vragen waar dat uit voortkwam.

Toen hij in het voorjaar voor zijn werk een weekend naar Boston moest, liet Evelina de kinderen achter onder de hoede van Zofia en bracht ze de middag met Ezra door. Ze maakten een wandeling door het park, waar het eerste prille groen al aan de platanen begon te verschijnen. Bloesem danste op de wind, en overal zongen de vogels. De natuur ontwaakte, nieuw leven brak door de aarde, al wat groeide en bloeide verspreidde een zoete geur van verjonging en wedergeboorte. Bij de rivier gekomen gingen ze op een bankje zitten. Boten gleden traag over het water, in de rimpelingen van hun kielzog glinsterde de weerkaatsing van het zonlicht als vloeibaar goud.

'Ik zal je vertellen wat er is gebeurd toen ik was opgepakt,' zei Ezra.

Evelina schrok, maar zette zich schrap. 'Als je er klaar voor bent,' zei ze, in het besef hoe moeilijk het voor hem moest zijn om naar die inktzwarte tijd terug te keren.

Ezra keek naar het nummer op de binnenkant van zijn arm. 'Ik moet het je vertellen. Want ik wil dat je het weet. En daarna praten we er nooit meer over.'

18

In juni kwam er een telefoontje uit Italië. Het was Evelina's moeder die belde om te vertellen dat Nonna Pierangelini was gestorven. En ook al had Evelina geweten dat ze haar grootmoeder waarschijnlijk nooit meer zou zien, ze was toch diep geraakt door haar dood. In gedachten zag ze Nonna voor zich zoals bij die laatste keer dat ze haar had gezien, door het achterraampje van de auto; een gedrongen figuurtje in het zwart, wuivend met een witte zakdoek. *Het leven kent zo veel valstrikken*, had ze gezegd. *Die zet de duivel op je pad om je op de proef te stellen.* Had ze geweten dat Evelina op de proef zou worden gesteld? Kon ze hebben vermoed dat Ezra nog leefde? Dat er problemen in het verschiet lagen?

Franklin toonde zich erg meelevend. Hij zette zijn bril af en keek zijn vrouw voor het eerst in maanden echt aan, een en al aandacht en begrip. 'Waarom ga je niet naar huis, naar je familie?' opperde hij. 'Zofia kan voor Ava-Maria zorgen, en je kunt de jongens meenemen. Als ik het niet zo druk had ging ik ook mee.'

Evelina was hem dankbaar voor zijn begrip. Maar ze aarzelde. 'Ach, ik weet het niet. Het is zo'n lange reis...'

'Je bent sinds ons trouwen niet meer thuis geweest. Het wordt hoog tijd om je ouders weer eens te zien. En Benedetta.'

Evelina's aarzeling bleef. Die had niets te maken met de lange reis maar alles met Ezra. Als ze naar Italië ging zou ze minstens drie weken weg zijn. Zo lang kon ze niet zonder hem. En ze wist ook niet of ze wel zo lang zonder Ava-Maria zou kunnen. Maar de dood van haar grootmoeder confronteerde haar nadrukkelijk met de broosheid van het leven. Als ze niet oppaste, werd de afstand tussen haar en haar familie met het verstrijken der jaren steeds groter. En wanneer ook haar ouders het tijdelijke met het eeuwige verwisselden, zou ze spijt hebben dat ze hen niet had opgezocht toen het nog kon. Italië was tenslotte niet het einde van de wereld.

Toen ze het aan Ezra vertelde, deed hij een gedurfd voorstel. 'Misschien zou je in augustus kunnen gaan. Dan is de werkplaats gesloten. Vanwege de hitte. Giuseppe en zijn vrouw gaan altijd de hele maand augustus naar Toscane. Dus dan zou ik met je mee kunnen gaan.'

Alleen al bij het idee begon Evelina te beven. Het was een riskant voorstel. Maar tegelijkertijd onweerstaanbaar. 'Wil je terug naar Vercellino?' vroeg ze verrast.

'Nee, dan zou ik eerst met Giuseppe naar Toscane gaan, en dan zouden wij kunnen afspreken in Florence. Jij gaat bij je familie op bezoek, en vandaar neem je de trein naar het zuiden. Dan zien we elkaar daar. Een week, tien dagen. Misschien zelfs twee weken. Wij samen.'

Hoe langer ze erover nadacht, hoe eenvoudiger het leek. Als ze in augustus ging kon ze de jongens meenemen. Ava-Maria was nog te klein, en Zofia zou met liefde voor haar zorgen. Maar de jongens waren groot genoeg om van de reis te genieten, en wanneer zij naar Florence ging, kon ze hen bij Benedetta laten. Opwinding maakte zich van haar meester. Het was een droom die werkelijkheid werd. Ze zou eindelijk met Ezra samen kunnen zijn zonder voortdurend op de klok te hoeven kijken, en zonder zich er permanent van bewust te zijn dat ze haar man ontrouw was.

Een paar maanden later maakte Evelina op een oceaanstomer de oversteek naar Europa, samen met Aldo en Dan. Het afscheid van Ava-Maria was haar zwaar gevallen, maar Franklin had haar gerustgesteld. Met het kleine meisje op de arm had hij Evelina beloofd dat Zofia en hij goed voor haar zouden zorgen, zodat het kleintje haar moeder niet zou missen. Ava-Maria had haar handje opgetild toen het schip zich, trillend en grommend als een monster dat ontwaakte, langzaam losmaakte van de kade. De aanblik van haar zwaaiende dochtertje was ondraaglijk geweest, en Evelina had zich moeten afwenden.

De zee was af en toe erg ruig, met hoge golven, maar de jongens vonden het geweldig om heen en weer te worden geslingerd in hun kooi. Evelina had last van zeeziekte, maar dan dacht ze aan Florence en stelde ze zich voor hoe ze hand in hand met Ezra door de smalle straatjes zou lopen. Het was iets waarvan ze destijds in Vercellino al had gedroomd, totdat die droom door de oorlog in scherven was gevallen. In haar kooi in de eerste klas dacht ze terug aan wat Ezra haar had verteld op dat bankje in het park. Hij had zijn verhaal bijna onbewogen gedaan, alsof het niet over hem ging maar over iemand anders. De duistere beelden die opdoemden uit haar verbeelding waren vaag en schetsmatig, want voor wie de gruwelen niet met eigen ogen had gezien, gingen ze het voorstellingsvermogen te boven. Toch waren ze ook in hun vaagheid angstaanjagend genoeg om haar te doen begrijpen dat het nemen van afstand de enige manier was om staande te blijven en het leven weer op te pakken. Wat Ezra had doorgemaakt, de wreedheden waarvan hij getuige was geweest, waren niet te bevatten. Het enige wat hij had gewild, was dat ze er kennis van zou nemen, dat ze naar hem luisterde. En dat was ook het enige wat ze kon doen. Hem haar volle aandacht schenken. Want niets kon ook maar enige troost bieden na de gruwelijke beproevingen waarover hij vertelde.

Nadat de Duitsers hem hadden opgepakt, was Ezra naar Fossoli gebracht, een kamp dat onder Italiaans commando stond en waar behalve Joden ook Engelse en Amerikaanse krijgsgevangenen werden vastgehouden. Daar had hij een maand gezeten. Van Fossoli was hij vervolgens overgebracht naar Monowitz, een van de kampen in het Auschwitz-complex, waar hij elf maanden dwangarbeid had verricht. Tot de bevrijding van het kamp door de Russen. Door het oprukken van de geallieerden hadden de Duitsers besloten de kampen te evacueren en de gevangenen op een dodenmars van Auschwitz naar Buchenwald en Mauthausen gestuurd, met de bedoeling om zieke en ernstig verzwakte achterblijvers te doden. Maar door de snelheid van de Russische opmars waren ze gedwongen geweest te vluchten. Doordat Ezra met roodvonk in de ziekenboeg had gelegen, was hem de dodenmars bespaard gebleven. Na de bevrijding van de kampen had hij er vervolgens negen maanden over gedaan om te voet en per trein naar Vercellino terug te keren.

Evelina had geluisterd. Ezra had geen humor gebruikt om zijn verhaal althans iets af te zwakken, maar het nuchter en zakelijk verteld, als een opsomming van feiten, met zijn handen gevouwen, zijn blik op de rivier gericht. Hij had geen medelijden verwacht, alleen erkenning van wat hij had doorgemaakt. Hij had haar geen van de gruwelen bespaard, en ze had zich flink gehouden, haar kaken grimmig verkrampt om niet te huilen om wat hem en zijn familie was aangedaan. Want ze had niet gewild dat híj háár zou moeten troosten. Tenslotte had zij de oorlog uitgezeten in de veilige beslotenheid van Villa L'Ambrosiana.

En dus had ook zij haar blik strak op de rivier gericht en hem alle tijd gegeven om zijn verhaal te doen, en om af en toe te zwijgen. Toen hij klaar was, had ze zijn hand gepakt. Samen hadden ze zwijgend naar het water gekeken, naar het licht dat erdoor werd weerkaatst. Uiteindelijk had hij haar tegen zich aan getrokken – ze was op de hele wereld de enige die hij nog had – en 'Dank je wel' gemompeld.

En nu, in haar donkere kooi, liet Evelina haar tranen de vrije loop. Ze huilde om Ezra, om Ercole en Olga, om Fioruccia en Matteo en al hun familie. Ze huilde om de miljoenen slachtoffers, opgeslokt door de maalstroom van het kwaad. Als God liefde was, hoe had Hij dat dan kunnen laten gebeuren?

De jongens vonden de reis naar Italië één groot avontuur. Alles was nieuw voor hen, alles was anders dan thuis, en ze vuurden in staccato hun vragen op haar af. Tani haalde hen van het station in Vercellino. Hij was ouder geworden, zijn haar dunner, en zijn gezicht oogde mager, met ingevallen wangen. Hij woelde door het haar van de jongens, sprak Italiaans tegen ze en mopperde op zijn dochter toen bleek dat ze hem niet verstonden. 'Ik heb geprobeerd ze Italiaans te leren,' legde ze uit terwijl hij haar koffer in de achterbak tilde. 'Maar dat is bijna niet te doen als iedereen om je heen Engels spreekt.'

Toen de auto stilhield voor Villa L'Ambrosiana haastten haar moeder en Benedetta zich naar buiten. Artemisia was grijs geworden. Ze had nog altijd lang krullend haar, maar het was niet meer zo dik, zo glanzend als vroeger. Haar gezicht had daarentegen met het klimmen der jaren aan schoonheid gewonnen. Met haar haviksneus en haar scherpe ogen deed ze denken aan een prachtige roofvogel. Moeder en dochter omhelsden elkaar, waarna Evelina haar zoons aan hun grootmoeder en hun tante voorstelde. Artemisia vermorzelde hen bijna terwijl ze hen aan haar geparfumeerde boezem drukte. Aldo onderging het beleefd en probeerde zich de paar woordjes Italiaans te herinneren die hij van zijn moeder had geleerd, maar Dan trok een lelijk gezicht. Even later nam Benedetta de jongens mee naar haar kinderen, die ergens in de tuin speelden.

Costanza troonde op het terras, volledig in het zwart, met een sigaret tussen haar vingers geklemd en een glas wijn voor zich op tafel. Evelina had haar nooit eerder in het zwart gezien. Zoals ze daar zat, gebogen over haar glas, had ze wel iets van een aasgier. 'Ze wil dood,' zei Artemisia vanuit haar mondhoek. 'Ze zegt dat ze zonder haar zus niet kan leven.'

'Ik ga meteen naar haar toe.' Evelina voegde de daad bij het woord en ging haar oudtante begroeten.

Bij het zien van haar achternicht sloeg Costanza vermoeid haar ogen op. 'Ach, Evelina.' Ze glimlachte verdrietig. 'Dus je bent ons nog niet vergeten.'

Evelina trok een stoel bij. Toen Costanza haar hand pakte, viel het Evelina op dat ze blijkbaar niet meer de moeite nam om haar nagels te lakken. En haar haar zag er ook onverzorgd uit, alsof het in geen dagen was geborsteld. Costanza had het slordig uit haar gezicht gestreken en vastgespeld. Het was staalgrijs geworden met brede strepen wit, als de as van smeulende sintels. Maar haar zachtbruine ogen waren nog altijd prachtig; de schittering daarin was nog niet verflauwd. 'Natuurlijk ben ik jullie niet vergeten. Ik vind het alleen zo verdrietig dat ik Nonna nooit meer zal zien.'

'Ze is vredig in haar slaap gestorven.' Costanza klopte Evelina op haar hand. 'Ik weet zeker dat ze bij de hemelpoort op me wacht, dat ze pas naar binnen gaat als ik er ook ben. Want zo was ze. Ze dacht altijd aan anderen, en vooral aan mij. Daarom ben ik ook nooit getrouwd. Daar had ik geen behoefte aan. Ik had mijn zus. Ze was mijn zielsverwant. Zonder haar ben ik niets.'

'Dat is niet waar, Costi. Hoe kun je dat nou zeggen? En bovendien, Nonna zou niet willen dat je verdrietig was. En ze zou het maar niks vinden dat je in het zwart loopt.'

'Ik wacht op de man met de zeis.' Costanza tikte haar sigaret af boven de asbak.

'Maar vroeger droeg je nooit zwart.'

'Nee, maar nu wel. Ter nagedachtenis van mijn zus.'

'Het is al twee maanden geleden dat ze stierf. Ik weet zeker dat ze zou willen dat je weer kleur ging dragen. Je zag er altijd zo prachtig uit. Een en al glamour.'

'Die tijd is voorbij, kindje. Ik ben oud. En moe. Doodmoe. Ik verlang naar de rust van het graf, naar de eeuwige slaap.'

Evelina schoot in de lach. 'Zal ik dan eerst nog even je nagels doen?'

'Meen je dat?' Costanza fronste haar wenkbrauwen. 'Ach, wat heeft het nog voor zin? Mijn tijd is geweest. Wie kan het nog schelen of ik mijn nagels lak?'

'Mij.'

Costanza liet haar hand los en streek Evelina over haar wang. 'Je bent een lieverd. Altijd al geweest. Hoewel, je kon ook stout zijn. Vertel, hoe is het leven in Amerika? En is de pizza er inderdaad beter dan hier?'

'Nee, niet beter. Maar prima.'

'Hoe heet je man ook alweer?'

'Franklin.'

'O ja. Een knappe verschijning, dat weet ik nog.'

'Ik heb mijn twee oudsten bij me. Aldo en Dan. Ze zijn met Benedetta in de tuin. Zodra ze terugkomen zal ik je aan ze voorstellen.'

'Ach, als je grootmoeder dat nog eens had kunnen meemaken. Ze was dol op kinderen.' Costanza zuchtte. 'En kinderen waren dol op haar. Bij mij moesten ze altijd eerst de kat uit de boom kijken. Hoeveel kinderen heb je?'

'Drie.'

'O ja, nou weet ik het weer. Ik word zo vergeetachtig. Dingen gaan het ene oor in en het andere uit, en af en toe blijft er halverwege iets hangen. Meestal het minst belangrijke. Niks aan te doen. Je grootmoeder vergat nooit iets. En ze was ook zo goed met kaarten. Tot het allerlaatst. En uitgekookt dat ze was! Dat zou je niet zeggen. Ze leek zo goeiig, met dat zachte ronde gezicht en die lieve glimlach. Iedereen dacht altijd dat ik de uitgekookte was. Maar zij spande de kroon. Ik had andere kwaliteiten. Ik had minnaars. Een hele stoet. En ik heb van niet één spijt.' Ze trok een peinzend gezicht. 'Nee, dat is niet helemaal waar. Er waren er een paar... die had ik wel kunnen missen. En als ik je zou vertellen dat je grootmoeder tijdens haar huwelijk ook een minnaar heeft gehad, zou je dat dan geloven?'

'Nee, ik denk het niet.' Evelina vroeg zich af waar haar oudtante heen wilde.

'Zie je wel. Zo uitgekookt was ze. Ze wist jullie allemaal zand in de ogen te strooien.' Costanza schoot in de lach. Ze maakte haar sigaret uit en viste het pakje uit haar tas om de volgende op te steken. 'Heb je eh... hoe heet hij ook alweer? Heb je die ook bij je?'

'Franklin?'

'Ja, Franklin. Is die er ook?'

'Nee, ik ben alleen met de jongens.'

Costanza trok haar wenkbrauwen op. 'Ben je een goede echtgenote?'

'Ja hoor.'

'Mooi zo. Want ik wil je niet op een idee brengen nu ik mijn mond voorbij heb gepraat over je grootmoeder.'

'Maak je geen zorgen. Dat zal niet gebeuren.'

Terwijl ze zichzelf een vuurtje gaf, keek Costanza naar haar nagels. 'Dus jij denkt dat je er nog wel wat van kunt maken?'

'Natuurlijk. En ik denk dat Nonna ook zou willen dat je je nagels weer lakte.'

'Misschien. Maar ik ben eerst benieuwd naar die kinderen van je. Waar zijn ze?'

'Goede vraag.' Evelina stond op.

'Ze weten dat ze Italiaans bloed hebben. Dus ze zijn op zoek naar hun oorsprong,' zei Costanza. Toen ze zag dat haar glas leeg was, keek ze om zich heen, op zoek naar het dienstmeisje om te vragen haar een nieuwe fles wijn te brengen.

Evelina kon nu meer van haar familiebezoek genieten dan destijds, kort na haar huwelijk. Nu ze Ezra had teruggevonden, was het verdriet om hem weggevallen. Ze fietste niet naar de stad, ze keek niet door het winkelraam, op zoek naar sporen van het verleden. En ze ging ook niet naar de kapel om zich onder te dompelen in herinneringen. Ezra maakte niet langer slechts deel uit van het verleden, hij hoorde weer bij het heden, en bij de toekomst. Bevrijd van het verdriet en de spijt die als een loden last op haar hadden gedrukt, vond ze het heerlijk om weer thuis te zijn en verheugde ze zich op de reis naar Florence.

Ze bezocht het graf van haar grootmoeder. Nonna Pierangelini was bijgezet in de familiecrypte op de begraafplaats van Vercellino, waar ook de stoffelijke resten van Bruno rustten, en van haar man en haar twee jonggestorven zoontjes. Evelina had bloemen geplukt in de tuin, wilde bloemen, omdat ze wist dat haar grootmoeder daarvan had gehouden. Ze zette ze in de vaas; het oude, verwelkte boeket gooide ze weg. Toen sloot ze haar ogen om voor Nonna te bidden. Terwijl ze later de inscripties las op de plaquettes, besefte ze dat haar naam daar nooit tussen zou komen te staan. Zij zou ergens in New York worden begraven. Ver van huis. Vermoedelijk als eerste Pierangelini.

Benedetta had meteen aangeboden om op de jongens te passen wanneer Evelina naar het zuiden ging. Niemand zocht er iets achter toen ze zei dat ze vrienden wilde opzoeken die ze in New York had leren kennen. Hoe waarachtiger de leugen, hoe geloofwaardiger. En dus vertelde Evelina over een vriend die bij een vioolbouwer in Brooklyn werkte en die nu samen met de vioolbouwer en diens vrouw in Toscane zat. Ze zei dat ze zich erop verheugde om na al die jaren opnieuw naar Florence te gaan, maar dat de jongens nog te klein waren om de stad te kunnen waarderen. Even dreigde Artemisia nog roet in het eten te gooien door voor te stellen om met haar mee te gaan. Maar daar stak Benedetta een stokje voor. Het zou erg onbeleefd zijn om zichzelf uit te nodigen, verklaarde ze. Bovendien zou Artemisia in de week dat hun moeder weg was, een band kunnen opbouwen met haar kleinzoons en ze een beetje Italiaans kunnen leren.

Evelina had met Ezra afgesproken in een klein *pensione* midden in de stad, vlak bij de Piazza del Duomo. Ze nam de trein van Vercellino naar Milaan en reisde vandaar door naar Florence. Het was snikheet, en ze had vlinders in haar buik van de zenuwen. Dus van lezen kwam niks. In plaats daarvan gebruikte ze haar boek om zichzelf koelte toe te wuiven. Ondertussen keek ze uit het raampje en vroeg ze zich niet voor het eerst af hoe haar leven zou zijn verlopen als Ezra destijds niet was opgepakt. Hun weekje samen zou tot op zekere hoogte antwoord geven op die vraag.

Het was druk in Florence, maar het waren vooral toeristen die de straten bevolkten. De meeste Italianen waren zo verstandig geweest de stad te ontvluchten en zaten aan het strand. De buitenlanders daarentegen trotseerden dapper de hitte om de beroemde Duomo te zien en de schatten van de De' Medici. Evelina nam een taxi naar het pensione. Ze had er spijt van dat ze voor een linnen jurk had gekozen, want die was door het reizen een en al kreukels. Het liep al tegen de avond, maar de zon dompelde de huizen en gebouwen nog altijd in een koperen gloed, waardoor het zelfs in de schaduw nog zinderend heet was. Evelina veegde met een zakdoek het zweet van haar gezicht en wapperde zichzelf koelte toe. Florence was prachtig in het late zonlicht, maar ze was zo gespannen dat ze er geen oog voor had. Ze kon alleen maar aan Ezra denken. Zou hij er zijn? Zou hij op haar wachten? Haar gedachten gingen naar Franklin. Nee, riep ze zichzelf tot de orde. Daar wilde ze nu niet aan denken. Aan haar man en hoe ze hem bedroog. Als de duivel een valstrik op haar pad had gezet, dan was ze er met open ogen in getrapt.

De taxi reed een smalle straat in en hield stil voor een bruine deur, omlijst door een rijkversierde stenen boog. Evelina stapte uit, betaalde de chauffeur en bedankte hem toen hij haar koffer uit de achterbak tilde. Ze wilde net op een van de bellen naast de deur drukken toen ze een hand op haar schouder voelde. Met een ruk draaide ze zich om, en daar was hij! Ezra! Hij keek grijnzend op haar neer.

Dolgelukkig viel ze hem om de hals. Hij tilde haar op en omhelsde haar zo hartstochtelijk dat ze amper lucht kreeg. 'Je bent er!' zei hij lachend.

Gretig dronk ze zijn aanblik in. Alles aan hem was haar zo dierbaar! 'Ik kan het gewoon niet geloven!' zei ze. 'Dat we hier nu zijn, jij en ik. Een hele week samen!'

Hij pakte haar koffer. 'Kom, dan brengen we die naar onze kamer. En daarna gaan we de stad in, om de zon te zien ondergaan boven de Arno.'

Achter de deur lag een charmante binnenplaats; roze bougainville woekerde langs de muren, met daarvoor olijfbomen in grote potten. In het midden stond een oude waterput met bloeiende geraniums. Een grote zwart-met-witte kat nam hen wantrouwend op. Een oude dame met een schort voor was met een bezem in de weer, maar stopte met vegen om hen te begroeten. 'Goedenavond, signor Zanotti.' Toen knikte ze naar Evelina. 'Signora.'

'Goedenavond, signora Bianchi,' antwoordde Ezra vrolijk. 'Mijn vrouw is eindelijk gearriveerd.'

Evelina was getroffen door het gemak waarmee hij haar zijn vrouw noemde. Ze voelde dat ze bloosde, maar tegelijkertijd wenste ze vurig dat het waar was.

Signora Bianchi glimlachte. 'Mooi zo. Florence is een stad waar je samen van moet genieten.'

'Heerlijk. Daar verheug ik me op.' Evelina volgde Ezra een trap op naar een deur met daarachter een eenvoudige slaapkamer met aangrenzend een badkamer. Het raam keek uit op de straat en op de daken van de stad. 'Het is perfect!' zei ze ademloos.

'Net als jij.' Ezra zette haar koffer neer en nam haar in zijn armen. 'Florence kan nog wel even wachten.'

Die avond slenterden ze hand in hand door de stad, precies zoals Evelina het zich had voorgesteld. Het was verrukkelijk om samen van een betoverende plek als Florence te kunnen genieten. Zo ver van huis kon ze zichzelf wijsmaken dat ze met Ezra getrouwd was. Even kon ze alles vergeten. Haar leven in Amerika, haar man, haar gezin. Hier kon ze althans even een ander leven leiden. Het leven dat ze misschien zou hebben geleid als Ezra destijds niet gevangen was genomen. Dan zouden ze ook hand in hand hebben gelopen en elkaar hebben gekust zonder bang te hoeven zijn dat iemand het zag. Dan hadden ze zich niet schuldig hoeven te voelen. Dan zouden ze vrij zijn geweest om elkaar in alle openheid lief te hebben. Zoals ze dat nu deden.

Ze wandelden over de Piazza del Duomo, waar ze de kathedraal bewonderden en de beroemde koepel van Brunelleschi. Op een van de terrassen, aan een tafeltje onder een parasol, bestelden ze iets te eten en een fles wijn. Terwijl ze zaten te praten speelde Ezra met haar vingers. Hij streek met zijn duim over de zachte rug van haar hand en volgde de lijnen in haar palm. Uit zijn blik sprak liefde en ongeloof. Het was zowel betoverend als verbijsterend dat ze hier samen waren. Ze konden hun ogen niet van elkaar afhouden, zich ervan bewust dat elk moment een geschenk was. Maar ook dat dit geluk eindig was, dat het niet eeuwig zou kunnen duren.

Ze waren te laat om de zon te zien ondergaan boven de Arno. In plaats daarvan keken ze naar de maan en zagen ze hoe de lichten van de stad door het water werden weerspiegeld in oogverblindende strepen van rimpelend goud. De Ponte Vecchio, de iconische brug die de rivier overspande, oogde stil en vredig onder een baldakijn van sterren. Ezra tilde Evelina op de muur, sloeg zijn armen om haar middel en kuste haar.

Ze streek het haar uit zijn gezicht. 'Ik hou van je, Ezra.'

'En ik hou van jou, Eva.'

En ze wisten uit ervaring dat alleen de helende macht van de liefde de schaduwen kon verdrijven en licht kon brengen in de diepste duisternis.

19

Het was alsof de tijd geen haast had, alsof het universum had besloten de dagen én de nachten eindeloos te laten duren om hun alle kans te geven van elkaar te genieten. Ze bleven niet alleen in de stad, maar gingen er ook met de bus op uit om net als vroeger in het gras te liggen en leeuwen en tijgers in de wolken te zien, voordat de oorlog die wolken veranderde in grauwe bergen as en sintels. Ze zwommen in een meer, ze vrijden op de oever en aten spaghetti in een kleine *trattoria* waar ze de enige gasten waren, op een paar oude mannen na achter een schaakbord.

Op hun laatste dag wilde Ezra naar de markt om een cadeautje voor Evelina te kopen. Een aandenken dat haar voor altijd aan hun week samen zou herinneren. Ze wisten dat ze nooit meer de kans zouden krijgen om zo lang samen te zijn. Dat ze straks, wanneer ze terug waren in New York, weer tevreden zouden moeten zijn met de gestolen uren in Ezra's bovenwoning in Brooklyn, en met misschien af en toe een wandeling in het park. Dat hun vleugels opnieuw zouden worden gekortwiekt en dat het gewone leven weer beslag op hen zou leggen.

Ze slenterden langs de kramen waar lederwaren, fruit, kaas, sieraden en religieuze afbeeldingen werden verkocht. Ezra hield

Evelina's hand stevig in de zijne, ogenschijnlijk zorgeloos en onbekommerd. Maar ook al waren ze zich er allebei van bewust dat hun tijd samen er bijna op zat, ze wilden hun laatste dag niet laten bederven door het naderende afscheid. Uiteindelijk bleven ze staan bij een sieradenkraam. Evelina bekeek al het goud dat er lag uitgestald. De sieraden waren stuk voor stuk prachtig, maar voelden onpersoonlijk, alsof ze niets met Ezra en haar te maken hadden. Ze wilde niet zomaar een armband of een ketting, ze wilde iets wat alleen Ezra haar zou kunnen geven.

Toen vond hij het, half verborgen tussen andere kettingen. 'Mogen we deze eens zien?' vroeg hij aan de verkoper.

Die stak zijn sigaret tussen zijn lippen en maakte de ketting los die Ezra had aangewezen. 'Vierentwintig karaat goud,' zei hij. 'Mijn enige zespuntige ster.'

Evelina tilde haar haar op, zodat Ezra de ketting om haar hals kon doen, en bekeek zichzelf in het spiegeltje op de kraam. Liefkozend streek ze over de kleine gouden ster. 'Hij is prachtig.'

Een davidster, symbool van het Jodendom. Mooi in zijn eenvoud; zonder gravering, zonder flonkerende steentjes. 'We nemen hem,' zei Ezra.

Evelina viel hem om de hals. 'Ik doe hem nooit meer af,' zei ze. Het kettinkje was zo fijntjes, zo bescheiden dat het Franklin niet zou opvallen.

'Als we getrouwd waren, gaf ik je er een met diamantjes,' zei Ezra.

'Die zou ik niet eens willen. Ik vind deze juist prachtig.'

Op dat moment hoorde Evelina haar naam. Iemand riep haar. Ze deed haastig een stap bij Ezra vandaan en draaide zich om.

'Evelina!' klonk het opnieuw, en er kwam een mollige vrouw naar haar toe met grijs haar en een brede glimlach. 'Je bent het toch? Evelina Pierangelini?'

Evelina herkende haar meteen. Giulia Benotti, de vriendin

van haar moeder die ze vroeger met een gans had vergeleken, vanwege haar snaterende lach en haar vrijpostige manier van doen. Ze voelde dat ze begon te blozen. Had Giulia gezien dat ze Ezra kuste? 'Giulia, wat een verrassing!' Ze liep naar haar toe om haar bij Ezra vandaan te houden, en gaf Giulia een kus op haar bezwete wang.

'Hoe ben jij zo in Florence verzeild geraakt?' vroeg die. 'Ik dacht dat je in Amerika woonde.'

'Dat klopt. Ik ben hier op bezoek.'

Giulia gluurde ondertussen nieuwsgierig naar Ezra, die de ketting afrekende. 'En wie is die knappe jongeman?'

Hij draaide zich met een ontspannen glimlach naar haar om.

Giulia hield verbijsterd haar adem in. 'Ezra? Ezra Zanotti?' vroeg ze met een hand op haar hart. 'Heilige Madonna! Dat kan toch niet waar zijn?'

Ezra pakte haar hand en kuste die. 'Signora Benotti.'

'Je was nog maar zo'n jonge knul toen ik je voor het laatst heb gezien. Voor de oorlog... voordat...' Ze keek hem aan alsof hij uit de dood was teruggekeerd. 'Ik dacht...' Ze keerde zich verbijsterd naar Evelina.

'Dat dacht ik ook,' zei die beheerst. 'Ik ben hier bij vrienden op bezoek, en toen kwamen we elkaar tegen. Dat is ook toevallig, hè?'

'Ik woon tegenwoordig in Florence,' loog Ezra. 'Na wat er allemaal gebeurd is kon ik niet terug naar Vercellino.'

Giulia zuchtte, alsof ze begreep wat hij moest hebben doorgemaakt. 'Nee, natuurlijk niet. Het was vreselijk. Echt verschrikkelijk. Wat er is gebeurd met... met je familie. Daar zijn geen woorden voor.' Nog altijd verbijsterd schonk ze Evelina een aarzelende glimlach. 'Maar wat een verrassing om jou hier tegen het lijf te lopen. Je moet beslist bij ons langskomen, gezellig een hapje eten...'

Evelina keek teleurgesteld. 'Dat zal helaas niet gaan. Ik ga morgenochtend terug naar Vercellino. De kinderen zijn bij mamma en Benedetta. En dan is het alweer tijd om naar huis te gaan.' Ze schudde Giulia de hand, in de vurige hoop dat ze haar had weten te overtuigen. 'Leuk dat ik je heb gesproken, Giulia.'

'Dat is het zeker. Enig gewoon! Zulke toevallige ontmoetingen, dat zijn de leukste! Tja, en ik ben bang dat we elkaar niet meer zullen zien. Je gaat weer terug naar Amerika. Ik neem aan dat je hier bent vanwege...' Ze aarzelde. De rimpels in haar voorhoofd werden dieper. 'Ik vind het zo verdrietig... van je grootmoeder. Nonna Pierangelini was een bijzondere vrouw.'

'Dank je wel.'

'Het valt voor Costanza niet mee. Ze waren altijd zo hecht. Nou ja, ik moet er maar weer eens vandoor. Anders vraagt Eugenio zich af waar ik blijf.' Ze keek van Evelina naar Ezra en weer terug. 'Je man is niet meegekomen deze keer?'

'Nee, die kon niet weg vanwege zijn werk. Des te leuker dat ik Ezra tegenkwam. In je eentje over de markt zwerven is toch niet zo leuk.'

Giulia verborg haar verwarring achter een beverige glimlach. 'Nee, gelijk heb je. Wat een toeval! Ik kan er nog niet over uit.'

'Zegt u dat wel. Zo, en dan moesten we nu maar weer eens op zoek naar de anderen,' zei Ezra. 'Leuk om u even te hebben gesproken, signora.'

'Insgelijks.' Giulia legde een mollige hand op zijn arm. 'Ik ben blij dat je... Nou ja, dat je nu hier woont. In Florence. Fijn. Echt fijn.' Met die woorden haastte ze zich weg, en ze was al snel in de drukte verdwenen.

Evelina slaakte een diepe zucht. 'Wat denk je? Heeft ze het gezien?'

Ezra krabde aan zijn achterhoofd. 'Tja, misschien wel. Ze was diep geschokt.'

'Omdat ze dacht dat je in de oorlog was omgekomen.'

'Ja, zo'n opstanding uit de dood kan een mens behoorlijk uit zijn evenwicht brengen.'

'Ze was echt helemaal van de kaart. Arme Giulia.'

'En reken maar dat ze het aan je moeder vertelt. Dus je moet zorgen dat je je verhaal klaar hebt.'

'Hopelijk is ze zo vol van de ontdekking dat je nog leeft dat ze aan ons verder niet toekomt.'

'Reken daar maar niet op. Het is een echte roddeltante. Ik ken haar nog van de winkel. Giulia "*bocca*" Benotti.'

Evelina schoot in de lach. 'Noemden jullie haar zo? "Bocca"?'

'Ja, we hadden voor sommige klanten een bijnaam. En als er nou iemand haar mondje wist te roeren, dan was zij het.'

'Hoe noemden jullie mijn moeder?'

'Die had geen bijnaam.'

'Echt niet?' Evelina had haar twijfels.

'Nee, daar was ze veel te mooi voor. En een veel te goede klant. Mijn ouders hadden diep respect voor haar.'

Evelina schoof haar arm door de zijne. 'Dank je wel voor de ketting.'

'Graag gedaan.' Hij keek haar glimlachend aan. 'Ik weet niet hoe het met jou is, maar ik heb trek. Zullen we ergens wat gaan eten?'

'Ik snak vooral naar een borrel.'

'Ik ook.' Ze staken het plein over. 'En Bocca Benotti is vast en zeker ook aan een borrel toe.'

De volgende ochtend ging Ezra mee naar het station. Evelina droeg haar nieuwe ketting. De gouden ster rustte op haar borst; daaronder klopte haar hart alsof er een loden gewicht op drukte. 'Tot in New York.' Hij sloeg zijn armen om haar heen en trok haar dicht tegen zich aan.

'Dat het alweer voorbij is!' Ze sloot haar ogen om haar tranen terug te dringen.

'Het is niet voorbij. We beginnen net.'

'Je weet best wat ik bedoel.'

'Zo moet je niet denken.'

'Maar ik wil meer.'

Hij glimlachte vertederd. 'Jij wilt altijd meer.'

'Jij dan niet?'

Hij haalde zijn schouders op. 'Ik ben tevreden met wat ik heb.'

'Dat begrijp ik ook wel. Na de oorlog, na het kamp is het leven op zich al een geschenk.'

'En ik heb jou! Terwijl ik dacht dat ik je nooit meer zou zien. Dat is het grootste, het mooiste geschenk dat ik me had kunnen wensen.'

Evelina begon stilletjes te huilen toen de trein zich in beweging zette. Door het raampje zag ze de stad uit het zicht verdwijnen, en ze vroeg zich af of ze Florence ooit zou weerzien. De week met Ezra was volmaakt geweest. Dat het alweer voorbij was, deed zo'n pijn dat ze een hand op haar hart legde. Ze zag Ezra weer voor zich zoals hij op het perron had gestaan terwijl hij haar nazwaaide, en ze wist dat ze, net als hij, dankbaar zou moeten zijn dat ze elkaar hadden teruggevonden, dat ze elkaar konden blijven zien. Maar het was niet genoeg. Ze wilde 's ochtends naast hem wakker worden en hem 's avonds welterusten kussen. Elke ochtend. En elke avond. Na een week waarin ze had kunnen ervaren hoe dat was, had ze niet langer genoeg aan de gestolen momenten in Brooklyn.

Terwijl de trein door het Italiaanse landschap stoomde, kwam de gedachte aan scheiden bij haar op. Het was iets wat ze nooit eerder had overwogen, maar nu ze een week met Ezra samen was geweest, drong het idee zich aan haar op als een verlokkelijk aas aan de hengel van de duivel. Franklin zou het wel overleven.

Hij was vooral getrouwd met zijn werk. En de kinderen... Ach, kinderen waren veerkrachtig. Zolang ze wisten dat er van hen werd gehouden, zouden ze het wel redden, probeerde Evelina zichzelf te overtuigen.

Het liep al tegen het eind van de middag toen de taxi stilhield voor Villa L'Ambrosiana. Aldo en Dan stonden al op de treden naar de deur, samen met de kinderen van Benedetta. Ze sprongen als kikkers in het rond, vlogen hun moeder om de hals en praatten honderduit, dwars door elkaar heen, in hun enthousiasme om haar te vertellen wat ze allemaal hadden beleefd. Aldo pronkte met zijn Italiaans, Dan liet trots horen dat hij had leren vloeken.

Evelina had Ezra's waarschuwing goed in haar oren geknoopt en een overtuigend verhaal bedacht om Giulia Benotti het gras voor de voeten weg te maaien. Tijdens het avondeten begon ze luchtig, bijna nonchalant over de ontmoeting met Ezra. 'Trouwens, weten jullie wie ik in Florence tegen het lijf liep?'

'Nee, vertel!' zei haar moeder.

'Ezra Zanotti.'

'Het is niet waar!' Artemisia hield verbijsterd haar adem in, Tani zette zijn glas neer.

'Heilige Madonna!' Costanza sloeg een perfect gemanicuurde hand met vuurrode nagels voor haar mond.

Benedetta nam haar zus onderzoekend op. 'Hoe gaat het met hem? En wat is er destijds precies gebeurd?' vroeg ze.

'Ze hebben hem naar Auschwitz gedeporteerd, en hij heeft het kamp overleefd,' antwoordde Evelina zo vrijblijvend mogelijk. 'Als enige van zijn familie.'

Tani schudde zijn hoofd, maar zei niets. Woorden schoten tekort om de wreedheden van de nazi's te beschrijven.

'Wat verschrikkelijk!' Artemisia reageerde net als haar vriendin, Giulia Benotti.

'Ik kan me hem nog als klein jongetje herinneren,' zei Costanza. 'Het was een knap kind.'

'Je was ooit verliefd op hem.' Benedetta wierp haar zus opnieuw een doordringende blik toe.

'Ja, dat klopt.' Evelina schudde lachend haar hoofd, alsof ze zich niet meer kon voorstellen wat ze ooit in hem had gezien.

'Is hij getrouwd?' vroeg Artemisia.

'Nee. En ik heb niet gevraagd of hij een vriendin had. Dat leek me wat opdringerig.'

'En woont hij nu daar? In Florence?' vroeg Tani.

'Ja.'

'Het is te begrijpen dat hij niet terug wilde naar Vercellino. Hij heeft hier niets meer,' zei Tani.

'Ercole Zanotti is nu een café,' zei Costanza. 'Ik kwam er vroeger altijd met plezier. Toen het nog een stoffenwinkel was.'

'Wat doet hij voor de kost?' vroeg Tani.

'Dat weet ik niet. Zo lang heb ik hem niet gesproken. We liepen elkaar toevallig op de markt tegen het lijf. Trouwens, daar kwam ik Giulia Benotti ook tegen.'

Artemisia glimlachte. 'Wat leuk. Ze hebben daar een huis. Ook al begrijp ik niet wat ze in augustus in Florence te zoeken hebben. Ik zou denken dat het er dan veel te heet is.'

'Ze hebben een villa met een zwembad,' wist Costanza te melden. 'Dat heeft ze me in geuren en kleuren verteld. Dus ik neem aan dat ze overdag als een soort nijlpaard in het water ligt en pas tegen de avond de stad in gaat.' Costanza lachte gnuivend.

Evelina kon tevreden zijn. Ze had eventuele vermoedens die Giulia Benotti over haar en Ezra zou kunnen spuien, bij voorbaat ontzenuwd. In haar verbeelding zag ze haar al met Artemisia aan de kaarttafel zitten, gretig om het smeuïge nieuws op te dissen. Nu zou haar moeder haar meteen uit de droom kunnen helpen. Evelina hoefde zich geen zorgen te maken.

Maar Benedetta liet zich niet zo gemakkelijk voor de gek houden. Evelina wist dat de liefde haar omhulde als een wolk parfum, en dat Benedetta dat rook. Maar ze reageerde niet op de opgetrokken wenkbrauwen van haar zus, noch op Benedetta's hardnekkige blikken, in de hoop op een blik van verstandhouding of misschien een blik waarin schuldgevoel stond te lezen. De tijd dat ze alles met elkaar deelden, lag ver achter hen. Maar als Benedetta zich nog herinnerde hoeveel Evelina van Ezra had gehouden, dan kon het niet anders of ze wist dat het vuur van die liefde nooit was gedoofd.

De terugreis naar New York verliep zonder problemen. De jongens genoten opnieuw van de boottocht en vermaakten zich uitstekend met de andere kinderen aan boord. Het had Evelina verdriet gedaan om afscheid te moeten nemen van haar familie, vooral omdat ze niet wist wanneer ze elkaar zouden weerzien. Costanza had haar vanaf de treden aan de voorkant van de villa uitgewuifd, net zoals haar zus dat jaren eerder had gedaan. Maar anders dan Nonna was Costanza inmiddels weer een kleurrijke verschijning. Bij Benedetta's vurige omhelzing had Evelina plotseling gewenst dat ze samen, arm in arm, door de tuin hadden geslenterd, dat ze net als vroeger hun hart bij elkaar hadden gelucht. Dat ze haar zusje in vertrouwen had genomen over haar geheim.

Artemisia had gehuild. Vroeger zou Evelina haar moeder hebben verdacht van aanstellerij, van aandachttrekkerij, maar Artemisia had oprecht verdrietig geleken, en Evelina had een brok in haar keel gekregen. En al helemaal toen ze in de haven afscheid nam van haar vader. Tani had haar langdurig omhelsd. 'Pas goed op jezelf,' had hij gezegd. 'En denk erom dat je ons schrijft. We zijn altijd blij met je brieven, we raken er dagenlang niet over uitgepraat.' Anders dan vroeger had hij zich tijdens haar bezoek amper in zijn studeerkamer teruggetrokken. Blijkbaar was hij zich met het klimmen der jaren eindelijk bewust geworden van het belang van familie.

Evelina had verlangend uitgekeken naar het weerzien met Ava-Maria; meer dan naar dat met Franklin, die als een onoverkomelijk obstakel tussen Ezra en haar in stond. Maar hij was zichtbaar blij met haar thuiskomst en had een prachtige bos bloemen voor haar gekocht. Zijn ogen straalden van liefde toen hij haar een kus gaf op haar wang. Het was duidelijk dat hij haar had gemist, misschien wel meer dan hij had verwacht. En natuurlijk had hij de jongens ook gemist. Ze vlogen hem om de hals, en hij luisterde genietend terwijl ze opgewonden door elkaar heen praatten om hem alles te vertellen over hun Italiaanse avontuur. Ava-Maria werd jaloers op de aandacht die haar broers kregen. Ze stampte met haar voetje, begon te huilen en stormde luid snikkend de kamer uit, de trap op. Evelina haalde haar terug en trok haar op schoot. 'Ik heb een cadeautje voor je meegebracht,' zei ze, waarop Ava-Maria onmiddellijk stopte met huilen.

Het leven nam al snel weer zijn vertrouwde loop. Op de dag na haar terugkeer ging Evelina met Franklin en de kinderen voor de zondagse lunch naar tante Madolina en oom Peppino. Zoals altijd was Taddeo ook van de partij, en Alba was alleen met haar kinderen gekomen, zonder Antonio. De kinderen misdroegen zich, liepen voortdurend van tafel en vielen de volwassenen in de rede. Alba maakte een nerveuze indruk. Ze dronk te veel, rookte de ene sigaret na de andere en ze maakte hatelijke opmerkingen over haar man in de veronderstelling dat de kinderen niets in de gaten hadden. Maar het ontging Evelina niet dat Chiara, de oudste, er ongemakkelijk van werd. Chiara was een gevoelig, intelligent kind, en ze had ongetwijfeld allang door dat het niet goed zat tussen haar ouders. Evelina keek van Franklin, die druk in gesprek was met Peppino, naar haar kinderen. In de trein van Florence naar Vercellino had scheiden zo'n verleidelijke optie geleken; een moedige keuze voor de liefde, voor zichzelf. Maar inmiddels werd ze bekropen door een gevoel van berusting. Wat voor moeder zou ze zijn als ze haar kinderen zoiets afschuwelijks als een scheiding liet doormaken? Over de tafel heen keek ze naar Alba. Het leek onvermijdelijk dat ze bij Antonio weg zou gaan. Maar zoals Alba, zo wilde Evelina niet zijn.

Ze zou Ezra pas de volgende dag zien, maar die avond glipte ze de deur uit om hem vanuit de telefooncel te bellen. Gewoon om zeker te weten dat hij veilig was thuisgekomen. Op maandagochtend liet ze de kinderen achter onder de hoede van Zofia en nam ze de metro naar Brooklyn. De laatste dagen van augustus waren een beproeving, het was verstikkend heet in de stad. Ze had haar haar bij elkaar gebonden in een paardenstaart, en tegen de tijd dat ze de metro uit stapte, plakte haar dunne zomerjurk aan haar huid.

De werkplaats was gesloten, Giuseppe zat nog in Toscane. Evelina benijdde hem en ze vond het onbegrijpelijk dat Ezra zich alweer volledig leek te hebben verzoend met de situatie. Na het vrijen zaten ze op het bed met een espresso uit de cafetière. Ezra had koffiebroodjes gehaald bij de winkel om de hoek en zette er gretig zijn tanden in. 'Verrukkelijk!' Hij sloot genietend zijn ogen.

'Ezra...'

'Ja?' zei hij traag, bijna wantrouwend.

Ze glimlachte. 'Waarom zeg je dat zo?'

'Hoe?'

'Alsof je weet dat er iets komt wat je niet wilt horen.'

'Hoe kan ik nou weten wat je gaat zeggen? Ik kan geen gedachten lezen.'

'Nou, volgens mij weet je doorgaans vrij goed wat ik denk.'

'Hoe kom je daar nou bij? Je bent ondoorgrondelijk. Raadselachtig als een sfinx.'

Ze schoot in de lach. 'Ik wou dat we nog in Florence waren. Dat we weer samen door de stad konden lopen. Als een gewoon stel.'

Hij schudde zijn hoofd. 'Je bent net die vrouw uit dat sprookje. De vrouw in de azijnfles.'

'Dat ken ik niet?'

'De vrouw in de azijnfles komt op een dag een kikker tegen. En die zegt dat ze een wens mag doen.'

'Het zijn altijd kikkers.' Evelina hapte in een croissant.

'Ja, maar ze hoeft hem niet te kussen.'

'Dus het gaat niet over een prins?'

'Nee, het gaat over hebzucht.'

'O.' Evelina hield op met kauwen.

'Afijn, ze vraagt de kikker om gordijnen, zodat niet iedereen bij haar naar binnen kan kijken in haar azijnfles. En wanneer ze thuiskomt hangen er inderdaad gordijnen.'

'Ik weet waar dit naartoe gaat. Ze is niet tevreden.'

'Jawel, een tijdje is ze heel tevreden met haar gordijnen. Maar dan bedenkt ze dat het leuk zou zijn om een bed te hebben.'

'Natuurlijk. We hebben allemaal een bed nodig.'

'Dus ze gaat terug naar de kikker en vraagt om een bed. Dat krijgt ze, en ze is weer een tijdje heel dankbaar en tevreden.'

'Maar ze wil meer.'

'Precies. Ze gaat weer naar de vijver, roept de kikker en vraagt om een tafel met stoelen en eigenlijk zou ze ook wel een keuken willen, zegt ze.'

'En dat geeft hij haar allemaal? Wat een royale kikker.'

'Hij kan toveren, dus het is geen enkele moeite.'

'En dan? Wat vraagt ze nog meer?'

'Ze wil nieuwe kleren. Want hoe kan ze haar vriendinnen ontvangen in haar mooie fles als ze geen leuke kleren heeft?'

'Dus hij geeft haar mooie kleren om voor haar bezoek aan te trekken?'

'Nou, ze krijgt eerder haar trekken thuis.' Ezra grijnsde. 'De kikker zegt dat ze naar haar azijnfles terug moet gaan en dat ze daar alles zal vinden wat ze verdient. Bij thuiskomst is de azijnfles weer net zo kaal en leeg als voordat ze haar eerste wens deed.'

'En de kikker?'

'Volgens mij heeft die zijn spullen gepakt en is hij naar een andere vijver vertrokken.'

'Dus de moraal van het verhaal is dat ik tevreden zou moeten zijn met wat ik heb.'

'Ja. Aanvaard het leven zoals het is en wees dankbaar voor wat je hebt. Wees blij dat we samen zijn, hier in deze geweldige stad. De kans dat we elkaar nooit hadden gevonden, was aanzienlijk groter.'

'Wil je niet echt samen zijn?'

'Natuurlijk wil ik dat. Maar ik kan niet met je trouwen. Want je bent al getrouwd. Het is zinloos om iets te willen wat niet kan. Daar word ik alleen maar ongelukkig van. En toen ik de hel had overleefd, heb ik besloten dat ik mijn vrijheid nooit als vanzelfsprekend zou zien. Dat ik er altijd dankbaar voor zou zijn, en voor alles wat het leven me geeft.'

'En als ik nou eens ging scheiden?' Evelina had het niet willen zeggen, maar ze was nieuwsgierig naar zijn reactie. Hij reageerde echter niet zoals ze had gehoopt.

'Daar zou ik eerst nog maar eens heel goed over nadenken, Eva,' zei hij ernstig. 'Door te gaan scheiden doe je vier mensen heel veel verdriet. En trouwens, jezelf ook. Een scheiding is een mijnenveld, met mijnen op plekken waar je ze het minst verwacht.'

'Dus jij zegt dat ik het niet moet doen?' Evelina voelde zich gekwetst.

'Ik zeg alleen dat je goed moet nadenken over de gevolgen.'

Ze sloeg haar armen over elkaar. 'Dus je wil niet dat we altijd bij elkaar kunnen zijn.'

'Eva, als je vrij was zou ik morgen met je trouwen. Vandaag nog als het kon.'

'Daar kan ik voor zorgen. Dat ik weer vrij ben.'

Hij slaakte een zucht. 'Je kunt –'

'Heeft het kamp je niet ook geleerd dat het leven maar kort is?' kapte ze hem af. 'Dat je naar je hart moet luisteren? Dat je niet altijd aan verwachtingen moet willen voldoen, maar dat je soms egoïstisch moet zijn en voor jezelf moet kiezen? Dat het leven te kort is om ongelukkig te zijn?'

'Je bént niet ongelukkig, Eva. Je hebt drie prachtige kinderen, een mooi huis, een man die van je houdt. En volgens mij hou jij ook van hem. Nog steeds. Ook nu wij elkaar weer hebben gevonden. Er zijn zo veel manieren om van iemand te houden.'

'Als je er zo over denkt, dan hou je niet van me! Want als je echt van me hield zou je niets liever willen dan dat ik ging scheiden. Dan zou je me erom smeken!'

'Ik hou van je, Eva. Ik hou zielsveel van je. Het is ondenkbaar dat ik níét van je zou houden, want je bent een deel van me. Maar ik ga je niet vragen om het leven van je man en je kinderen kapot te maken, alleen omdat ik je voor mezelf wil. Ooit zou ik dat misschien wel hebben gedaan, maar zo wil ik niet zijn. Zo ben ik niet meer. We kunnen ons geluk niet bouwen op andermans ongeluk.'

Evelina zou willen stampvoeten, net als Ava-Maria. Ze zou snikkend de kamer uit willen rennen. Maar dat deed ze niet. Ze dronk haar koffie op en liet zich van het bed glijden. 'Hoe zie je onze toekomst voor je? Waar zijn we over tien jaar?' Ze liep met haar kopje naar de keuken om zich bij te schenken.

'Zo ver wil ik helemaal niet vooruitkijken.' Hij stak een sigaret op.

'Over een half jaar dan? Of is dat ook te ver vooruit?'

'Een beetje wel, ja.' Hij blies zijn rook uit.

'Denk je dat we zo door kunnen gaan? Met af en toe een paar gestolen momenten? Is dat onze toekomst?'

'Wees tevreden met je azijnfles,' zei Ezra, en hij bedoelde het niet als grapje.

'Jij bent geen kikker!' snauwde ze.

'Omdat jij me hebt gekust. Daardoor ben ik in een prins veranderd.'

Zijn glimlach was onweerstaanbaar. Ze kwam terug naar de slaapkamer en krulde zich op in de leunstoel in de hoek, met haar armen om haar knieën. 'Voordat we elkaar terugvonden was ik gelukkig,' zei ze nadenkend. 'Franklin heeft het druk met zichzelf. Zijn werk is zijn leven. De kinderen en ik komen op de tweede plaats. En dat was prima. Ik was het gewend. Maar nu ik jou heb teruggevonden, besef ik dat ik meer van het leven verwacht. Ik bén niet zoals de vrouw in de azijnfles. Ik geef niet om materiële dingen. Om mooie kleren, om sieraden...' Ze legde haar hand op de davidster om haar hals. Precies zoals ze had verwacht, was die Franklin niet opgevallen. 'Behalve deze ketting natuurlijk.' Ze haalde diep adem, verrast door de spanning die zich diep vanbinnen begon op te bouwen. 'Ik geef om jóú. Meer wil ik niet. Ik wil met je samen kunnen zijn. Altijd. Dat wilde ik al toen ik zeventien was, en dat wil ik nog steeds. En dat zal altijd zo blijven.' Ze keek hem verlangend aan, in de hoop dat hij zou zeggen dat hij dat ook wilde. 'Wat wil jíj?' Ze had het gevoel dat haar keel werd dichtgesnoerd. 'En zeg niet dat je niets hoeft. Dat je alles hebt wat je wilt. Dat je hebt geleerd dat je alleen je vrijheid nodig hebt om gelukkig te zijn... Ik wil dat je zegt dat je míj wilt.'

Hij glimlachte toegeeflijk. 'Ik wil dat je bij me komt, dan kunnen we vrijen.'

'Dat is geen antwoord.'

'Het is het enige antwoord dat ik je kan geven.'

'Maar dat is niet genoeg.'

'Eva –'

'Het is niet eerlijk. Je staat ineens weer voor mijn neus, je zet mijn hele wereld op zijn kop, maar je kunt me niet vertellen wat je wilt. Hoe je onze toekomst ziet. Ik ben mijn man ontrouw, ik kom elke dag naar Brooklyn in de hoop dat ze thuis niets in de gaten hebben... Ik heb het recht om te weten wat er in je omgaat.'

Ezra zuchtte en maakte zijn sigaret uit. Toen keek hij haar recht aan. 'Ik wil jou. Natuurlijk wil ik jou. Want ik hou van je. Maar het is niet zo dat ik niet zonder je kan. Ik heb je niet nódig.'

'Maar ik heb jóú nodig.' Evelina begon te huilen, ze voelde zich gekwetst. 'Als de oorlog me iets heeft geleerd, dan is het om je dierbaren goed vast te houden, want je weet nooit of ze je worden afgenomen.'

Ezra kwam overeind, liep naar haar toe en nam haar in zijn armen. 'Begrijp me niet verkeerd, Eva. Wat ik probeer te zeggen is dat ik tevreden ben met het geschenk dat jij voor me betekent. Om meer vraag ik niet.' Hij kuste haar op haar slaap, legde zijn handen langs haar gezicht en keek haar diep in de ogen. 'Ik ga niet weg, Eva. Ik blijf hier. Ik ben er altijd. En ik wacht op je.'

20

Het bleef door Evelina's hoofd spoken.

Ik heb je niet nodig.

Hoe kon het dat Ezra van haar hield, maar haar niet nodig had? Het een kon toch niet zonder het ander? Ze hield van hem, en omdat ze van hem hield, had ze hem nodig, móést ze met hem samen kunnen zijn. Ze kon niet zonder hem, zo simpel was het. Maar blijkbaar kon híj wel zonder haar. Als hij de keuze had.

Ik heb je niet nodig.

Dat hij niet hunkerde naar haar aanwezigheid, dat hij ook zonder haar kon, was iets wat ze niet begreep. En hoe langer ze erover nadacht, hoe meer ze probeerde zijn gevoelens te accepteren, hoe minder begrip ze ervoor kon opbrengen. Hoe kon hij beweren dat hij haar niet nodig had? Wat wilde hij daarmee zeggen? Hield hij minder van haar dan zij van hem? Of was zij niet zo sterk als hij? Werd zij meer door de liefde verteerd dan Ezra?

Maar ik kan niet met je trouwen. Want je bent al getrouwd.

Als ze gescheiden was, zou hij dan wel met haar trouwen? Was het vanwege Franklin dat hij weigerde voor haar te vechten? Was hij bang om de reden te zijn dat haar huwelijk schipbreuk leed en haar gezin uit elkaar viel? Deinsde hij terug voor de schuld aan andermans ongeluk? Was dat wat hij bedoelde: ik heb je niet nodig omdat ik niet wíl dat ik je nodig heb? Was hij, doordat hij al zijn dierbaren had verloren, bang om zich afhankelijk te maken? Probeerde hij zichzelf te beschermen tegen de afhankelijkheid die onvermijdelijk met de liefde gepaard ging?

Dan zou ze zich van Franklin laten scheiden en het pas aan Ezra vertellen wanneer de scheiding een feit was. Dan droeg hij geen enkele verantwoordelijkheid.

Maar Alba was haar voor. Toen de kinderen na de daaropvolgende zondagse lunch van tafel waren opgestaan, vertelde ze dat ze tegen Antonio had gezegd dat ze wilde scheiden. Madolina werd lijkbleek. Peppino vroeg of een scheiding echt onvermijdelijk was. 'Heb je geprobeerd je huwelijk te redden?'

'Natuurlijk heb ik dat geprobeerd, pappie.' Ze keek hem verbaasd aan. 'U kunt beter vragen of híj dat ook heeft geprobeerd. En het antwoord is nee.'

'Wat jammer,' verzuchtte Evelina meelevend, met een gevoel alsof de wind haar uit de zeilen werd genomen. 'Want ik weet hoe hard je je best hebt gedaan.'

'Dank je wel voor je begrip, Evelina,' verklaarde Alba nadrukkelijk.

'Ik vind het vooral erg voor de kinderen,' zei Madolina. 'Die hebben altijd het meest te lijden onder een scheiding.'

'De kinderen kunnen tegen een stootje. Die redden zich wel.' Alba klonk onverschillig.

Franklins blik zocht die van Evelina, en ze wist dat ze allebei hetzelfde dachten. Dat kinderen misschien wel tegen een stootje konden, maar dat ze nooit onbeschadigd uit een scheiding kwamen. Ze keek weer naar Alba met haar vuurrode lippen, haar modieus gekrulde, korte blonde haar. Alba met haar opzichtige sieraden en haar dure kleren. Alba, de vrouw in de azijnfles. Was dit de wens waarmee ze te ver ging? Waarmee ze alles kapotmaakte? Haar wens om te scheiden?

'Dat lijkt misschien zo,' vervolgde Madolina. 'Omdat ze geen keus hebben. Wat kunnen kinderen anders dan zich neerleggen bij de situatie? Maar een scheiding leidt tot gevoelens van minderwaardigheid, van onevenwichtigheid, om nog maar te zwijgen van vertrouwen. Kinderen van gescheiden ouders hebben vaak problemen in de liefde doordat ze moeite hebben zich te binden.'

'Er zijn zo veel echtparen die uit elkaar gaan. En al die kinderen weten zich prima staande te houden,' protesteerde Alba.

'Dan leg je de lat wel erg laag.' Madolina wond er geen doekjes om. 'De meeste mensen weten zich heus wel "staande te houden" als er iets naars gebeurt. Maar het gaat erom of je gelukkig bent. Of je kunt genieten van het leven.'

'En dat geldt ook voor Alba,' zei Taddeo kalm. 'Alba moet ook gelukkig kunnen zijn. Het leven is kort. Wat heeft het voor zin om jaren te verspillen aan een huwelijk waarin je niet gelukkig bent? Bovendien voelen kinderen doorgaans feilloos aan dat het niet goed zit tussen hun ouders. En dáár hebben ze óók last van.'

Alba lachte vreugdeloos. 'Antonio en ik lopen alleen nog maar tegen elkaar te schreeuwen. De kinderen hebben oordoppen nodig.'

'Het lijkt me dat Alba het beste kan beoordelen wat wel of niet goed is voor haar en haar gezin,' zei Evelina. Het leverde haar een dankbare glimlach op van haar nichtje.

'Nee, dat kan ze niet,' verklaarde Peppino met grote stelligheid. 'Daarvoor zit ze er te dicht op. Iemand die wat verder af staat, ziet een situatie vaak zuiverder, scherper.' Hij keek zijn dochter doordringend aan, en Evelina stelde zich voor dat hij zijn personeel in de aircofabriek ook zo aankeek. 'Je hebt een mooi leven. Een leven waar de meeste jonge vrouwen alleen maar van kunnen dromen. Je hebt een groot huis, een mooie auto, dure kleren.

Je bent behangen met goud en diamanten, je hebt fijne vakanties en een leuk gezin. Je komt niets tekort, Alba. Je bent boos omdat Antonio het soms niet zo nauw neemt met de echtelijke trouw. Maar laat het gaan! Probeer het te negeren. Misschien lost het probleem zich dan uiteindelijk vanzelf wel op.'

Alba ademde diep in. 'Wat denkt u dat ik de afgelopen vijf jaar heb gedaan? Antonio heeft geen enkel respect voor me, papa! O, als het moet, speelt hij de ideale echtgenoot. Wanneer hij met zijn vrouw en zijn kinderen moet pronken, dan mag ik opdraven in mijn mooiste kleren. Hij denkt dat hij me zoet kan houden met wéér een diamanten ketting. Ik heb onderhand zo veel sieraden dat ik wel een winkel kan beginnen. Die hoef ik niet. Ik heb ze niet nodig.'

Niet nodig. Daar was het weer, dacht Evelina somber.

'Hoe reageerde hij toen je zei dat je wilt scheiden?' vroeg Franklin.

'Dat hij niet akkoord ging. Dat hij geen middel zal schuwen om een scheiding te voorkomen.'

'Daar was ik al bang voor,' zei Peppino hoofdschuddend. 'Je wilt geen ruzie met een familie als de Genoveses.'

'Omdat ze schatrijk zijn? Daar ben ik niet van onder de indruk,' verklaarde Alba nijdig.

'Omdat ze deel uitmaken van de maffia,' zei Peppino.

Het werd stil rond de tafel. Zelfs Taddeo wist even niets grappigs te bedenken. Opnieuw zocht Franklins blik die van Evelina. Het was een blik van verstandhouding; ze las verbondenheid in zijn ogen, misschien zelfs dankbaarheid, dat Alba's probleem niet het hunne was.

'Ik vind dat je heel voorzichtig moet zijn,' zei Madolina.

'Madolina heeft gelijk,' viel Taddeo haar bij. 'Ik zou zeker niet overhaast te werk gaan. En daar is ook geen enkele reden voor.'

'Wat ik nodig heb is een goede advocaat,' zei Alba. 'Iemand

die niet bang is, die stevig van leer durft te trekken. Jullie kennen me. Als ik ergens mijn zinnen op heb gezet, rust ik niet totdat ik het voor elkaar heb. Dan houdt niets of niemand me tegen!'

Evelina en Franklin wachtten tot ze thuis waren voordat ze over de scheiding begonnen. De jongens waren naar boven, Ava-Maria zat in de zijkamer voor de televisie. 'Ik vind het erg egoïstisch van Alba,' zei Franklin terwijl hij de deur van de zitkamer achter hen sloot. Hij ging in zijn gemakkelijke stoel zitten en stak een sigaret op. 'Dat kon ik natuurlijk niet zeggen. Het besluit is bovendien niet aan mij. Maar Alba is altijd al erg egoïstisch geweest.'

'Maar daarom verdient ze het toch nog wel om gelukkig te zijn?' Evelina liet zich op de bank ploffen.

'Ze heeft met God als haar getuige trouw aan Antonio beloofd. Maar ze denkt alleen maar aan zichzelf. Het komt niet eens bij haar op om zich af te vragen wat ze haar kinderen aandoet.'

'Misschien heeft ze gelijk. Kinderen kunnen tegen een stootje. Ze zullen zich vast wel redden.'

'Maar tegen welke prijs?'

'Dat weet ik niet.' Evelina zocht naar voorbeelden, maar ze kende niemand met kinderen die was gescheiden. 'Ik denk alleen dat je niet de rest van je leven getrouwd kunt blijven als je niet gelukkig bent.'

'Het huwelijk is een verbond voor het leven. En dat is misschien niet altijd gemakkelijk, maar als er problemen zijn dan moet je daar wat aan doen. Niet alleen voor de kinderen. Voor het gezin als geheel. Ik denk dat ik tot veel bereid zou zijn om mijn gezin bij elkaar te houden.' Hij schonk haar een glimlach.

Evelina voelde zich schuldig. Hij moest eens weten. Ze wendde haar blik af. 'Maar je zou het vast niet leuk vinden als ik het met andere mannen aanlegde.'

'Nee, natuurlijk niet. Dat vindt niemand leuk. Maar het gaat erom dat je elkaar vrijlaat. Dat is in een huwelijk van cruciaal belang. Jaloezie is vergif. Het haalt je naar beneden. Ik denk dat Peppino gelijk heeft. Dat Alba het probleem moet negeren. Dat ze moet proberen om zich bij de situatie neer te leggen.'

'Of misschien zou ze een minnaar moeten nemen.' Evelina grinnikte.

'Ja, misschien.'

Het verraste Evelina dat Franklin haar gelijk gaf.

'Nogmaals, het is niet altijd gemakkelijk. In elk huwelijk is er wel eens wat. Dus Alba zou op zoek moeten naar een oplossing waarin beide partijen zich kunnen vinden. Trouwens, ik denk niet dat Antonio het zou accepteren als ze een minnaar nam.' Hij glimlachte. 'Dat zou ik van jou ook niet accepteren. Dus haal je maar niets in je hoofd.'

Evelina schoot in de lach, slecht op haar gemak. 'Nee, natuurlijk niet.'

'Maar in het geval van Antonio en Alba denk ik dat ze elkaar een zekere vrijheid moeten gunnen.'

'Dat is vast niet iedereen met je eens.'

'In Frankrijk is enige vrijheid binnen het huwelijk niet ongewoon.' Hij nam een trekje van zijn sigaret.

'Dat geldt niet voor Italië,' verklaarde Evelina beslist. Toen slaakte ze een zucht. 'Ik ben bang dat het een slepende strijd gaat worden. Hier is het laatste woord nog lang niet over gezegd.'

Franklin tikte zijn sigaret af boven de asbak. 'Ik ben blij dat wij zulke problemen niet hebben. Het leven is al ingewikkeld genoeg.'

Scheiden was voor hem net zo ondenkbaar als een huis bouwen op de maan, besefte Evelina. Ze keek naar hem terwijl hij de krant opensloeg. Ezra had gelijk. Ze was niet ongelukkig. Ze hield van Ezra, ze had hem nodig. Maar ze hield ook van Franklin. Er waren inderdaad meerdere manieren om van iemand te houden.

Een paar dagen later, toen ze aan de keukentafel zat om Franklins oude jas te repareren, klonk de herkenningsmelodie van *Mamma Forte* uit de radio. Evelina legde haar naaiwerk neer.

'Vandaag wil ik het hebben over scheiden,' begon tante Madolina. Dankzij haar Italiaanse accent klonk haar stem warm en zoet als tiramisu. In schril contrast met het onderwerp.

'Ik vind het zorgelijk dat de jongere generatie steeds minder haar best doet om een huwelijk te doen slagen. En dat heeft alles te maken met het feit dat scheiden tegenwoordig zo veel gemakkelijker is dan vroeger. Het is allang geen schande meer om uit elkaar te gaan. In mijn tijd was scheiden geen optie. En echtscheiding wordt door de katholieke kerk nog altijd niet erkend. "Wat God heeft samengevoegd, scheide de mens niet".' Madolina grinnikte en laste even een adempauze in. 'Scheiden is vergelijkbaar met het amputeren van een zieke ledemaat. Het is drastisch en pijnlijk. En door opnieuw te trouwen groeit er geen nieuwe ledemaat aan en blijft de kans bestaan dat de ziekte terugkomt. Naar mijn mening zouden mensen zichzelf de tijd moeten gunnen om hun geschillen op te lossen. Om hun huwelijk een kans te geven. Want door elkaar niet los te laten maar vast te houden, lukt het je soms om problemen te overwinnen en achter je te laten.

We kunnen ons allemaal voorstellen hoe schokkend en verwarrend een echtscheiding moet zijn voor de kinderen die erbij betrokken zijn. Maar recente onderzoeken hebben uitgewezen dat de gevolgen van een scheiding nog veel ingrijpender zijn dan tot dusverre werd aangenomen. Angst voor afwijzing. Angst om opnieuw in de steek te worden gelaten. Emotionele ontreddering. Onaangepast gedrag. Slechte schoolresultaten. Bindingsangst. Dat zijn slechts enkele van de gevolgen die uit de onderzoeken naar voren zijn gekomen. We leven in een maatschappij waarin mensen niet meer zo veel plichtsbesef hebben als vroeger. Genieten van het leven, plezier maken wordt in toenemende mate gezien als een soort heilige graal. Gelukkig zijn is een haalbaar doel geworden dat tegen elke prijs moet worden nagejaagd. Maar, lieve luisteraars, jullie weten inmiddels dat Mamma Forte zegt waar het op staat. Ik verstop mijn gehaktballen niet onder een berg spaghetti. Geluk ís niet de heilige graal; het ís niet iets waar we récht op hebben. Soms zullen we moeten accepteren dat niet alles gaat zoals we zouden willen. Soms moeten we het welzijn van anderen vóór onze eigen wensen en verlangens laten gaan. Soms moeten we ons erbij neerleggen dat iets niet kan. Het gaat erom de juiste keuzes te maken, om je onder alle omstandigheden bewust te blijven van je verantwoordelijkheid jegens die kleine wezentjes die je op deze wereld hebt gezet.

Ik weet dat sommigen van jullie dit niet willen horen. Maar ik vind het niet erg om me impopulair te maken. Want iemand moet het zeggen, ook als het gaat om een ongemakkelijke, onaangename waarheid. Ik ben katholiek, maar dit heeft niets met het geloof te maken. Dit gaat om respect en liefde voor de ander. En die zijn universeel. Voordat je besluit om te scheiden zijn er drie vragen die je jezelf zou moeten stellen: Heb ik oprecht geprobeerd onze problemen op te lossen? Wil ik dit mijn kinderen aandoen? En hoe ziet mijn leven er straks uit, zonder mijn man of mijn vrouw, zonder mijn gezin?

Je hebt ooit van elkaar gehouden. En als je het maar wilt zien, dan weet ik zeker dat je zult ontdekken dat die liefde er nog altijd is.'

Evelina vroeg zich af of Alba ook naar de radio luisterde. Zo ja, dan had ze waarschijnlijk een schoen naar het toestel gegooid.

Toen ze haar kinderen die avond welterusten kuste, dacht ze

aan wat tante Madolina had gezegd. *Wil ik dit mijn kinderen aandoen?* En terwijl ze naar die onschuldige gezichtjes keek, wist ze het antwoord.

Evelina kon niet slapen. Ze luisterde naar Franklins regelmatige ademhaling en wenste dat het Ezra was die naast haar lag. Alles in haar hunkerde naar hem; ze wilde hem in haar armen houden, ze wilde haar benen om hem heen slaan, ze wilde haar lippen op de zijne drukken. Met haar onrustige draaien en woelen was ze bang om Franklin wakker te maken. En het laatste wat ze wilde, was dat hij zou vragen of er iets aan scheelde.

Uiteindelijk liet ze zich uit bed glijden, ze schoot haar kamerjas aan en klom via de brandtrap naar het dak. Daar ging ze op haar rug liggen. Het was een heldere avond. Sterren flonkerden aan de hemel, de maansikkel was bijna griezelig scherp afgetekend. Ze probeerde beelden in de sterren te zien: de ogen van wilde dieren; lantaarns van vermoeide reizigers; lichten van verre schepen. En ineens zweefde ze tussen de sterren in, gewichtloos, omhuld door het donkere uitspansel. De stad verdween naar de achtergrond; ze was zich niet langer bewust van het dak onder haar, maar van alles losgezongen – van wie ze was, waar ze was. Ze had geen naam, geen verhaal, geen verleden. Ze was uit haar lichaam getreden en voelde zich opgenomen in het zwart, licht als een stofdeeltje, zo klein als het speldenprikje van een ster. En ze genoot van de sensatie om alleen maar te zíjn. Het was iets wat Ezra haar had geleerd.

Uiteindelijk kon ze weer helder denken en werd ze zich bewust van een vredige kalmte die over haar neerdaalde. Ze wilde niets liever dan bij Ezra zijn, maar tegelijkertijd wilde ze haar kinderen en Franklin geen verdriet doen. Want hoe graag ze Franklin ook verwijten zou willen maken, hoe graag ze hem ook als een obstakel zou willen zien, ze kon het niet. Franklin hield van haar, ook al liet hij dat misschien te weinig merken. Hun huwelijk was al snel in een vertrouwde, maar weinig opwindende routine beland; Franklin had zijn werk, zij zorgde voor de kinderen. Er was geen passie meer, geen romantiek, geen vurige nachten waarin ze de liefde bedreven. Maar er was wel wederzijds respect, er was liefde en kameraadschap. Ze had geen hekel aan Franklin. Hij had zich over haar ontfermd toen ze zich verloren voelde in haar nieuwe vaderland. Hij had naar haar geluisterd en haar geholpen in het reine te komen met het verlies van Ezra en het afscheid van Italië. Franklin was goed voor haar geweest toen ze dat meer nodig had gehad dan ooit. Daarvoor zou ze hem altijd dankbaar blijven. Dus hoe kon ze zelfs maar overwegen om van hem te scheiden? Dat was wel het laatste wat hij had verdiend.

Wanneer ze zich de toekomst voorstelde, zag ze een lange grijze weg die uiteindelijk verdween in de mist. Zo kon ze niet doorgaan. Elke dag met de metro naar Brooklyn om bij Ezra te kunnen zijn, en dan terug naar huis om haar rol als moeder en echtgenote weer op zich te nemen. Ze kon het niet. En toch wist ze ook niet hoe het dan wel moest.

Ten einde raad belde ze de volgende morgen Taddeo en sprak met hem af voor de lunch. Hij hoorde aan haar stem dat ze ergens mee worstelde. 'Voor de draad ermee,' zei hij dan ook, zodra ze een tafeltje hadden gevonden en hij een fles pinot grigio had besteld. 'Wat is er aan de hand?' Nu ze met z'n tweetjes waren, sprak hij Italiaans. Anders dan bij Madolina. Die had er alles aan gedaan om Italië achter zich te laten, dus ze wilde er zo min mogelijk aan worden herinnerd. Maar Taddeo zag zichzelf nog altijd als een Italiaan. Een Italiaan die in Amerika woonde en die uit beide landen en culturen het beste had gekozen. Als het om de taal ging, dan was die van Italië onovertroffen, vond hij. Net als het eten. Zelfs de beste hamburger kon niet op tegen een simpele *spaghetti al pomodoro*.

'Ik heb je raad nodig. Ik zit met een probleem, en ik kan er verder met niemand over praten.'

'Het blijft tussen ons. Daar kun je op vertrouwen.'

De ober schonk een klein beetje wijn in zijn glas. Taddeo nam niet de moeite om te proeven maar gebaarde dat het in orde was. Toen de ober weer vertrok haalde Evelina diep adem en stak van wal. 'Het gaat om iemand die ik nog van vroeger ken. Hij heet Ezra. Ezra Zanotti.'

Taddeo zag aan haar gezicht dat wat ze hem ging vertellen, haar hevig aangreep. Dus ook al wist hij in de moeilijkste situaties vaak met een grapje althans enige troost of verlichting te brengen, hij bleef nu volkomen ernstig. Nadat ze het menu hadden besteld, luisterde hij aandachtig, zonder Evelina ook maar één keer te onderbreken.

Ze vertelde hem het hele verhaal, vanaf het allereerste begin. Hoe ze destijds in Vercellino verliefd was geworden op Ezra, dat die zich had verloofd met Bruno's kindermeisje, maar dat ze uiteindelijk alsnog bij elkaar waren gekomen, net toen zij op het punt had gestaan om naar Amerika te vertrekken. Ze vertelde over de rassenwetten van Mussolini, over de Duitse bezetting van Noord-Italië, over het oppakken en deporteren van de Joden, over de arrestatie van Ezra en dat hij naar Auschwitz was gebracht. En over die ochtend dat ze in het café op Alba had zitten wachten, en dat Ezra toen was komen binnenlopen.

Taddeo was verbijsterd. 'Heilige Madonna!' mompelde hij. 'Uit de dood teruggekeerd.'

En ten slotte vertelde Evelina hem over haar verhouding met Ezra. Toen ze was uitgesproken nam ze een grote slok wijn. 'Dat was het. Nu weet je alles.' Ze slaakte een zucht, opgelucht dat ze haar geheim eindelijk met iemand had kunnen delen. 'En nu hoop ik dat jij me raad kunt geven. Want ik weet niet wat ik moet doen.'

De ober bracht hun bestelling en vulde de glazen bij. Taddeo zette zijn ellebogen op de tafel, legde zijn kin op zijn handen en boog zich naar voren. 'Ik neem aan dat je aan scheiden denkt.'

'Dat heb ik overwogen,' gaf Evelina beschaamd toe. 'Maar ik kan het niet. Ik wil Franklin en de kinderen geen verdriet doen. Ezra heeft gelijk. We kunnen ons geluk niet bouwen op andermans ongeluk.'

Taddeo knikte peinzend. 'Maar je kunt ze niet allebei hebben. Ezra én Franklin.'

'Dat weet ik.' Evelina lachte vreugdeloos. 'Dan zou ik twee levens moeten hebben. Of ik zou mezelf in tweeën moeten kunnen splitsen.'

'Wat zegt Ezra? Wat vindt hij dat je moet doen?'

'Hij houdt van me. Maar hij heeft me niet nódig, zegt hij.' Evelina haalde vol onbegrip haar schouders op. Ze zag dat Taddeo's frons zich verdiepte. 'Begrijp je dat?' vroeg ze.

'Ja. Ik denk dat ik het wel begrijp.'

'Maar hoe kan dat dan?'

'Wat betekent "nodig hebben" voor jou?'

'Dat ik iets moet hebben. Dat ik anders niet kan leven.'

'Ik denk dat het voor Ezra iets anders betekent. Volgens mij gaat het om overleven en aanvaarden. Na wat hij heeft doorgemaakt, iets wat ons bevattingsvermogen te boven gaat, is hij in staat om ook zonder jou te overleven.'

'Dus hij houdt van me, maar hij kan met hetzelfde gemak zonder me?'

'Nee, dat zie je verkeerd. Je moet proberen hem te begrijpen. Hij houdt oprecht van je. Dat heeft hij gezegd. Maar hij bekijkt de situatie filosofisch. Je bent getrouwd. En dat accepteert hij. Hij legt zich erbij neer dat hij je niet helemaal voor zichzelf kan hebben.'

'Als hij echt van me hield zou hij voor me vechten.'

'Wat zou dat voor zin hebben? Uit alles wat je vertelt, blijkt dat hij een goed mens is. Hij omarmt het leven. Hij heeft de gruwelijkste beproevingen doorgemaakt, maar dat allemaal achter zich gelaten. Dat was de enige manier om verder te kunnen met zijn leven. Om zich ook weer te kunnen openstellen voor de schoonheid ervan. En om daar dankbaar voor te zijn.'

'Ja, dat klopt. Zo is hij.'

'Hij wil je huwelijk niet kapotmaken.'

'Maar ik wil dat hij dat wel wil! Ik wil dat hij voor me vecht! En zelfs al doet hij dat niet, dan wil ik dat hij dat wel zou willen! Ik heb hem nodig. En ik wil dat hij mij ook nodig heeft!'

Taddeo glimlachte toegeeflijk. 'Evelina, het leven is geen film waarin de dappere held iedereen die hem voor de voeten loopt uit de weg ruimt en met zijn geliefde in de armen op een wit paard de ondergaande zon tegemoet rijdt. Zo gaat het niet in het leven. Want zo zitten mensen niet in elkaar. Ze zijn veel complexer. Je moet deze man in zijn context plaatsen. Je moet begrijpen wat hij heeft doorgemaakt.'

'Dus ik kan geen kant uit.'

'Je bent getrouwd,' zei Taddeo nadrukkelijk. 'Madolina heeft gelijk. Soms moet je gewoon accepteren dat iets niet kan.'

Evelina keek hem aan, er brandden tranen in haar ogen. 'Ik kan niet zonder hem, Taddeo,' fluisterde ze gesmoord.

'Dat hoeft ook niet. Hij kan een deel zijn van je leven, maar dan moet je wel open kaart spelen tegenover Franklin.'

Evelina's ogen werden groot van afschuw. 'Je bedoelt dat ik Franklin moet vertellen dat ik een verhouding heb?'

'Nee, dat zou ik voor me houden. Maar je moet hem vertellen dat Ezra hier in New York woont, dat jullie elkaar hebben teruggevonden en dat je hem wilt blijven zien. Niet als minnaar –'

'Niet als minnaar? Dat kan niet.'

'Maar als vriend.' Hij pakte haar hand. 'Als een dierbare, oude vriend.'

Evelina liet het bezinken. 'Ik weet niet of ik daarmee kan leven.'

'Het is óf dat óf niets.'

'Volgens mij zou Ezra er geen enkele moeite mee hebben om me los te laten en weer uit mijn leven te verdwijnen.'

'Daar zou ik maar niet zo zeker van zijn.'

'Ík zou het in elk geval niet kunnen.'

'Dan zul je een compromis moeten sluiten.'

'Ik heb een hekel aan compromissen.'

'Dat hebben we allemaal.'

'Ik ga erover nadenken.'

'Doe dat.' Taddeo glimlachte en wijdde zich aan zijn gnocchi. Toen keek hij weer op. 'Trouwens, je kunt die ketting misschien beter niet omdoen als je het aan Franklin vertelt. Hij is niet gek.'

'Hoe bedoel je?'

'Het is een davidster. Dus die heb je van Ezra gekregen. Dat kan niet anders.'

Evelina deinsde ervoor terug om een besluit te nemen. Hoe kon ze ervoor kiezen om Ezra op te geven? Dat was ondenkbaar. Maar dat gold ook voor de optie om van Franklin te scheiden. Dus ze schoof een besluit voor zich uit. Ze wilde er nog even niet over nadenken. Dat zou ze pas doen wanneer ze er echt niet meer onderuit kon. En zover was het nog niet.

Het werd Kerstmis. En het sneeuwde. New York zag er prachtig uit, toegedekt met een flonkerende witte deken. Alles was versierd met lichtjes en overal klonken kerstliederen. Evelina dacht aan Ezra, die helemaal alleen was. Niet dat hij als Jood Kerstmis vierde, maar de kerstdagen hoorde je met familie door te brengen, en hij had niemand. Ze wenste dat ze hem in de familiekring kon opnemen, zoals Madolina dat met Taddeo had gedaan. Misschien had Taddeo het daarom voorgesteld, omdat het bij hen goed had uitgepakt. Er kwam een gedachte bij haar op. Waren Madolina en Taddeo ook ooit geliefden geweest? Hoe bizar het ook leek, het verklaarde een hoop. De felheid waarmee Madolina zich tegen echtscheiding keerde; de manier waarop ze Taddeo bij alles in haar leven betrok; de warmte in hun stem wanneer ze met elkaar spraken. Taddeo had gezegd dat ze Ezra niet hoefde te missen. Dat hij een deel van haar leven kon zijn als een 'dierbare oude vriend'. Alleen niet als minnaar. Dat was op zich al een vreemd voorstel. Ieder ander zou hebben gezegd dat ze Ezra moest opgeven, dat ze voor haar man en haar gezin moest kiezen. Dat Taddeo met dit voorstel was gekomen, kon bijna niet anders betekenen dan dat hij zelf een soortgelijk compromis had gesloten.

Ze besefte ineens dat Madolina en hij dezelfde formulering hadden gebruikt: dat je soms moest accepteren dat iets niet kon. Was dát het compromis? Ze kon niet langer Ezra's minnares zijn, maar ze kon hem wel als dierbare oude vriend opnemen in de kring van haar gezin. En als ze oprecht van hem hield, was dat dan niet genoeg?

Evelina besloot het Taddeo op de man af te vragen, in de wetenschap dat ze een eerlijk antwoord zou krijgen. Maar ze besefte al snel dat ze het niet hoefde te vragen. Nu ze het geheim had geraden, zag ze het ineens heel duidelijk: de liefde tussen haar tante en Taddeo die sprak uit elk woord, elk gebaar. En ze vroeg zich af of zo'n prachtig compromis ook voor Ezra en haar zou zijn weggelegd.

21

Ondanks de protesten van haar ouders zette Alba de scheiding door. Evelina was getuige van de verbeten strijd die voortvloeide uit het feit dat Alba meer geld eiste dan Antonio bereid was haar te geven. Ze belde Evelina op de raarste tijden, vaak nog laat op de avond, en sprak af voor de koffie of de lunch, om verslag te doen van de laatste ontwikkelingen. Dan gebruikte ze Evelina als klankbord en therapeut en om, als het haar allemaal te veel werd, uit te huilen op haar schouder. Terwijl Evelina haar tijd verdeelde tussen Alba en Ezra, had ze niet in de gaten dat Franklin er steeds slechter uit ging zien. Hij maakte lange dagen op de universiteit, en eenmaal thuis trok hij zich terug in zijn studeerkamer, maar hij was altijd moe. Evelina had het moeten merken, ze had hem naar de dokter moeten sturen. Maar dat had ze niet gedaan. Uiteindelijk ging Franklin zelf, zonder iets tegen haar te zeggen. Hij wilde niet dat ze zich zorgen maakte, want hij verwachtte niet dat hem iets ernstigs mankeerde. De dokter nam bloed af en deed de gebruikelijke routineonderzoeken. De uitslagen waren inderdaad niet dramatisch. Franklin had bloedarmoede en gebrek aan vitamine D. Bovendien vermoedde de dokter dat hij wel eens een virus onder de leden kon hebben. Rust zou hem goeddoen. 'Volgens de dokter moet ik op vakantie,' vertelde hij bij thuiskomst aan Evelina.

'Je werkt te hard,' zei die. 'Het zijn slavendrijvers op de universiteit.'

'Ik wil er inderdaad even uit. Wij samen,' verklaarde hij met een glimlach.

Evelina dacht meteen aan Ezra. Bij de gedachte dat ze hem zou moeten achterlaten stokte de adem in haar keel.

Franklin liet zich met een diepe zucht in zijn stoel vallen. Iets in die zucht, in de manier waarop hij ging zitten, als een oude man, maakte dat Evelina haar man onderzoekend opnam. Hij zag bleek, zijn gezicht stond afgetobd, en er lagen donkere kringen onder zijn ogen. Plotseling schaamde ze zich dat ze dat niet eerder had gezien. 'Waar wil je naartoe?' vroeg ze bezorgd, terwijl ze naast hem op de bank ging zitten.

'Ik wil naar Utah.'

Utah was een staat die Evelina nog niet kende.

'Ik wil de beroemde *mesa*'s zien, de tafelbergen. Iemand op de universiteit vertelde over een lodge waar hij had gelogeerd. Heel eenvoudig, maar volgens mij precies wat ik nodig heb. Trouwens, een vakantie zal jou ook goeddoen.'

'Wanneer zullen we gaan?'

'Volgende maand. April is gunstig wat betreft het weer, en op de universiteit is het leesweek en worden er tentamens afgenomen. Dus dan kan ik gemakkelijker iemand regelen die voor me waarneemt.'

'Ik vind niet dat je de universiteit vóór je gezondheid moet laten gaan. Het zou andersom moeten zijn. Het is belangrijk dat je even rust neemt.'

Franklin glimlachte dankbaar. 'Het lijkt me heerlijk om samen op pad te gaan.' Hij legde een hand op haar knie. 'We hebben een beetje langs elkaar heen geleefd de laatste tijd. Ik heb je verwaarloosd.'

'Welnee,' jokte ze. Het kwam haar maar al te goed uit dat hij weinig aandacht voor haar had. Daardoor had zij alle vrijheid om Ezra te zien. 'Ik ben druk geweest met Alba,' vervolgde ze. 'Daar heb ik een volledige baan aan.'

'Eerlijk gezegd voel ik me al een tijdje... Hoe zal ik het zeggen?' Hij slaakte een diepe zucht. 'Nou ja, anders. Niet helemaal mezelf. Ik had eigenlijk niets willen zeggen. Ik wilde niet zeuren. Maar het zal me goeddoen om er even helemaal uit te zijn.'

'Op doktersvoorschrift,' verklaarde Evelina op besliste toon.

Hij grinnikte. 'Precies. Dus ik moet wel.'

Evelina had geen idee gehad wat ze kon verwachten. De schoonheid van Utah was ongelooflijk. Ze was er diep van onder de indruk en had het gevoel alsof ze in een tijdmachine was gestapt, terug naar de prehistorie, naar de wereld van de dinosauriërs. De woestijn strekte zich uit zo ver als het oog reikte, en uit de droge grond rezen reusachtige oranje bergen op met vreemde, bijna buitenaardse contouren, miljoenen jaren geleden gekneed door wind en water. Gapende ravijnen doorsneden de aarde als reusachtige, gekartelde muilen en de baldakijn van de hemel daarboven was groter, blauwer dan Evelina die ooit had gezien. Hoe zou een mens niet in God kunnen geloven bij de aanblik van zo veel schoonheid, vroeg ze zich af terwijl ze vanaf een hoge bergtop vol verwondering om zich heen keek.

De lodge maakte deel uit van een verzameling ruige, houten blokhutten aan de voet van een tafelberg aan de rand van de woestijn. De sobere slaapkamer en aangrenzende badkamer waren smaakvol ingericht met Navajo-stoffen met ingeweven geometrische patronen. Openslaande deuren gaven toegang tot een veranda vanwaar ze een spectaculair uitzicht hadden op de heuvels in de verte, die het licht weerkaatsten in voortdurend wisselende tinten roze en blauw terwijl de zon zijn baan langs de hemel beschreef. Over de uitgestrekte vlakte daarvoor huppelden konijnen tussen slangenkruid en woestijnsalie, en tot Evelina's verrassing bloeiden er ook goudsbloemen die hun gele bloemblaadjes naar de zon keerden.

Ze waren niet de enige gasten, maar omdat ze geen van beiden behoefte hadden aan aanspraak, bemoeiden ze zich met niemand. Ze lazen, ze wandelden, ze luierden in de zon en ze voerden lange gesprekken. Evelina besefte dat ze voor het eerst sinds hun reis naar Italië, inmiddels veertien jaar geleden, met z'n tweetjes waren. En ze verbaasde zich erover dat het nooit bij hen was opgekomen om af en toe samen weg te gaan, zonder de kinderen. Als ze dat wel hadden gedaan, als ze meer in elkaar hadden geïnvesteerd, zou Franklin misschien niet zo volledig zijn opgegaan in zijn werk en zou zij Ezra misschien niet zo hard nodig hebben gehad. Terwijl ze de dagen ongehaast en ontspannen doorbrachten, zag Evelina de kleur op de wangen van haar man terugkeren en merkte ze dat er een soort rust over hem neerdaalde alsof hij geleidelijk aan, met elke dag die verstreek, een drukkende last begon af te leggen. Hij werd hier niet opgeslokt door zijn werk, en Evelina's aandacht werd niet opgeëist door de kinderen, of door Alba of Ezra. Voor het eerst in jaren hadden ze alle aandacht voor elkaar.

'Volgens mij had ik me geen betere vrouw kunnen wensen. Je bent altijd zo'n steun voor me geweest,' zei Franklin op een avond toen ze vanaf een tafelberg uitkeken over de vlakte die zich naar de horizon uitstrekte. De zon ging onder aan een indigoblauwe hemel en dompelde de bergen in een vurige gloed. Evelina trok haar vest dichter om zich heen, want naarmate de schaduwen langer werden, daalde de temperatuur. Nog even, en het werd kil. Ze hief haar gezicht naar de zon, genietend van de gouden stralen op haar huid. Met haar ogen gesloten ademde ze de geur in van wilde kruiden die opsteeg uit het kreupelhout aan de voet van de berg. Het was betoverend – de bergen, de vlakte met daarboven de weidse hemel. Het had iets magisch, iets wat eeuwenoud en peilloos diep voelde, en wat diep binnen in haar een snaar beroerde. Hier, op het dak van de wereld, voelde ze zich een deel van de eeuwigheid, alsof er nooit een tijd was geweest waarin ze niet had bestaan, net zomin als er ooit een tijd zou zijn waarin haar bestaan was geëindigd. Het was een overweldigend gevoel, het deed haar hart zwellen, bruisen, overstromen van liefde. En ze besefte dat ze nergens anders zou willen zijn dan hier, op deze prehistorische berg, in harmonie met het tijdloze pulseren van de natuur.

'Je bent altijd zo goed voor me geweest, liefste,' zei Franklin. Hij keek er een beetje verlegen bij, alsof hij besefte dat hij als echtgenoot en kameraad was tekortgeschoten.

'Iedere vrouw wil haar man graag tot steun zijn.'

'Je denkt altijd aan anderen, nooit aan jezelf. Ik mag me gelukkig prijzen met een vrouw zoals jij. Ik weet dat ik te veel met mezelf, met mijn werk bezig ben geweest. Dat ik je te weinig aandacht heb gegeven. Maar je klaagde nooit. Ik had meer oog moeten hebben voor wat jouw noden waren. Dat ben ik de laatste tijd steeds meer gaan beseffen.'

'Ik heb niet veel nodig, Franklin. Dankzij jou heb ik alles wat ik me maar had kunnen wensen.' En dat was ook zo. Haar kinderen waren haar grootste geluk, en in materieel opzicht ontbrak het haar aan niets. Ze keek hem aan en zag niet langer een obstakel dat haar geluk met Ezra in de weg stond, maar een dierbare vriend. De man met wie ze had besloten haar leven te delen. De man van wie ze hield. En terwijl dat vreemde zwellen van haar hart nog altijd aanhield, besefte ze pas goed hoeveel ze van hem hield. Het was een andere liefde dan die voor Ezra. Een liefde zonder hunkering, zonder passie; een liefde die niet was geworteld in verlies en tragiek. Haar liefde voor Franklin bezat een kalme standvastigheid waarvan ze zich de waarde nu pas bewust werd. Bij hem voelde ze zich geborgen.

Hij pakte haar hand. 'Ik heb je echt nodig, liefste. Toen ik bij de dokter zat kwam de gedachte bij me op dat ik misschien wel iets ernstigs mankeerde. Dat ik misschien wel kanker had. Je weet hoe dat gaat. Je haalt je meteen de ergste scenario's in je hoofd. Maar ik dacht ook meteen aan jou. Zelfs als het helemaal mis was, dan stond ik er niet alleen voor. Dan had ik jou om me erdoorheen te helpen. Dat besef was zo geruststellend. Gelukkig blijkt het niets ernstigs te zijn, maar doordat ik me toch even zorgen maakte, ben ik me ervan bewust geworden hoe dankbaar ik mag zijn met een vrouw zoals jij. Je hebt me al die jaren gesteund alsof het de gewoonste zaak van de wereld was. Je hebt al die jaren naast me gestaan zonder ooit iets terug te verwachten.'

'Het klinkt bijna alsof ik een heilige ben.' Evelina's gedachten gingen naar Ezra, en plotseling wilde ze Franklin alles vertellen. Het was niet in de haak dat ze hem bedroog. Dat verdiende hij niet. De zon zakte steeds lager, de roze strepen boven de horizon verkleurden tot een vurige gouden gloed. 'En dat ben ik niet, Franklin. Ik ben bepaald geen heilige.' Ze drukte zijn hand. 'Ik moet je wat vertellen.'

'Akkoord. Ik luister.' Hij keek haar aan, en ze las begrip in zijn ogen. Ervoer hij hetzelfde als zij? Had hij ook het gevoel dat zijn hart overstroomde van liefde en dat het daardoor groter werd, ruimer, met plaats voor zo veel meer dan hij altijd had gedacht?

'Weet je nog dat ik je over Ezra Zanotti heb verteld?'

'Natuurlijk. Je jeugdliefde. Die is vermoord in Auschwitz.'

'Precies. Nou, ik zat een tijdje terug in een café in Brooklyn op Alba te wachten, en toen kwam hij ineens binnenlopen.'

Franklin keek haar verbijsterd aan. 'Echt waar? Mijn god, hoe is het mogelijk?'

'Ik wist niet beter of hij had het kamp niet overleefd. Dat had de rabbijn in Vercellino me zelf verteld. Maar dat was niet zo. Ezra had het kamp overleefd. Na de oorlog heeft hij een tijd in Israël gewoond, en uiteindelijk is hij hierheen gekomen. Hij werkt bij een vioolbouwer in Brooklyn.'

Franklin nam haar hand tussen de zijne, alsof hij ineens besefte dat hij haar zou kunnen verliezen, en er verschenen diepe zorgrimpels op zijn gezicht. 'En toen? Wat heb je gedaan?'

Evelina haalde haar schouders op. 'Ik ben hem om de hals gevlogen. Wat kon ik anders doen? Mijn oude vriend. Uit de dood opgestaan.'

'Heb je nog gevoelens voor hem?'

Evelina keek hem recht aan. 'Ik hou nog altijd van hem,' zei ze met een glimlach. 'Maar ik hou ook van jou.'

Franklin knikte. Het was hem aan te zien dat hij het er moeilijk mee had, dat hij het nauwelijks kon bevatten. 'Ik geloof dat ik het begrijp,' zei hij ten slotte. Zijn blik ging naar de davidster om haar hals. 'Heb je die ketting van hem gekregen?'

Het verraste haar dat die hem was opgevallen. Ze had hem onderschat, dat was duidelijk. Terwijl ze naar zijn ernstige gezicht keek, was ze plotseling blij dat hij de ketting wel degelijk had gezien. 'Ja, dat klopt. Die heb ik van Ezra gekregen.' Ze legde haar hand erop.

Franklin slaakte een zucht en zei niets.

Evelina had opnieuw het gevoel dat haar hart overstroomde van liefde. Hoe kon ze ooit hebben overwogen om van hem te scheiden? Ze legde zijn hand langs haar wang en sloot haar ogen. Hij was altijd zo wijs, en die wijsheid had ze nodig, nu meer dan ooit. 'Ik wil hem niet opnieuw verliezen, Franklin. Hij maakt deel uit van mijn leven. Ezra is zo'n dierbare oude vriend. Hij is nooit getrouwd. Behalve mij heeft hij eigenlijk niemand. Zijn hele familie is uitgemoord. Hij is alles en iedereen kwijtgeraakt. Nu we elkaar hebben teruggevonden kan ik het hem niet aandoen dat hij mij ook weer kwijtraakt.'

Franklin sloeg zijn armen om haar heen. Ze voelde hoe hij haar dicht tegen zich aan trok. Dankbaar, opgelucht dat ze niet had gezegd dat ze bij hem wegging. Maar ook vol compassie, dankzij die verrukkelijke ruimte die er in zijn hart was gekomen. Ze wist nu zeker dat hij dat net zo voelde als zij. 'Natuurlijk wil je hem niet weer verliezen, liefste. En wie deel uitmaakt van jouw leven, is ook een deel van het mijne. Van het leven van ons gezin, onze familie.'

De golf van emoties die haar overspoelde, verraste haar. Ze voelde zich erdoor overweldigd. 'O Franklin.' Haar ogen vulden zich met tranen. 'Ik ben je niet waard.' Ze legde haar hoofd tegen zijn borst, en terwijl hij een kus op haar haar drukte, besefte ze pas goed hoezeer ze hem nodig had.

Toen ze weer naar huis gingen, voelden ze allebei dat de vakantie hun goed had gedaan. Maar Franklin wist dat er meer nodig was dan dat om weer helemaal de oude te worden. Hij wist dat hij zijn werkdruk drastisch zou moeten verminderen en meer aandacht zou moeten geven aan zijn gezin.

Evelina sprak met Ezra af in het café bij de werkplaats om de hoek. Als ze met hem meeging naar boven, zouden ze weer in bed belanden, en dat wilde ze niet meer. Dat had ze in het vliegtuig naar huis besloten.

Ezra glimlachte toen hij haar al door het raam zag zitten. Evelina was nerveus; ze betwijfelde of ze voet bij stuk zou weten te houden, of ze het zou kunnen opbrengen om hun verhouding te beëindigen. Want op het moment dat ze hem zag begon haar vastberadenheid te wankelen. Toen hij naar haar tafeltje kwam stond ze op. Hij omhelsde haar, kuste haar langdurig en nam haar vervolgens onderzoekend op. 'De vakantie heeft je goed gedaan,' zei hij terwijl ze gingen zitten. 'Dat is je aan te zien.'

‘Dank je wel.’ Ze haalde diep adem, maar was nog niet zover dat ze het hem kon vertellen. ‘Zullen we iets bestellen? Ik ben uitgehongerd.’

‘Ik zou bijna denken dat je Joods bent.’ Hij grinnikte. ‘Wij hebben altijd honger.’

‘Nou, jij zou wel wat meer mogen eten. Je bent aan de magere kant.’

‘Aan de magere kant? Ik eet de hele dag. Echt waar. Maar ik heb geen idee waar het blijft.’

‘Bofferd. Je hebt een snelle stofwisseling. Ik wou dat ik die had.’

‘Jij bent prachtig zoals je bent.’ Hij grijnsde. ‘Laten we iets extra lekkers bestellen. En extra veel. Om mijn stofwisseling wat te doen te geven.’

Ze bestelden koffie met een royale portie koffiebroodjes. Ezra stak een sigaret op en vroeg naar Utah, waarop Evelina uitgebreid en enthousiast verslag deed. ‘Maar ik geloof niet dat Franklin weer beter is. De vakantie heeft hem goedgedaan, maar hij moet het echt rustiger aan doen en zijn lichaam de kans geven volledig te herstellen.’

‘Wat heeft hij dan?’ vroeg hij fronsend.

‘Dat weet ik niet. En de dokters weten het ook niet. Hij is gewoon moe.’ De bezorgde uitdrukking op Ezra’s gezicht ontging haar niet. ‘Het is ongetwijfeld niets ernstigs,’ stelde ze hem gerust. ‘Hij werkt gewoon te hard.’

Ezra blies rook uit zijn mondhoek. ‘Dan zou het inderdaad verstandig zijn om het wat rustiger aan te doen. Hoe oud is hij eigenlijk?’

‘Achtenvijftig.’

‘Dat is nog helemaal niet oud.’

‘Nee, maar hij is ook niet echt jong meer. Dus hij moet goed voor zichzelf zorgen. En hij heeft míj nodig om voor hem te zorgen.' Het was niet haar bedoeling geweest het zo beladen te doen klinken, maar Ezra nam haar onderzoekend op. De ober bracht hun bestelling en vertrok weer.

Evelina slaakte een diepe zucht, sloeg haar ogen neer en keek in haar kopje. 'Ik heb tijdens de vakantie veel tijd gehad om na te denken.'

Ezra maakte zijn sigaret uit en deed een klontje suiker in zijn koffie.

'Franklin heeft me nodig,' vervolgde Evelina zonder hem aan te kijken. 'Ik kan zo niet doorgaan. Ik kan hem niet blijven bedriegen. Het is gewoon niet eerlijk. En zo ben ik niet. Zo wil ik niet zijn.'

Ezra knikte. 'Wat ga je daaraan doen?' Hij roerde peinzend in zijn koffie.

Ze keek op. Zijn gezicht stond ernstig. 'Ik wil dat jullie allebei deel uitmaken van mijn leven. Maar ik ben getrouwd. Ik kan niet achter Franklins rug om met jou naar bed blijven gaan.'

'Dat begrijp ik.' Het klonk berustend.

Ze pakte zijn hand. 'Ik wil je niet kwijt, Ezra. Ik heb je al een keer verloren, en dat wil ik niet nog eens meemaken.'

Hij drukte haar hand. 'Je raakt me niet kwijt, Eva. Ik ga nergens heen.'

'Ik heb Franklin verteld dat je ineens dat café binnen kwam lopen.'

Ezra trok zijn wenkbrauwen op. 'En wat nog meer?'

'Alleen dat je hier in de stad woont. En dat ik je niet nog eens wil verliezen.'

'Wat zei hij toen?'

'Hij wil je graag leren kennen. Vrienden van mij zijn ook zijn vrienden, zegt hij. En hij begrijpt dat je een deel van mijn leven bent. Daarom wil hij dat je ook een deel van het zijne wordt. En dat wil ik ook. Want dat is de enige manier waarop we elkaar kunnen blijven zien.'

Ezra knikte. 'Dat begrijp ik. Maar ik moet erover nadenken.'

Evelina trok haar hand terug en pakte haar broodje. 'Natuurlijk. Neem zo veel tijd als je nodig hebt.' Ze keek hem aan. Zijn blik werd afwezig, alsof hij ver weg was met zijn gedachten, ergens waar zij hem niet kon volgen. Ze at een tijdje zwijgend, totdat de stilte onverdraaglijk werd. 'Gaat het wel?'

'Ja hoor.' Hij leek uit een soort trance te ontwaken. 'Hoe smaakt de koffie?'

'Die is inmiddels koud.' Ze glimlachte, in de hoop hem naar het heden terug te halen.

En ze hoopte vurig dat ze hem niet alsnog had verloren.

Evelina wist niet goed hoe het nu verder moest. Ze hadden in hun verhouding een vaste routine ontwikkeld. Elke lunchpauze, van maandag tot vrijdag, hadden ze elkaar gezien. Dan was ze naar zijn bovenwoning gekomen en waren ze elkaar in de armen gevlogen, met de passie van geliefden die elkaar jarenlang hadden moeten missen en die vastbesloten waren van elk moment te genieten alsof het hun laatste was. Wat bleef er nog van hun relatie over wanneer dat aspect wegviel? Samen koffiedrinken in een café? Samen lunchen? Hand in hand zitten en elkaar vol verlangen in de ogen kijken? Het voelde alsof ze iets reusachtigs in een heel klein doosje probeerde te stoppen. Hun liefde was te groot voor de beperkingen die ze had voorgesteld.

Maar meer ruimte kon ze die liefde niet langer geven.

In de daaropvolgende maanden verslechterde Franklins gezondheid. Evelina was veel meer thuis, om voor hem te zorgen. Soms kon hij 's ochtends amper uit bed komen. De dokter voerde nog meer onderzoeken uit, maar uit niets bleek dat Franklin ziek was. Met als resultaat dat hij van de ene naar de andere specialist werd doorverwezen, maar er was niemand die duidelijkheid kon verschaffen. Uiteindelijk stopte hij met werken. De universiteit ging akkoord met zijn voorstel om er een jaar tussenuit te gaan. En Franklin berustte erin dat hij die tijd in alle rust thuis zou doorbrengen, omringd door zijn boeken.

Het was in die periode dat hij tot de conclusie kwam dat hij uit de stad weg wilde. Evelina was er bepaald niet op gebrand om te verhuizen. Al was het maar omdat dat het contact met Ezra zou bemoeilijken. Maar Franklin hield vol dat Greenwich een gezondere omgeving zou zijn, niet alleen voor hem maar ook voor Evelina en de kinderen. Ze zouden een huis kopen met een tuin, en ze zouden eindelijk weten wie hun buren waren, want die kregen ze in Manhattan nooit te zien. En Franklin kon bij een universiteit in de buurt gaan werken.

Evelina ging met een bezwaard gemoed mee op huizenjacht. Ze had in haar nieuwe vaderland altijd alleen maar in de stad gewoond. Ze was gewend aan het constante verkeerslawaai, aan nachten waarin het nooit donker werd, aan de geur van uitlaatgassen, aan de hoge bebouwing die voelde als een omhelzing. Ze wist niet of ze dat alles wel wilde inruilen voor de rust van het platteland, ver weg van Ezra.

Maar Greenwich was groen en lieflijk, de huizen waren er groot met verrukkelijke tuinen. Ze dacht aan de kinderen die in het appartement bijna altijd binnen zaten, en herinnerde zich de opwinding van de jongens toen ze in de tuinen van Villa L'Ambrosiana naar hartenlust hadden kunnen spelen en rondrennen. En natuurlijk dacht ze ook aan haar eigen jeugd; hoe ze had genoten van de bomen en de bloemen, van de geheime plekjes en verborgen hoeken van het landgoed. Ze zou weer buiten kunnen schilderen. Ze zou meer ruimte hebben voor de piano. En misschien konden ze wel een hond nemen. Hoe meer ze de huizen door de ogen van haar kinderen zag, hoe enthousiaster ze werd.

Uiteindelijk kozen ze voor een wit gepotdekseld huis met groene luiken en groene dakpannen. Het had een grote tuin met een zwembad en een appelboomgaard. Rechts van het huis stond een esdoorn, links een reusachtige plataan, aan de achterkant een ceder die veel ouder moest zijn dan het huis. Misschien konden ze wel een schommel aan een van de takken hangen voor Ava-Maria. Met zijn dakkapellen en vele schoorstenen zag het huis eruit als een plaatje uit een kinderboek.

Evelina vertelde Ezra over hun verhuisplannen toen ze samen koffiedronken in het café. Opnieuw verviel hij in stilzwijgen, ver weg met zijn gedachten, onbereikbaar voor Evelina. Sinds ze hun verhouding had beëindigd leek er een afstand tussen hen te zijn ontstaan. En hoe meer haar leven veranderde, hoe groter die afstand werd. Elkaars hand vasthouden over de tafel was bij lange na niet toereikend na de warmte en de intimiteit van hun hartstochtelijke omhelzingen. Ook al had hij gezegd dat hij haar niet nodig had, Ezra had niet gewild dat Evelina hun verhouding beëindigde. Hij was tevreden met het geschenk dat ze was, om meer vroeg hij niet. Maar wat ze hem nu gaf, door haar keuze om gewoon vrienden te zijn, was minder dan waarmee ze waren begonnen. Veel minder. En het gevaar bestond dat er uiteindelijk niets overbleef.

Franklin en Evelina verhuisden dat voorjaar; aan de esdoorn verscheen het eerste groen, en de appelbomen waren bedekt met een kleed van roze en witte bloesem. De kinderen waren opgetogen. Aldo wilde tot helemaal boven in de ceder klimmen, en Dan verklaarde dat hij een boomhut ging bouwen. Ava-Maria was vooral verrukt van het zwembad, Franklin was dolgelukkig met zijn studeerkamer en Evelina met haar piano die dankzij de ruimte oneindig veel mooier klonk. Madolina, Peppino en

Taddeo waren de eerste gasten die in de nieuwe eetkamer aanschoven. Alba was de eerste die kwam uithuilen op de bank. De enige die ontbrak was Ezra.

Evelina zocht troost in haar muziek. Maar elke keer dat ze haar ogen sloot en zich voorstelde dat ze vloog, voelde ze Ezra naast zich. En wanneer ze haar ezel opzette in de tuin, wanneer ze haar penseel over het doek liet gaan, zag ze de bomen en de bloemen niet meer, maar zag ze Ezra, met een verlangende blik in zijn ogen, eenzamer dan ooit. En wanneer ze 's avonds naar buiten liep om naar de sterren te kijken, die ze in de stad nooit zo helder had kunnen zien, vroeg ze zich af of Ezra op het dak lag en ook naar de sterren keek. Na vijftien jaar om hem te hebben getreurd, kon ze het niet verdragen hem opnieuw te moeten missen. Het was ondenkbaar dat ze na alles wat er was gebeurd, niet samen konden zijn.

Toen ging de telefoon. Het was Ezra. Hij wilde haar zien. 'Ik moet je wat vertellen.'

Evelina nam de trein naar Brooklyn. Ze hadden afgesproken in het café. Ezra had zich niet geschoren, zijn haar was lang geworden. Hij zag er onverzorgd uit, en zijn ogen waren roodomrand. En ook al glimlachte hij, ze kon zien dat hij niet gelukkig was. 'Ik heb je gemist.' Hij reikte niet naar haar hand, maar zij pakte de zijne.

'Ik jou ook.'

Hij schudde zijn hoofd. 'Ik had het mis toen ik zei dat ik je niet nodig had.' Verslagen keek hij haar aan. 'Ik heb je wél nodig, Eva. Ik wil dat je deel uitmaakt van mijn leven. En als ik je niet in mijn armen kan houden, dan wil ik je toch in elk geval kunnen zien.' Zijn glimlach werd levendiger. 'Franklin wilde me ontmoeten, zei je. En ik heb besloten dat ik hem ook graag wil leren kennen. En je kinderen. Ik zou dolgraag je nieuwe huis willen zien. Dus misschien kan ik wel een keer langskomen.'

Evelina nam zijn hand tussen de hare. 'O, Ezra.'

Hij bracht haar handen naar zijn lippen en kuste ze. 'Zeg jij het maar. Wanneer komt het uit?'

Evelina was in de keuken met het eten bezig toen er werd gebeld. Franklin liep naar de deur. Evelina hoorde hoe hij hun gast verwelkomde, en daarna hoorde ze de stem van Ezra. Ze deed haar schort af, hing hem aan de deur en liep naar de hal. Toen ze Ezra zag glimlachte ze warm. Hij had zich geschoren en was naar de kapper geweest, en ook al zaten zijn kleren hem te ruim, ze waren wel schoon. Ze kuste hem hartelijk, maar merkte hoe gespannen hij was. 'Wat heb je daar?' vroeg ze met een blik op de doos die hij bij zich had. De gaten in het deksel deden vermoeden dat er iets levends in zat.

Franklin riep de kinderen dat ze binnen moesten komen. Zoals hij al bij de verhuizing had aangekondigd, had Dan inderdaad een boomhut gemaakt, en samen met Aldo zat hij daar elk vrij moment. Ava-Maria kwam aanrennen vanuit de speelkamer. 'Ik wil jullie voorstellen aan een heel bijzondere vriend,' zei Evelina toen ze compleet waren.

De kinderen hadden amper oog voor Ezra. Ze waren vooral geïnteresseerd in de doos. Ezra zette hem op de grond. 'Maak hem maar open.'

'Voorzichtig,' waarschuwde Franklin toen ze zo wild aan het karton trokken dat het dreigde te scheuren.

Er kwam een kooi tevoorschijn. 'Wat zit erin?' vroeg Evelina fronsend.

'Een vriendje,' antwoordde Ezra schouderophalend.

'Het is een muis!' riep Ava-Maria opgewonden. 'Een muis, een muis! Het is een muis!'

De muis keek naar de gezichten die zich over zijn kooi bogen.

De jongens wilden hem eruit halen om met hem te spelen.

'Ik denk dat je hem even de tijd moet geven om te wennen,' zei Franklin. 'Dank je wel, Ezra. Wat leuk bedacht.'

'*Un topino*,' zei Evelina met een zucht. Een kleine muis. 'Dank je wel. Maar dat had toch niet gehoeven.'

Ava-Maria sloeg haar armen om Ezra heen, wat hem net zo verraste als haar ouders. 'Dank je wel, Topino,' zei ze, in de veronderstelling dat hij zo heette.

Evelina schoot in de lach. 'Van die naam kom je niet meer af, ben ik bang. Kom binnen, oom Topino. Wat wil je drinken?'

DEEL VIER

Greenwich, New York, 1982

Evelina zat aan Franklins bed, met zijn benige hand in de hare, en schonk hem een verdrietige, liefdevolle glimlach. Ze begreep zijn teleurstelling dat hij niet bij de viering van Thanksgiving kon zijn. 'We vieren het gewoon samen, wij met z'n tweetjes. En wie weet, volgend jaar...' Ze zei het om hem op te beuren, maar er zou geen volgend jaar meer zijn, wist ze.

'Wil je me voorlezen?' vroeg hij.

'Natuurlijk.'

'Je hebt zo'n prettige stem. Ik luister graag naar je.'

'Wat wil je dat ik voorlees?'

'*De graaf van Monte Cristo*.'

'Ach ja. Dat is ook een van mijn lievelingsboeken.'

'Het is een van de mooiste boeken die ik ooit heb gelezen. En dat zijn er heel wat geweest.' Hij keek haar aan, de blik in zijn blauwe ogen werd intenser. 'Maar er zullen er niet veel meer bij komen, liefste.'

Zijn berusting maakte haar bang. 'Zulke dingen moet je niet zeggen.'

'Maar het is zo.' Hij zuchtte. 'En ik ben er klaar voor om het leven los te laten. Het is goed zo.'

Evelina werd verblind door tranen. 'Maar ik ben er nog niet klaar voor om jou los te laten.'

'We hebben een mooi leven gehad, wij samen. We hebben gereisd, we hebben van onze kinderen genoten, we hebben veel gelachen, veel plezier gehad. We hebben het altijd goed kunnen vinden samen, waar of niet?'

'Nou en of. Meteen vanaf het begin. Weet je nog, onze eerste ontmoeting?'

'Natuurlijk weet ik dat nog. Het was bij Alba's huwelijk. Haar éérste huwelijk. Ze verslindt mannen alsof het chocoladerepen zijn!'

'Tja. Ik geloof dat ze inmiddels aan de vierde toe is.'

'Waarom gaat ze niet gewoon samenwonen? Waarom moet ze telkens weer zo nodig met ze trouwen?'

'Als we het daarover gaan hebben, kom ik niet aan voorlezen toe.'

'Je zat naast me. En je had verkering met die jongeman die zo dolgraag met je wilde trouwen. Maar jij wilde je nog niet binden.'

'Mike.'

'Ja, Mike. Dat was het. Een aardige kerel, maar niet de juiste man voor jou. Ik vond je meteen leuk, maar ik besefte pas hoe bijzonder je was toen we samen in dat café zaten.'

'Ik had het ijskoud. En ik was woedend.'

'Want Mike had net van het podium geroepen dat jullie gingen trouwen.'

'Ik kon wel door de grond zinken.'

'Je hield je flink. Maar je schaamde je dood, dat voelde ik.'

'Het was een idiote manier om me ten huwelijk te vragen. Je kunt iemand niet dwingen om met je te trouwen.'

'Op dat moment raakte hij je kwijt.'

'Hij was me al kwijt, Franklin.'

'We zaten in dat café, en ik bestelde warme chocolademelk. Je moet ergens achter in de twintig zijn geweest, maar je zag er jonger uit. Als een meisje. Huiverend van de kou en van woede.'

'Ik proef die chocolademelk nog!' Evelina glimlachte weemoedig bij de herinnering. 'Hij was heerlijk.'

'Je zei dat je nooit meer van een man zou kunnen houden.'

'Heb ik dat gezegd?'

'Ja, en toen heb je me verteld over Ezra. Dat hij was omgekomen in de oorlog. Je had tranen in je ogen, en je keek zo verdrietig dat ik je bijna geloofde.'

'Bijna?'

'Ja, want ik vroeg me toen al af of je misschien ooit van mij zou kunnen houden.'

'O, Franklin. Toen kende je me nog niet eens.'

'Nee, maar de gedachte kwam wel bij me op. Je was prachtig, met een blos op je wangen en die grote, betraande ogen. En je vertelde over een jongeman van wie je had gehouden en van wie je altijd zou blijven houden. Ik was jaloers.'

'Op Ezra?'

'Ik was jaloers omdat je hem je hart had geschonken, en omdat hij dat in het graf had meegenomen. Want ik vond je echt leuk. Dus ik vroeg me af of je ooit net zo veel van mij zou kunnen houden als van Ezra.'

Evelina schudde haar hoofd. 'Ik dacht echt dat ik dat nooit meer zou kunnen. Maar het gebeurde toch. Ik ging van je houden.'

Zijn glimlach werd zachter, er lag verwondering en vertedering in te lezen, alsof hij zich koesterde in een gouden zonsondergang. 'Je hield van me, lieve Evelina. Maar niet zoals je van Ezra hield.' Ze wilde al protesteren, maar hij legde haar het zwijgen op door haar hand te pakken. 'Er zijn zo veel manieren om lief te hebben. Toen je vertelde hoe Ezra dat café in Brooklyn was komen binnenlopen, was ik bang dat je bij me weg zou gaan. Want ik begreep wat je voor hem voelde. Ik begreep hoe diep die gevoelens gingen. Jullie hadden gemeenschappelijke wortels, jullie deelden zo veel mooie herinneringen. Maar ook zo veel verdrietige. Dat is zo romantisch. Daar kan bijna niets tegenop. Maar je ging niet bij me weg. Je koos ervoor om bij me te blijven.'

Ze begon te huilen. 'Omdat ik ook van jou hield. En dat doe ik nog steeds. Ik hou zo veel van je.'

Hij bracht haar hand naar zijn lippen en kuste die. 'En ik hou van jou, Evelina. En daarom, als ik er straks niet meer ben –'

'Zulke dingen moet je niet zeggen.'

'Als ik er straks niet meer ben,' herhaalde hij nadrukkelijk, 'dan heb je mijn zegen om met Ezra verder te gaan.'

'O, Franklin...'

'Dat zeg ik niet uit zelfbeklag, maar uit dankbaarheid en respect voor je liefde, voor je loyaliteit. Ik wil dat Ezra en jij de rest van jullie leven samen zijn, in het besef dat ik jullie mijn zegen heb gegeven.'

'Ik weet niet wat ik moet zeggen. Daar wil ik helemaal niet aan denken. Aan dat jij er straks niet meer bent.'

'Ik ben oud, liefste. Mijn tijd zit erop. En daar heb ik vrede mee, dus dat zou jij ook moeten hebben. Ik heb een mooi leven gehad. Ik ben er klaar voor om afscheid te nemen. Maar waar ik ook naartoe ga, daar kan ik niet gelukkig zijn als ik weet dat jij je best doet om mijn nagedachtenis te eren door een soort schrijn voor me op te richten. Als ik er niet meer ben, dan wil ik troost kunnen putten uit de gedachte dat Ezra en jij samen zijn en dat jullie één keer in het jaar, met Thanksgiving, het glas op me heffen.'

Evelina's keel werd dichtgesnoerd. Ze kon geen woord uitbrengen.

'De kinderen zullen verrast zijn, en dat kan ik me voorstellen. Dus misschien zou je je verhaal moeten opschrijven. Dan kunnen ze het lezen en laten bezinken. En ik weet zeker dat ze het dan zullen begrijpen. Het is belangrijk dat ze weten hoe Ezra en jij elkaar hebben leren kennen, wat jullie hebben doorgemaakt, en dat Ezra plotseling weer voor je stond, terwijl je al die tijd had gedacht dat hij dood was. Het is een verbijsterend verhaal, maar bovendien jouw verhaal. En dat zouden de kinderen moeten horen.'

'Je hebt er blijkbaar veel over nagedacht.'

'Ik heb veel tijd gehad om na te denken.' Hij glimlachte, maar zonder een zweem van weemoed of verdriet. Het was een glimlach die verried dat hij berustte in zijn dood. 'Ik wil zeker weten dat ik alles goed achterlaat, dat ik niets ben vergeten.'

'Je kunt gerust zijn, Franklin. Je hebt aan alles gedacht.'

'Kom eens bij me. Ik wil je een kus geven.' Evelina boog zich over hem heen. Zijn lippen voelden vreemd koud tegen haar huid. 'Wil je me nu alsjeblieft voorlezen?'

Evelina sloeg het boek open. '"Op 28 februari 1815 meldde de uitkijk van de Notre-Dame-de-la-Garde het binnenlopen van De Pharaon, een driemaster die Smyrna, Triëst en Napels had aangedaan..."'

Toen Franklin stierf, zat zijn hele gezin om zijn bed: Aldo, Dan en Ava-Maria, en natuurlijk Evelina, die de hand van haar dochter vasthield terwijl ze zachtjes huilden. Het heengaan verliep vredig, zonder verzet. Franklin sloot zijn ogen en gleed weg. Evelina stak een kaars op. 'Waar is hij nu?' vroeg Ava-Maria nadat ze voor hem hadden gebeden.

'Ergens waar het heel fijn is,' antwoordde Evelina. 'Dat verdient hij.'

'Ik hoop dat er een hemel is,' vervolgde Ava-Maria. 'Als hij zijn ogen opendoet, dan hoop ik dat hij ontdekt dat hij in een veld vol klaprozen en boterbloemen ligt.'

'Volgens mij zou pap liever ontdekken dat hij in een grote hemelse bibliotheek is terechtgekomen,' zei Dan, en hij lachte door zijn tranen heen.

'Denk je dat die bestaat?' vroeg Ava-Maria.

'Natuurlijk bestaat die,' antwoordde Dan. 'Volgens mij is het in de hemel net als hier. Alleen zonder de vervelende dingen. Er is in de hemel geen zwerfvuil. En geen Halloween.'

Aldo schrok op uit zijn gedachten en schoot in de lach. 'Geen Halloween?'

'Ik heb een gruwelijke hekel aan Halloween,' verklaarde Dan met een gezicht vol afschuw. 'Iedereen doet maar alsof het leuk is. Maar dat is het niet. Het is vreselijk. Pap had ook een hekel aan Halloween. Weet je nog dat we alle lichten uit moesten doen? Dan dachten de kinderen dat we niet thuis waren, en dan kwamen ze niet bij ons aan de deur.'

Evelina glimlachte. 'Ja, dat weet ik nog. Maar jullie vonden het enig om verkleed de huizen langs te gaan.'

'Dat moesten we van jou,' protesteerde Dan. 'Ik was het helemaal met pap eens.'

'Dus er is in de hemel geen zwerfvuil en geen Halloween.' Ava-Maria slaakte een zucht. 'Maar wel een grote bibliotheek, en een telescoop. Dan kan hij ons hierbeneden in de gaten houden.'

'En reken maar dat hij dat doet,' zei Evelina, terwijl de inmiddels vertrouwde hand van het verdriet zich vermorzelend om haar hart sloot. 'Hij hield zo veel van ons.'

Topino kwam langs zodra hij hoorde dat Franklin was overleden. Evelina liet hem binnen. Met zijn jas nog aan nam hij haar in zijn armen en trok haar dicht tegen zich aan. Geen van beiden zei iets. En dat hoefde ook niet. Topino wist hoeveel verdriet ze had, en Evelina wist dat hij dat verdriet deelde, want ze waren onverbrekelijk met elkaar verbonden.

Aldo, Dan en Ava-Maria zaten met dampende mokken bij de

haard en wisten niet goed raad met zichzelf. Het verdriet drukte loodzwaar op hen, en de sfeer was merkwaardig ongemakkelijk doordat ze allemaal op hun eigen manier met dat verdriet omgingen. Toen Topino binnenkwam, barstte Ava-Maria opnieuw in tranen uit. En Topino deed wat hij als geen ander kon: hij ging naast haar zitten, sloeg een arm om haar heen en luisterde terwijl ze, met haar hoofd op zijn schouder, vertelde wat ze allemaal zou missen nu haar vader er niet meer was. Maar ze vertelde ook waarvoor ze haar vader dankbaar was. Topino's oprechte betrokkenheid doorbrak de spanning, en ook de jongens begonnen herinneringen op te halen waardoor er af en toe zelfs werd gelachen.

De kinderen boden aan te blijven slapen. Maar Evelina stelde hen gerust. Ze was niet bang om alleen te zijn, ze zou zich prima weten te redden. Toen ze na het eten vertrokken, bleven Evelina en Topino alleen achter in de hal.

Hij trok zijn jas aan, zette zijn hoed op en nam Evelina's handen in de zijne. Zijn grijze ogen stonden verdrietig. 'Ik laat je ook het liefst niet alleen, maar het zou ongepast zijn als ik bleef.'

Evelina omhelsde hem en begroef haar gezicht in zijn hals. 'Ik hield van hem, Ezra. Ik heb heel veel van Franklin gehouden. Je moet me even de tijd geven.'

Topino sloot zijn ogen. 'Ik ben er voor je, Eva. Ik wacht op je.'

De begrafenis was indrukwekkend. Behalve de familie en de vele vrienden die Franklin in zijn leven had gemaakt, waren ook diverse oud-studenten en vroegere collega's van Columbia University en Skidmore College naar Greenwich gekomen om hem de laatste eer te bewijzen. De zon scheen door de bomen en verleende de gele bladeren een gouden gloed; een eenzame wolk dreef langzaam voorbij, als een groot schip dat Franklins ziel meevoerde naar de hemel.

Topino, Taddeo en Madolina zaten vooraan in de kerk. Topino in dezelfde jas als altijd, met zijn vilten hoed diep over zijn voorhoofd getrokken. Taddeo was kleurig gekleed, omdat hij vond dat een mens geen zwart zou moeten dragen bij een begrafenis – waarom zou je een sombere dag nog somberder maken door je te kleden als een doodgraver, luidde zijn redenering. Madolina was wel in het zwart, maar om Taddeo een plezier te doen had ze paarse veren tussen het lint van haar hoed gestoken. Want háár redenering luidde dat je beter de levenden kon plezieren dan de doden. 'Ík had in die kist moeten liggen.' Ze schudde meewarig haar hoofd. Het was niet eerlijk.

'Is het ooit bij je opgekomen dat God je misschien niet wil?' vroeg Topino met een grijns.

'Nee, dat is nooit bij me opgekomen!' antwoordde ze hevig verontwaardigd.

Taddeo grinnikte. 'Er zit iets in, Madolina. Ik denk dat de hemel nog niet klaar voor je is.'

'God wilde mij ook niet,' vervolgde Topino. 'Gelukkig maar.'

'En nu?' Madolina nam hem onderzoekend op, met een veelbetekenende blik in haar ogen.

'Nu zeggen we dank voor een bijzonder leven.'

'Nee, ik bedoel met jou en Evelina. Hoe gaat het nu verder?' Ze grijnsde, zonder te verwachten antwoord te krijgen op haar vraag. 'Ik vermoedde het al heel lang. En uiteindelijk heeft Taddeo het me verteld. Toen Peppino stierf hadden Taddeo en ik bij elkaar kunnen intrekken. Maar het moment was gepasseerd, ik was te oud –'

'Onzin,' viel Taddeo haar in de rede. 'Te oud! De duivel is oud!'

Madolina ging er niet op in. 'Voor jou en Evelina is het nog niet te laat,' vervolgde ze. 'Stil maar.' Ze klopte Topino op zijn knie. 'Je hoeft niks te zeggen. Ik merk het wel. Maar wat ik tegen jou wil zeggen is dat je geen tijd moet verspillen. Franklin wist het ook. Dat weet ik zeker. En zelfs al wist hij het niet, dan vindt hij het vast niet erg. Volgens mij wint de ziel na de dood aan inzicht. Dan zie je de dingen in een veel ruimer perspectief. Evelina en jij horen bij elkaar.'

'Franklin is nog niet eens begraven,' zei Topino zacht.

'Geef het een paar weken. Maar nogmaals, op jullie leeftijd kun je het je niet veroorloven tijd te verspillen. Elke dag telt. Maar dat hoef ik jou niet te vertellen.'

Evelina ging achter Franklins bureau zitten, en terwijl ze haar vingers over zijn spullen liet gaan – het leren vloeiblok vol inktvlekken, de zwarte Montblanc-vulpen, het lege postbakje dat ooit gevuld was geweest met rekeningen, brieven en andere paperassen – had ze het gevoel dat hij bij haar was, dat hij over haar schouder meekeek. Haar vermoeide blik gleed langs de boekenkast en bleef rusten op de foto's in zilveren lijstjes. Foto's die getuigden van een lang en gelukkig gezinsleven. Maar met Franklins dood was er aan dat hoofdstuk van haar leven een einde gekomen. Zoals er aan elk hoofdstuk een einde kwam. Maar elk einde betekende ook een nieuw begin. Evelina was al zo vaak opnieuw begonnen. En dat zou ze nu weer doen. Maar het verdriet drukte nog altijd zo zwaar op haar dat het haar duizelde. Want hoezeer het hart ook heeft geleden, tegenover nieuwe pijn, nieuw verdriet blijft het machteloos, niet in staat zich ertegen te verzetten of erbovenuit te stijgen. Het enige wat het hart van het lijden leert, is dat het er niet meer door wordt verrast. Het weet wat het kan verwachten.

Evelina legde een blocnote met lijntjespapier op het bureaublad en pakte een blauwe ballpoint uit Franklins pennenbak. De bladzijde was ontmoedigend leeg, ze wist niet goed hoe ze moest beginnen. Het was voor het eerst dat ze wilde proberen haar levensverhaal op papier te zetten. Ze dacht aan Franklin en slaakte een zucht van frustratie. Hij zou precies weten hoe ze het moest aanpakken. Hij had wat ze noemde 'de gave van het woord', iets wat ze altijd indrukwekkend, bijna magisch had gevonden. Zij bezat die gave niet. Dus ze zou willen dat ze hem om raad kon vragen. *Hoe moet ik beginnen?* Ze sloot haar ogen, slaakte een diepe zucht. En in de stilte die volgde, hoorde ze zijn stem. Zo helder en duidelijk alsof hij naast haar stond. *Begin gewoon bij het begin*. En dat deed ze.

Noord-Italië, juli 1934
Villa L'Ambrosiana

Evelina snoof genietend de geur van rozemarijn op. De struiken met hun altijd groene naalden en paarse bloemetjes groeiden overal rond de villa. Het landgoed was een waar bloemenparadijs. Er stonden reusachtige terracotta potten met bougainville, tijm woekerde welig, er groeide oleander in alle denkbare kleuren, en de jasmijn die de kalkstenen muren bedekte, parfumeerde de kamers met zijn verrukkelijke aroma. Maar de geur die het landgoed karakteriseerde, was die van rozemarijn. Houtachtig, rijk en zwoel, prikkelend. Voor de zeventienjarige Evelina was het de geur van thuis.

Het werd voorjaar. Op een warme zondag in maart had Evelina haar familie en Topino voor de lunch uitgenodigd. In de tuin rook het naar de lente. De eerste bloesems verschenen aan de appelbomen, lichtgroene scheuten staken uit de aarde, aangetrokken door het zonlicht. Evelina had een uitgebreide maaltijd klaargemaakt, en ze waren er allemaal. Madolina klaagde over de herrie. Taddeo vulde haar glas nog eens bij en zei dat ze maar veel wijn moest drinken. Meer viel er niet aan te doen, want zachtjes praten was er niet bij in een familie als deze. Ava-Maria nam het woord en vertelde blozend van trots, met Jonathan naast zich, dat ze hun eerste kindje verwachtten. Al eerder dat voorjaar had Dan zijn Lucille ten huwelijk gevraagd, en het tweetal hield onder de tafel elkaars hand vast. Aldo, die op de plek van zijn vader zat, hief zijn glas en hield een toespraak zoals Franklin dat altijd had gedaan. Lisa keek de tafel langs naar haar kinderen, die vol bewondering naar hun vader opkeken. Evelina zocht glimlachend de blik van Topino. Hij glimlachte terug. Teder, weemoedig.

Na de lunch verdween Evelina naar de studeerkamer. Ze kwam even later terug met drie pakketjes in bruin papier, dichtgebonden met een touwtje, en legde die op tafel. 'Wat zit daarin?' vroeg Ava-Maria. Ze voelde dat er iets bijzonders ging komen. Dat merkte ze aan haar moeder.

'Dit is voor jullie.' Evelina gaf Ava-Maria een pakketje en liep de tafel langs om de andere twee aan haar zoons te geven.

Madolina fronste haar wenkbrauwen. Er was maar weinig dat haar ontging, maar zelfs zij had geen idee wat er in de pakketjes kon zitten. Ava-Maria scheurde ongeduldig het papier van het hare. Bij het zien van de inhoud viel haar mond open van verbazing. *Een tijdloze liefde, door Evelina Pierangelini.* 'Je hebt een boek geschreven?'

'Ik heb mijn levensverhaal op papier gezet,' zei Evelina. 'Voor jullie drieën.'

'Nee maar!' zei Dan. 'Ik wist niet dat je schrijver wilde worden.'

'Dat wil ik ook niet.'

'Ik weet niet of ik het begrijp,' zei Aldo. Hij voelde dat er meer achter zat. Dat zijn moeder een reden had gehad om haar verhaal op schrift te stellen.

Evelina pakte de hand van Topino. Die drukte de hare geruststellend. 'Je vader stelde voor dat ik mijn verhaal zou opschrijven. En dat deed hij nadat hij me zijn zegen had gegeven om aan een nieuw hoofdstuk van mijn leven te beginnen, samen met Ezra.'

'Ezra?' herhaalde Dan. Hij keek in verwarring van Topino naar zijn moeder.

'Ezra,' herhaalde Ava-Maria langzaam. Ze keek hem aan, en er daagde begrip in haar ogen.

'Ezra en ik gaan naar Italië. En in de tussentijd wil ik dat jullie mijn verhaal lezen. Dan weet ik zeker dat jullie het zullen begrijpen.'

'Dat werd tijd.' Madolina glimlachte tevreden. 'Gaan jullie naar Vercellino?'

Aldo, Dan en Ava-Maria keken hun moeder en Topino verbijsterd aan. 'Jullie gaan naar Italië? Als... als stel?' vroeg Aldo.

Er viel een ongemakkelijke stilte rond de tafel. Lisa wierp een bezorgde blik op Aldo. Lucille en Jonathan deden er het zwijgen toe. In de ogen van Ava-Maria schitterden tranen. Evelina voelde paniek opkomen. Ze was bang dat haar dochter haar verwijten zou maken. Maar tot haar verrassing drukte Ava-Maria het manuscript tegen haar borst. 'Als papa jullie zijn zegen heeft gegeven, wie zijn wij dan om dat niet ook te doen? Van alle mannen op de wereld is er maar één van wie ik zo veel hou dat hij de plaats van mijn vader mag innemen.' Haar blik ging weer naar Topino. 'Voor mamma mag je dan Ezra zijn, voor mij blijf je altijd oom Topino.'

De jongens hadden er zichtbaar meer moeite mee. Hun vader was nog niet eens een jaar dood, en hun moeder vertrok met zijn beste vriend naar Italië. Toen het tijd was om afscheid te nemen, omhelsde Evelina hen hartstochtelijk, in de hoop dat ze het uiteindelijk zouden begrijpen en accepteren. 'Lees het nou maar,' zei ze. 'Het is niet zo simpel als je denkt.'

Madolina gaf haar nicht bij het weggaan een dikke kus. 'Geniet ervan.' Ze klopte Evelina op haar schouder. 'Van elkaar en van Italië. En denk erom dat je niet eerder terugkomt van je huwelijksreis. Zelfs niet voor mijn begrafenis. Heb je me goed gehoord? Je hebt hier veertig jaar op moeten wachten.'

Ezra en Evelina zaten buiten op de schommelbank. De ondergaande zon zette de hemel in vuur en vlam. 'Wat zie je?'

'Een laaiend vuur,' antwoordde Evelina.

'Ik zie smeltend ijs.'

Ze schoot in de lach. 'Jij ziet in alles ijs.'

'Jij niet?'

'Nee, ik zie een laaiend vuur.' Ze keerde zich naar hem toe. 'Hoe vond je dat het ging?'

'Goed. Het had niet beter kunnen gaan.'

'Nou, volgens mij was het voor de jongens een behoorlijke schok.'

'Dat kan. En dat is begrijpelijk. Ik ben tenslotte niet meer zo knap als vroeger.'

'O Ezra, voor mij blijf je altijd knap.'

'En dat is het enige wat telt.' Hij sloeg een arm om haar heen, trok haar naar zich toe en kuste haar.

En het was alsof de oude, vertrouwde gevoelens die ze zo lang had ontkend, uit een diepe slaap ontwaakten.

Zijn kus was innig, teder, maar werd geleidelijk aan hartstochtelijker, terwijl ze elkaar opnieuw ontdekten. De jaren vielen weg, en Evelina voelde zich weer jong.

Jong en verliefd ging ze eindelijk een toekomst tegemoet waarin Ezra en zij samen konden zijn.

Villa L'Ambrosiana, 1982

Evelina's ogen werden vochtig toen Villa L'Ambrosiana in zicht kwam, aan het eind van de cipressenlaan. Er was in al die jaren dat ze niet meer thuis was geweest, niets veranderd. Het huis bezat nog altijd dezelfde sfeer van vergane glorie. Van stille waakzaamheid, maar ook van onvergankelijkheid. Op de voorhof glinsterde de vijver in de zon, en de fontein van Venus spoot nog altijd geen water. De marmeren mannelijke naakten in contrapost stonden nog net als altijd op hun sokkel, bedekt met mos en aanslag; hun blinde ogen staarden naar de slordig gesnoeide taxusbollen en potten met paarse bougainville. Toen sloeg Evelina's hart een slag over, en ze omklemde Ezra's hand nog strakker. Want daar stond haar moeder, op de treden voor het huis. Het lange grijze haar onder de grote zonnehoed oogde wat verwilderd, maar ze was nog altijd een mooie vrouw en ze glimlachte stralend. Om haar heen stonden Benedetta en Gianni met hun kinderen, hun schoonzoons en -dochters, hun kleinkinderen en hun honden. Evelina's keel werd dichtgesnoerd, maar ze lachte door haar tranen heen. In Villa L'Ambrosiana had de tijd stilgestaan, en dat zou altijd zo blijven. Generaties kwamen en gingen, net als de seizoenen, maar de muren getuigden onveranderlijk van de kortstondigheid en de broosheid van het leven, zonder de zin van dat leven te doorgronden, want wat wisten muren van wat het hart bewoog?

Evelina wist niet hoe snel ze uit de taxi moest komen. Terwijl ze haar moeder en haar zus om de hals viel, zag ze niet de lijnen die tijd en verdriet in hun gezicht hadden geëtst, maar wel de tranen die over hun wangen liepen. Want het waren tranen van vreugde. Nu de schaduwen van het verleden eindelijk waren bedwongen, telde Evelina alleen nog maar de heldere uren; Ezra en zij waren eindelijk thuisgekomen.

Ezra keek naar Gianni. De oorlog lag ver achter hen, leek iets uit een ander leven. Ze waren beiden hun eigen weg gegaan, maar na een lange reis stonden ze nu toch weer oog in oog. Ze omarmden elkaar, en in hun omhelzing school een zeggingskracht die aan zwijgen genoeg had. Want hoe zouden ze de gevoelens die het weerzien in hen losmaakte, in woorden kunnen vatten? Zo bleven ze geruime tijd staan, diep ontroerd, maar zonder zich voor hun tranen te schamen.

Ezra en Evelina stonden voor het altaar in de kleine kapel waar ze zich voor het eerst aan elkaar hadden gegeven. Evelina dacht niet aan Bruno's dood, noch aan Ezra's arrestatie. Ze was zich slechts bewust van het zonlicht dat in schachten van goud door de ramen naar binnen viel, op de dorre, brosse bladeren en de eeuwenoude plavuizen. Met ogen die straalden van liefde, legde Ezra zijn handen langs haar gezicht en streek hij met zijn duimen over haar wangen. 'Evelina Pierangelini, neem je deze simpele Joodse jongen, zoon van een stoffenkoopman en een kleermaakster, tot je echtgenoot? Ik beloof dat ik je met liefde zal omringen, dat ik je op handen zal dragen en dat ik zal zorgen dat niets ons ooit nog kan scheiden. De rivier van het leven die ons uit elkaar dreef, heeft ons teruggevoerd naar de plek waar het ooit is begonnen. En ik zweer dat ik dit moment zal eren als het geschenk dat het is. Ik hou van je met heel mijn hart, en ik zal altijd van je blijven houden.'

Evelina knikte, niet in staat om iets te zeggen. Ze keek op naar de man die ze altijd trouw was gebleven, zelfs toen de stem van het verstand haar zei dat ze hem moest loslaten. En opnieuw voelde ze haar hart zwellen van geluk, van dankbaarheid voor deze tweede kans die haar werd geboden, voor het begin van een nieuw hoofdstuk in haar leven, voor een liefde die tijdloos was gebleken en die ondanks alles stand had gehouden. Maar ook van dankbaarheid jegens Franklin, die haar dit geluk had gegund waardoor het niet door schuldgevoel werd overschaduwd.

Ezra boog zich naar haar toe, en terwijl hij haar kuste vielen de jaren weg. Ze waren weer jong en ze stonden samen aan het begin van de toekomst waarvan ze ooit, lang geleden hadden gedroomd.

Dankwoord

Jaren geleden zat ik tijdens een etentje in Londen naast een buitengewoon charmante en charismatische man. Jonas Prince was de vader van de gastheer en een verrukkelijke gesprekspartner. We raakten het hele diner niet uitgepraat. Toen ik zei dat ik schrijver was, vertelde hij me een ongelooflijke geschiedenis: het levensverhaal van zijn moeder. Ik was tot tranen toe geroerd en zei dat ik er dolgraag over zou willen schrijven. Het verhaal liet me niet los, maar de moeder van Jonas was Poolse. En ik ben nog nooit in Polen geweest, ik weet niets van het land en de cultuur. Ze had bovendien tijdens de oorlog in Auschwitz gezeten, en als niet-Joodse schroom ik om daarover te schrijven. Ik heb me weliswaar in 1988 tot het jodendom bekeerd, maar ik ben niet Joods geboren.

Toch was de wending die het verhaal nam, zo aangrijpend en fascinerend dat ik bleef piekeren over een vorm waarin ik het toch zou kunnen gebruiken. Vorig jaar kreeg ik ineens een idee, geïnspireerd door een van mijn oude studieboeken dat al heel lang ongelezen in de kast stond: *De tuin van de familie Finzi-Contini* van Giorgio Bassani. Ik besloot om mijn boek in Noord-Italië te laten spelen, met een katholiek meisje als hoofdpersoon dat verliefd werd op een Joodse jongeman. Zo zou ik mijn eigen verhaal schrijven, maar daarin eenzelfde wending als in de levensgeschiedenis van de moeder van Jonas. Als ik Jonas nooit had ontmoet, had ik dit boek niet kunnen schrijven. Dus ik sta voor altijd bij hem in het krijt.

Over die bijzondere wending verraad ik niets; dat zou ten koste gaan van het leesplezier. Maar nogmaals, ik heb me laten inspireren door een historische gebeurtenis. Dank je wel, Jonas, dat je het verhaal van je moeder met me hebt willen delen. En ik hoop dat we elkaar nog eens tegenkomen.

Ik geniet ervan om zelf het decor in te kleuren, en dus zijn de stadjes en dorpen waarin mijn boeken zich afspelen een product van mijn fantasie. Het gebeurt regelmatig dat ik brieven krijg van lezers die Incantellaria willen bezoeken, aan de Amalfikust, of Ballinakelly, in het graafschap Cork. Die moet ik helaas teleurstellen. Een bezoekje zit er niet in, maar ze kunnen wel dicht in de buurt komen. Dat geldt ook voor Vercellino. Daarbij heb ik me laten inspireren door Vercelli, een stadje in Piëmont. Dus als je wilt weten hoe Vercellino eruit ziet, breng dan een bezoekje aan Vercelli.

Ik wil ook graag de mensen bedanken die mijn leven verrijken. Schrijven is een eenzame bezigheid, dus ik vind het heerlijk om 's ochtends de deur uit te gaan voor een overheerlijke kop koffie bij Rino's in Kensington Church Street; het praatje met de eigenaar, Rino Eramo, en met zijn bruisende vrouw Morgana, terwijl ik aan mijn vaste tafeltje in het zonnetje zit, is een van de hoogtepunten van mijn dag.

Twee keer in de week doe ik een work-out met Carl van Heerden bij Core Collective in Kensington. Carl is meedogenloos, maar briljant. Zonder hem zou ik de hele dag achter mijn bureau zitten en koekjes eten.

Artan Mesekrani is de charmante gastheer van The Ivy, de beste brasserie in Kensington en mijn favoriete stamkroeg. Bij

Artan en zijn geweldige team voel ik me altijd welkom.

In het weekend gaan we vaak naar The Yard Café bij Alresford. De Moon Roast koffie is verrukkelijk, en Ted 'Longshot' Longden weet precies hoe ik hem drink. En trouwens, het gebak is er ook niet te versmaden!

Ik prijs me gelukkig met en ben dankbaar voor mijn ouders, Charles en Patty Palmer Tomkinson, mijn broer James, mijn schoonzus Sos en hun kinderen – Honor, India, Wilf en Sam – en mijn tante Naomi. Naarmate ik ouder word besef ik steeds meer hoe belangrijk familie is!

En natuurlijk bedank ik ook mijn fantastische vriendin en agent, Sheila Crowley bij Curtis Brown en het dynamische team met wie ze samenwerkt: Luke Speed, Anna Weguelin, Emily Harris, Sabhbh Curran, Katie McGowan, Grace Robinson, Alice Lutyuens en Sophia MacAskill. En ik bedank Suzanne Baboneau, mijn redacteur die alles kan en alles ziet, en mijn baas, Ian Chapman, en hun briljante team bij Simon & Schuster VK: Sara-Jade Virtue, Richard Vlietstra, Gill Richardson, Dominic Brendon, Polly Osborn, Sabah Khan, Matt Johnson, Sian Wilson, Louise Davies en Francesca Sironi. Simon & Schuster Canada heeft zich met grote toewijding en enthousiasme ingezet voor het promoten van mijn romans, dus dank aan Nita Pronovost, voor wie geen detail te klein of te onbeduidend is, en haar geweldige collega's Kevin Hanson, Greg Tilney, Mackenzie Croft, Shara Alexa en Jillian Levick.

Boeken worden maar zelden volledig op eigen kracht een succes. Bij de mijne is er sprake van een samenspel van ingrediënten – het boek, de agent, de redacteur en de afdelingen die zich bezighouden met vormgeving, marketing en publiciteit – dat telkens weer een bijzonder resultaat oplevert. Ik zou geen van deze ingrediënten kunnen missen, en ik ben iedereen dankbaar zoveel inzet en passie. Volgens Ralph Waldo Emerson is zonder passie nog nooit iets groots tot stand gebracht. Al die gepassioneerde mensen zijn de wind onder mijn vleugels! En natuurlijk bedank ik ook mijn lezers. Want zonder hen zou ik geen werk hebben. Op mijn talloze reizen heb ik velen van hen ontmoet, en volgens mij heb ik de aardigste lezers die een schrijver zich maar kan wensen.

En ten slotte bedank ik Sebag, mijn man, onze dochter Lilochka en onze zoon Sasha voor hun geduld, hun lach en hun liefde. Ze inspireren me en herinneren me er dagelijks aan hoeveel ik heb om dankbaar voor te zijn.